Quando a Bela domou a Fera

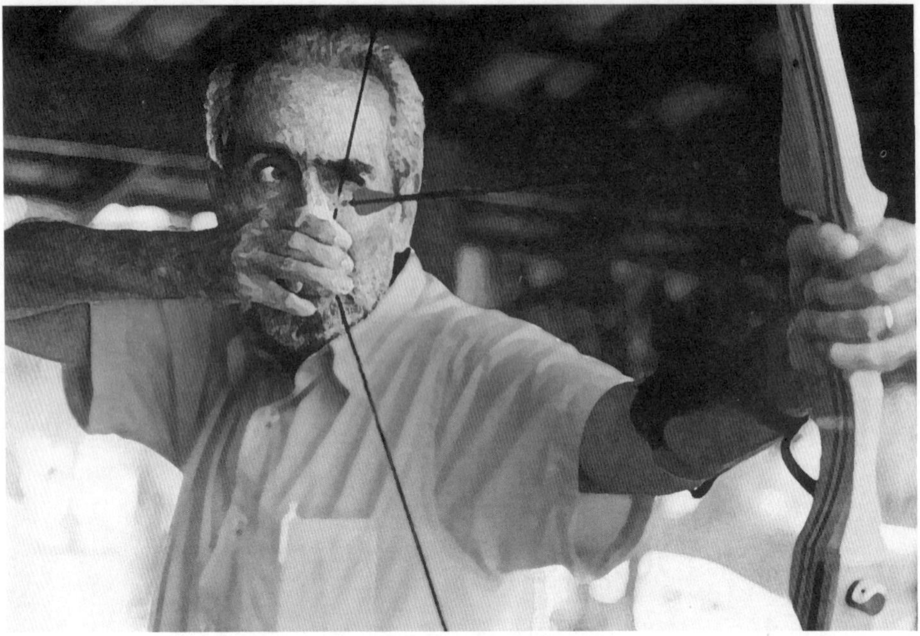

O Arqueiro

Geraldo Jordão Pereira (1938-2008) começou sua carreira aos 17 anos, quando foi trabalhar com seu pai, o célebre editor José Olympio, publicando obras marcantes como *O menino do dedo verde*, de Maurice Druon, e *Minha vida*, de Charles Chaplin.

Em 1976, fundou a Editora Salamandra com o propósito de formar uma nova geração de leitores e acabou criando um dos catálogos infantis mais premiados do Brasil. Em 1992, fugindo de sua linha editorial, lançou *Muitas vidas, muitos mestres*, de Brian Weiss, livro que deu origem à Editora Sextante.

Fã de histórias de suspense, Geraldo descobriu *O Código Da Vinci* antes mesmo de ele ser lançado nos Estados Unidos. A aposta em ficção, que não era o foco da Sextante, foi certeira: o título se transformou em um dos maiores fenômenos editoriais de todos os tempos.

Mas não foi só aos livros que se dedicou. Com seu desejo de ajudar o próximo, Geraldo desenvolveu diversos projetos sociais que se tornaram sua grande paixão.

Com a missão de publicar histórias empolgantes, tornar os livros cada vez mais acessíveis e despertar o amor pela leitura, a Editora Arqueiro é uma homenagem a esta figura extraordinária, capaz de enxergar mais além, mirar nas coisas verdadeiramente importantes e não perder o idealismo e a esperança diante dos desafios e contratempos da vida.

Eloisa James

Quando a Bela domou a Fera

ARQUEIRO

tradução: Thalita Uba

preparo de originais: Diego da Mata

revisão: Cristhiane Ruiz e Ana Grillo

diagramação: Ilustrarte Design e Produção Editorial

capa: Rodrigo Rodrigues

imagens de capa: Trevillion Images: © Ebru Sidar (rosa);
Shutterstock: kim7 (pétalas); SeDmi (fita); v.s.anandhakrishna (caule da rosa);
Pavel K (padronagem); mubus7 (tecido)

impressão e acabamento: Associação Religiosa Imprensa da Fé

CIP-BRASIL. CATALOGAÇÃO NA PUBLICAÇÃO
SINDICATO NACIONAL DOS EDITORES DE LIVROS, RJ

J29q James, Eloisa

Quando a Bela domou a Fera / Eloisa James; tradução de Thalita Uba. São Paulo: Arqueiro, 2017.

320 p.; 16 x 23 cm. (Contos de fadas; 1)

Tradução de: When Beauty tamed the Beast
ISBN 978-85-8041-680-0

1. Ficção americana. I. Uba, Thalita. II. Título III. Série.

17-39383 CDD: 813
CDU: 821.111(73)-3

Editora Arqueiro Ltda.
Rua Funchal, 538 – conjuntos 52 e 54 – Vila Olímpia
04551-060 – São Paulo – SP
Tel.: (11) 3868-4492 – Fax: (11) 3862-5818
E-mail: atendimento@editoraarqueiro.com.br
www.editoraarqueiro.com.br

Dedico este livro à minha maravilhosa editora, Carrie Feron. Ela sempre me estimula a escrever o melhor que posso, mas desta vez seu trabalho elevou o romance a um patamar inédito. Ele é para você, querida.

Capítulo 1

Era uma vez, não muito tempo atrás...

Garotas bonitas em contos de fadas são tão comuns quanto areia na praia. Leiteiras de pele branca e rosada andam ao lado de princesas de olhar sonhador e, se contássemos os olhos brilhantes de cada donzela, teríamos uma galáxia inteira de estrelas cintilantes.

Esse brilho torna ainda mais triste o fato de que mulheres reais raramente se igualam aos seus equivalentes fictícios. Elas têm dentes amarelados, ou manchas na pele. Têm a sombra de um bigode, ou um nariz tão grande que um rato poderia esquiá-lo.

É claro que há mulheres bonitas, mas mesmo estas estão propensas a todas as mazelas "a que a carne é sujeita", como lamentou Hamlet há muito tempo.

Em suma, é rara a mulher que, de fato, ofusca o brilho do sol. Ainda mais uma mulher com dentes perolados, voz de cotovia e um rosto tão lindamente esculpido que os anjos chorariam de inveja.

Linnet Berry Thrynne tinha todos esses atributos, com exceção, talvez, da fala melodiosa de uma cotovia. Ainda assim, sua voz era perfeitamente aceitável e já haviam lhe dito que sua risada era como o ressoar de sinos dourados e (apesar de não serem cotovias) como canções de pintarroxos.

Ela nem sequer precisava olhar para o espelho para saber que seu cabelo e seus olhos estavam brilhantes, e seus dentes – bem, talvez esses não brilhassem, mas eram bastante brancos.

Linnet era o tipo de garota que podia levar um cavalariço a feitos heroicos, ou um príncipe a atos menos intrépidos, como vencer uma trilha cheia de espinheiros apenas para lhe dar um beijo.

Porém, nada disso mudava um fato importante: desde o dia anterior, ela não podia mais ser considerada casável.

A calamidade tinha a ver com a natureza dos beijos e o que os beijos podem proporcionar. Apesar de que, talvez, seja mais correto culpar a natureza dos príncipes. O príncipe em questão era Augustus Frederick, duque de Sussex.

Ele beijara Linnet mais de uma vez; na verdade, ele a beijara muitas vezes. E tinha declarado veementemente o seu amor por ela, além de ter atirado morangos na janela do quarto dela certa vez, tarde da noite (o que causou uma tremenda sujeira e deixou o jardineiro furioso).

A única coisa que ele ainda não tinha feito havia sido pedi-la em casamento.

– É uma lástima que eu não possa me casar com você – disse ele, desculpando-se, quando o escândalo se espalhou na noite anterior. – Nós, duques reais, você sabe... Não podemos fazer tudo o que gostaríamos. Meu pai está um pouco transtornado com essa questão. Sinceramente, é um desconsolo imenso. Você deve ter ouvido histórias sobre o meu primeiro casamento, aquele que foi anulado porque Windsor decidiu que Augusta não era boa o bastante, e ela é filha de um conde.

Linnet não era filha de conde; seu pai era um visconde e não tinha muita influência. Não que ela tivesse ouvido falar do primeiro casamento do príncipe. Todos os que a viram flertando com ele nos últimos meses tinham, inexplicavelmente, se esquecido de contar a ela que ele, aparentemente, tinha tendências a cortejar as moças com quem não podia – ou não devia – se casar.

O príncipe tinha feito uma reverência brusca, se virado e saído abruptamente do salão de baile, retornando ao castelo de Windsor – ou aonde quer que os ratos vão quando o navio afunda.

Isso tinha deixado Linnet sozinha, apenas com sua sorumbática dama de companhia e um salão repleto de nobres, uma circunstância que rapidamente a fez perceber que várias donzelas e matronas em Londres estavam impacientes – para não dizer exultantes –, convencidas de que ela era uma assanhada de primeira categoria.

Poucos minutos depois da saída do príncipe, não havia ninguém que a olhasse nos olhos; foi recebida com um mar de costas viradas para ela.

O burburinho da nobreza fofocando se espalhou ao redor de Linnet, como os sibilos de um bando de gansos se preparando para voar para o norte. No entanto, é claro, era ela quem tinha que voar – para o norte, para o sul, não importava, desde que fugisse da cena de sua desgraça.

A injustiça era que ela não era uma assanhada. Bem, não mais do que qualquer outra garota cortejada por um príncipe.

Ela gostou de ter conquistado o maior prêmio de todos: o príncipe louro e atraente. Mas não tinha nenhuma esperança concreta de que ele se casasse com ela. E, certamente, não ofereceria sua virgindade a um príncipe sem ter uma aliança no dedo e a aprovação do rei.

De qualquer forma, ela considerava Augustus um amigo, o que tornou ainda mais doloroso o fato de ele não a ter procurado na manhã seguinte à sua humilhação.

Augustus não foi o único. Na verdade, Linnet se pegou olhando por uma das janelas da frente de sua casa para se convencer de que ninguém a procuraria. Ninguém.

Desde que tinha debutado, alguns meses antes, a porta da frente de sua casa era o portal para o velocino de ouro – ou seja, a própria bem-dotada e maravilhosa Linnet. Rapazes desfilavam, trotavam e passeavam por aquela calçada, deixando cartões, flores e presentes de todos os tipos. Até mesmo o príncipe tinha se rebaixado e feito quatro visitas matinais, uma honra extraordinária.

Mas agora... Aquela calçada se resumia a uma fileira de pedras brilhando sob o sol.

– Não acredito que isso tenha acontecido do nada! – disse seu pai de algum lugar atrás dela.

– Eu *fui* beijada pelo príncipe – respondeu Linnet secamente. – O que talvez não tivesse a menor importância, se a baronesa Buggins não tivesse nos visto.

– Beijos, oras! Beijos não são nada. O que quero saber é por que tem sido noticiado que você está grávida. Grávida de um bebê *dele*!

O visconde de Sundon se aproximou, parou ao lado de Linnet e também olhou para a rua vazia.

– Por duas razões, e nenhuma delas envolve um bebê, o senhor ficará contente em saber.

– E então?

– Na última quinta-feira, eu comi um camarão estragado no sarau de lady Brimmer.

– E? – perguntou seu pai.

– Não passei bem – contou Linnet. – Nem consegui chegar ao toalete. Vomitei no vaso de uma laranjeira.

Ela tremeu só de lembrar.

– Que descontrole da sua parte – comentou o visconde.

Ele odiava processos orgânicos.

– Presumo que o fato tenha sido interpretado como um sinal de parto – continuou ele.

– Não de parto, papai. Da condição que precede o parto.

– É claro. Mas você se lembra de quando a Sra. Underfoot vomitou na sala do trono, quase atingindo Sua Majestade, o rei da Noruega? Não havia nem camarão nem bebê. Todos sabiam que ela tinha bebido demais. Podemos alegar que você estava embriagada.

– Isso resolveria o meu problema? Duvido que haja muitos cavalheiros querendo se casar com uma alcoólatra. De qualquer forma, não foi só o camarão. Foi meu vestido.

– O que tem seu vestido?

– Usei um vestido de baile ontem à noite e, aparentemente, meu perfil passou às pessoas a impressão de que eu estava esperando um bebê.

O pai de Linnet a virou e analisou sua barriga.

– Você não parece nada diferente para mim. Talvez um pouco exposta nos ombros. Precisa mesmo mostrar tanto o busto?

– A não ser que eu queira parecer uma matrona beata – respondeu Linnet com certa aspereza –, sim, preciso mostrar o busto.

– Ora, esse é o problema – retrucou o visconde de Sundon. – Você parece uma cortesã! Que droga, eu disse com todas as letras à sua dama de companhia que você tinha que estar mais recatada do que qualquer outra pessoa no salão. Será que preciso fazer tudo sozinho? Ninguém consegue seguir instruções simples?

– Meu vestido não tinha nada de devasso – protestou Linnet, mas seu pai não estava ouvindo.

– Eu tentei, Deus sabe como eu tentei! Adiei a sua apresentação ao público na esperança de que a maturidade lhe desse serenidade perante o julgamento incontestável da alta sociedade, dada a reputação da sua mãe.

Mas de que adianta a serenidade se o seu decote indica que você é uma sem-vergonha?

Linnet suspirou.

– O caso não teve nada a ver com um decote. O vestido que eu usei ontem à noite tem...

– O *caso*! – repetiu seu pai, erguendo a voz. – Eu criei você sob os princípios mais rigorosos...

– Não *caso* no sentido de aventura amorosa – interrompeu Linnet. – Eu me refiro ao desastre que foi causado pelo meu vestido. Veja, ele tem duas anáguas e...

– Quero ver – exigiu o visconde de Sundon, interrompendo-a também. – Vá colocá-lo.

– Não posso colocar um vestido de baile a esta hora da manhã!

– Agora! E mande sua dama de companhia descer aqui também. Quero ouvir o que a Sra. Hutchins tem a dizer em sua defesa. Eu a contratei justamente para prevenir esse tipo de situação. Ela transmite uma imagem puritana tão petulante que eu confiei nela!

Então, Linnet foi colocar o vestido de baile.

Ele tinha sido confeccionado para ser justo na altura dos seios. Pouco abaixo, as saias eram repuxadas para trás, exibindo uma combinação de uma bela renda belga. A saia, por sua vez, também era repuxada para trás, exibindo uma terceira camada, feita de seda branca. O desenho parecia deslumbrante no esboço da loja de madame Desmartins. E, quando Linnet o tinha colocado na noite anterior, achara o efeito lindo.

Mas agora, enquanto sua aia ajustava todas aquelas saias e a Sra. Hutchins supervisionava, o olhar de Linnet parou exatamente onde sua cintura deveria estar – mas não estava.

– Céus! – disse ela, um pouco sem ar. – Eu realmente pareço grávida. – Ela se virou para o lado. – Veja como fica estufado. São todas essas pregas bem aqui, debaixo dos meus seios. Eu poderia esconder dois bebês embaixo desse pano todo.

A aia, Eliza, não se arriscou a emitir uma opinião, mas a Sra. Hutchins não teve essa discrição.

– Acho que não são as anáguas, mas o seu busto – afirmou ela.

Sua voz era levemente acusadora, como se Linnet fosse responsável pelo tamanho de seus seios.

Para Linnet, a dama de companhia tinha o rosto de uma gárgula. Sua aparência fazia as pessoas pensarem na igreja medieval, em todo o seu fervor religioso pétreo. O que, provavelmente, era o motivo pelo qual o visconde a tinha contratado, é claro.

Linnet se virou novamente para o espelho. O vestido, de fato, tinha um decote profundo, o que ela, francamente, considerava bom, dada a quantidade de jovens que pareciam não conseguir erguer seus olhos acima do queixo dela. Aquilo os mantinha ocupados e dava a Linnet licença para sonhar acordada, imaginando estar em outro lugar que não um salão de baile.

– Você é bem-dotada demais – continuou a Sra. Hutchins. – Tem muito volume em cima. Isso, somado à maneira como esse vestido fica estufado, faz parecer que você está esperando uma boa-nova.

– Não seria *boa* para mim – ponderou Linnet.

– Não nas suas circunstâncias.

A Sra. Hutchins pigarreou. Ela pigarreava da maneira mais irritante que Linnet já ouvira. Indicava, como a jovem havia descoberto nos últimos meses, que ela estava prestes a dizer algo desagradável.

– Por que é que nós não percebemos? – choramingou Linnet, frustrada, interrompendo a dama de companhia antes que ela pudesse expor sua crítica. – Parece tão injusto, perder minha reputação e, quem sabe, até mesmo minha chance de casar, só porque este vestido tem pregas e anáguas em excesso.

– A culpa é do seu comportamento – respondeu a Sra. Hutchins. – Você devia ter aprendido com o exemplo de sua mãe que, se agir desse jeito espevitado, as pessoas acharão que você é promíscua. Nos últimos meses, tentei, da melhor forma possível, dar conselhos de boas maneiras, mas você não me deu ouvidos. Agora, precisa colher o que plantou.

– Meu comportamento não tem nada a ver com este vestido e o efeito dele no meu corpo – retrucou Linnet.

Ela raramente se dava ao trabalho de examinar a si mesma no espelho. Se tivesse simplesmente olhado com atenção, se tivesse virado de lado…

– É o decote – insistiu, teimosamente, a Sra. Hutchins. – Você parece uma vaca leiteira, com o perdão da comparação.

Linnet não estava interessada em perdoar nada, então a ignorou. As pessoas deveriam alertar do perigo. Uma moça deve sempre se olhar de lado no espelho quando se veste, do contrário talvez descubra que toda a cidade de Londres, de repente, acredita que ela está esperando um bebê.

– Sei que você não está *grávida* – continuou a Sra. Hutchins, parecendo relutante ao admitir aquilo. – Mas, olhando para você agora, eu jamais acreditaria. – Ela pigarreou novamente. – Se puder aceitar um conselho, eu cobriria um pouco mais o seu colo. Não é decente. Afinal, eu tentei, por diversas vezes, alertá-la nos últimos dois meses e 23 dias em que estou vivendo nesta casa.

Linnet contou até cinco e respondeu secamente:

– Este é o único colo que eu tenho, Sra. Hutchins, e os vestidos de todas as moças têm esse mesmo desenho. Não há nada de especial no meu decote.

– Faz você parecer uma pequena fragata – analisou a dama de companhia.

– Uma o quê?

– Uma pequena fragata! Uma mulher fácil!

– Fragata não é um barco?

– Exatamente, do tipo que atraca em muitos portos.

– Creio que esta seja a primeira brincadeira que você faz comigo – disse Linnet. – E eu pensava que você não tinha senso de humor.

Depois daquilo, os cantos da boca da Sra. Hutchins se curvaram para baixo e ela não falou mais nada. E se recusou a acompanhar Linnet de volta à sala de visitas.

– Não tenho responsabilidade alguma pelo que aconteceu a você – alegou ela. – É a vontade dos Céus, e pode transmitir ao seu pai que eu disse isso. Fiz meu melhor para incutir princípios em você, mas já era tarde demais.

– Isso me parece muito injusto – respondeu Linnet. – Até mesmo uma pequena fragata deveria ter a chance de atracar em *um* porto antes de afundar.

A Sra. Hutchins arfou.

– Você ousa zombar. Não tem nenhuma noção de integridade! Acho que todos nós sabemos quem é o culpado disso.

– Na verdade, acho que tenho mais compreensão da integridade e do contrário dela do que a maioria das pessoas. Afinal, Sra. Hutchins, fui eu, e não a senhora, quem cresceu com minha mãe por perto.

– E aí está a raiz do seu problema – afirmou ela, com um sorriso sombrio. – Não é como se Sua Senhoria fosse filha de um fabricante de feltro que fugiu com um funileiro. Ninguém se importa com esse tipo. Sua mãe dançava como um ladrão sob a névoa enquanto todos a observavam. Não era uma cortesã disfarçada. Em vez disso, permitia que o mundo visse sua iniquidade!

– Um ladrão sob a névoa – repetiu Linnet. – Isso é bíblico, Sra. Hutchins?

Mas a dama de companhia apertou os lábios e saiu do quarto.

Capítulo 2

Castelo Owfestry
Pendine, País de Gales
Residência dos duques de Windebank

Piers Yelverton, conde de Marchant e herdeiro do duque de Windebank, estava sentindo uma dor considerável. Ele aprendera havia muito tempo que pensar no desconforto – uma palavra maldita e tola para esse tipo de agonia – era dar à dor um poder que ele não queria aceitar. Então, fingia que não notava o mal-estar e, com um pouco mais de esforço, se apoiou na bengala, aliviando a pressão em sua perna direita.

A dor o deixava irritado. Mas talvez não fosse a dor. Talvez fosse o fato de ele ter de ficar ali perdendo tempo com um idiota.

– Meu filho está sofrendo de diarreia aguda e dor abdominal – explicou lorde Sandys, puxando-o para mais perto da cama.

O filho do lorde estava deitado na cama, esquelético e amarelo. Parecia ter por volta de 30 anos, com um rosto longo e um ar insuportavelmente piedoso. Embora isso talvez pudesse ser reflexo do livro de orações que ele estava segurando.

– Estamos desesperados – disse lorde Sandys, parecendo bastante aflito. – Cinco médicos de Londres já o examinaram e trazê-lo aqui para Gales é nosso último recurso. Ele já foi sangrado, tratado com sanguessugas, tomou tintura de urtiga... Não bebe nada além de leite de jumenta, nunca leite de vaca. Ah, e demos a ele várias doses de enxofre, mas também sem efeito algum.

Aquilo era levemente interessante.

– Um desses imbecis que você consultou deve ter sido o Sydenham – disse Piers. – Ele é obcecado por *sulphur auratum antimonii.* Prescreve até para quem bateu o dedo do pé em um móvel. Recomenda com ópio, é claro.

Lorde Sandys assentiu.

– O Dr. Sydenham tinha esperança de que o enxofre fosse aliviar os sintomas do meu filho, mas não ajudou.

– E nem poderia. Aquele homem foi tolo o suficiente para ser admitido na Faculdade Real de Medicina e isso deveria ser indicativo de algo.

– Mas o senhor…

– Eu me juntei a eles por pura bondade.

Piers olhou para o filho do lorde. Ele realmente parecia bem doente.

– Provavelmente, você não se sentiu muito melhor tendo que se arrastar até aqui para me ver.

O homem piscou para ele e, então, disse devagar:

– Viemos de carruagem.

– Olhos inflamados – observou Piers. – Sinais de sangramento nasal recente.

– O que o senhor conclui disso? Do que ele precisa? – perguntou lorde Sandys.

– De um banho melhor. Ele é sempre desta cor?

– A pele dele é um pouco amarelada – reconheceu o lorde. – Não é herança da minha família.

Aquilo era um eufemismo, visto que o nariz do lorde tinha a cor de uma cereja.

– Você comeu lampreias em excesso?

O homem o fitou como se tivessem brotado chifres nele.

– Lazeia? O que é uma lazeia? Não comi nenhuma.

Piers se endireitou.

– Ele não conhece a história da Inglaterra. Melhor que morra mesmo.

– Você perguntou se ele comeu lampreias? – perguntou lorde Sandys. – Ele odeia peixes e frutos do mar. Não suporta enguias.

– Para ser mais preciso, ele está surdo como uma porta. Henrique I comia lampreias, um dos muitos reis loucos que tivemos neste país, apesar de não ser tão pirado quanto o atual rei. De qualquer forma, Henrique I era teimoso o suficiente para comer enguias em excesso e morrer por conta disso.

– Não estou surdo! – alegou o paciente. – Posso ouvir tão bem quanto qualquer um, se as pessoas simplesmente parassem de resmungar comigo. Minhas juntas doem. Elas são o problema.

– Você está morrendo, esse é o problema – afirmou Piers.

Lorde Sandys agarrou o braço dele e o puxou para longe da cama.

– Não diga uma coisa dessas na frente do meu filho. Ele não passou dos 32 anos.

– E tem o corpo de um homem de 80 anos. Ele teve relações com atrizes por muito tempo?

O lorde bufou.

– Certamente que não! Nossa família tem uma história que data de...

– Prostitutas? Vagabundas? Meretrizes, cortesãs ou piranhas? Apesar de que "piranhas" traria a questão dos peixes de volta para a conversa e você já me disse que ele não suporta peixes e frutos do mar. Mas e os peixes do tipo feminino?

– Meu filho é membro da Igreja! – esbravejou lorde Sandys.

– Isso explica tudo – disse Piers. – Todos mentem, mas os homens da Igreja transformam a mentira em uma arte. Ele tem sífilis. Os homens da Igreja são assolados por esta doença e, quanto mais religiosos são, mais sintomas têm. Eu devia ter adivinhado logo que vi o livro de orações.

– Não o meu filho – retrucou o lorde, parecendo realmente acreditar naquilo. – Ele é um homem de Deus. Sempre foi.

– Como eu estava dizendo...

– *Estou falando sério.*

– Hum. Bem, se não foi uma vagabunda...

– Nenhuma – garantiu lorde Sandys, meneando a cabeça. – Ele nunca... Ele não tem interesse. Esse garoto é como um santo. Quando tinha 16 anos, eu o levei ao Venus's Rose, em Whitefriars, mas ele não se interessou por nenhuma garota. Só começou a rezar e sugeriu que elas se juntassem a ele, o que não quiseram fazer. Ele é um candidato à santidade.

– Essa santidade está prestes a se tornar uma questão para uma autoridade maior. Não há nada que eu possa fazer.

Lorde Sandys agarrou o braço de Piers.

– Você precisa fazer alguma coisa!

– Não posso.

– Mas todos os outros médicos deram remédios a ele, disseram...

– Eram tolos, que não lhe disseram a verdade.

O lorde engoliu em seco.

– Ele estava bem até os 20 anos. Era um menino bom e saudável e então...

– Leve seu filho para casa e deixe que ele morra em paz. Porque ele vai morrer, quer eu dê a você uma solução de enxofre, quer não.

– Por quê? – sussurrou ele.

– Ele tem sífilis. Está surdo, diarreico, ictérico, tem inflamações nos olhos e nas juntas e sangramentos nasais. E, provavelmente, tem cefaleias.

– Ele nunca esteve com uma mulher. Eu juro. Não tem nenhuma lesão em suas partes íntimas, ou teria mencionado.

– Ele não precisa ter estado com uma mulher – disse Piers.

Puxou o jaleco da mão do lorde Sandys e chacoalhou o braço para endireitar a manga novamente.

– Como ele pode ter sífilis sem...

– Pode ter sido com um homem.

O lorde pareceu tão chocado que Piers se apiedou.

– Ou pode ter sido você, o que é muito mais provável. As damas que você visitava quando era jovem infectaram o menino antes mesmo de ele nascer.

– Fui tratado com mercúrio – protestou lorde Sandys.

– A troco de nada. Você ainda tem. Agora, se me der licença, tenho coisas importantes a fazer, como tratar de um paciente que talvez viva mais um ano.

Piers saiu do quarto e deparou com Prufrock, seu mordomo, no corredor.

– Eu me pergunto como você consegue dar conta de tudo – disse a ele. – Deve ser difícil administrar uma casa quando precisa conduzir seus afazeres nos corredores de modo a poder ouvir cada palavra preciosa que sai dos meus lábios.

– Não considero isso um problema – respondeu o mordomo, seguindo-o. – São muitos anos de prática. Não acha que foi um pouco duro com lorde Sandys?

– Duro? Fui duro? Certamente que não. Eu disse a ele exatamente o que havia de errado com o filho e o que deve ser feito. Em suma: vá para casa e espere pelo coral de anjos, pois não há milagres deste lado da fronteira.

– É o *filho* dele que está morrendo. E, se entendi direito, foi ele quem passou a doença ao pobre rapaz. Isso, certamente, é um baque.

– Meu pai não teria se importado nem um pouco – garantiu Piers. – Se tivesse outro herdeiro, é claro. Lorde Sandys tem uma ninhada de filhos. Um herdeiro e outros suplentes.

– Como sabe disso?

– A Igreja, seu tolo. Ele colocou esse rapaz na Igreja e parece tê-lo treinado desde que era bem jovem. O herdeiro deve estar se esbaldando nos bordéis exatamente como seu bom e velho pai. Lorde Sandys jamais permitiria que o herdeiro chegasse perto da Bíblia. O rapaz é descartável, o que é excelente, dadas as circunstâncias.

– Seu pai, o duque, ficaria muito perturbado com a ideia de ter passado adiante uma doença dessa natureza – analisou o mordomo.

– Talvez – disse Piers, fingindo considerar a afirmação. – E, talvez, não. Fico surpreso por meu pai não ter se casado com uma menininha pura de 20 anos. Ou 16. O tempo está passando e, nesse ritmo, ele nunca terá outro herdeiro.

– O senhor duque era devotado à senhora duquesa e ficou devastado com os terríveis acontecimentos do passado – disse Prufrock, faltando claramente com a verdade.

Piers não se deu ao trabalho de responder. Sua perna doía como se alguém tivesse enfiado uma barra de metal quente em sua coxa.

– Preciso de uma bebida. Por que você, como um bom mordomo, não se adianta e me encontra com um conhaque forte na porta da biblioteca?

– Continuarei caminhando ao seu lado caso o senhor caia – disse Prufrock.

– Suponho que você tenha fantasias impedindo a minha queda – brincou Piers, dando uma olhada de lado para o mordomo magricelo.

– Na verdade, não. Mas eu poderia chamar um lacaio para arrastá-lo pelo corredor. É de mármore, então pode ser que o senhor sofra uma concussão e talvez isso o torne mais gentil com seus pacientes, sem contar com a sua criadagem. O senhor fez Betsy cair no choro novamente esta manhã. Parece pensar que as serviçais nascem em árvores.

Graças a Deus eles estavam se aproximando da biblioteca. Piers parou por um momento, a ideia da amputação pairando em sua mente, e não pela primeira vez. Ele podia conseguir uma daquelas camas egípcias que a própria Cleópatra levava aonde fosse. Caminhar seria bem mais difícil, mas, ao menos, ele estaria livre de sua dor infernal.

– Seu pai escreveu – contou o mordomo. – Tomei a liberdade de colocar a carta em sua escrivaninha.

– Tomou a liberdade de abri-la, provavelmente – disse Piers. – O que ele tem a dizer?

– Ele expressa certo interesse pelo seu futuro conjugal – respondeu, alegremente, Prufrock. – Parece que aquela última missiva que o senhor mandou para ele, aquela que listava todas as suas demandas para uma esposa, não o dissuadiu. Um tanto surpreendente, devo dizer.

– Aquela que o chamava de idiota? – perguntou Piers. – Você leu aquela também, seu gambá pestilento?

– O senhor está bastante poético hoje – observou Prufrock. – Toda aquela aliteração quanto a meretrizes e cortesãs e, agora, para seu humilde mordomo. Garanto que me sinto honrado.

– O que o duque escreveu dessa vez? – quis saber Piers.

Ele podia ver a porta da biblioteca. Quase conseguia sentir o conhaque descendo por sua garganta.

– Eu disse a ele que não aceitaria uma esposa, a não ser que ela fosse linda como o sol e a lua. O que é uma citação literária, caso você não saiba. E acrescentei uma série de outras condições também, condições que, certamente, o fariam espumar de desespero – continuou Piers.

– Ele está procurando uma esposa – respondeu o mordomo.

– Para ele mesmo, imagino. Apesar de ter esperado um pouco demais – disse Piers, sem demonstrar muito interesse pelo assunto. – Homens da idade dele não têm os colhões que costumavam ter, com o perdão da verdade vulgar, Prufrock. Deus sabe que você tem mais sensibilidades que eu.

– Eu tinha antes de começar a trabalhar para o senhor – disse Prufrock, abrindo a porta da biblioteca com um floreio.

Só havia uma coisa na mente de Piers. Era dourada, tinha gosto de fogo e ia sumir com a dor em sua perna.

– Então ele quer uma esposa – refletiu, sem prestar muita atenção ao que dizia.

Foi até o decanter de conhaque e se serviu de uma boa dose.

– Foi um dia péssimo. Não que isso importe para mim, ou para você, no fim das contas, mas não há nada que eu possa fazer por aquela jovem que apareceu na porta dos fundos esta manhã – alegou Piers.

– Aquela que estava com a barriga toda inchada?

– Não é um inchaço comum e, se eu abri-la, vou matá-la. Se não abri-la, a doença vai matá-la. Então, optei pela escolha mais fácil.

Ele virou o conhaque.

– O senhor a mandou embora?

– Ela não tinha para onde ir. Eu a encaminhei para a enfermeira Matilda, com instruções de colocá-la na cama na ala oeste com ópio suficiente para manter a mente dela longe do que está prestes a acontecer. Graças a Deus este castelo é grande o suficiente para abrigar metade das pessoas moribundas da Inglaterra.

– Seu pai – insistiu o mordomo – e a questão do casamento.

Ele estava tentando distraí-lo. Piers se serviu de outra dose; menor, dessa vez. Ele não tinha nenhuma vontade de enfiar a cabeça em uma garrafa de conhaque e nunca mais sair de lá, no mínimo por ter aprendido com seus pacientes que o excesso impediria o conhaque de continuar abrandando a dor.

– Ah, o casamento – repetiu ele obedientemente. – Já estava na hora. Minha mãe se foi há vinte anos. Bem, *se foi* não é bem a expressão correta, não é? De qualquer forma, minha querida *maman* está no continente, vivendo uma boa vida, então, Sua Graça pode muito bem se casar de novo. Não foi fácil conseguir aquele divórcio, sabia? Provavelmente, custou a ele tanto quanto um pequeno imóvel. Ele devia aproveitar a chance enquanto ainda há tempo, ou, em suma, enquanto ainda consegue.

– Seu pai não vai se casar – disse Prufrock.

Algo no tom de voz dele fez Piers erguer os olhos.

– Você não estava brincando.

O mordomo balançou a cabeça.

– Tenho a impressão de que Sua Graça considera o senhor, ou o seu casamento, um desafio. Talvez o senhor não devesse ter listado tantos requisitos. Pode-se dizer que isso atiçou a determinação do duque. Deixou-o, por assim dizer, interessado no projeto.

– Não me diga! Ele nunca vai conseguir encontrar alguém. Tenho uma reputação, você sabe.

– Seu título tem mais peso que sua reputação – disse o mordomo. – Além disso, há a pequena questão dos bens do seu pai.

– Provavelmente você tem razão. Maldito seja!

Piers decidiu que conseguiria dar conta de outra pequena dose.

– Mas e a minha lesão, hein? – continuou ele. – Você acha que uma mulher concordaria em se casar com um homem… O que estou dizendo? É claro que uma mulher concordaria com isso.

– Duvido que muitas jovens vissem isso como um problema incontornável – respondeu Prufrock. – Já sua personalidade…

– Maldito seja! – retrucou Piers, mas sem rancor algum.

Capítulo 3

No momento em que Linnet retornou à sala de visitas, seu pai grunhiu alto.

– No mês passado, eu declinei três propostas de casamento para você e, posso dizer, neste exato momento, que nunca mais receberei outra. Céus, eu mesmo não acreditaria que você é uma donzela. Você parece estar grávida de quatro ou cinco meses.

Linnet se sentou pesadamente, as saias esvoaçando em uma nuvem branca antes de assentarem ao redor dela.

– Não estou – disse ela. – Não estou prenhe.

Ela começava a se sentir quase como se, de fato, estivesse esperando um bebê.

– Damas não usam essa palavra – censurou lorde Sundon. – Você não aprendeu nada com sua governanta?

Ele agitou seu monóculo no ar para ilustrar melhor o que estava falando.

– Pode se referir a isso como uma condição delicada, ou talvez como *grávida*. Nunca "prenhe", uma palavra rude, com conotações desagradáveis. O prazer, a graça de pertencer à nossa classe está no fato de que podemos fazer vistas grossas ao terreno, ao prolífico, ao…

Linnet parou de ouvir. Seu pai era uma visão e tanto de azul-claro, o colete fechado por botões prateados incrustados com contas de marfim; sua lapela prussiana, um verdadeiro milagre da elegância. *Ele* era muito bom em fazer vistas grossas a qualquer coisa terrena, mas ela nunca tivera tanto sucesso.

Naquele momento, uma batida longa ressoou na porta. Sem conseguir se conter, Linnet, esperançosa, ergueu os olhos quando o mordomo entrou para anunciar o visitante. Certamente, o príncipe Augustus tinha repensado sua atitude. Como ele podia ficar sentado em seu castelo sabendo que ela estava sendo rejeitada pela sociedade? Ele devia ter ouvido falar sobre os acontecimentos desastrosos do baile, e sobre como ninguém mais tinha falado com ela depois que ele fora embora.

Tudo bem, o príncipe tinha se retirado enquanto a notícia ainda se espalhava pelo salão. Ele tinha passado pela porta com seus acompanhantes sem olhar para ela... E, depois disso, todos no salão deram as costas a ela. Aparentemente, eles estavam só esperando para ver qual seria a reação dele ao saber que ela estava esperando um filho.

Mas Augustus, de todas as pessoas, saberia que aquilo era tolice. Ao menos ele saberia que a criança não era *dele*. Talvez tivesse sido por isso que a dispensara tão abruptamente. Talvez também tivesse acreditado nos rumores e achasse que ela estava grávida de outro homem.

Ela passou a ser ignorada por todo o salão. Certamente, era a primeira vez.

O visitante não era o príncipe Augustus, mas lady Etheridge, tia de Linnet, conhecida pelos íntimos como Zenobia. Ela mesma escolhera esse nome, ao notar, ainda menina, que "Hortense", o nome de uma flor, não combinava com sua personalidade.

– Eu sabia que isso acabaria mal – anunciou ela.

Zenobia parou em frente à porta e largou as luvas no chão, em vez de entregá-las ao lacaio que estava a seu lado.

A tia de Linnet adorava um drama e, quando embriagada, ficava propensa a informar a todos na mesa de jantar que poderia ter interpretado lady Macbeth melhor que Sarah Siddons.

– Eu já falei e vou repetir, Cornelius, essa menina é bonita demais para o próprio bem. E eu estava certa. Aqui está ela, *grávida*, e Londres inteira ficou sabendo da notícia em uma festa, menos eu.

– Não estou... – começou Linnet.

Mas logo foi interrompida por seu pai, que optou por partir para o ataque.

– Não é culpa da minha filha se ela puxou à mãe.

– Minha irmã era tão pura quanto a neve recém-caída – retrucou Zenobia.

Agora, a batalha estava devidamente iniciada e não havia como pará-la.

– Talvez minha esposa fosse fria, e Deus sabe que eu sou a pessoa certa para falar isso, mas, certamente, ela era calorosa o suficiente quando queria. Todos nós sabemos como a Donzela de Gelo podia esquentar de uma hora para outra, particularmente quando a realeza estava por perto!

– Rosalyn merecia um rei! – gritou Zenobia.

Ela marchou sala adentro e parou com a postura de quem estava prestes a atirar uma flecha. Linnet reconheceu a pose: era exatamente a mesma que, na semana anterior, a Sra. Siddons tinha feito no palco do Covent Garden, quando sua Desdêmona repudiou as cruéis acusações de infidelidade de Otelo.

Seu pobre pai, contudo, estava longe de ser um guerreiro como Otelo. O fato era que sua amada mamãe tinha sido descaradamente infiel e ele sabia. Assim como tia Zenobia, apesar de estar optando por bancar a ignorante.

– Eu realmente não acho essa questão relevante – retrucou Linnet. – Mamãe morreu há alguns anos e a afeição dela pela realeza não tem importância alguma.

Tia Zenobia lhe lançou um olhar afetado.

– Eu sempre defenderei sua mãe, apesar de ela jazer em seu túmulo frio.

Linnet se recolheu novamente em seu canto. Era verdade, sua mãe estava morta. E, francamente, ela achava que sentia mais falta da mãe do que Zenobia, visto que as irmãs brigavam feio quase toda vez que se encontravam. Na maioria das vezes, por causa de homens, era preciso admitir. Apesar de, para crédito de Zenobia, ela nunca ter sido, nem de longe, tão promíscua quanto sua mãe.

– É a beleza – alegou seu pai. – Subiu à cabeça de Linnet, assim como aconteceu com Rosalyn. Minha esposa achava que a beleza lhe dava o direito de fazer o que quisesse...

– Rosalyn nunca fez nada impróprio! – interrompeu Zenobia.

– Ela fugiu da respeitabilidade por anos – continuou seu pai, erguendo a voz. – E, agora, a filha seguiu o mesmo caminho e está arruinada. Arruinada!

Zenobia abriu a boca, mas logo em seguida a fechou. Houve uma pausa.

– Certamente não é Rosalyn o problema aqui – disse ela, alisando o cabelo. – Por ora precisamos nos concentrar em nossa querida Linnet. Levante-se, meu bem.

Linnet se levantou.

– Cinco meses, eu diria – afirmou Zenobia. – Não sei como você conseguiu esconder isso de mim. Ora, eu fiquei tão chocada quanto qualquer um ontem à noite. A condessa de Derby foi bastante rude comigo, pensando que eu estava escondendo a notícia. Precisei admitir que não sabia de nada e acho que ela não acreditou em mim.

– Não estou esperando um bebê – disse Linnet, pronunciando as palavras lentamente.

– Ela disse o mesmo ontem à noite – confirmou seu pai. – E, mais cedo, esta manhã, não parecia grávida. – Ele olhou para a cintura dela. – Mas agora parece.

Linnet empurrou o tecido que se estufava bem abaixo de seus seios.

– Viram? Não estou *grávida*. Não há nada aqui além de tecido.

– Minha querida, em algum momento você terá que nos contar – disse Zenobia, pegando um espelhinho e se olhando nele. – O bebê não vai sumir daí. Nesse ritmo, em questão de meses, você estará maior que uma casa. Eu mesma me retirei para o campo assim que minha cintura alargou, mesmo que apenas um tiquinho.

– O que faremos com ela? – perguntou o visconde.

Ele desabou em uma poltrona tão subitamente quanto uma marionete cujas cordas foram cortadas.

– Não há nada que você possa fazer – respondeu Zenobia, passando pó no nariz. – Ninguém quer um ninho já ocupado por um passarinho. Você terá que mandá-la para fora do país e ver se ela consegue arranjar alguém por lá, depois que todo esse aborrecimento passar, é claro. É melhor dobrar o dote dela. Ainda bem que ela é herdeira. Alguém vai aceitá-la.

Zenobia largou o pó de arroz e sacudiu o dedo para Linnet.

– Sua mãe ficaria muito decepcionada, minha querida. Ela não lhe ensinou nada?

– Suponho que você queira dizer que Rosalyn devia tê-la treinado na arte de ser tão dissimulada quanto ela própria – retrucou seu pai.

Contudo, ele ainda estava tombado na poltrona e, obviamente, tinha perdido a energia.

– Eu não dormi com o príncipe – afirmou Linnet, tão alto e claro quanto podia. – Devia ter dormido. Talvez, se tivesse dormido, ele se sentisse obrigado a se casar comigo agora. Mas eu escolhi não dormir.

Seu pai grunhiu e largou a cabeça no encosto da poltrona.

– Não ouvi isso – disse Zenobia, estreitando os olhos. – Ao menos a realeza é uma espécie de desculpa. Se essa criança é resultado de qualquer coisa inferior a sangue ducal, não quero ouvir nem uma palavra sobre isso.

– Eu não... – tentou Linnet.

Sua tia a cortou com um gesto brusco.

– Acabei de perceber, Cornelius, que talvez essa seja a sua salvação. – Ela se voltou para Linnet. – Diga-nos quem é o pai dessa criança e seu pai vai exigir o casamento. Ninguém abaixo do príncipe *ousará* negar a exigência dele.

Sem parar para recuperar o fôlego, ela se virou novamente para o cunhado.

– Talvez você tenha que encarar um duelo, Cornelius. Suponho que tenha pistolas em algum lugar desta casa, não? Você não desafiou lorde Biletsford para um duelo anos atrás?

– Depois de encontrá-lo na cama com Rosalyn – lembrou o pai de Linnet.

Ele não parecia ressentido, apenas indiferente.

– Cama nova; só a tínhamos havia uma ou duas semanas – continuou ele.

– Minha irmã era dada a muitas paixões – disse Zenobia, carinhosamente.

– Achei que você tivesse acabado de dizer que ela era pura como a neve! – esbravejou o visconde.

– Nenhuma delas tocou sua alma! Ela morreu em estado de graça.

Ninguém estava disposto a argumentar, então Zenobia continuou:

– De qualquer forma, é melhor você encontrar aquelas pistolas, Cornelius, para ver se ainda funcionam. Talvez você precise ameaçar matar o homem. Apesar de que, na minha experiência, se você dobrar o dote, tudo se resolverá bem rápido.

– Não há homem nenhum para matar – insistiu Linnet.

Zenobia bufou.

– Não me diga que você vai tentar bancar a Virgem Maria, meu bem. Não consigo imaginar que tenha funcionado muito bem lá em Jerusalém. Toda vez que o padre fala sobre isso no Natal, só posso pensar que aquela pobre moça deve ter sofrido muito tentando fazer as pessoas acreditarem naquela história.

– Não consigo entender por que você está trazendo as Escrituras para esta conversa – disse o visconde. – Estamos falando de príncipes, não de deuses.

Linnet resmungou.

– É este vestido que me faz parecer inchada.

Zenobia afundou em uma poltrona.

– Você está tentando me dizer que *não* está esperando um filho?

– É o que estou dizendo. Não dormi com o príncipe nem com nenhuma outra pessoa.

Houve uma pausa lúgubre enquanto, finalmente, a verdade era assimilada.

– Senhor do Céu, você está arruinada e nem sequer aproveitou – disse a tia. – E o pior é que apenas exibir sua cintura em toda a sua forma não ajudaria em nada a esta altura. As pessoas simplesmente pensariam que você deu um jeito no problema.

– Depois que o príncipe se recusou a casar com ela – disse o visconde pesarosamente –, eu mesmo pensaria isso, dadas as circunstâncias.

– Isso não é injusto – reclamou Linnet com afinco. – Com a... hum... reputação de mamãe, as pessoas naturalmente esperavam que eu, talvez, fosse um tanto coquete...

– Isso é um eufemismo – disse seu pai. – Eles achavam que você seria uma sem-vergonha e agora sabem que é. Só que você não é.

– É a beleza – ponderou a tia, regozijando-se um pouquinho. – As mulheres da minha família são amaldiçoadas pela beleza. Veja a amada Rosalyn, que morreu tão jovem.

– Não acho que *você* tenha sido amaldiçoada – disse o visconde com certa rudeza.

– Ah, mas fui, sim – garantiu Zenobia. – Sim, sim, sim. A beleza me ensinou o que poderia ter acontecido se eu não tivesse as correntes do nascimento me contendo. Eu teria encantado os palcos do mundo, você sabe. Rosalyn também. Acho que é por isso que ela era tão...

– Tão o quê? – perguntou o visconde, intrometendo-se.

– Irresistível – concluiu Zenobia.

O pai de Linnet bufou.

– Impura, mais precisamente.

– Ela sabia que podia ter se casado com a nata da região – disse Zenobia. – E, veja você, esse mesmo sonho arrebatou nossa querida Linnet e agora ela está arruinada.

– Rosalyn não podia ter se casado com a nata da região – discordou o visconde. – Há uma razão para as Leis de Casamento Real, sabia? – Ele apontou um dedo para Linnet. – Você nem pensou nisso antes de criar tamanho escândalo com o jovem príncipe? Pelo amor de Deus, todos sabem que ele se casou com uma alemã há alguns anos. Em Roma, creio. O próprio rei teve que se envolver para anular o casamento.

– Eu não sabia até ontem – confessou Linnet. – Quando Augustus me contou.

– Ninguém conta esse tipo de coisas às moças – disse a tia com desdém. – Se você estava tão preocupado assim, Cornelius, por que não participou dessas festas e cuidou dela você mesmo?

– Porque eu estava ocupado! E encontrei uma mulher para ser dama de companhia dela, visto que você é preguiçosa demais para acompanhá-la. A Sra. Hutchins. Perfeitamente respeitável em todos os sentidos e que também parecia compreender o problema. Onde está aquela mulher? Ela me garantiu que manteria seu nome puro como a neve recém-caída.

– Ela se recusou a descer.

– Com medo de encarar os fatos – murmurou ele. – E onde está sua governanta? Aquela é outra. Eu disse a ela, *repetidas* vezes, que, por conta da reputação da sua mãe, sua maquiagem precisava ser mais casta do que o padrão.

– A Sra. Flaccide se sentiu ofendida ontem à noite quando você disse que ela era uma ramificação de Satã e a acusou de ter me transformado em uma cortesã – disse Linnet.

– Eu tinha bebido uma ou duas doses – justificou o pai, parecendo totalmente irredutível. – Afoguei minhas mágoas depois que disseram na minha cara – na minha cara! – que minha única filha tinha sido depravada.

– Ela foi embora quase uma hora depois – continuou Linnet. – E duvido que volte, porque Tinkle disse que ela levou consigo uma boa quantia de prata.

– A prata é irrelevante – disse Zenobia. – Você nunca deveria enraivecer seus melhores criados, porque eles, invariavelmente, sabem onde estão guardados todos os bens de valor. Bem mais importante que isso, suponho que a sua governanta soubesse de tudo sobre os bilhetes melosos que aquele membro secundário da realeza possa ter enviado a você.

– Ele não me escreveu nenhuma carta de amor, se é disso que a senhora está falando. Mas uma manhã, mais ou menos há um mês, ele jogou morangos na janela do meu quarto. Tanto ela quanto a Sra. Hutchins disseram que não devíamos deixar ninguém saber.

– E agora Flaccide vai contar a todos sobre isso – disse Zenobia. – Você é mesmo um tolo, Cornelius. Devia ter dado quinhentas libras à moça na mesma hora e a enviado para Suffolk. Agora ela deve estar por aí transformando alguns morangos em uma plantação inteira. Vai dizer que Linnet está esperando gêmeos!

Linnet pensou que, provavelmente, sua governanta agarraria aquela chance. Elas nunca gostaram muito uma da outra. Para falar a verdade, as mulheres raramente gostavam dela. Desde que debutara, havia quatro meses, as outras meninas se amontoavam em grupos e escondiam o riso com a mão. Mas nunca compartilharam uma piada com Linnet.

Zenobia se esticou e tocou o sino.

– Não consigo entender por que você não me ofereceu chá, Cornelius. A vida de Linnet pode ter dado uma guinada, mas ainda temos que comer.

– Estou arruinado e você quer chá? – resmungou o visconde.

Tinkle abriu a porta com tanta rapidez que Linnet soube que ele estava escutando toda a conversa. Não que ficasse surpresa com isso.

– Queremos chá e alguma coisa para comer – orientou Zenobia. – E algo para afinar a silhueta também.

O mordomo franziu a testa.

– Pepinos, vinagre, algo dessa natureza – explicou ela com impaciência.

Quando a porta se fechou, ela apontou para o colo de Linnet.

– Nós precisamos fazer alguma coisa com relação a *isso*. Ninguém descreveria você como graúda, meu bem, mas também não é exatamente uma vareta, é?

Linnet contou até cinco novamente.

– Minha aparência é exatamente como a da minha mãe. E a sua.

– Tentação de Satã – disse seu pai taciturnamente. – Ainda mais descoberta desse jeito.

– Não tive tanta sorte – respondeu Linnet. – Consegui um príncipe, mas o rei das trevas nunca apareceu.

– Augustus não poderia nem ser um demônio inferior – disse a tia. – Não fico surpresa por ele não ter conseguido seduzir você, agora que parei para pensar nisso. Ele é meio palerma.

– Não devia haver roupas que fazem uma jovem parecer uma matrona grávida – afirmou lorde Sundon. – Se há, não quero saber delas. Isto é, eu não ia querer saber delas se fosse do tipo que usa vestidos. Ou seja, se eu fosse uma mulher.

– Você está ficando mais estúpido a cada ano – observou Zenobia. – Eu nunca saberei por que minha irmã um dia concordou em se casar com você.

– Mamãe amava o papai – disse Linnet com o máximo de firmeza que conseguiu.

Ela tinha se apegado a isso anos atrás, depois de uma noite muito confusa em que tinha encontrado a mãe com um cavalheiro em uma situação peculiar, engajados em uma atividade bem íntima.

"Eu amo seu pai", a mãe tinha lhe dito na época. "Mas, querida, o amor não é o bastante para mulheres como eu. Preciso de adoração, versos, poesia, flores, joias... Sem contar o fato de que François tem o corpo de um deus e parece um cavalo, mesmo quando mole."

Linnet piscara para a mãe e Rosalyn lhe dissera:

"Deixe para lá, querida. Um dia vou lhe explicar tudo, quando você for um pouco mais velha."

Ela nunca teve a chance de explicar, mas Linnet, de alguma forma, conseguira angariar informações suficientes para deduzir o que tinha chamado a atenção de sua mãe com relação a François.

Agora os olhos de seu pai se voltaram para ela.

– Rosalyn me amava do mesmo jeito que Augustus ama você. Resumindo: não o suficiente.

– Pelo amor de Deus – disse Zenobia. – Isso é suficiente para *me* afogar no Pântano do Desânimo! Deixem a pobre Rosalyn descansar em seu túmulo, está bem? Você me faz lamentar o dia em que ela decidiu aceitar a sua mão.

– Isso traz tudo de volta – disse o visconde pesarosamente. – Linnet puxou à mãe; todos podem ver.

– Isso é bastante injusto – retrucou Linnet, olhando zangada para o pai. – Fui um modelo de castidade nessa temporada. Na verdade, minha vida inteira!

Ele franziu a testa.

– É que há algo em você...

– Você tem malícia no olhar – completou Zenobia, sem ser rude. – Que Deus tenha Rosalyn, mas isso é tudo culpa dela. Ela passou para você. Essa covinha e alguma coisa nos seus olhos e na sua boca. Você é indecente.

– Uma mulher indecente teria se divertido muito mais nessa temporada do que eu – protestou Linnet. – Fui tão decente quanto qualquer outra jovem da sociedade, pode perguntar à Sra. Hutchins.

– Realmente parece injusto – concordou Zenobia.

Uma gota dourada de mel ficou suspensa em seu bolinho e balançou delicadamente antes de cair na seda violeta de seu vestido matinal.

– Espero que a senhora tenha contado à condessa que eu nunca fiquei sozinha com Augustus, nunca – disse Linnet.

– Como eu poderia fazer isso? – perguntou Zenobia. – Não estou a par da sua agenda social, minha cara. Fiquei tão chocada quanto a querida condessa, posso lhe garantir.

Linnet grunhiu.

– Eu poderia ficar nua no meio do Almack's e, mesmo assim, ninguém acreditaria que não estou esperando um bebê, não importa quanto minha cintura seja fina. A senhora praticamente confirmou, tia Zenobia. E papai dispensou a Srta. Flaccide, e tenho certeza absoluta de que ela está falando coisas horríveis sobre mim por toda a Londres. Vou ter mesmo que morar fora do país, ou em algum lugar no campo.

– Os franceses são *muito* fáceis de agradar, apesar de ter aquela guerra inconveniente acontecendo – disse Zenobia, encorajando-a. – Mas tenho outra ideia.

Linnet não conseguiu se obrigar a perguntar, mas seu pai fez isso por ela.

– O que é? – perguntou, exausto.

– Não o quê... *quem*.

– Quem?

– Yelverton, o herdeiro de Windebank.

– Windebank? Quem é esse? Está falando de Yonnington? Walter Yonnington? Porque se o filho dele tiver alguma semelhança com o pai, eu não deixaria Linnet chegar perto dele nem que *estivesse* esperando um bebê.

– Muito gentil da sua parte, papai – murmurou Linnet.

Como a tia não lhe ofereceu nenhum bolinho, ela mesma pegou.

– Afinar a silhueta, minha querida. Pense em *afinar* – disse Zenobia, em um tom gentil, porém firme.

Linnet apertou os lábios e colocou manteiga extra em seu bolinho.

Zenobia suspirou.

– Cornelius, Yelverton é duque de Windebank. Francamente, eu me pergunto como você consegue transitar em meio aos lordes com esse parco conhecimento da aristocracia.

– Sei o que preciso saber – respondeu o visconde. – E não me importo com o que não preciso. Se você estava falando de Windebank, por que simplesmente não disse logo?

– Eu estava pensando no filho dele – explicou Zenobia. – O jovem tem o segundo título, é claro. Agora, deixe-me pensar... Acho que o primeiro nome dele é algo esquisito. Peregrine, Penrose... *Piers*, é isso.

– Parece que estamos falando de um cais – observou lorde Sundon.

– A Sra. Hutchins me chamou de pequena fragata esta manhã – contou Linnet. – Talvez um cais seja perfeito para mim.

Zenobia meneou a cabeça.

– Foi exatamente esse tipo de comentário que colocou você nessa situação, Linnet. Já lhe disse várias vezes, toda essa esperteza não lhe faz nada bem. As pessoas querem que uma lady seja linda, mas *esperam* que ela seja uma verdadeira dama, ou seja: meiga, obediente e refinada.

– E, mesmo assim, a senhora é aceita como uma lady – retrucou Linnet.

– Sou casada – respondeu Zenobia. – Ou era, até Philip falecer. Não preciso demonstrar meiguice e delicadeza. Você, sim. É melhor aperfeiçoar os seus diálogos de dama antes de ir a Gales conhecer Yelverton. O título dele será de conde de Marchant. Ou seria de Mossford? Não consigo lembrar direito. Eu nunca o conheci, é claro.

– Nem eu – disse lorde Sundon. – Você está tentando juntar Linnet com um rapazote, Zenobia? Nunca vai dar certo.

– Ele não é um rapazote. Deve ter mais de 30 anos. Trinta e cinco, pelo menos. Você certamente se lembra da história, Cornelius.

– Não ligo para histórias – respondeu o visconde, irritado. – Era a única maneira de viver sob o mesmo teto que sua irmã.

– O que precisa é fazer um tratamento para desobstruir o baço – disse Zenobia, largando o bolinho. – Está deixando a bile fermentar no seu sistema, Cornelius, e é uma emoção muito poderosa. Rosalyn está morta. Deixe-a *morta*, por favor!

Linnet decidiu que era hora de intervir.

– Tia Zenobia, por que acha que o duque estaria interessado em me juntar ao filho dele? Se for isso realmente o que a senhora está cogitando.

– Ele está desesperado – respondeu sua tia. – A Sra. Nemble me contou e ela é amiga próxima de lady Grymes. E você sabe que o marido dela é meio-irmão de Windebank.

– Não, eu não sei – disse o visconde. – E também não me importo. Por que Windebank está desesperado? O filho dele tem retardo mental? Não me lembro de ter visto filho algum no meio dos lordes ou no Boodle's.

– Ele não tem retardo mental – respondeu Zenobia triunfante. – É melhor ainda!

Houve um momento de silêncio em que tanto Linnet quanto seu pai ficaram pensando no que isso poderia significar.

– Ele não tem o que é preciso – esclareceu a tia.

– Não tem? – perguntou lorde Sundon, sem entender.

– Um dígito a menos – complementou Zenobia.

– Um dedo? – arriscou Linnet.

– Pelo amor de Deus – disse Zenobia, lambendo um pouco de mel do dedo. – Sempre tenho que explicar tudinho nesta casa. O homem sofreu um acidente quando ainda era jovem. Hoje, caminha com uma bengala. E o acidente o deixou impotente. Nada de herdeiro agora e nada de herdeiro depois.

– Impotente? – perguntou Linnet. – O que isso significa?

Houve um momento de silêncio enquanto o pai e a tia a analisavam com atenção, como se ela fosse uma espécie rara de besouro que eles encontraram debaixo do tapete.

– Isso cabe a você explicar – disse o pai, voltando-se para Zenobia.

– Não na *sua* frente – protestou a tia.

Linnet esperou.

– No momento, tudo o que você precisa saber é que ele não pode ter filhos – esclareceu Zenobia. – Esse é o ponto crucial.

Linnet, instantaneamente, uniu essa informação a todos os comentários que sua mãe tinha feito ao longo dos anos e descobriu que não tinha mais nenhuma vontade de saber sobre o assunto.

– Como isso pode ser melhor do que ter retardo mental? – perguntou ela. – Em um marido, quero dizer.

– Retardo mental pode ser sinônimo de babar à mesa de jantar e só Deus sabe o que mais – explicou sua tia.

– Você está falando da *Fera*! – exclamou seu pai subitamente. – Já ouvi falar muito nele. Só não me dei conta de primeira.

– Marchant não é nenhum monstro – respondeu Zenobia, bufando. – Isso é fofoca barata, Cornelius, e acho que isso está abaixo de você.

– Todo mundo o chama assim – defendeu-se o visconde. – O homem tem um temperamento péssimo. É um médico brilhante, ou ao menos é o que todos dizem, mas tem o temperamento de um demônio.

– Um faniquito aqui ou acolá faz parte do casamento – retrucou Zenobia, dando de ombros. – Espere até ele ver como Linnet é bonita. Vai ficar maravilhado pelo fato de o destino tê-lo abençoado com uma noiva tão adorável.

– Eu realmente preciso escolher entre retardado e monstruoso? – perguntou Linnet.

– Não, entre retardado e incapacitado – disse sua tia com impaciência. – Seu novo marido vai ficar feliz por essa criança que você, supostamente, está esperando, e eu posso garantir que seu sogro vai ficar extasiado.

– Vai? – perguntou lorde Sundon.

– Vocês ainda não entenderam? – falou Zenobia, levantando-se.

Ela deu alguns passos, então se virou devagar.

– Por um lado, temos um duque solitário, com um filho. Apenas um. E, fiquem sabendo, esse duque é obcecado pela realeza. Ele se considera amigo íntimo do rei, ou ao menos se considerava, antes de o rei ficar louco como um... como um louco.

– Isso eu entendi – disse o visconde.

– Shhh – fez Zenobia impacientemente. Ela odiava ser interrompida. – De um lado, o duque solitário e desesperado. De outro, o filho lesionado e incapacitado. No fim das contas... um reino.

– Um reino? – repetiu o visconde, seus olhos se arregalando.

– Ela está falando metaforicamente – disse Linnet, pegando mais um bolinho.

Ela conhecia mais a tia do que seu pai e estava familiarizada com seu amor por floreios retóricos.

– Um reino sem futuro, pois não haverá criança para dar continuidade ao nome da família – disse Zenobia, abrindo bem os olhos.

– O duque... – começou lorde Sundon.

– *Shhh* – ralhou ela. – Pergunto a vocês, do que essa família desesperadamente infeliz precisa?

Nem Linnet nem o pai ousaram responder.

O que não tinha problema, pois Zenobia só tinha feito uma pausa para causar efeito.

– Pergunto novamente, do que essa família desesperadamente infeliz precisa? Eles precisam de... um *herdeiro*!

– Não precisamos todos? – disse o visconde, suspirando.

Linnet esticou o braço e fez um carinho na mão do pai. Um dos fatos bastante cruéis da vida era que sua mãe tinha sido extremamente liberal com seus préstimos, mas tinha dado ao marido apenas uma filha, que não podia herdar a maior parte dos bens do pai.

– Eles precisam, sim – reiterou Zenobia, erguendo a voz para recuperar a atenção de sua plateia. – Eles precisam de um *príncipe*!

Depois de mais ou menos um minuto, Linnet arriscou perguntar:

– Um príncipe, tia Zenobia?

Aquilo lhe rendeu o lindo sorriso de uma atriz recebendo elogios, se não buquês de rosas, de sua plateia.

– Um príncipe, minha cara. E você, mocinha de sorte, tem exatamente o que eles precisam. Ele está procurando um herdeiro e você tem esse herdeiro. E, o que é mais importante, estará oferecendo sangue real a eles.

– Entendo aonde você quer chegar – disse o visconde lentamente. – Não é uma ideia tão ruim assim, Zenobia.

Ela ficou com o rosto um pouco vermelho.

– Nenhuma das minhas ideias é ruim. Nunca.

– Mas eu não tenho um príncipe – disse Linnet. – Se entendi corretamente, o duque de Windebank está procurando uma mulher prenhe...

Seu pai grunhiu e Linnet retificou a frase.

– Quero dizer, talvez o duque se contentasse com uma mulher na minha infeliz situação porque, dessa forma, o filho dele teria um filho...

– Não apenas um filho – corrigiu Zenobia, com a voz ainda triunfante. – Um príncipe. Windebank não vai aceitar qualquer meretriz na família. Ele é terrivelmente arrogante, sabia? Preferiria morrer. Mas o filho de um príncipe? Ele aceitaria isso.

– Mas...

– Você tem razão, Zenobia! Minha nossa, você é uma velha sabida! – gritou seu pai.

De repente Zenobia se empertigou.

– Do que você me chamou, Cornelius?

Ele fez um gesto com a mão.

– Não quis ofender, não quis ofender. Pura admiração. Pura e total admiração. Pura...

– Concordo – disse ela em um tom conciliador. – É o plano perfeito. Contudo, é melhor você ir vê-lo esta tarde. Precisa levar Linnet até Gales para o casamento. O rapaz vive lá.

– Casamento – repetiu Linnet. – Vocês não estão se esquecendo de nada?

Ambos a fitaram e perguntaram ao mesmo tempo:

– O quê?

– Não estou esperando um príncipe! – gritou ela. – Nunca dormi com Augustus. Não há nada na minha barriga além de bolinhos mastigados.

– Que comentário mais nojento – disse a tia, estremecendo.

– Concordo – afirmou seu pai. – De muito mau gosto. Desse jeito, parece uma mulher grosseira falando de comida.

– De muito mau gosto é o fato de vocês estarem planejando vender meu bebê que ainda nem nasceu a um duque com uma predileção pela realeza, mesmo eu não estando grávida de um bebê real!

– Tudo vai ter que ser feito muito rápido – disse Zenobia.

– Como assim?

– Bem, digamos que, ainda esta tarde, seu pai vá à casa de Windebank, e digamos que Windebank morda a isca, porque ele vai morder. Como eu disse, o homem está desesperado e, além disso, ele adoraria mesclar sua linhagem com sangue real.

– Isso não resolve o problema – disse Linnet.

– Ora, é claro que não – respondeu Zenobia, dando a ela um sorriso gentil. – Não podemos fazer tudo por você. A próxima parte é de sua responsabilidade.

– Como assim?

O pai de Linnet se levantou, obviamente sem ouvir nada.

– Vou colocar meu casaco Jean de Bry e minhas botas – disse a si mesmo.

– O Bry, *não*! – gritou Zenobia enquanto ele se afastava.

Ele parou na porta.

– Por que não?

– Os ombros ficam um tanto tensos. Você não deve parecer tenso. Afinal de contas, está se oferecendo para salvar a linhagem do homem.

– Sobrecasaca verde-sálvia com pontas arredondadas – retrucou o visconde, concordando com a cabeça, e desaparecendo pela porta.

– Tia Zenobia – disse Linnet, pacientemente. – Como vou conseguir um bebê de sangue real para oferecer ao marido que nunca conheci?

Zenobia sorriu.

– Minha querida, se precisa perguntar *isso*, você não é uma mulher da minha família.

Linnet ficou boquiaberta.

– Você não está querendo dizer...

– É claro, meu bem. Assim que seu pai assinar aqueles papéis, você terá... hum... doze horas antes de precisar realmente partir para Gales.

– Doze horas – repetiu Linnet, torcendo para estar errada no que estava pensando. – A senhora não pode estar sugerindo...

– Augustus correu atrás de você como uma criança com um brinquedo. Não deve ser necessário mais do que um olhar sedutor e um sorriso alegre. Minha nossa, minha querida, você não aprendeu nada com sua mãe?

– Não – respondeu Linnet, com indiferença.

– Na verdade, com o seu busto, você nem vai precisar sorrir – disse Zenobia.

– Então, você realmente está sugerindo... – Linnet parou. – Eu... Eu...

– Você. Augustus. Sedução. Cama – esclareceu Zenobia. – Doze horas e apenas um príncipe... Deve ser bastante fácil.

– Eu...

– Você *é* filha de Rosalyn – disse Zenobia. – E minha sobrinha. A sedução, especialmente quando se trata da realeza, está impregnada em nossos ossos. Em seu próprio sangue.

– Não sei como – retrucou Linnet secamente. – Posso parecer maliciosa, mas não sou.

– É, sim – falou Zenobia alegremente. Ela se levantou. – Apenas engravide, Linnet. Pense em quantas jovens conseguem e não têm suas vantagens, ou seja, seu corpo, seu rosto, seu sorriso.

– Toda a minha educação foi direcionada à castidade – ponderou Linnet. – Tive uma governanta por uns bons cinco anos a mais do que as outras meninas, justamente para não aprender esse tipo de coisa.

– Culpa do seu pai. Ele foi afetado pelas indiscrições de Rosalyn.

Alguma coisa deve ter transparecido no rosto de Linnet, pois Zenobia suspirou com os trejeitos de uma mulher que está suportando o peso do mundo.

– Suponho que eu possa encontrar para você um homem disposto, se realmente não conseguir se aproximar do príncipe. Não é nada convencional, mas é claro que as pessoas sabem, as pessoas não conseguem evitar saber de estabelecimentos que podem ajudar.

– Que tipo de estabelecimentos?

– Bordéis que oferecem mulheres, é claro – disse Zenobia. – Eu acredito que tenha um perto de Covent Garden sobre o qual me falaram há pouco tempo... Homens de respeito, foi o que ouvi. Vão lá só pela diversão, suponho.

– Tia, a senhora não pode estar querendo dizer...

– Se você não consegue seduzir o príncipe, vamos abordar o problema de outro ângulo – afirmou Zenobia, aproximando-se e fazendo um carinho no braço de Linnet. – Eu levo você até o bordel. Até onde sei, a mulher pode ficar atrás de uma cortina e escolher o homem que quiser. Melhor escolhermos alguém parecido com Augustus. Será que, simplesmente, deveríamos mandar uma mensagem com esse pedido e fazer com que o homem seja deixado lá de carruagem?

Linnet grunhiu.

– Não quero que você pense que eu a deixaria na mão em um momento de necessidade – disse a tia. – Sinto todo o fardo do amor de uma mãe, agora que a amada Rosalyn se foi.

Era incrível como Zenobia tinha conseguido ignorar a questão do fardo durante toda a temporada e, para falar a verdade, por muitos anos, mas Linnet não conseguiu se obrigar a dizer isso.

– Não vou a um bordel – afirmou ela.

– Nesse caso – disse a tia alegremente –, sugiro que você sente e escreva um bilhete para aquele príncipe safado. Você é esperta de escolhê-lo, em vez do bordel. Seria odioso começar um casamento com uma mentira sobre bebês. O casamento já leva às mentiras pela própria natureza: todas aquelas tentações. Sempre se pede vestidos demais e se gasta mais do que se tem. Sem contar os homens.

Ela deu um beijinho nas pontas dos dedos.

– Mas eu queria...

– Fico muito feliz por não estar casada – disse Zenobia. – Não que esteja feliz que meu amado Philip tenha morrido, é claro. Ah, bem…

Zenobia foi embora.

E o que Linnet esperava de um casamento claramente não era mais uma questão que valia a pena ser discutida.

Capítulo 4

— Você só pode estar brincando – disse Piers para Prufrock. – Mandei para meu pai uma lista de requerimentos em uma esposa de uma página inteira.

– Foi uma leitura fascinante – garantiu Prufrock. – Gostei, especialmente, da parte em que o senhor admite sua incapacidade na cama. E a mancha de lágrima bem ali no papel…

– Não era lágrima – disse Piers, irritado. – Era conhaque, seu tolo.

– Ah, ótimo – respondeu Prufrock. – Porque eu odiaria pensar no senhor chorando em cima daquela carta. Não quando poderia estar se lamentando solitário em sua cama.

– Por que eu não me lamentaria? – perguntou Piers, pensando se deveria tomar outra dose ou não. Melhor não. – Mostre-me um homem com uma lesão como a minha que não sofra com o futuro sombrio que o aguarda.

– Futuro sombrio e *medonho* – corrigiu Prufrock. – Não perca seu toque aliterativo agora, bem no momento do clímax.

– O desespero de nunca ter uma boa mulher ao seu lado, a amargura de saber que uma mãozinha grudenta nunca irá envolver seu polegar, a…

– Ou, para ir direto ao ponto, anos sem trepar – disse Prufrock.

– Isso é uma tentativa de fazer com que eu me sinta melhor?

– Não é tudo isso que dizem – alegou Prufrock, com uma falta de convicção indiscutível.

– Onde estudou? – perguntou Piers. – Você é letrado demais para um simples mordomo. A maioria dos mordomos que conheço diz coisas como *Como o senhor quiser*, e deixam por isso mesmo. Nossa conversa deveria girar em torno de frases assim: *Prufrock, me traga uma prostituta*, e você diria, *Como o senhor quiser*.

– Qual seria a vantagem disso? – quis saber Prufrock. – Dadas as circunstâncias?

– Bem pensado – murmurou Piers. – Bem, acho que vou nadar. A maré está alta.

Ele saiu do castelo pela ala oeste, ainda pensando sobre o mordomo. Como achava desde que o tinha contratado, havia um ano, o homem devia estar a serviço de seu pai, ou seja, um espião. Isso era óbvio.

Mas onde é que o velho tinha conseguido encontrar um mordomo assim, um mordomo como Prufrock, com senso de humor e uma língua mais afiada que a do próprio Piers? Provavelmente o único mordomo no mundo que Piers manteria no castelo mesmo sabendo que ele era um maldito espião?

A única possibilidade era que seu pai, afinal, sabia ou entendia alguma coisa sobre ele, mas, como isso era impossível, Piers descartou esse pensamento.

A piscina era cavada direto na pedra na beira do mar e ficava cheia com a maré, mas era protegida das ondas mais fortes. Era uma visão e tanto: uma bacia de pedra que reluzia um azul-safira quando a luz começava a se esvair. Como geralmente costumava acontecer no pôr do sol, o mar tinha acalmado e Piers ficou parado por um instante olhando para além da piscina, até onde o mar ondeava incessantemente, seguindo um fraco rastro dourado de luz.

Então, ele se sacudiu e tirou as roupas. Se tinha aprendido alguma coisa nos últimos anos sobre sua perna, era que se não se exercitasse todos os dias, ela doía tremendamente. Ontem ele não tinha nadado e hoje estava sofrendo as consequências. Não que normalmente doesse, mas, sem nadar, ele sentia uma dor que não conseguia suportar sem pensar em opiáceos.

Não eram bons esses momentos. Nem os opiáceos.

Ele saltou de uma rocha, afundando na água, sentindo seu cabelo se soltar – droga, tinha se esquecido de tirar a fita de novo – e seu corpo se alegrar quando sua perna chutou, livre, sem carregar o peso de todo o corpo. Sem pensar, Piers começou a se impulsionar para a frente, batendo as pernas na água de um jeito que não podia fazer em terra firme.

Braçada após braçada ele seguiu, cinco voltas, dez... Depois de 25 voltas, ele estava cansado, mas se forçou a fazer mais cinco e, então, em um movimento suave, se sentou nas pedras, a água escorrendo por seus ombros e braços. Antes da lesão, ele nunca tinha prestado muita atenção no próprio corpo. Agora se via satisfeito com a força de seus ombros e de seu peito. Apesar de o médico dentro dele saber que aquilo não passava de uma vaidade boba.

– Senhor – chamou um jovem lacaio, dando um passo adiante e entregando a ele uma toalha.

Piers olhou para ele.

– Você é novo. Como se chama?

– Neythen, senhor.

– Parece uma doença terrível. Não, mais como um problema no intestino. *Sinto muito, lorde Sandys, seu filho contraiu neythen e não vai durar mais um mês. Não, não, não há nada que eu possa fazer.* Sandys teria preferido ouvir isso a saber que era sífilis.

Neythen pareceu perplexo.

– Minha mãe sempre disse que ganhei esse nome por causa de um santo da Cornualha, e não de uma doença.

– Qual santo?

– Bem, ele foi decapitado, sabe? E depois pegou a própria cabeça e carregou pela estrada. Até chegar em casa, eu acho.

– Que confuso – disse Piers. – Sem dizer que é improvável, apesar de precisarmos nos lembrar das galinhas e de suas habilidades pós-morte. Ela achava que você herdaria o mesmo dom?

Neythen piscou.

– Não, senhor.

– Talvez ela só tivesse essa esperança. Afinal, cabe às mães esperar esse tipo de possibilidade. Estou tentado, eu mesmo, a cortar a sua cabeça, só para ver se ela tinha razão. Às vezes, as superstições mais improváveis acabam provando terem um quê de verdade.

O lacaio deu um passo para trás.

– Céus, você é novo mesmo, não é? Agora me diga por que Prufrock mandou você aqui. Não que eu não seja grato pela toalha.

– O Sr. Prufrock me pediu para dizer ao senhor que tem um paciente esperando.

– Sempre tem um ou dois pacientes por aqui – disse Piers, secando o cabelo. – Preciso tomar um banho antes. Estou coberto de sal.

– O aviso de ausência não foi colocado, então o Sr. Prufrock pediu para informá-lo.

– Não, banho antes do paciente. Minha vida já é caótica o suficiente sem meu mordomo me dizendo o que fazer.

– Esse veio lá de Londres – explicou Neythen. – E é um lorde importante.

– Importante, é? Provavelmente gordo demais para seu coração fraco. Pegue minha bengala e me entregue, sim?

Neythen fez o que ele pediu.

– Ele não é gordo – alegou ele. – Eu o vi entrando. Quis dizer que ele parece importante. Está todo de veludo e é magro como uma vareta. E está usando uma peruca.

– Outro homem moribundo – concluiu Piers, começando a subir a trilha. – Exatamente do que precisamos por aqui. Logo, logo, vamos ter que montar nosso próprio cemitério.

Neythen não pareceu ter nada a dizer quanto a isso.

– É claro que você não vai ser enterrado lá – garantiu Piers –, já que pode carregar sua cabeça de volta para casa e ser enterrado no adro da igreja da sua vila. Mas estou começando a me sentir como uma versão sombria do Flautista de Hamelin. Eles vêm até Gales para me encontrar e, em seguida, morrem. No dia seguinte, chegam mais do mesmo tipo.

– O senhor cura alguns deles, não? – perguntou Neythen.

– Alguns – admitiu Piers. – A maioria, não. Primeiro porque sou anatomopatologista, o que significa que sou, na verdade, melhor com cadáveres. Eles não se contorcem e não contraem infecções. Quanto aos vivos, tudo o que posso fazer é observá-los. Às vezes, não sei de nada até estarem mortos e ser tarde demais. Às vezes, abro os cadáveres e, ainda assim, não faço ideia do que deu errado.

Neythen estremeceu.

– Você fez a coisa certa em se tornar lacaio e não médico – disse Piers, começando a subir a trilha rochosa até o castelo. – Nós, cirurgiões, sempre estamos cortando pessoas, mortas ou vivas. É a única maneira de descobrir o que tem dentro, você sabe.

– Isso é nojento!

– Não se preocupe – garantiu Piers. – Se você consegue fazer seu corpo morto e decapitado caminhar até em casa, então não posso abri-lo para descobrir o que aconteceu com você, posso?

Neythen manteve-se calado.

– Nem pense em pedir as contas – disse Piers, subindo na última rocha e chegando ao caminho plano. – Prufrock vai cortar a *minha* cabeça se mais algum dos funcionários dele for embora por causa dos meus comentários infames.

O silêncio de Neythen pareceu indicar que ele ainda não ia desistir.

Piers chegou à casa.

– Acho que vou ter que dar uma olhada nesse paciente antes de tomar banho.

– Desse jeito, milorde? – perguntou Neythen.

Piers olhou para si mesmo. Ele tinha enrolado a toalha na cintura.

– Você disse que tem um paciente esperando, não disse?

– Sim, mas...

– Não há nada de que eu goste mais do que me encontrar com colegas cobertos de veludo quando estou enrolado em uma toalha – disse ele. – Eles mentirão para mim de qualquer forma, mas o traje os mantém alertas.

– Mentirão? – perguntou Neythen, parecendo chocado.

– Faz parte de ser nobre. Mesmo. Nos dias de hoje, apenas os pobres se importam com a honestidade.

Capítulo 5

Linnet deixou a sala de visitas e foi direto ao quarto da mãe, o único lugar onde tinha certeza de que não seria perturbada.

Pouca coisa mudara desde a morte de sua mãe. Ainda era o mesmo *boudoir* florido de quando Rosalyn era viva, mas faltava o mais importante: a pessoa reluzente e charmosa que o habitava.

Aquela que fez seu marido amá-la, não importava quanto ela era infiel. Aquela que também fez todos aqueles homens a amarem.

Aquela que amava Linnet para além de sua beleza.

Linnet se sentou à penteadeira exatamente como fizera quando tinha apenas 14 anos e estava devastada pela morte repentina da mãe. As escovas prateadas estavam empoeiradas – ela precisava lembrar Tinkle de se certificar que as criadas limpassem os quartos direito.

Tocou em cada uma das escovas, lembrando-se de como a mãe costumava se sentar no banco, penteando os cabelos e gargalhando com qualquer coisa que Linnet lhe contasse. Ninguém nunca ria de suas piadas da maneira que a mãe ria. Rosalyn tinha o dom de fazer qualquer um se sentir a pessoa mais genial do mundo.

Linnet suspirou. Sua mãe teria adorado a piada sobre a fragata atracando no píer.

E então teria passado perfume e corrido, com os olhos brilhando, para se encontrar com algum homem adorável.

Finalmente, Linnet tirou o dedo da escova prateada e ergueu a cabeça. O retrato de Rosalyn na parede exibia sua covinha. Linnet sorriu e, sem precisar olhar para o espelho à sua frente, soube que aquela mesma covinha tinha aparecido em sua bochecha. Exatamente os mesmos cachos, como prímulas pálidas. Os mesmos grandes olhos azuis, a mesma boca carnuda rosada, o mesmo...

Não era o mesmo.

Ah, ela tinha o charme da mãe e sabia disso. Podia piscar para um homem do mesmo jeito que sua mãe costumava fazer e aquele que não ficasse com os olhos levemente marejados era uma aberração. Zenobia chamava de "sorriso da família" e dizia que era sua maior herança. Mas o que Linnet não fazia era...

Aproveitar-se disso.

Para falar a verdade, ela nem gostava de ser beijada.

Beijos eram conturbados e a *saliva*... bem, a saliva era nojenta.

Ela sempre acreditou que, um dia, um homem apareceria no salão de baile e ela entenderia que era ele quem ela toleraria beijar. Mas, durante a temporada, ninguém despertou sua atenção. Foi por isso que tinha flertado com o príncipe com tanto afinco.

Uma moça bajulada pelo príncipe geralmente é dispensada de flertar com outros homens, que entendiam perfeitamente o porquê, então ela não estava sendo rude. Além disso, quando sobrava tempo, ela dava umas piscadinhas para eles, para que prestassem atenção nela. Aquilo fazia Linnet se sentir como se estivesse no palco, *à la* Zenobia.

Quem suspeitaria que a maior característica de todas – aquela qualidade de sua mãe que praticamente a definia – faltava completamente à única filha de Rosalyn?

Ainda assim, as coisas eram dessa forma.

Ela não só não tinha interesse por homens como nem sequer gostava muito deles.

Eram grandes e peludos e tendiam a feder. Até mesmo seu pai, que ela amava, agia como um moleque. Ele reclamava e choramingava e seu comportamento era totalmente exaustivo. Todos eles eram como garotos, pensou ela. E quem poderia desejar um garoto?

A voz de sua mãe ressoou em sua cabeça e Linnet respondeu irritada: parecendo um cavalo ou não, os homens ainda eram criaturas deploráveis.

Mas aquilo a fez pensar em uma coisa. Se Piers era incapacitado, então...

Então ele era incapacitado.

Eles não precisariam se beijar. Ela não teria que aguentar tudo aquilo que significava "parecer um cavalo", o que (obrigada, mamãe!), por anos, a tinha enojado e até horrorizado.

Tudo o que tinha que fazer era parecer estar grávida por tempo suficiente para se casar com ele e, depois, fingir que perdera o bebê.

Ela ainda não tinha conhecido nenhum homem que não conseguisse acalmar com seu charme. Afinal, tinha aprendido com a mestre. Sua mãe mantinha o lorde Sundon bem calminho – mesmo depois de ele ter tido que expulsar de casa o professor de francês de Linnet e arrancar outro amante de sua cama nova.

Na verdade, Linnet podia apresentar argumentos racionais para se casar com Piers. Para começar, ela nunca iria traí-lo. (Um homem com o problema dele devia ter medo dessa possibilidade.)

Ela era o melhor que ele podia esperar: tanto linda quanto casta. Praticamente candidata à santidade, afinal.

Linnet se levantou e deu uma última olhada no quarto da mãe.

– Sinto sua falta – disse ela para o retrato sorridente na parede. – Sinto muito a sua falta.

Mas aquelas palavras a deixaram emotiva, então, ela saiu correndo do quarto.

Capítulo 6

Aquela noite, o pai de Linnet contou que o duque de Windebank tinha aceitado sua proposta com uma rapidez nada digna.

– Ele, aparentemente, já sabia tudo sobre você. E, Zenobia, ficou claro que você tinha razão. Ele não ficou abalado, se não é que, secretamente, ficou satisfeito, ao ouvir falar no pequeno escândalo de Linnet.

– Linnet já era o assunto da sociedade – disse Zenobia – bem antes dos acontecimentos infelizes de ontem à noite.

– Acredite, ele não ficou, nem de perto, interessado na beleza e na educação dela. Contei a ele que Linnet tinha o mesmo nível de educação que qualquer moça e que era a mulher mais inteligente que *eu* conhecia e isso calou a boca dele. Não consigo entender por que ele não se casou de novo. A mulher dele fugiu para a França há anos, não foi? Levou o rapaz junto.

– Ela era francesa, é claro. Ele se divorciou – contou Zenobia. – Os boatos são de que sua liberdade custou 2 mil libras. – Ela meneou a cabeça. – A essa altura, ele poderia ter qualquer número de possíveis herdeiros.

– O que não gosto é de todo esse alvoroço real – disse lorde Sundon. – Para mim, quando o assunto é a monarquia, aquele lá é totalmente maluco. Ele me contou que uma "tia-tataravó" por parte de pai era íntima de Henrique VIII.

– Esse não foi o rei que teve seis esposas? – perguntou Linnet.

– Teve e mandou matá-las – contou Zenobia com prazer, gesticulando com o garfo. – Assim como a história do Barba Azul, só que verdadeira.

– De qualquer forma, Windebank está feliz porque tem nas veias o sangue dos Tudors e, agora, também vai conseguir o sangue dos hanoverianos, por meio da nossa Linnet.

O visconde estava parecendo bem mais feliz do que estava de manhã.

– Tudo está bem quando acaba bem – disse ele, terminando sua taça de vinho. – Um dia, vamos relembrar esse episódio e daremos risada.

Linnet não conseguia imaginar isso.

– Suponho que você tenha enviado um recado ao príncipe – disse Zenobia a Linnet.

Ela confirmou com a cabeça, apesar de não ter mandado nenhum recado.

– Vou encontrá-lo em Vauxhall esta noite.

Na verdade, enquanto passeava por Londres, ela planejava tirar um bom cochilo na carruagem.

– Vauxhall? – perguntou Zenobia, desconfiada. – Por sorte, a noite está quente, mas parece um lugar estranho para o propósito. Era de se pensar que ele levaria você para alguma pensão real.

– Provavelmente, ele fará isso – disse o pai de Linnet. – Só não se esqueça de estar em casa pela manhã. Windebank quer conhecê-la. Eu disse a ele que queríamos mandar você para Gales o quanto antes. Não tem por que ficar em Londres.

Na casa deles, a mãe de Linnet, por conta de sua falta de pudor, era sempre alvo das críticas. Porém, às vezes, Linnet achava que seu pai era tão sem pudor quanto ela, de um jeito diferente. De um jeito mais desleixado, para falar a verdade.

– Acho que tudo isso acabará melhor do que acabaria se fosse do outro jeito – continuou seu pai. – Afinal de contas, Augustus não poderia se casar com você. E não existe nenhum duque solteiro disponível este ano. Um dia, Marchant será duque.

– Ela poderia ter conseguido coisa melhor do que um manco incapacitado – ponderou Zenobia. – Suponho que o duque esteja providenciando uma licença especial?

O visconde assentiu.

– É claro. Ele vai trazer amanhã. E, para que o filho não seja pego de surpresa, mandou uma mensagem para Gales esta tarde mesmo. Você sabe, adquirir uma esposa e um filho sem aviso prévio não é algo muito comum.

– Vamos ter que nos certificar de que, em breve, o casamento acontecerá – disse Zenobia. – Só para o caso de a visita de Linnet a Vauxhall não ter o efeito desejado.

– Bem, quanto a isso... – começou lorde Sundon.

Com o tom de voz do pai, Linnet congelou. Ela sabia, tinha ouvido várias vezes.

– Papai, o senhor não pode, simplesmente, me mandar para lá sem acompanhante! – disse ela com firmeza.

– Odeio ter que falar a verdade, contudo, você não tem mais necessidade de uma dama de companhia – disse ele evasivamente. – Apesar de que talvez seja possível persuadir a Sra. Hutchins a acompanhá-la, se você insiste.

Zenobia estreitou os olhos.

– Está querendo me dizer, Cornelius, que pensa em mandar sua única filha para as florestas de Gales sem acompanhá-la?

– Não é uma boa hora para eu me ausentar de Londres – disse o visconde, começando a gritar.

– Não me sinto confortável em fazer sozinha uma viagem longa como essa, especialmente quando vou encontrar a *Fera* – disse Linnet.

Ela manteve a voz suave, porém firme, precisamente como sua mãe teria feito. E, apenas para garantir que o pai compreendera, ela o encarou com uma expressão que tinha aprendido com a tia.

– O conde de Marchant é injustamente difamado – alegou o visconde. – O pai dele me contou tudo. Ele é um médico brilhante, sabia? Lembra que a mãe dele o levou para a França? Pois bem, ele fez universidade lá. Depois, voltou para cá e foi para a Universidade de Oxford e, em seguida, quando tinha 23 anos, foi admitido na Faculdade Real de Medicina, o que é inédito, e aí foi embora para Edimburgo e fez uma ou outra coisa por lá, ou, talvez, isso tenha sido antes da Faculdade...

– Cornelius – disse Zenobia, interrompendo sua tagarelice –, você é um belo de um covarde.

– Não sou covarde! – gritou o visconde. – Tenho coisas importantes a fazer aqui na cidade. A Câmara dos Lordes vai se reunir, sabia? E sou muito importante, sim, muito importante. Minha voz é requerida, é essencial.

– Você é um covarde frouxo – continuou Zenobia. – Não quer ir até lá encarar a fera, apesar de estar mandando sua filha, sua filha grávida, para o campo para se casar com ele.

Agora que Zenobia tinha assumido o controle da conversa, Linnet começou a se sentir como uma daquelas donzelas que perambulavam pela corte do rei Artur e, invariavelmente, se viu envolta por uma grande serpente. Sua tia, instintivamente, transformava qualquer acontecimento em um melodrama, apesar de, dessa vez, a situação valer um pouquinho de drama.

– Você está jogando sua filha nos braços de um *selvagem* – disse Zenobia, erguendo a voz.

Muito surpreendentemente, o visconde não contra-argumentou.

– Já tomei minha decisão. Não irei a Gales.

Linnet conhecia aquele tom de voz emburrado; ele não iria.

– Por que não? – perguntou ela antes que Zenobia pudesse se meter.

– Não vou servir de alcoviteiro para minha filha – esbravejou lorde Sundon. – Posso ter sido traído pela minha mulher, mas não vou redobrar minha vergonha servindo de alcoviteiro para minha única filha.

– O senhor já fez isso – ralhou Linnet. – O senhor me negociou esta tarde, ao mentir sobre a criança que, todos nós sabemos, não estou esperando.

O maxilar do lorde Sundon fixou rígido.

– Sua mãe nunca teria falado comigo dessa forma.

Era verdade. Linnet não conseguia se lembrar de uma única vez em que a voz de Rosalyn tenha perdido seu tom doce e musical. Ao passo que a voz de Linnet rangia com a raiva que ela não conseguia conter.

– Lamento decepcioná-lo, mas o tom da minha voz não muda a verdade.

– A verdade é que todas as moças são negociadas de um jeito ou de outro – ponderou Zenobia. – Mas eu acho realmente que você deveria acompanhar a pobre Linnet, Cornelius. E se Marchant olhar para a menina e se recusar a se casar com ela?

– Ele não vai se recusar – respondeu lorde Sundon secamente. – Todos nós sabemos que...

Naquele momento, a porta se abriu e Tinkle entrou.

– Sua Graça, o duque de Windebank, com sua licença.

– A essa hora? – perguntou o visconde.

– Ele está aí fora? – quis saber Zenobia.

Parecia que o duque, de fato, estava em sua carruagem, esperando para ver se lorde Sundon podia atendê-lo.

– Traga-o aqui – disse o visconde. Então, voltando-se para Linnet. – Suponho que ele não conseguiu esperar até amanhã para ver você.

– Ele não pode me ver – exclamou Linnet, alarmada. Ela olhou para seu perfil esguio. – Com esse vestido, não há evidência alguma de uma gravidez real.

– Eu disse a ele que mal dá para ver – alegou seu pai. – Apenas se sente logo. Melhor o atendermos na sala de visitas cor de salmão.

O duque de Windebank devia ter uns 60 anos, mas parecia mais jovem e era muito bonito. Tinha um perfil majestoso, digno de estampar moedas, o que parecia adequado à sua posição. Uma moeda romana, decidiu Linnet.

– Srta. Thrynne – cumprimentou ele, curvando-se. – Você é tão bela quanto todos a descrevem.

Linnet fez uma reverência, abaixando-se, o que julgou o suficiente para demonstrar respeito a um duque.

– Estou honrada em conhecê-lo, Vossa Graça.

– Certo – disse ele, voltando-se para o pai e a tia de Linnet. – Assumi a responsabilidade de interromper vocês a essa hora porque decidi que eu mesmo deveria acompanhar a Srta. Thrynne até Gales. Meu filho é um homem brilhante, absolutamente brilhante.

Ele fez uma pausa.

– Mas tem fama de ser colérico – complementou Zenobia, dando a ele sua versão do sorriso da família. – Sente-se, por favor, Vossa Graça.

Apesar do aspecto jovial, o duque rangeu, como uma cadeira deixada na chuva, ao se sentar. Seus olhos ficaram subitamente exaustos.

– Meu filho foi muito difamado.

– Sugiro que dispensemos as formalidades – disse Zenobia, dando uma atenção imensa ao drapeado de sua roupa ao se sentar. – Afinal, logo seremos da mesma família. Pode ser que lorde Marchant fique surpreso, se não chocado, com a chegada de sua noiva e é natural que o senhor queira acompanhar nossa adorada Linnet, Vossa Graça.

– Bem, então isso está decidido – concordou o pai de Linnet, sem se preocupar em fingir qualquer relutância.

O duque olhou do visconde para Zenobia.

– A Srta. Thrynne viajará com uma acompanhante? A senhora, talvez, lady Etheridge?

– Não há necessidade disso – respondeu Zenobia alegremente. – Ela está arruinada. Não há necessidade de vigiar um estábulo vazio, por assim dizer. Gostaria de levar a Sra. Hutchins com você, minha querida? – perguntou ela a Linnet.

Linnet olhou do pai para a tia e algo familiar deu uma pontada na região de seu coração. Mas era uma dor antiga, uma dor familiar e facilmente descartada.

– Acho que não – respondeu ela. – Se o senhor não se importar, Vossa Graça, irei sozinha, com minha aia, é claro. Como disse minha tia, as circunstâncias, certamente, sugerem que não é necessária uma acompanhante.

O duque assentiu.

– Se me derem licença – disse Linnet, levantando-se –, tenho um compromisso em Vauxhall.

Os cavalheiros se levantaram, seguidos por Zenobia, depois de aceitar (de um jeito extremamente teatral) a ajuda do duque para se levantar.

Depois disso, Linnet entrou na carruagem da família, instruindo o cocheiro, Stubbins, a vaguear por Londres e deixando sua família com a impressão feliz, mesmo que enganada, de que o príncipe Augustus a estava deflorando vigorosamente.

Podia ser que ela nunca voltasse para Londres, percebeu Linnet, olhando pela janela. A cidade passava pela carruagem em uma sucessão longa e monótona de casas cinza, ainda mais sujas por conta de uma camada grossa de pó de carvão.

Isso significaria que, talvez, ela nunca mais visse o pai, visto que ele nunca saía da cidade. Ou tia Zenobia, que só saía para participar das festas mais loucas.

Naquele momento, essa ideia não era nem um pouco perturbadora.

Capítulo 7

Em uma caravana composta por três carruagens e oito cavalariços, Linnet e o duque de Windebank finalmente chegaram a Gales duas semanas depois. Como o duque tinha apenas um assunto para conversar em todas as refeições – seu filho –, àquela altura ela já sabia o suficiente sobre o futuro marido para apresentá-lo à Faculdade Real de Medicina. Isto é, se ele já não tivesse estudado lá.

Depois dos primeiros dias de conversas incessantes sobre Piers, Linnet baniu o duque de sua carruagem, com a desculpa de que sua condição, combinada ao sacolejo da carruagem, a deixavam nauseada.

Então, ela descobriu que ficar deitada sobre as almofadas ducais era imensamente confortável. E, como tinha um estômago de ferro, passou todo o trajeto bem contente, lendo, deitada e comendo maçãs.

O que tinha visto de Gales pelas janelas da carruagem era verde: um verde escuro e vivo, que parecia encharcado de água e vento. Ela nunca tinha sentido o cheiro do mar antes, mas soube o que era imediatamente, em seus ossos. Era selvagem e livre e a fazia sonhar com longas viagens no mar para ilhas das quais nunca tinha ouvido falar.

Quando não estava contemplando o mar, ela pensava no médico bruto e brilhante com quem estava prestes a casar. Segundo o pai dele, Piers tinha sido injustamente rotulado como uma "fera" por causa de sua impaciência com o velho sistema médico.

– Médicos – disse Windebank muito sério – são velhos tolos. Veja a febre, por exemplo. Piers descobriu que, ao combinarem a sangria com o aumento da temperatura interna dos quartos, os médicos estavam, na verdade, matando seus pacientes. Os membros da Faculdade Real brigaram ferozmente com Piers até ele, finalmente, comparar seu histórico de pacientes com o de um médico proeminente, Ketelaer. Ketelaer tinha perdido três de seus pacientes e Piers tinha perdido apenas um.

Então, ela ia se casar com um gênio. Parecia que ele, quando desafiado, tinha a tendência a perder o controle, mas ela tinha confiança de que conseguiria lidar com ele.

Na manhã de sua chegada ao castelo, ela enrolou um pedaço de linho em torno da cintura para ficar com o perfil um pouco mais cheio e se analisou no espelho. Com exceção da cintura, ela era exatamente como uma princesa de qualquer conto de fadas: olhos azul-claros (o que era incomum com seu tom de cabelo), cabelos ruivos claríssimos, pele bonita. Além do sorriso da família.

Ela deu a si mesma duas semanas para garantir que seu noivo (quem sabe, até lá, marido) estivesse desesperadamente apaixonado por ela e, então, tinha a intenção de confessar que não estava, de fato, grávida.

O castelo ficava nas montanhas e, enquanto as carruagens começavam a subir a estrada, o sol se erguia quente e amarelo à sua esquerda.

– Aproveite o sol – disse o duque.

Linnet tinha permitido que ele se juntasse a ela na última parte da viagem.

– Receio que Gales seja detestável por causa de seu clima úmido. Espero que você consiga convencer meu filho a se mudar para Londres, minha cara. Sei que ele poderia se dar muito bem por lá. Não que eu esteja sugerindo que ele tenha um *consultório* comum, é claro. Ele será um membro da nobreza. Mas poderia fazer consultorias nos casos mais interessantes.

Havia algo nas descrições do duque com relação ao próprio filho que era um pouco... esquisito. Como se ele não o conhecesse muito bem, apesar de esse, talvez, não ser o caso.

Linnet se inclinou para a frente, cheia de expectativa, à medida que eles se aproximavam do castelo. Era imenso, todo de pedras cinza-claro e tinha quatro ou cinco torres que ela conseguia enxergar.

– É muito antigo? – perguntou ela.

– Centenário – respondeu o duque, olhando para fora também. – Está na família há várias gerações. Um de meus ancestrais o ganhou em um jogo de cartas chamado piquet. Piers teve que fazer reparos enormes, visto que ninguém morava aqui fazia anos.

As carruagens entraram em uma área fechada do lado de fora de uma grande porta arqueada.

– Ah, aí está você, Prufrock – disse o duque, saltando da carruagem.

O mordomo parecia bastante jovem para sua posição, devia estar na faixa dos 30 anos, e era tão magro que parecia uma cegonha, com a pele da cor de chá com leite.

– Vossa Graça – cumprimentou ele, fazendo uma reverência.

Seus olhos se voltaram para Linnet, que tinha acabado de sair da carruagem com o auxílio de um dos cavalariços. Ele não era hábil como outros mordomos capazes de preservar uma expressão impenetrável; seus olhos se arregalaram e uma de suas sobrancelhas se ergueu de um jeito inesperadamente charmoso.

– Este é Prufrock – apresentou o duque. – Srta. Thrynne, noiva do meu filho. Tenho certeza de que Piers o informou sobre nossa chegada.

O mordomo os guiou pelas portas enormes até um salão grandioso e amplo, com uma grande escadaria que subia para os dois lados. A porta era tão grossa quanto a mão de Linnet era larga e, claramente, construída para resistir a invasões.

– Onde podemos encontrar meu filho? – perguntou o duque.

Havia algo em sua voz, uma espécie de contentamento mal contido que deixou Linnet curiosa.

Ela tirou o *bonnet* e a peliça e os entregou a um lacaio.

– Lorde Marchant está na ala oeste e foi, é claro, informado da sua chegada – disse Prufrock. – Enviei um lacaio assim que avistei suas carruagens. Imagino que, a qualquer momento, ele vá se juntar a vocês. Se a Srta. Thrynne quiser se refrescar, posso acompanhá-la, juntamente com sua aia, até o quarto. Talvez Vossa Graça também queira se revigorar?

– Besteira – disse o duque. – Saímos da pousada há apenas uma ou duas horas. Os pacientes ficam hospedados no terceiro andar, não é, Prufrock?

– Sim, mas…

O duque começou a andar. Então hesitou, voltou e pegou Linnet pelo pulso.

– Vou levar você comigo – disse ele, como que para si mesmo.

Antes mesmo que ela respondesse, eles já estavam na metade da escadaria.

– Vossa Graça – arfou ela, segurando as saias.

– Vamos, vamos – disse ele por cima do ombro.

Agora que finalmente estavam no castelo dele, o duque parecia possuído por uma compulsão feroz. Ele a arrastou por um corredor.

Linnet se concentrou em acompanhar o ritmo dele, apesar de conseguir sentir seu coração batendo cada vez mais rápido. A qualquer momento, ela ia conhecer a joia com quem iria se casar. Tinha formado uma imagem do homem em sua mente: alto e esbelto, com uma coxeadura que o deixava levemente inclinado para o lado, um rosto marcado pela dor, mas imbuído pela beleza bastante marcante que seu pai ainda apresentava.

Viraram em outro corredor. Ela agora ouvia vozes. O duque caminhou ainda mais rápido, puxando-a. Uma porta no final do corredor estava aberta e o duque, a todo vapor, passou por ela.

Eles estavam em uma sala com seis camas, a maioria delas ocupada. Um grupo de jovens estava amontoado em torno de uma cama à esquerda. O duque, finalmente, soltou o braço dela e deu um passo adiante.

– Piers – chamou ele, sua voz repentinamente rouca.

Nenhum dos homens foi perturbado pela interrupção. Eram jovens, provavelmente estudantes, e todos estavam focados atentamente no paciente.

– É uma aula – sussurrou o duque.

Os olhos de Linnet passearam pelos homens ali presentes, imediatamente localizando seu noivo. Marchant estava falando.

– Febre miliar. Apresenta febre, erupções cutâneas e estado febril. – A voz dele tinha um tom de autoridade suprema. – As erupções apareceram no terceiro dia, o que é uma evidência conclusiva.

Marchant tinha um queixo mais longo do que ela imaginava, porém o resto dele era perfeito: cabelos louros e lisos, absurdamente inteligente, esguio, com uma expressão arrogante.

Era *isso* que tinha dado a ele o apelido de *Fera* – aquela expressão arrogante, como se ele fosse mais inteligente do que qualquer outra pessoa na sala. Mesmo assim, ela conseguia enxergar uma bondade nele que contradizia sua fama.

Seu traje era maravilhoso. Sinceramente, Linnet nunca teria imaginado que veria um fraque daquele esplendor em Gales, ou mesmo em qualquer lugar fora de Londres. Seu pai teria invejado, o que indicava muita coisa.

Um jovem à direita da cama falou, meio hesitante:

– Huxham diz que as erupções cutâneas podem aparecer no sétimo, nono ou décimo primeiro dia.

– Na minha experiência, as erupções cutâneas aparecem no terceiro dia – respondeu seu noivo.

A voz dele era perfeita para acalmar um paciente irritado, pensou Linnet, perguntando-se por que ele tinha um sotaque francês, antes de se lembrar que ele tinha passado boa parte da vida na França, com a mãe.

– Sua experiência não vale de nada – gralhou um estudante infeliz do outro lado da cama.

Linnet não conseguia vê-lo, já que estava atrás dos outros homens.

– E nem a de Huxham – continuou ele. – O homem é totalmente perdido. Sétimo dia, décimo primeiro; ele poderia dizer que as erupções ocorrem na lua nova. Tudo é mágica para ele.

– Estas erupções foram acompanhadas de depressão e abatimento – respondeu seu noivo, a voz reprovadora. – Lobb menciona esses sintomas explicitamente relacionados a erupções miliares.

– Você não estaria abatido se estivesse coberto de erupções nojentas cheias de cascas? – perguntou a voz brusca.

Ao lado de Linnet, o duque se moveu para ver quem estava falando e sorriu. Quando ela compreendeu o significado por trás daquele sorriso, seu coração ficou apertado. Seu verdadeiro noivo.

– Ei, você aí na cama, não acha que a sua condição é deprimente, senão degradante? Que as erupções significam que alguém já poderia começar a cavar a sua cova, então por que não ficar deprimido?

– Sssi... – respondeu o paciente.

– Ah, isso é divertido – disse o homem. – Que tal alguém perguntar a ele qual é a cor do céu?

Ninguém disse nada.

– Assu... – respondeu o paciente.

Houve uma explosão de risadas.

– Você é um cretino – disse o médico louro.

Linnet concordava. Como aquele brutamontes podia zombar de um homem moribundo?

Então, o grupo se espalhou e ela pôde ver a pessoa que estava provocando toda essa incivilidade.

– O cretino aqui foi a pessoa que diagnosticou o paciente sem fazer uma única pergunta a ele. Agora, este homem está com a língua inchada, o que faz com que ele sofra desse sigmatismo divertido. Se estiver seca, pode significar febre miliar. Mas se está inchada, o que isso indicaria?

Sua primeira impressão daquele homem rude foi que ele era grande – enorme, na verdade. O médico louro era alto e esguio, mas esse homem era ainda mais alto e ainda maior. Seus ombros pareciam ter o dobro da largura dos ombros dos outros homens. Ele era todo músculos, com uma espécie de força predatória que ali, ao lado de uma cama de hospital, parecia deslocada. Na verdade, ele passava a impressão de que deveria estar liderando um bando de *vikings*... fazendo arruaça, ou seja lá o que esses homens fazem da vida.

Ele estava apontando para alguma coisa no peito do paciente, mas ergueu o olhar e seus olhos se encontraram. Instantaneamente, seu rosto petrificou.

O que havia de belo em seu pai era bruto nele; seus olhos eram azuis, mas gelados, como um inverno rigoroso. Ele não parecia civilizado. Ninguém colocaria aquele rosto em uma moeda, romana ou qualquer outra. Ele parecia muito grosseiro... muito... muito *feroz*, percebeu ela de repente.

Seu coração quase parou, mas os olhos dele passearam pelo rosto dela e desceram por seu corpo, como se ela também fosse um paciente que ele estava diagnosticando. De modo despreocupado, sem tirar os olhos dela, ele disse:

– É febre petéquia, seus imbecis. Ele devia ter sido colocado na ala leste, e não na oeste, apesar de, provavelmente, não ser mais infeccioso. Você deveria se ater a amputar pernas – disse ele para o médico louro. – É um idiota quando se trata de diagnósticos.

E depois:

– Vejam só quem está aqui! Meu pai realmente conseguiu encontrar uma mulher mais bonita que o sol e a lua.

Havia uma leve pitada de desprezo na voz dele que fez a espinha de Linnet gelar.

– Piers – disse o duque.

Os olhos implacáveis de seu filho migraram de Linnet para o pai, que estava parado ao lado dela.

– E acompanhada por ninguém menos que meu velho e querido pai. Ah, esta será uma festa e tanto. Adivinhem, colegas?

Os outros médicos estavam literalmente boquiabertos. Ao contrário do conde, todos apresentaram uma reação normal a Linnet; ela percebeu isso em uma única olhada fugaz.

– Vou me casar – disse ele. – Com uma mulher que, aparentemente, tem uma vontade enorme de se tornar duquesa. Não sou um homem de sorte?

Ele caminhou para a frente, dando a volta na cama.

Linnet se segurou para não dar um passo para trás. Ela percebeu, com um abalo dos nervos, que, ou o enfrentava agora, ou passaria o resto da vida sendo intimidada por ele.

Porque ele era do tipo que intimidava as pessoas, não havia dúvidas quanto a isso. Andou até ficar bem perto dela, usando a vantagem de ser maior para intimidá-la.

– Meu pai lhe informou que planejo viver o período normal de uma vida, não informou? – perguntou Marchant, sua voz impregnada de desdém.

– Não tocou no assunto, não – Linnet conseguiu responder, feliz por ouvir a própria voz estável.

O desprezo no olhar dele era tão forçadamente dissimulado que as costas dela ficaram rígidas.

– Às vezes, os planos mudam – complementou ela. – Só podemos torcer.

– Meus planos raramente mudam. Eu não iria querer que você tivesse viajado todo esse caminho até Gales só porque achava que eu estava com um pé na cova.

– O duque me contou o que era essencial sobre você. E sua reputação providenciou o restante – disse ela.

Os olhos dele passearam lentamente pelo corpo dela de novo.

– Interessante. Há algumas coisas que ele parece ter se esquecido de *me* contar.

Linnet se virou para o duque. Ele, certamente, tinha mencionado o bebê em sua carta – isto é, o bebê que ela deveria estar esperando? Os olhos de Marchant tinham definitivamente pausado em sua cintura arredondada.

Contudo, o duque estava olhando para o filho como um homem faminto olha para um flã de baunilha. Havia muito mais coisas acontecendo ali do que ela tinha percebido.

– E você deve ser o meu pai – continuou Marchant.

Sua voz não era das mais calorosas.

– Sou – disse o duque, sua voz hesitante. – Sou ele.

Houve um silêncio penoso. Ficou claro que Marchant não ia dizer mais nada e o duque não parecia ter coragem.

– Agora que todos sabemos quem somos – disse Linnet alegremente –, talvez devêssemos ir lá para baixo e deixar este pobre paciente em paz.

O homem na cama tinha se apoiado nos cotovelos e estava observando-os, fascinado.

– Não por minha causa – disse ele, sua língua inchada mutilando a frase.

Marchant olhou do paciente para ela.

– Linda *e* animada. Ora, ora, este é mesmo o meu dia de sorte, não é?

– Uma reunião familiar tão agradável como esta faz florescer o melhor de todo mundo, você não acha?

Ela foi até a porta, parou e se virou. Exatamente como esperava, os homens a observavam, incluindo – ela reparou, com uma pitada de satisfação – seu próprio noivo, além do paciente.

– Doutor?

– Acho que essa é a minha deixa – disse Marchant.

Pela primeira vez, Linnet percebeu que ele estava apoiado em uma bengala, que segurava com a mão direita. Ela observou enquanto ele caminhava até ela. Estranhamente, seu corpo enorme causava o efeito contrário ao que ela esperava em sua ligeira inclinação para o lado.

Ao caminhar, ele mancava, movendo-se como um leão machucado, mas ainda feroz, ainda mais perigoso por causa de sua lesão.

– Não me diga que Sua Graça esqueceu de lhe contar que seu futuro marido é um aleijado – disse ele ao chegar à porta.

Ele passou reto pelo pai sem parecer notar que a mão do duque se ergueu em sua direção e, depois, caiu ao lado do corpo.

Linnet decidiu guardar o sorriso da família para um momento melhor.

– Ele mencionou, sim – disse ela. – Talvez eu não deva segurar o seu braço, para não derrubá-lo?

Linnet ignorou o fato de que ele não tinha oferecido o braço a ela.

Os olhos do conde se estreitaram. Ambos sabiam que ele tinha a estrutura de uma casa de tijolos e que a mão dela em seu braço não iria desequilibrá-lo.

– Você está jogando duro – disse ele.

– Então os três jovens são seus alunos? – perguntou ela.

Eles atravessaram o corredor. Atrás deles, Linnet podia ouvir o duque se apresentando para os demais médicos.

– Você sabe contar até três – disse ele em tom aprovador. – Esse é um bom presságio para os nossos descendentes.

– E eu aqui pensando que *nós* não íamos ter descendentes – disse Linnet.

– É verdade que a responsabilidade por essa questão recai sobre você – disse ele.

O conde passou a conduzir uma espécie de marcha que o fez ultrapassá-la.

– Apesar de eu ter que assumir que a carta do meu pai pareceu sugerir que, nesse sentido, você era mais impetuosa do que parece ser.

O pior que ela podia fazer era correr para alcançá-lo. Ele, obviamente, estava muito acostumado a ter os jovens médicos seguindo seus passos.

Ele virou a cabeça.

– Você não ouviu o que acabei de dizer?

– Infelizmente – disse ela de forma delicada – não sei o que a palavra *impetuosa* significa, então perdi o elogio que você me fez.

– Eu estava falando sobre aquela balela de sangue real que você, supostamente, está carregando no seu útero – grunhiu ele.

Linnet deu uma olhada por cima do ombro. Ainda não havia sinal do duque ou dos estudantes.

– O que tem isso?

Ele parou de novo.

– Não há bebê nenhum nessa barriga, Srta. Thrynne. O fato de que você amarrou uma almofada na cintura pode ser suficiente para confundir meu pai, mas...

Ele deu de ombros e começou a andar de novo.

Linnet olhou para os ombros dele e percebeu que teria que controlar aquele hábito, ou passaria a vida toda correndo atrás dele.

– É a sua coxeadura que faz você andar assim? – perguntou ela, erguendo a voz.

– O que você acha? – perguntou ele, parando de novo. – Você acha que cambaleio como um marinheiro bêbado por mero prazer?

– Não estou falando do fato de você mancar – explicou ela. – Estou falando da maneira como você corre pelo corredor como uma assistente de cozinha com medo da cozinheira.

Por um momento, ele ficou paralisado e, então, para surpresa de Linnet, soltou uma gargalhada. Parecia enferrujada, como que pela falta de uso.

– Corredores me entediam – disse ele.

– Os ombros das pessoas me entediam.

Os olhos dele, notavelmente, eram brilhantes sob a luz fraca do corredor. Ele não tinha a beleza do pai, mas Linnet começou a ver que ele tinha sua própria beleza. Era de um tipo mais bruto, mais forte, o tipo de beleza que queimava nos olhos dele.

– Diabo. Você não é o que eu esperava.

– Não devo ser tão famosa quanto você – disse ela, alcançando-o.

Ele não ofereceu, mas Linnet colocou os dedos no braço direito dele, pensando que isso ao menos o manteria ao seu lado.

– Com esse rosto, imagino que a nobreza saiba tudo sobre você.

– E o que você sabe da nobreza?

– Absolutamente nada – disse ele, começando a andar.

Ele não falou nada sobre o toque dela, mas passou a andar mais devagar para manter-se ao seu lado.

– No momento, sou mais comentada do que famosa – disse ela, tratando a questão abertamente.

– Por causa desse bebê que você, na verdade, não está esperando – constatou ele. – Esquisito isso. Achei que a aristocracia ficasse mais chocada com bebês do que com a falta deles. Você começou a usar essa almofada como algum tipo de piada?

– Coloquei esta manhã só para você – disse ela.

– Como você descobriu que meu pai não conseguiria resistir a você, dadas as circunstâncias? Foi um estratagema incrivelmente inteligente, dada a obsessão dele com o nome da família.

Pela primeira vez, havia um quê de admiração na voz dele.

– Obrigada – disse ela.

– Não que vá funcionar.

Linnet estava pensando exatamente a mesma coisa, apesar de não ver motivo algum para compartilhar isso com ele.

– Ah, mas eu acho que somos perfeitos um para o outro – disse ela, só para cutucá-lo.

– Um médico totalmente maluco – esse sou eu – e uma beldade terrivelmente conivente – essa é você –, mancando juntos rumo a uma vida de felicidade? Duvido muito. Você tem lido contos de fadas demais.

– Quem disse que eu sei ler? Mal sei contar, lembra?

Ele deu uma olhada para ela e Linnet decidiu, mais uma vez, reservar o sorriso da família.

– Estou começando a pensar que, talvez, eu estivesse errado com relação às suas habilidades. Provavelmente, você sabe contar até dez de trás para a frente.

– Isso acalenta o meu coração – arrulhou ela. – Já que veio do grande médico e tudo o mais.

O canto da boca dele se curvou para cima.

– Então, quando você pensou em informar ao seu marido sobre o bebê real que não existe?

– Posso ter perdido o bebê.

– Sou médico, lembra?

– Achei que você fosse cirurgião.

– Faço de tudo – disse ele, começando a acelerar o passo de novo.

Linnet apertou o braço dele, sentindo os músculos se tensionarem quando, apoiado na bengala, suportou o peso de seu corpo.

Ele olhou para o lado, reduziu a velocidade, mas não disse nada.

– Então, você é cirurgião – arriscou ela, perguntando novamente: – Aqueles homens são seus alunos?

– Não tenho alunos – respondeu ele, contrariado. – Deixo isso para os imbecis de Londres. Aqueles são idiotas desesperados que vieram até aqui para tornar minha vida um inferno. Você deve ter reparado no idiota tagarela da frente, o louro. Ele é o pior.

– Ele parece velho para ser estudante – disse Linnet.

– Sébastien. Meu primo. Ele não é, na verdade, um mau cirurgião. Alega estar escrevendo um livro sobre o assunto, mas, na verdade, está apenas ansioso, então está se escondendo aqui.

– Se escondendo do quê?

– Ele parece estar convencido de que Napoleão está ficando maluco. Não me surpreenderia. Ele, por sinal, é o marquês Latour de l'Affitte, então é um milagre que tenha conseguido sobreviver, com sua linda cabecinha intacta, aos últimos dez anos.

Eles chegaram à escadaria que levava ao andar principal.

– Se você quiser continuar segurando meu braço, vai ter que trocar para o lado esquerdo – disse Marchant. – Apesar, é claro, de sempre haver a possibilidade de você descer as escadas sozinha.

Linnet foi para o lado esquerdo dele, só para irritá-lo. Dessa vez, ela passou os dedos por debaixo do braço dele. Ela até que gostava de todos aqueles músculos sob sua mão. Parecia que estava domando a fera selvagem.

– Suponho que você ache que eu vou me apaixonar por você – disse ele.

– Muito provavelmente.

– Quanto tempo você deu a si mesma?

Ele parecia genuinamente curioso.

– Duas semanas no máximo.

E, então, ela deu o sorriso – covinhas, charme, sensualidade e tudo o mais.

Ele nem piscou.

– Isso é o melhor que você tem?

Sem conseguir se conter, Linnet deixou escapar uma risadinha. Depois, outra.

– Geralmente, isso é mais que suficiente.

– Suponho que eu devesse dizer alguma coisa reconfortante agora.

Ele adequou sua voz a um pedido de desculpas humilhante.

– *Não sou eu, é você.*

E depois:

– Ops! É o contrário. *Não é você, sou eu.*

– Suponho que a sua lesão o torne imune – disse ela, já tendo compreendido essa questão.

Ela tinha errado ao considerar a impotência dele uma vantagem. Aquilo o deixava desinteressado pelos seus charmes, o que significava que o casamento deles nunca daria certo.

O pai dele simplesmente teria que se contentar com a falta de um herdeiro.

Os olhos azuis congelantes de Marchant a fitaram e se desviaram.

– Algo assim.

– Não foi minha intenção tocar no assunto, se for algo dolorido – disse ela, decidindo irritá-lo o máximo que pudesse. – Tenho certeza de que deve ser difícil sentir que você é... Qual é a expressão? Maricas. Desmunhecado.

– Maricas?

Para decepção de Linnet, ele não parecia irritado, apenas ironicamente entretido.

– Vejo-me mais como um…

– Sim?

– Tenho que pensar. Encontrar a expressão certa, você entende.

– Não se apresse – aconselhou ela. – Tenho certeza de que poderei resolver nosso probleminha depois que casarmos. Provavelmente, Gales está cheia de rapazes robustos, prontos para prestarem um favor a seu lorde.

– *Nós* não temos um problema – resmungou ele.

Linnet conteve um sorriso.

– Ah, temos, sim – disse ela. – Seu pai me prometeu a sua mão em casamento e o anúncio já foi enviado ao *Morning Post*.

– Pareço dar a mínima para isso?

– Seu pai dará.

– O pai que eu vi há cinco minutos pela primeira vez em 26 anos?

– Bem, sim – respondeu ela. – Aqui estou. Sua noiva. Provavelmente, a única que lhe será oferecida também.

Alguma coisa errada no tom de voz de Linnet a entregou, porque ele deu outra de suas gargalhadas enferrujadas.

– Eu *não* vou casar com você e posso dizer que você concorda, mas, certamente, eu consideraria, se as coisas fossem diferentes.

– Ora, ora – arrulhou ela, apertando o braço dele ainda mais e dando outro sorriso.

– Ah, desista – disse ele. – Você não vai se casar comigo tanto quanto eu não vou me casar com você. Qual o seu nome, por sinal?

– Srta. Thrynne – respondeu ela. – Meu pai é Cornelius Thrynne, visconde Sundon.

– Sou conde – disse ele. – Mas suponho que você já saiba disso, visto que, aparentemente, abocanhou em cheio meu pobre pai, enfeitiçando-o com histórias relacionadas a príncipes. Como você descobriu a fraqueza dele por sangue real?

– Minha tia ficou sabendo que ele alega que Henrique VIII foi seu ancestral – esclareceu ela, analisando a figura esguia do conde. – Mas eu não vejo nenhuma semelhança; ele certamente era mais gordo que você.

O mordomo estava esperando na entrada quando eles chegaram ao último degrau.

– Este é Prufrock – disse o conde. – Ele sabe de tudo que acontece neste castelo e além dele. Apesar de que, francamente, Prufrock, você devia ter me avisado que meu pai planejava violar a fortaleza. Eu teria fugido.

– Exatamente a minha conclusão, milorde – respondeu o mordomo. Ele se curvou para Linnet. – Sua aia está no quarto, Srta. Thrynne, se a senhorita quiser se juntar a ela.

Do topo das escadas veio um clamor de vozes quando os médicos começaram a descê-las, liderados pelo duque.

– Mas que inferno – disse Marchant. – Ele se virou na direção da porta. – Você. Abra a porta – grunhiu ele para um lacaio, que prontamente obedeceu.

Linnet o observava com certa surpresa quando ele, de repente, se virou.

– E você – disse ele –, venha comigo.

Ela riu.

– *Você* – imitou ela zombeteiramente. – Por que não foge e se esconde, hein? Acho que o lobo grande e malvado está vindo.

Por um momento, o rosto dele ficou sombrio e seus olhos se estreitaram de um jeito quase assustador. Mas aí ele estendeu a mão.

– Por favor.

Por que não?

– Muito bem – disse ela, mas sem aceitar a mão dele.

Eles saíram pela grande porta para o exterior ensolarado.

– O sol ainda está brilhando – observou Marchant, piscando. – A manhã toda, o que é praticamente um recorde. Chove a maior parte do tempo em Gales.

– Você pode me levar na direção do mar?

Linnet podia sentir um cheiro fresco, temperado e salgado e ouvir, ao longe, o barulho das ondas. Não estava usando seu *bonnet*, o que significava que, talvez, ficasse com sardas, mas, naquele momento, não conseguia se importar. A Sra. Hutchins dizia que sardas não eram nada atraentes, mas a Sra. Hutchins estava bem longe, em Londres.

– Por aqui – indicou o conde. – Você pode segurar meu braço, se quiser.

Ele nunca esperaria por ela se ela fosse buscar seu *bonnet*, então ela teria que ir sem ele.

– Muito gentil de sua parte. Vai estar pronto para ir ao Almack's logo, logo – disse ela, enrolando os dedos no braço dele novamente.

– Almack's? O que é isso?

– Um lugar onde a nata da sociedade se reúne para dançar nas noites de quarta-feira – explicou ela.

– Parece terrível.

– Pode ser entediante – disse ela, pensando.

Ele a olhou de lado.

– Você não gosta de dançar?

– É bom – disse ela, sem muito entusiasmo.

– Mas o que as mulheres fazem se não dançam? Minha mãe vive para dançar, está furiosa comigo pela falta de dança na vida dela atualmente.

– Por quê?

– É culpa do Seb. Ele mandou a mãe dele e a minha para Andaluzia para garantir que nada aconteceria a elas se Napoleão ficasse com vontade de invadir a Inglaterra. E, é claro, nada *aconteceu*, então as senhoras estão ansiosas para voltar às pistas dos salões.

Linnet não disse nada. Ela adoraria viajar, conhecer lugares como a Andaluzia ou a Grécia, ou mesmo até mais longe. Na verdade, ela abriria mão, de boa vontade, de dançar pelo resto da vida por uma chance de ver o Partenão.

– Então, qual é o seu nome?

– Eu já lhe disse – respondeu ela, franzindo a testa. – Senhorita...

– Seu primeiro nome.

– Linnet. Mas é um tanto inapropriado que você o use, agora que me informou que não é meu noivo.

– Mas eu ainda não informei ao *Morning Post* – retrucou ele. – Então, suponho que, tecnicamente, ainda estejamos comprometidos. O meu é Piers, por sinal. Não me chame de Marchant; eu odeio esse nome.

A trilha fazia uma curva e passava por uma casinha.

– O que é aquilo? – quis saber Linnet.

– A casa da guarda. Parece que, em algum momento do passado nada ilustre deste castelo, um homem foi alocado aqui, para administrar melhor uma operação de contrabando – disse Piers.

Linnet abriu a boca para perguntar mais, mas eles fizeram a curva e, de repente, lá embaixo, estava o mar. Brilhava como uma grande safira sob o sol.

– É tão lindo! – exclamou Linnet, suspirando e largando o braço dele. – Eu não fazia ideia.

– Você nunca tinha visto o mar?

Linnet meneou a cabeça.

– Meu pai prefere Londres o ano inteiro. Aquilo é uma piscina?

– Sim. Foi cavada na rocha. Seca e enche com a maré.

– Vocês criam peixes nela?

– Eu nado nela, é claro. Se eu conseguir tolerar a presença do meu pai por tempo suficiente, você pode experimentar. – Ele começou a descer a trilha. – Não que você vá ter coragem.

Linnet estreitou os olhos, olhando para as costas dele.

Um instante depois, ele se virou. Ela estava com os braços cruzados e esperando.

– Você é insuportável – disse ele impacientemente.

Ela esperou.

Ele se apoiou com força na bengala e soltou um grunhido raivoso.

– Minha perna. A dor é excruciante.

Mas voltou até ela. O vento que vinha do mar fazia escapar os cabelos escuros dele de sua trança, enrolando-os em sua cabeça. Linnet riu, porque havia algo nele que a fazia se sentir...

Fraca.

Ridículo. Ela enrolou os dedos no braço dele.

– Damas não nadam – informou ela.

– Nadam, sim. Já enviei várias das minhas pacientes para a costa. Geralmente, faço isso com mulheres cujos problemas se originam em seu amor por doces. Mando-as para lá quando reclamam de problemas femininos também. Até onde sei, elas vão até o mar de carruagem e, então, as criadas as derrubam na água.

Ela assimilou aquilo.

– Acho que as roupas as fariam afundar.

Os olhos dele ficaram maliciosos, cheios de ânimo.

– Sem roupa, sua boba. A criada tira as roupas de sua senhora e ela entra, como um peixe, na água.

– Ah!

– Eu também nado nu – informou ele. – Mas sem um vestiário móvel.

– Mas e a privacidade?

Eles estavam descendo pela trilha rochosa que levava até a piscina. Ele caminhava por ela sem problemas, parecendo saber exatamente onde apoiar a bengala.

– Não posso dizer que eu de fato me importe, mas Prufrock ficava mandando pacientes lá embaixo, então eu finalmente decidi não exibir mais meus atributos. Está vendo aquela placa? – Ele apontou com a cabeça para um pedaço de madeira pregado com uma barra vermelha no chão. – Se eu colocar a barra na vertical, assim – ele a ergueu –, ninguém da casa se atreve a continuar.

Linnet acenou compreensivamente com a cabeça.

O conde a colocou na vertical novamente.

– Se você decidir ir nadar, não se esqueça de erguer a barra.

Linnet abriu a boca para dizer *Ah, eu não poderia*... e, logo em seguida, a fechou. Por que ela não poderia? Ela não era uma debutante que tinha que se controlar a todo instante para garantir que não seria rotulada inadequadamente.

Ela era uma mulher arruinada. No mínimo, mulheres arruinadas presumivelmente tinham o direito de nadar.

Só de pensar naquilo a fez sorrir.

– O que é tão engraçado? – perguntou Piers, irritado.

– Pensar em você se debatendo na água – respondeu ela. Acrescentando: – Lorde Marchant – só para irritá-lo um pouco mais.

– Não fico me debatendo – retrucou ele. – Posso lhe mostrar, se você quiser.

Eles tinham chegado na beirada da piscina, então ele largou o braço dela.

– Eu costumo mergulhar ali – disse ele, apontando para uma pedra plana acima da bacia de água.

Linnet se abaixou. A água estava deliciosamente fria, passando por seus dedos como se estivesse viva.

– Você podia entrar agora – disse Piers, observando-a. – Parece um pouco suada e quente. Seu rosto está todo vermelho. Provavelmente, por causa de todo esse enchimento em torno da sua cintura.

– É muito indelicado da sua parte falar da cor do meu rosto – respondeu Linnet, sentindo-se um pouco ofendida. – E, certamente, não vou nadar na sua frente.

– Por que não? Sou um maricas, lembra? Caso você esteja se perguntando se ver seu corpo incontestavelmente delicioso faria eu me apaixonar por você, a resposta é não. Como médico, vejo corpos de mulheres o tempo todo e eles nunca atiçaram nenhum interesse.

Linnet se endireitou.

– Lamento por isso – disse ela.

– Por quê? Porque não sou suscetível ao seu charme incontestável. Posso ver que isso seria um pouco chocante.

– Naturalmente. Mas também porque os homens...

Ela parou de falar, sem saber ao certo como colocar aquilo.

– Porque os homens são criaturas luxuriosas e eu, não? A maioria das mulheres também é.

– Eu não sou – alegou ela alegremente.

Ele ergueu uma sobrancelha.

– O príncipe deve ter ficado muito decepcionado.

– Provavelmente – concordou ela. – Apesar de eu nunca ter entendido direito por que ele estava flertando comigo. Nós dois sabíamos que não tínhamos futuro algum juntos.

– Provavelmente, ele gostava de dar umas risadas – disse o conde.

Era a primeira coisa gentil que ele lhe dissera.

– Melhor eu voltar para o castelo – disse Linnet. – Vou ficar com sardas.

Piers deu de ombros.

– Manchas de pigmentação podem ser bastante charmosas. Apesar de, certa vez, eu ter tratado uma paciente que tinha comprado loção antissardas na drogaria. Arrancou um bom pedaço da pele dela.

Linnet estremeceu e começou a subir a trilha de volta.

– Você não vai me esperar? – rosnou ele. – Eu estava começando a pensar que você não conseguia caminhar sem uma escora do lado. Ao menos, temos isso em comum: a base para uma bela amizade.

Ele estendeu o braço e ela aceitou.

– Não sei nem por que eu sugeri que você nadasse – disse ele. – Uma mulher nunca colocaria um dedinho do pé no mar aqui. É gelado.

– Eu colocaria – afirmou Linnet.

Ela não se importava com a temperatura da água; estava ávida para se atirar naquele mar safira.

– Então, os empregados realmente o obedecem com relação àquela placa?

– Eles morrem de medo de mim.
– Sério?
– Você também deveria.
Ela deu um sorriso.
– Talvez você devesse se esforçar mais.
– Talvez você *devesse* se casar comigo – disse ele.
Ela riu alto.

Capítulo 8

Piers entrou na sala de visitas aquela noite e descobriu que tinha sido o primeiro a chegar, que era exatamente o que ele pretendia. Sébastien costumava olhar enviesado para suas doses de conhaque, e como Piers não gostava de brigar com ele, preferia beber antes que o primo aparecesse.

Como faz um bêbado, agora que tinha parado para refletir.

Ele colocou o copo de conhaque no aparador. Prufrock abriu a porta e anunciou:

– Srta. Thrynne.

E fechou a porta.

A noiva de Piers entrou na sala, parecendo, se é que isso era possível, ainda mais radiante do que de manhã.

Ela era linda demais. Mesmo. Seu pai tinha se superado. Primeiro, lhe apresentara Prufrock e, agora, ela. Linnet parecia uma princesa, toda curvas e doçura e pele leitosa. Definitivamente, mais bonita que o sol e a lua.

E tinha um belo busto. Que nada mais era do que uma glândula mamária funcional, Piers lembrou a si mesmo.

– Noiva – disse ele, cumprimentando-a. – Quer um pouco de conhaque?

– Damas não bebem conhaque – respondeu ela.

Ela usava um vestido com pregas na parte de cima e pedacinhos de tecido transparente na parte de baixo, bordados com flores na barra. Muito engenhoso, pois dava ao homem a impressão de que era possível ver as pernas dela, se olhasse com bastante atenção.

– Bonito – disse ele, apontando para o vestido dela com a bengala. – Apesar de eu achar que você ficaria melhor de verde.

– Meus vestidos noturnos são brancos – disse ela. – Você me serviria uma taça de champanhe?

– Não, mas Prufrock pode fazer isso. Quando voltar. Por que brancos?

– Senhoritas usam branco à noite.

– Ah, virgens! – disse ele, compreendendo. – Então, você está divulgando sua inexperiência erótica ao mercado, é isso?

– Exatamente – confirmou ela, pegando a garrafa de champanhe e se debatendo com a rolha.

– Pelo amor de Deus – disse ele. – Dê-me isso. Eu não sabia que você estava desesperada. – Ele tirou a rolha e serviu uma taça para ela. – O que aconteceu com a almofada que você estava usando?

Era evidente que ela não a estava usando mais. Seu corpo era um belo exemplar da espécie feminina inglesa. Magro nas partes certas e carnudo em todas as outras.

– Deixei pra lá. Você tinha razão. Era muito quente.

– Meu pai ficará horrorizado. Você mal chegou e o bebê real já está perdido. Ele é completamente obcecado pela história da nossa família, você sabe.

– Alguma hora ele vai ter que saber, então, o que importa? Não tinha me dado conta de que se preocupava tanto com os sentimentos do seu pai.

– Hum.

Ele tomou outro gole de conhaque.

– Por que está vendo seu pai pela primeira vez em anos? Afinal, para ter adquirido sua adorável reputação, você deve estar vivendo na Inglaterra há algum tempo.

Era bem irritante ter uma pessoa tão bonita quanto ela por perto. Seus olhos eram grandes e azuis. O tom de azul que ele via no oceano pouco antes de cair uma tempestade.

– Consegui adquirir essa reputação em Oxford – contou ele. – Atuei também como médico em Edimburgo e, aparentemente, as notícias da minha personalidade cativante se espalharam. As pessoas, obviamente, não têm nada melhor para falar. Então, por que seus cílios não são ruivos? Suponho que você os pinte.

– É claro que pinto. E suponho que você nunca tenha encontrado seu pai porque...

Ele não respondeu, esperou que ela especulasse.

– Porque você passou a infância na França?

– Depois dos 6 anos. Cresci com meu primo, aquele idiota louro que você viu diagnosticando uma febre.

– É comum que os nobres se tornem médicos na França? – perguntou ela. – Preciso dizer que isso é bem incomum por aqui.

Ele deu de ombros.

– Sébastien e eu compartilhamos uma paixão de infância por abrir as coisas e ver como elas funcionavam. Nenhum de nós viu motivo para mudar de comportamento quando ficamos adultos e, além disso, se você lembra, a Revolução chegou e matou boa parte dos aristocratas franceses.

Ele a fitou.

– Você tem idade suficiente para se lembrar?

– Claro que tenho. Vocês dois correram algum tipo de perigo?

– As faculdades de Medicina da França fecharam em 1792, então, viemos para a Inglaterra e fomos estudar em Oxford.

– Então, você perdeu o pior dos motins. Que sorte.

Ela terminou seu champanhe. Piers observou a garganta dela se mover enquanto ela engolia. O corpo humano era uma coisa fascinante.

– Minha mãe perdeu o marido em 1794, mas, por sorte, não perdeu a própria cabeça.

– Por que você não encontrou seu pai quando voltou para o país?

– Eu não queria. Não tinha lembranças claras dele. Ele é um imbecil fraco.

– Meu pai também – disse Linnet, surpreendendo-o. – Mas eu o amo e ele é meu pai. E o seu, por sinal, não é nada imbecil. Jantei com ele todas as noites no caminho até aqui e ele tem duas vezes mais cérebro que o meu pai.

– Por que você não casa com *ele*, então? – perguntou Piers zombeteiramente, antes de pensar.

Então, todo o seu corpo ficou tenso com uma repulsa repentina. Ele cometeria parricídio antes de permitir isso.

Ela franziu o nariz.

– Tenho certeza de que eu consigo encontrar alguém para casar que tenha, no máximo, vinte anos a mais que eu. E, se tiver escolha, eu preferiria dessa forma.

– Mas você não teve escolha quando foi para se tornar minha esposa, teve?

– As mulheres raramente têm escolha – disse ela. – Temos pouca voz nesse quesito.

– Se eu a pedisse em casamento, aí você teria escolha.

Ela gorgolejou dando risada.

– Você não quer se casar comigo.

– Quer se casar comigo? – perguntou ele.

– Não.

– Pronto. Não se sente poderosa? Você recusou o pedido de um conde antes mesmo de o jantar ser servido. Certamente, consegue coagir algum daqueles pobres médicos a pedi-la em casamento antes da hora de ir para a cama. Bitts tem os melhores antecedentes; ele é o segundo filho de um visconde, ou algo assim.

Ela riu de novo. Era alarmante quanto ele gostava daquela risada. Ela, de fato, era uma mulher perigosa.

A porta se abriu e Prufrock entrou com os três jovens médicos que estavam, atualmente, passando pelo aborrecimento de aprender medicina.

– Penders, Kibbles e Bitts – disse Piers, apontando para cada um com a cabeça. – Kibbles é o único com um cérebro que funciona; Bitts é um cavalheiro, então não tinha cérebro algum para herdar. E Penders está melhorando, o que é bom, porque não havia outro caminho a não ser para cima. Cavalheiros, esta é a Srta. Thrynne, minha noiva.

Ela deu a eles aquele sorriso único que tinha tentado usar com ele. Eles derreteram como manteiga e Penders até balançou um pouquinho.

– Mostre um pouco de firmeza – disse Piers, cutucando-o. – Você já viu uma mulher bonita antes, não viu?

– É um prazer imenso conhecê-la – disse Kibbles, curvando-se em uma referência tão baixa que quase perdeu o equilíbrio.

A porta novamente se abriu e Prufrock anunciou.

– O duque de Windebank. O marquês Latour de l'Affitte.

Piers se apoiou no aparador e esperou para ver como sua noiva exibida se comportaria sendo a única mulher no recinto. Com um olhar, ele avisou o pai para manter distância e o homem obedeceu, indo até as janelas que tinham vista para o mar.

Isso deixou os outros quatro homens babando por Linnet. Até mesmo Sébastien, que ele julgava ter mais cabeça do que estava exibindo no momento.

Linnet deu aquela sua risada gutural e Sébastien se aproximou, seus olhos brilhando de um jeito que Piers só tinha visto na sala de cirurgia.

Para sua total surpresa, ele sentiu um rugido subindo por sua garganta. Ciúme, diagnosticou. Juntamente com uma pitada nojenta de sensibilidade egoísta. Não a quero, mas também não quero que ninguém tenha meu novo brinquedinho radiante.

Com esse pensamento em mente, ele se afastou do aparador e, mancando, foi até seu querido pai. Precisava ser feito, afinal de contas. Ele não podia abrigar o homem sob seu teto e ignorá-lo completamente.

O duque se virou, mas ficou apenas parado, como se esperasse que Piers o golpeasse. Era tremendamente irritante.

– Achei que tivéssemos um acordo – disse Piers.

Ele assentiu.

– Eu o rompi.

– Você não deve se aproximar de mim. Em troca, eu lhe dou permissão implícita para infiltrar espiões na minha casa...

O pai dele começou a falar, mas Piers ergueu a mão.

– Não pense que sou idiota. Prufrock não chegou até os bosques de Gales por conta própria. Às vezes, eu acho que deveria diminuir o salário dele, visto que você, sem dúvida, está pagando a ele.

Silêncio.

Piers o fitou, mas, de alguma forma, não havia muito prazer em ser rude. Ele tinha passado tantos anos odiando o homem, que era estranho descobrir – agora que, finalmente, eles estavam cara a cara – que ele era, afinal, apenas um homem.

– Suponho que você não seja mais viciado em ópio – disse ele.

Como médico, ele sabia. Tinha reconhecido, contudo, os sinais do vício em ópio antes disso: no colo de sua mãe, observando o pai.

– Já faz doze anos. Como está sua mãe?

– Provavelmente, você sabe que o marido dela perdeu a cabeça durante o Terror. Ela gostava dele.

Ele acenou compreensivamente com a cabeça.

– É claro que sabe. É provável que você tenha espiões na casa dela também.

– Você agiu certo em tirá-la da França – disse o duque, sem se importar em negar. – Não gosto de como as coisas estão por lá.

– Foi Sébastien – explicou Piers. – Eu não tinha pensado muito no assunto. Ele tirou nossas mães do país há um mês, mais ou menos, e aí apareceu aqui.

– Eu vou... Eu vou ficar aqui até você se casar e, depois, o deixarei em paz novamente.

O duque fez uma pequena reverência brusca.

Piers pensou se deveria contar a ele que o casamento estava cancelado e decidiu não contar. Não era assunto do pai, apesar de ele ter arranjado a noiva. Deu uma olhada por cima do ombro e viu Linnet sorrindo para Seb.

– Ela é maravilhosa – disse o duque, com uma pitada de orgulho.

– Melhor ainda, tem um bebê real na barriga – disse Piers, indo direto ao ponto. – Um belo negócio, esse que você me arranjou: esposa e herdeiro em um único e belo pacote.

– O príncipe Augustus deve ser difícil de resistir para qualquer mulher, ainda mais uma tão jovem e bela como a Srta. Thrynne. Mas, caso você esteja preocupado, eu perguntei a ela, e ela não está apaixonada pelo príncipe.

Piers quase sorriu com isso. Não, Linnet não estava apaixonada pelo príncipe. Ela, na verdade, lembrava Piers um pouco dele mesmo. As chances de que ela nunca sucumbisse a uma emoção tão vergonhosa eram grandes.

– E se ela estiver esperando uma menina? Você ainda fica sem um herdeiro.

– Veja quantos filhos o rei tem – disse o pai. – As chances de ser menino são boas. E, mesmo que ela esteja esperando uma menina, sua parte dos bens não está envolvida nisso e meu advogado disse que podemos passar a minha parte para ela também. A criança não terá nosso título, mas terá todo o resto.

– Bem – disse Piers, sabendo que estava sendo abrupto, mas sem conseguir passar mais um segundo na companhia daquele velho com olhos saudosos. – Melhor eu voltar para minha noiva antes que Sébastien a rapte e a leve para a França.

As sobrancelhas do duque se uniram no meio da testa.

– L'Affitte é seu primo. É claro que não vai roubar sua noiva.

– Ele é meu primo, sim. Mas olhe para a mulher que você me trouxe, *pai*. – Ele deu à palavra um tom zombeteiro. – Não há muitas como ela na França, nem na Inglaterra.

– Não – concordou seu pai. – E não apenas por causa da beleza.

Piers deu uma olhada demorada para Linnet. Havia beleza, certamente. Mas ela não diminuía a inteligência de seus olhos. E, na opinião dele, a leve agudeza cínica na voz dela a tornava ainda mais bonita, como se Afrodite tivesse sido mesclada com Atena.

– Vá – disse seu pai, fazendo um gesto brusco. – Você pode fingir que não estou na sala. Não há necessidade de me tratar bem.

Piers atravessou a sala novamente e interrompeu a conversa entre Linnet e seu primo.

– *Minha* noiva – censurou ele, dando uma olhada para Sébastien.

O francês sorriu para Linnet, sem vergonha alguma, com todo aquele charme gaulês que ostentava.

– Tem certeza de que não prefere se casar comigo? É um verdadeiro inferno conviver com Piers. Já vivi anos com ele e sei do que estou falando.

Os olhos de Linnet passearam por Sébastien como se ela estivesse considerando seriamente a proposta dele e Piers teve o desejo repentino de esmurrar a cara do primo.

Que diabo estava acontecendo? Ele tinha decidido, havia muito tempo, que estava melhor sozinho. Não precisava de mais ninguém com quem se preocupar.

– Você *deveria* ficar com ele – ele se obrigou a dizer. – Ele é mais agradável. Mas eu sou mais rico.

Sébastien deu de ombros.

– Minhas terras foram confiscadas, mas tenho o suficiente.

– Você tem o suficiente para se vestir como um falastrão – disse Piers. – Você não disse que ia dar uma olhada naquela amputação desta tarde?

– Já dei.

– Então, que tipo de coisas você corta? – perguntou Linnet.

– Pernas e braços – respondeu Sébastien.

– Podia estar cortando madeira, mas optou pelo caminho mais fácil – disse Piers.

– Achei que você abrisse as pessoas de cima a baixo – disse Linnet.

Ela não parecia nem um pouco assustada ou enojada, o que era incomum na experiência de Piers com mulheres jovens.

– O risco de infecção é muito grande – explicou Sébastien.

Ele estava abrindo a boca, provavelmente planejando presenteá-la com detalhes sangrentos de seus pacientes mortos, quando Prufrock os chamou para a sala de jantar. À mesa, Piers fez Linnet se sentar à sua direita e Sébastien, graças a Deus, foi banido para a outra ponta para conversar com o duque.

– Que sorte a sua o sino ter tocado naquela hora – disse ele a Linnet. – Meu primo estava prestes a entediá-la até não poder mais com histórias sobre infecções e mortes.

– É muito gentil da sua parte me providenciar um marquês médico para flertar comigo, visto que, provavelmente, o continente será minha próxima casa.

– Está dizendo que vai ter que deixar o país? Por causa desse bebê que não existe?

Ela deu de ombros.

– Casar com você foi a ideia da minha tia para uma recuperação brilhante de uma catástrofe iminente.

Provavelmente, um *cavalheiro* responderia a essa revelação com um pedido ligeiro de casamento. Piers, contudo, não teve problemas em permanecer em silêncio.

– Posso oferecer-lhe um pouco de vinho?

Prufrock se debruçou sobre Linnet de um jeito que, provavelmente, estava olhando diretamente por dentro do corpete dela.

– Vá embora – repreendeu Piers. – Estamos tendo uma conversa particular. Você vai precisar aprender a se comportar mais como um mordomo depois que eu me casar com Linnet, sabe? Não posso deixar que se intrometa no quarto nupcial, muito menos nos segredos matrimoniais.

– Como quiser – disse Prufrock, afastando-se sem olhar para trás.

– Acho que você magoou os sentimentos dele – disse Linnet. – Que mordomo esquisito você tem.

– Espião do meu pai – disse Piers. – Prufrock não pode se dar ao luxo de ter sentimentos magoados, visto que recebe dois pagamentos. Ouça, vou levar você para nadar amanhã de manhã.

Ela abriu a boca, mas ele falou primeiro.

– Se mergulhar e se afogar, as pessoas vão comentar. Vão dizer que fiz isso só pelo prazer de dissecá-la depois.

Linnet franziu o nariz.

– E quem é que vai ensiná-la a nadar senão eu? Não que eu, realmente, acredite que você vai aguentar a água. Assim que senti-la, vai começar a gritar e voltar correndo pela trilha.

– Não é apropriado.

Piers revirou os olhos.

– Para uma jovem que, recentemente, estava se engalfinhando com a realeza, você é notavelmente pudica. Não apresento perigo algum à sua castidade. Além disso, podemos ir bem cedinho, enquanto sua dama de companhia ainda estiver dormindo. Ah, espere! Você não tem uma dama de companhia.

Ela sorriu, não aquele milagre completo de covinhas que ela usava para manipular os pobres coitados que se deixavam enfeitiçar por ela, mas um sorriso pequeno, quase secreto. Apenas uma curva de seus lábios e um sorriso largo em seus olhos.

– Certo – disse ele, afastando-se da mesa.

– Não comemos nem o segundo prato ainda…

– Pacientes morrendo lá em cima, você sabe.

E, com isso, Piers saiu da sala.

Ele estava perdendo a cabeça, sentado ali, olhando nos olhos dela.

Uma retirada estratégica era necessária. Afinal, ele não tinha nenhuma intenção de se casar. Nunca.

Capítulo 9

Linnet foi para a cama pensando na enorme ruga entre as sobrancelhas de Piers. Será que ela estava ali porque ele estava constantemente com dor ou só porque tinha um temperamento deplorável? Apesar de saber que não devia, havia algo na ferocidade dos olhos dele e nas linhas de dor em torno de sua boca que fazia Linnet querer provocá-lo, fazê-lo rir, forçá-lo a ouvi-la.

O que era absurdo. Ele era um homem que, claramente, tinha tomado a decisão de passar a vida sozinho e, pelo que tudo indicava, nunca tinha pensado diferente.

Mesmo assim, ela continuava pensando nas sobrancelhas dele e pegou no sono imaginando um Piers cujo rosto se abria em uma risada; um Piers que não era aquele.

Ela acordou e viu a ruga encarando-a.

– Você nem se mexeu quando entrei, de bengala e tudo, fazendo barulho. Chamei duas vezes e você, simplesmente, ficou deitada aí com esse sorriso esquisito no rosto.

– Que horas são? – perguntou ela, atordoada, tirando o cabelo do rosto.

– Está amanhecendo.

Ele se sentou na beirada da cama como se fossem amigos de longa data.

– Minha perna dói demais, então será que você pode, por favor, se arrumar para nós irmos nadar? É a única coisa que ameniza a dor.

– Nadar – repetiu ela, deitando-se de lado, uma mão debaixo do rosto.

Ela ainda estava meio dormindo e parecia que ele tinha saído diretamente de seu sonho.

– Você acha que vou nadar com você?

Ele apertou a própria coxa com os dedos.

– Vamos logo. O sol está nascendo.

– Dói tanto assim?

– Massagens ajudam – disse ele.

Parecia que ele estava falando com os dentes cerrados.

– Você está cheirosa.

– Madressilva – disse Linnet, contente com o elogio.

Ela estava começando a acordar.

– Sabe, você não deveria estar no meu quarto.

– Por que não? Se formos descobertos, o pior que poderia acontecer é termos que nos casar e nós já deveríamos nos casar mesmo. Dadas as circunstâncias…

Ele deu de ombros.

Ela pensou que as "circunstâncias", provavelmente, eram a falta de masculinidade dele. E ele estava certo em afirmar que ninguém presumiria que ela estava arruinada se o homem em questão era incapaz de arruiná-la. Ela se deitou de barriga para cima e se espreguiçou luxuriosamente.

– Na verdade, isso até que é divertido.

– O quê? Ter um homem no seu quarto? Com a sua reputação, achei que isso fosse habitual.

– Sua reputação me fez pensar que você seria espirituoso, então, nós dois estamos surpresos.

Ela se sentou e jogou as pernas para fora da cama, de modo que eles ficaram sentados lado a lado.

– Você já teve muitos homens no seu quarto? – perguntou ele, parecendo curioso.

– Nenhum. Nem mesmo o suposto pai do meu suposto filho. Para ser sincera, não gosto muito de ficar sozinha com os homens. Bem quando você relaxa o suficiente para se sentir minimamente amigável, eles atacam você.

– Nunca passei por isso – disse ele secamente. – Você pode, por favor, se vestir? Prometo não atacar você.

– Por que a pressa?

– A maré está alta. A piscina está cheia e o sol acabou de nascer. Acredite em mim, é o melhor horário para nadar.

– Não vou tirar todas as minhas roupas.

Ele deu de ombros novamente.

– Como quiser. Apesar de que, se usar todas as suas saias, não vou mergulhar para resgatar você no fundo da piscina.

– Vou usar minha combinação – disse Linnet, sentindo-se repentinamente animada. – E você vai usar... Bem, você precisa usar alguma coisa também.

– Posso ficar de ceroulas, se quiser – disse ele, parecendo completamente desinteressado no assunto.

Linnet correu para trás do pequeno biombo no canto do quarto, admirada por ver como era fácil estar com Piers. Saber que ele não ia tentar beijá-la ou cair de joelhos ou, pior de tudo, perder o controle e se lançar em uma espécie de luta livre, fazia com que fosse um prazer estar com ele.

– Sabe – gritou ela de trás do biombo enquanto colocava o vestido matinal –, não quero assustá-lo, mas você é bem o tipo de homem com quem eu, *de fato*, gostaria de casar.

Ele resmungou.

– Não sinto que você fica salivando por minha causa – disse ela, querendo se explicar. – Sei que você não vai ficar todo esfomeado e começar a fazer uma imitação da Chapeuzinho Vermelho.

– Eu não seria o lobo em vez da menininha?

– Você entendeu o que eu quis dizer. – Ela saiu de trás do biombo. – Pode fechar o restante do meu vestido? É mais difícil do que eu imaginava me vestir sem a ajuda de uma aia.

Ela se virou de costas e ele fechou os botões do vestido. Novamente, ela se deliciou com uma sensação incomum de liberdade.

– Ninguém nunca disse que estar arruinada era tão divertido – disse ela, contente. – Não tenho medo algum de que você vá abrir meus botões à força.

– Tenho a impressão de que estar arruinado costuma ser bem mais divertido que isso. Você sempre fala tanto assim? – grunhiu ele. – Pelo amor de Deus, vamos logo.

Depois que Piers mudou a barra para a posição vertical, eles desceram o último trecho da trilha e lá estava.

O mar estava ainda mais azul. E a piscina parecia tão calma quanto um gramado recém-cortado, só que, em vez de verde, o mar refletia o azul-

-turquesa de volta para o céu. O sol se inclinava sobre a água, dourando as pequenas ondas que marulhavam na divisa entre a piscina e o mar.

– É tão lindo – exclamou Linnet.

– Frio como a teta de uma bruxa a esta hora – disse Piers.

Ele estava tirando o casaco. Linnet, novamente, voltou seus olhos para a piscina. Não seria certo da parte dela... cobiçá-lo quando ele, é claro, não a cobiçaria. Mas, um segundo depois, ela não conseguiu evitar olhar de novo.

Ele tinha tirado a camisa. Tirado. A. Camisa. Ela estava na presença de um homem quase nu. Tudo bem, não era exatamente o que parecia, mas... ele *era* lindo. Pela primeira vez na vida, nesse quesito, ao menos, ela tinha que admitir que, talvez, sua mãe tivesse razão. Aqueles músculos...

Ele estava de costas para ela e a maneira como seus ombros se moviam e o jeito como o tronco dele afunilava até a cintura e...

Ele estava tirando as botas!

Linnet não conseguia desviar o olhar. Estupidamente, uma vozinha aguda em sua cabeça começou a narrar a cena toda. *Ele está abaixando... Isso! Ele vai tirar a calça. Está passando-a pelos quadris. Hum... O... O bumbum dele é...* A voz pareceu um tanto estrangulada. *Diferente. Diferente do meu. Musculoso, também. É...* A voz engasgou de novo. *Ele vai se virar?*

– Droga, eu prometi a você que não ia tirar as ceroulas, não foi?

Com o grunhido de Piers, Linnet deu um pulo como se um tiro tivesse sido disparado. Ela precisava se recompor. Ele era incapacitado, pelo amor de Deus. E ela o estava cobiçando do jeito mais ultrajante... Como se estivesse naquele bordel de que sua tia tinha falado.

Ela era uma pessoa horrível. Pervertida mesmo.

Tirou os sapatos sem desamarrar os cadarços, abaixando as meias. Tinha que pensar que estava tomando banho com... com um irmão. Era isso que ele era. Além disso, ela ia ficar de combinação e ele tinha colocado as ceroulas de volta. Ela deu uma olhada furtiva. Eram brancas e pareciam cobrir a área pertinente.

– Pode me ajudar com os botões de novo? – perguntou ela.

Ele parou atrás dela e foi como se sua pele pegasse fogo com o toque dele. Se ele soubesse, ela desapareceria de pura vergonha.

– Então, como é que se nada? – ela conseguiu perguntar. – É só... é só pular e vou saber o que fazer?

– Vou mostrar a você – disse ele. – Vai estar frio. Você vai colocar um dedinho na água e vai subir aquela trilha correndo de volta.

Não, ela não faria isso. A essa altura, qualquer coisa gelada era uma boa ideia. Algo tinha acontecido com sua temperatura interna e ela sentia que estava vermelha como um pimentão. Mas estava tremendo.

– Vou, simplesmente, pular lá dentro, que tal?

Ele começou a dizer alguma coisa, mas ela subiu na rocha plana que ele tinha indicado no dia anterior e saltou. Por um momento, houve uma rajada vertiginosa de vento. Sua camisola subiu com o vento e, então – meu Deus do céu –, ela nunca sentiu tanto frio na vida. O frio passava por seu corpo apressadamente à medida que ela afundava, como se ela estivesse sendo atacada por gelo por todos os lados, como se seus próprios ossos tivessem congelado.

Um instante depois, um braço forte a pegou pela cintura e a água passou por ela no sentido contrário. Linnet emergiu na superfície da água, chocada, e puxando o ar com força, mal acreditando que ainda estava viva.

– Sua idiota! – gritou Piers.

Ela estava viva. Não... Estava apenas parcialmente viva, porque nunca tinha sentido tanto frio na vida. A única coisa quente era o corpo ao seu lado.

– Estou con-congelando – gaguejou ela, enrolando os braços no pescoço dele e colando seu corpo ao de Piers.

Ele estava gritando de novo, mas havia água nos ouvidos dela e ela não conseguiu ouvir direito. Era melhor assim, com os braços e as pernas enroladas nele. E ele ainda a estava segurando pela cintura.

De repente, Linnet conseguiu entender o que ele estava dizendo.

– Não quero largar você – disse ela.

Linnet balançou a cabeça para tirar o cabelo molhado do rosto porque não queria tirar nenhum braço do corpo dele.

– Vou congelar. Ou me afogar. Você é que-quente – complementou ela.

– Nadar, lembra? – disse ele.

Seus dentes pareciam cerrados, o que sugeriria que ele estava com tanto frio quanto ela. Mas ele não estava acostumado com aquilo?

– Sei que estamos aqui para nadar – disse ela. – Mostre-me como fazer e eu vou... Vou considerar.

Na verdade, ela não ia largá-lo até eles saírem da piscina.

Mas então ele, cruelmente, empurrou o corpo dela para longe do seu. Ela arfou com a perda do calor e seus dentes começaram a bater de novo.

– Você precisa aprender a boiar – esbravejou ele.

Havia algo terrivelmente sinistro em seu tom de voz.

Ela imediatamente aprendeu a boiar.

– Vou morrer assim, que tal? – sugeriu ela.

Seu rosto estava rodeado pela água congelando, os dentes batendo como castanholas.

– Acho melhor você sair agora – disse ele, parecendo exasperado.

– Es-esquente-me primeiro – pediu ela.

Com um palavrão abafado, ele a puxou para perto de si novamente. Foi tão maravilhoso quanto na primeira vez. Com um suspiro de alívio, ela repousou a cabeça no ombro dele e permitiu que a fornalha incrível do corpo dele penetrasse em seus poros. Mas, um segundo depois, braços fortes envolveram sua cintura, erguendo-a e depositando-a na beirada da piscina. Ela encolheu os dedos dos pés.

– As toalhas estão lá – gritou ele.

Linnet o fitou, tão perplexa em um primeiro momento que não entendeu o que ele estava dizendo. Piers estava à vontade na água, em seu meio. Enquanto ela o observava, ele virou e pegou impulso na rocha, ressurgindo na metade da piscina. Primeiro, um braço saiu da água. Depois, o outro. E, então, ele estava se afastando dela, bolhas borbulhando atrás dele.

Havia três toalhas. Linnet pegou uma e enrolou em seu peito trêmulo, depois pegou outra e enrolou no cabelo. Ela voltou para a rocha e ficou observando Piers deslizar pela água, volta após volta. Ele não dava sinais de que ia parar, então ela voltou, pegou a terceira toalha e, depois de se sentar na beirada da piscina, enrolou os pés e os tornozelos nela.

Ficou ali sentada, totalmente enrolada nas toalhas, só com o rosto à mostra, observando os músculos largos das costas e dos ombros de Piers, enquanto ele atravessava a piscina de um lado para outro.

Aos poucos, seu corpo começou a esquentar enquanto ela permanecia sentada em seu casulo e o sol da manhã a banhava. A Sra. Hutchins desmaiaria ao vê-la ali. Desmaiaria? Ela teria um faniquito apoplético. Linnet não estava apenas sentada ao lado da água, usando nada mais que uma combinação encharcada, mas havia um homem quase nu a poucos metros de distância.

Nesse contexto, algumas sardas pareciam não importar tanto, então ela jogou a cabeça para trás e se deliciou com o sol e o céu azul. Ele se estendia tanto além dela que Linnet não conseguia imaginar o topo. Bem ao longe, lá em cima, uma ave marinha circulava preguiçosamente, talvez procurando peixes.

Piers tocou na borda, contou 25 voltas. Ele não parou, apenas se virou e voltou a nadar na direção oposta. Seu corpo estava repleto de uma energia febril que não requeria uma graduação médica para diagnosticar. Trinta voltas. Estava exausto, mas ainda havia um rio de lava derretida correndo por debaixo de sua pele.

Finalmente, ele saiu da água, os olhos se voltando diretamente para ela. Linnet estava com a cabeça jogada para trás e seu pescoço era pálido sob a luz do sol. A toalha tinha caído de seu cabelo, que se espalhava em espirais vermelhas pelo tecido branco.

Enquanto ele tentava reunir os cacos de sua compostura, ela se endireitou e abriu os olhos.

– Desculpe por quase ter afogado você – disse ela, seus olhos dando aquele sorriso secreto que ele…

Bem, que ele gostava de ver.

– Juro que não foi minha intenção – continuou ela. – Você é simplesmente tão mais quente que eu.

Ele realmente ficava quente quando um corpo feminino delicioso estava enrolado no dele, agarrando-se como algas em uma corda.

– Você parece bem quente agora – disse ele, percebendo o tom áspero de sua própria voz.

Bem, não era como se ela fosse se perguntar por que ele parecia tão zangado. Ainda bem que ele tinha a reputação que tinha.

Ela piscou.

– Peguei todas as toalhas! Você deve estar congelando.

Ela se levantou apressadamente, o que fez todas as toalhas caírem no chão.

Seria um sacrilégio se referir àqueles seios como glândulas mamárias. Eram gloriosos, cheios, complacentes… A combinação dela estava transparente por causa da água. Agarrava-se às suas coxas, a um lugar lindo e escuro entre suas pernas.

– Aqui, pegue uma dessas – disse Linnet.

Ela jogou uma toalha e ele conseguiu pegá-la e, rapidamente, enrolá-la na cintura.

– Sabe de uma coisa?

Ela deu uma olhada para ele e um pouquinho de rubor subiu por suas bochechas.

– O quê? – perguntou ele, ajeitando-se discretamente e recolocando a toalha, apertando mais.

– Você vai rir, por ser médico e tudo o mais, mas minha mãe disse uma coisa uma vez...

– O quê?

Ele sempre tinha controle sobre o próprio corpo. *Sempre.* Isso era uma aberração.

– Uma vez ela me disse que os homens são moles.

– Moles? – repetiu ele.

Se ele focasse no rosto dela, então não veria a maneira como o linho fino se agarrava aos seus seios, aos seus quadris. Não pensaria na ânsia intensa que se exaltava em suas partes baixas. Era apenas uma necessidade biológica, nada mais.

– *Moles* – disse ela, rindo novamente. – Na frente. Você não é *mole*, não é? – Ela gesticulou na direção da cintura dele. – Você não se importa por eu falar isso, se importa? Eu formei essa imagem nojenta na minha cabeça de... de uma *coisa* molenga... Bem, você não é mole. Você fica em pé, rígido.

Ele soltou uma gargalhada.

– Eu sei – disse ela, rindo também. – Sou uma boba.

Mas ele tinha a sensação inquietante de que ele é quem era o bobo.

Capítulo 10

Linnet passou uma hora na banheira, tomando chocolate quente e terminando de ler *Camilla*, da Srta. Fanny Burney. Quando finalmente não havia mais latas de água quente e o livro tinha chegado ao fim, ela se levantou.

– Será que este castelo tem uma biblioteca? – perguntou à sua aia, Eliza. – Só trouxe cinco livros e li todos na viagem para cá.

– A senhorita não pode simplesmente ler de novo? – sugeriu Eliza, entregando-lhe uma toalha. – Parece um desperdício lê-los apenas uma vez. Melhor comprar uma fita que você possa usar várias vezes.

– Talvez eu releia esse aí – respondeu Linnet, apontando com a cabeça para o exemplar de *Camilla*. – Foi bastante bom. Já li *A senhorita Butterworh e o barão louco* duas vezes. Na verdade, três.

Ela se sentou à penteadeira.

– É engraçado como milady lê tanto assim – disse Eliza, começando a pentear o cabelo de Linnet. – Quem dera os cavalheiros de Londres soubessem que a senhorita é tão literata!

– Que diferença isso poderia fazer?

Eliza apertou os lábios.

– Ninguém gosta de moças que têm mais cérebro que cabelo, mas, por outro lado, nunca ouvi falar de alguém que tenha subido na vida que leia como milady. Isso abalaria todo mundo, todos aqueles tipos estúpidos que logo acharam que o príncipe tinha desonrado a senhorita.

– Duvido – disse Linnet. – Suponho que seja bem mais interessante falar sobre meu suposto bebê real do que sobre meus hábitos de leitura.

– Sei que há uma biblioteca por aqui. O Sr. Prufrock mencionou ontem à noite durante o jantar.

– Eles deixaram vocês à vontade?

Movido pela culpa por não tê-la acompanhado até Gales, o pai de Linnet tinha mandado com ela não apenas Eliza, mas também lacaios, cavalariços e engraxate.

– Oh, sim, milady. Estamos na ala oeste, com as pessoas que estão morrendo de cancro e tudo o mais. Disseram para nunca irmos à ala leste, uma vez que é lá que eles colocam os que têm infecções. As que o corpo pode pegar, quero dizer. Há uma governanta para cada ala e outra para todo o castelo. Tinha um paciente gemendo tanto ontem à noite, que eu achei que nunca fosse dormir, mas uma hora ele parou. Se acontecer de novo, o Sr. Prufrock disse para eu reclamar que eles vão lá fazer o homem ficar quieto.

– E de que maneira eles vão fazer isso? Se o homem está com dor, digo.

– Dão algum remédio a ele, provavelmente – respondeu Eliza. – Por que a senhorita não vai esperar ao lado da lareira até seu cabelo secar?

Linnet resmungou.

– Porque não tenho nada para ler. Será que você pode dar um pulo na biblioteca e me trazer um ou dois livros, Eliza?

– Acho que posso pedir para um lacaio me ajudar a encontrar a biblioteca. Tem um lacaio bem bonito e de um nome muito engraçado. Ele me contou ontem à noite que o doutor ameaçou cortar a cabeça dele para ver se conseguia andar sem ela.

Dez minutos depois, ela voltou com uma pilha de livros.

– São tantos! – exclamou a aia. – Mas não consegui encontrar nada que se parecesse com os romances que a senhorita gosta de ler.

Os livros não eram exatamente o que Linnet costumava ler, mas uma mulher desesperada lê qualquer coisa.

– Você sabia que comer melão cura inchaços? – perguntou ela a Eliza algum tempo depois.

– É mesmo? Talvez de um dedo do pé. Mas duvido que de qualquer outro tipo; meu pai costumava ficar com o nariz terrivelmente inchado quando bebia demais. Deixe o livro de lado agora, milady. Estou com seu corpete pronto.

Com certa relutância, Linnet largou o livro.

– Aqui diz também que cebolas deveriam ser usadas para refrescar o hálito.

– Pura estupidez – afirmou Eliza.

Ela apertou o corpete de Linnet e passou o vestido por sua cabeça, cujos cachos, agora, estavam presos com pequenas flores esmaltadas brilhantes. Quando Eliza começou a abotoar as costas, Linnet, novamente, pegou o livro.

– Minha tia toma quantias enormes de Elixir de Daffy – contou Linnet. – Ela acha que isso a mantém magra. Este livro sugere cozido de bochecha de boi.

– Que nojento! – Eliza fez uma pausa e acrescentou, com perspicácia: – Vai ver é por isso mesmo que funciona.

– O que será que lorde Marchant acha de remédios vendidos sem receita? – perguntou Linnet. – Você sabe onde ele se encontra?

– Até onde sei, ele costuma ficar com os pacientes. Fique parada, milady. Só preciso arrumar esse último botão... Pronto! A senhorita tem uma hora antes do sino do almoço.

Rapidamente, Linnet deu uma olhada para si mesma no espelho – de frente *e* de lado.

– Nem sinal de bebê – garantiu Eliza, animada. – Quando será que o duque vai perceber? Até onde sei, ele é obcecado pela realeza, simplesmente obcecado. Vai ficar bastante decepcionado quando perceber que a senhorita não é a mulher desleixada que ele queria para o filho.

Linnet suspirou.

– Será que os criados sabem de tudo?

– Não os *desta* casa – respondeu Eliza, chocada. – Preciso confessar que eles começaram uma aposta lá embaixo. O Sr. Prufrock não é, nem de longe, tão ranzinza quanto o Sr. Tinkle; o Sr. Tinkle jamais permitiria algo assim.

– A aposta é a respeito de eu estar esperando um filho ou não?

– Oh, não! Nós, quero dizer, nós lá de Londres sabemos que a senhorita fez o Stubbins rodar pela cidade sem fazer nenhuma parada para pegar aquele príncipe. A aposta é se lorde Marchant vai se apaixonar pela senhorita.

– Espero que você não tenha apostado suas economias nisso – disse Linnet, indo até a porta.

– Todos os que vieram com a senhorita estão apostando a seu favor. E todos os criados aqui da casa, bem, estão apostando no lorde. Ele fez todos morrerem de medo dele. Acham que ele não é humano.

– Por um bom motivo, não tenho dúvidas – disse Linnet. – Afinal de contas, eles trabalham para ele... Você vai perder seu dinheiro, Eliza. Eu e o lorde já concordamos que não daria certo.

Eliza sorriu.

– Porque a senhorita não dá um pulo lá em cima e pergunta a ele sobre bochechas de bezerro em conserva, ou o que quer que seja?

Ela atravessou o quarto e puxou o corpete de Linnet um pouquinho mais para baixo.

– Agora, sim, milady está pronta.

Linnet foi até a enfermaria no terceiro piso, mas, quando espiou pela porta, não havia sinal de Piers – para falar a verdade, nem sinal de nenhum dos médicos. O paciente do dia anterior, contudo, ergueu a cabeça e disse alguma coisa que ela não conseguiu compreender, então se aproximou dele.

Ele se parecia muito com um cachorro, o tipo de cachorro que se esconde nos becos, patético e escabroso.

– O problema da sua pele parece bem doloroso – disse ela. – Não tivemos a oportunidade de nos conhecer ontem, mas sou a Srta. Thrynne.

– *Sor* Hammer-ock – conseguiu dizer o paciente.

Sua língua, certamente, estava inchada.

– Posso fazer algo por você? – perguntou ela. – Gostaria de um pouco de água?

– O doutor disse que não há nada a fazer por ele – disse uma voz atrás de Linnet.

Ela se virou e viu um menininho na cama ao lado. Ele não parecia muito melhor que o Sr. Hammerhock, apenas dentes e ossos. Também tinha um ar escabroso de cachorro do beco, o cabelo castanho espetado para todos os lados. Ela ficou alarmada; certamente não deveria ser um dos pacientes moribundos que Eliza tinha mencionado.

– Nada a fazer por ele não significa que ele não possa tomar água – disse Linnet. – E qual é o seu nome?

– Gavan – respondeu o menino, sentando-se na cama. – Veja, eles decidiram ontem que Hammerhock tem algum tipo de febre. Então, a enfermeira vem aqui de vez em quando, coloca um pano molhado no rosto dele e dá remédio.

Hammerhock assentiu.

– Onde está a enfermeira? – quis saber Linnet.

Para falar a verdade, ela sentia que aquilo estava bem além de suas capacidades.

– Está no intervalo dela – respondeu Gavan. – Ela tem enxaqueca de tanto ficar aqui com a gente, que está morrendo.

– Morrendo? Você está morrendo?

Gavan fez uma careta.

– O doutor fala que *todos* nós estamos morrendo.

O Sr. Hammerhock emitiu um ruído estrangulado de sua cama, então Linnet se virou para ele. Ele apontou para um copo d'água e ela o ajudou a tomar um gole. Ele se deitou na cama e fechou os olhos.

Linnet olhou para a fileira de pacientes, mas a maioria deles parecia estar letárgica, então ela se sentou na cama de Gavan.

– Como você veio parar aqui?

– Minha mãe me trouxe – disse ele, franzindo a testa. – E me largou aqui.

– Você mora longe do castelo?

– Não muito longe. Bem, além do mercado.

– E agora o médico está cuidando de você – disse Linnet. – Logo você vai poder ir para casa.

– Não posso ir para casa – disse Gavan. – Não posso ir para casa porque estou doente e aqui eu tenho esta cama, sabe? Então, minha mãe diz que é melhor eu ficar aqui porque, bem, tenho lençóis, certo? E comida, toda comida que eu quiser.

A porta atrás de Linnet se abriu e um grupo de homens entrou apressadamente. Antes mesmo de se virar, ela ouviu o grunhido de Piers.

– Ora, ora, vejam quem está aqui querendo pagar por seus pecados.

Linnet estava observando Gavan, que se ergueu ainda mais na cama, dando um sorriso imenso.

Então, ela ouviu as batidas de uma bengala e Piers estava parado do outro lado da cama.

– Misturando-se com os quase mortos e os recém-nascidos, é?

– O que são *recém-nascidos*? – perguntou ele, complementando logo em seguida: – Viu esta senhorita?

Gavan apontou para Linnet.

As sobrancelhas de Piers se ergueram.

– Vi, sim. O que acha dela? Estava considerando me casar com ela.

Gavan acenou compreensivamente com a cabeça.

– Meu pai diz...

Ele hesitou.

– Desembuche – disse Piers. – Ela parece uma dama, mas não é.

Linnet o fitou.

– Meu pai diz que as melhores mulheres são as que têm pêssegos grandes – disse Gavan.

Então, naturalmente, ele olhou direto para o decote de Linnet e Piers também o fez.

– Melhor o senhor ficar com ela – aconselhou o menino. – Com essa bengala, algumas mulheres não vão querer o senhor.

Ignorando a careta de Linnet, Piers se abaixou para analisar mais de perto os atributos em questão.

– Tem certeza? Sempre quis uma morena com certo ar de cigana.

Gavan deu uma olhada contrariada para ele.

– O senhor não entende nada de mulheres?

– Não tanto quanto você, provavelmente.

– Uma moça que parece uma cigana, bem, ela provavelmente *é* uma cigana. E, se o senhor se casar com ela, vai ter que ir morar na sarjeta porque ela não vai querer se acomodar em um único lugar, não por muito tempo.

– Eu não poderia deixar que ela partisse sozinha?

– Não se for casado – disse Gavan. – Aí vocês estariam comprometidos um com o outro, sabe? É isso que meu pai sempre diz.

– Como você está se sentindo hoje? – Piers mudou de assunto. – Já se levantou?

– A enfermeira me deixou levantar para usar o penico. Mas aí eu fingi errar e acertei o sapato dela, então, ela disse que eu era tão ruim quanto o capeta e me colocou de volta na cama.

Ele tinha aquela risada clara e feliz de crianças no parque.

– Onde está a enfermeira? – perguntou Linnet, olhando para Piers. – Gavan acha que ela está com uma crise de enxaqueca.

– Muitas mortes por aqui – disse Gavan alegremente.

– É bem provável que esteja roubando meu conhaque – disse Piers. – Era o que eu faria se tivesse que lidar com Gavan urinando nos meus calçados. Gavan, me avise se a enfermeira Matilda aparecer por aqui embriagada, está bem?

Gavan assentiu com vigor.

– Você gosta da enfermeira? – perguntou Linnet.

– Ela não me deixa levantar. Diz que, se eu levantar, vai doar minha cama.

Outro ruído estrangulado veio da cama ao lado. Piers e seu grupinho tinham seguido adiante, então, Linnet se inclinou para o Sr. Hammerhock.

– Sim?

– Pelo amor de Deus, mulher, afaste-se – disse um rugido atrás dela. – Há uma chance de ser infeccioso, sua tola sem miolos.

Linnet o ignorou, enquanto o Sr. Hammerhock conseguia, com muito esforço, dizer algumas palavras.

– A enfermeira é terrível.

– Então, a senhorita vai mesmo se casar com o doutor? – perguntou Gavan. – Porque ele não é muito gentil. Vive chamando as pessoas de nomes feios e a enfermeira também o chama de capeta.

Do outro lado da enfermaria, como que pegando a deixa, Piers gritou com um de seus jovens médicos.

– Minha mãe daria uma surra nele – afirmou Gavan. – Se a senhorita casar com ele, acho que, de vez em quando, terá que dar uma surra nele.

Ambos olharam para o corredor, para a figura imponente de Piers.

– Pode não ser fácil – acrescentou Gavan.

– Entendo o que você quer dizer – concordou Linnet. – Então, quer sair da cama?

– Não posso – reafirmou Gavan. – Pode ser que eu perca o meu lugar. Tem muita gente doente que quer vir para cá, sabe?

– Não vou deixar que eles doem sua cama – garantiu Linnet, vendo que o Sr. Hammerhock estava acenando positivamente com a cabeça. – Pode ser que você esteja um pouquinho cansado, então, talvez, um lacaio possa carregá-lo até lá fora. Sei que provavelmente você era um menino muito ativo antes de vir para cá.

– Não consegui usar a privada ontem – respondeu Gavan, duvidoso. – Não sem me apoiar no braço da enfermeira, como se ela fosse uma árvore.

– Que chato – disse Linnet. – Vamos lá, então.

Ela se levantou e tocou o sino. A essa altura, Piers já estava do outro lado da sala, fazendo um discurso enfadonho para os médicos e nem prestou atenção quando um gentil lacaio chamado Neythen pegou nos braços Gavan e seu cobertor e saiu pela porta.

Linnet os seguiu.

– Aonde a senhorita gostaria de ir? – perguntou Neythen por cima do ombro.

– Para a piscina – respondeu ela.

– O que é uma piscina? – perguntou Gavan.

Seus olhos brilhavam de animação.

– É como um tanque de peixe? Porque eu já vi um desses. Eu...

Ele tagarelou durante toda a descida das escadarias e todo o caminho até a piscina e só parou quando chegaram lá – e isso porque ficou de queixo caído.

– É lindo, não é? – perguntou Linnet, sorrindo. – Neythen, você pode acomodar o Gavan bem aqui nesta grande rocha?

– É tão grande – exclamou Gavan.

Linnet percebeu que ele estava olhando para além da piscina, para o oceano.

– Eu nunca soube que era tão grande. Toda essa água... Para onde vai?

– Ela só vem e vai – respondeu Linnet.

Os três ficaram sentados ali, observando, por um tempo, as ondas.

– Quantos anos você tem, Gavan? – perguntou Linnet.

– Quase 7 – respondeu ele. – Está vendo a maneira como o sol faz um caminho em cima do mar?

Havia uma faixa dourada larga que se estendia até o horizonte.

– É como uma estrada – continuou Gavan. – Provavelmente, a estrada para o paraíso que minha mãe comentou.

Neythen se mexeu.

– Você precisa retornar ao seu posto, Neythen? – perguntou Linnet.

– O Sr. Prufrock vai entender – disse Neythen. – Ele é um sujeito decente.

Ele esticou o braço e enrolou o cobertor de Gavan mais apertado em seus ombros.

– Acho que não vou para o paraíso – disse Gavan.

Ele não parecia muito preocupado com isso.

– É claro que vai – garantiu Linnet. – Mas isso vai demorar um bom tempo, espero.

– Acho que eles não deixam você passar pela porta se não acreditar em todos aqueles frufrus. As nuvens e as harpas e tudo o mais.

– Você não precisa acreditar nisso – respondeu Linnet com firmeza. – Quando precisar, a porta simplesmente vai se abrir.

Ela olhou de novo para ele. Será que estava morrendo de uma doença terrível? A mera ideia era de partir o coração.

Gavan suspirou.

– Tem algum cachorro por aqui?

Linnet se voltou para Neythen.

– Tem um cachorro nos estábulos. Mas é um bicho velho e sujo que não tem dono.

– Então poderia ser meu – sugeriu Gavan. – Meu irmão tem um cachorro, mas eu não tenho.

Claramente, ele não estava mais interessado na discussão filosófica sobre a vida após a morte.

– Vamos lá! – disse o menino.

– A enfermeira deve estar se perguntando onde você está – ponderou Linnet.

Mas Gavan era da opinião de que a enfermeira nem sequer notaria que ele não estava lá. E, se notasse, ela provavelmente ficaria satisfeita.

– Ela disse que sou uma pedra no sapato dela – confidenciou ele. – Por favor, podemos só dar uma olhadinha no cachorro?

Lá estavam eles no estábulo, tentando atrair um pequeno vira-lata cinzento cujas únicas características eram os olhos pretos brilhantes e uma aura generalizada de sujeira, quando Linnet ouviu as batidas da bengala de Piers.

– Aí estão vocês – disse ele, nada gentil. – Pelo amor de Deus, a enfermeira acha que o menino foi roubado.

– Ela não vai doar minha cama, vai? – gritou Gavan.

Ele tentou se levantar e começou a tombar para o lado, mas Neythen o segurou bem a tempo.

– Ela não pode doar sua cama, pois está infestada com suas pulgas – disse Piers.

– Eu não tenho pulgas – alegou o menino. – Você acha…

– É claro que eu não acho – ralhou Piers. – O que vocês estão fazendo com esse vira-lata imundo?

– Ele vai ser meu – contou Gavan. – Vou adestrá-lo e ele vai dormir na minha cama.

Eles encurralaram o cachorro, mas, mesmo assim, ele não demonstrava nenhum interesse em se aproximar, não importava quantas vezes Gavan chamasse "aqui, garoto; aqui, garoto".

– Acho que o nome dele não é *garoto* – ponderou Piers.

Ele mal estava olhando para Linnet. E era muito irritante a maneira como o coração dela acelerou quando ele entrou no estábulo. Logo, logo ela estaria ansiando para ouvir as batidas da bengala dele como uma tonta apaixonada.

– Qual é o nome dele? – perguntou Gavan animadamente. – Ele já foi seu?

– É claro que não. Se você quiser que ele venha até você, é melhor oferecer um pedaço de bife. – Ele virou a cabeça na direção de Neythen. – Prufrock está procurando você. Vá falar com ele e depois volte aqui e leve este verme lá para cima.

– Bem, se ele não é seu, então pode ser meu – disse Gavan. – Talvez eu o chame de Rufus.

– Sugiro Pêssegos – disse Piers, dando uma olhada maliciosa para Linnet. – Um nome que vai lembrar você dos ensinamentos de seu pai.

– Não é um bom nome – retrucou Gavan, meneando a cabeça. – Isso é nome de menina. Ele tem mais cara de Rufus. Venha cá, Rufus.

Linnet se endireitou, já que parecia que Gavan estava feliz tentando coagir Rufus a brincar com um graveto.

– E que diabo você pensa que está fazendo? – perguntou Piers. – Você perdeu o almoço.

Ele se impunha a ela de um jeito extremamente irritante.

– Eu só trouxe o Gavan aqui para fora – disse ela. – A não ser que eu queira ficar sentada na sua biblioteca e ler obras de medicina, não tenho mais nada para fazer.

– Você deveria fazer o que quer que as mulheres fazem o dia todo. Mas fique longe dos meus pacientes.

– Por quê?

– Por quê? Porque estou mandando!

Ela bufou.

– Você tem medo da enfermeira – disse Linnet.

– Não tenho medo da enfermeira Matilda. Ela é uma boa disciplinadora.

– Então, por que você se deu ao trabalho de mancar até os estábulos só para nos encontrar?

– Talvez eu esteja me apaixonando por você, assim como a maioria da minha criadagem pensa.

– Eles não pensam isso – corrigiu Linnet. – É a *minha* criadagem que pensa isso.

– Meu valete me contou sobre a aposta. Sua criadagem vai perder uma grana preta – disse ele com certa satisfação. – Espero que você os pague bem, para que eles possam bancar isso.

Linnet fez uma careta e voltou a olhar para baixo. Gavan tinha engatinhado para a frente e Rufus estava cautelosamente cheirando seus dedos.

– Você não pode deixar essa criança lá para morrer com uma enfermeira terrível e ninguém em volta além de pessoas doentes.

Piers soltou uma gargalhada, então ela o encarou.

– Sou um cretino sem sentimentos, não sou? – disse ele.

– Sim!

Ele se apoiou ainda mais na bengala.

– Vamos ficar aqui discutindo sobre cuidados com os pacientes ou posso voltar lá para dentro?

– Por que você não se senta naquele belo banco ali? – sugeriu Linnet.

– Por que eu simplesmente não volto lá para dentro...

– Porque eu quero conversar sobre a maneira como você deixa seus pacientes deitados naquelas camas só esperando pelo fim.

– Por que eu iria querer conversar sobre isso? Certamente sua beleza não a qualifica como uma profissional de saúde.

– Ninguém precisa ser profissional de saúde para saber que não está certo deixar um menino moribundo, uma criança, lá dentro com todas aquelas pessoas doentes. Ele fica o dia todo na cama. A enfermeira nem sequer o deixa sair por um instante.

– Eu disse a ela para não deixar – confirmou Piers. – Ela costuma me obedecer porque eu pago o ordenado dela.

– Isso é ridículo – disse Linnet. – Você devia ter visto como ele ficou feliz em ver o mar. E agora, com...

Ela deu uma olhada para baixo. Rufus, silenciosamente, tinha se aproximado e parecia estar fazendo xixi nos pés descalços de Gavan.

– A enfermeira Matilda não vai gostar nada disso – disse Piers, com um nítido tom de contentamento. – Ela vai culpar você.

Linnet deu de ombros.

– Antes de voltar para a enfermaria, Neythen pode mergulhar os pés de Gavan na tina dos cavalos ao lado da porta.

– Então, o que você acha que eu deveria mudar na ala oeste?

– Deixá-la mais alegre.

– Isso tudo tem a ver com a morte, não tem? – Piers se inclinou levemente na direção dela. – Você tem medo da morte.

– Não tem nada a ver com isso – explodiu Linnet.

– Ótimo – disse Piers. – Bem, esta foi uma conversa fascinante, mas minha perna não consegue mais aguentar tanta animação.

Ele se virou para ir.

Os olhos de Linnet se estreitaram. Ela conseguia sentir seu sangue esquentando.

– Você está dando as costas para mim?

Piers olhou para trás.

– Estou? Estou o quê? Dando as... *costas*? – Ele bufou. – Estou, sim.

Correndo, ela deu a volta nele e parou em frente à porta.

– Por que você não me escuta?

– Porque você é asinina.

– Você devia ter visto o rostinho do Gavan enquanto ele falava do paraíso – disse ela com firmeza. – Ele disse que o sol no mar parecia...

– Ele pode ter ficado com a expressão de uma vaca moribunda – disse Piers, interrompendo-a. – Mas não entendo como isso é relevante.

– Porque ele está morrendo, seu tolo – repreendeu Linnet.

– Todos estamos.

– Não do jeito que Gavan vai morrer. Ou, ao menos, não tão cedo, ou tão jovens.

– Quem é que sabe quando Gavan vai morrer? – Ele deu de ombros. – Preciso lhe contar que as chances de você morrer antes dele são altas. Mesmo com a longevidade das mulheres, ele tem 6 anos e você deve ter uns 25.

– Tenho apenas 23 – disse Linnet, franzindo a testa.

– Pelo que vi da mãe dele, aposto que ele vai viver até ficar bem velho. Ela é uma mulher durona e foi esperta o bastante para trazê-lo para cá quando ele caiu de um monte de feno e sofreu uma fratura exposta.

– Fratura...

– Exposta. Quebrou um osso – explicou Piers. – Agora, você se importaria se eu mancasse de volta para a casa para reportar que o paciente foi encontrado, apesar de estar coberto de urina e, sem dúvida, cheio de pulgas? A enfermeira Matilda não vai gostar disso.

– Achei que ele estivesse morrendo. Você disse que o fez ficar na cama.

– O que torna você ainda mais tola – disse Piers, de forma rude. – Eu o fiz ficar na cama, sim. Testamos um método bastante inovador para recuperar o osso dele imobilizando-o com um molde de gesso e, como mágica, funcionou, se é que posso assim dizer. Agora, preciso repetir que a minha perna está doendo demais?

– Há necessidade de ser tão...

– Rude? Você foi até a minha enfermaria. Tirou da cama um menino que está sem gesso só há três dias. Você o carregou até a água e os estábulos e agora ele está engatinhando no chão. O menino não consegue nem ficar em pé sozinho. Não conseguiria andar nem se você...

– Olhem! – gritou Gavan atrás deles. – Olhem para mim!

Os dois se viraram.

Gavan estava em pé, com Rufus nos braços. O cachorro estava lambendo seu queixo.

– Ele gosta de mim!

Capítulo 11

Com um humor um tanto sombrio, Linnet se arrumou para o jantar. Então, a ala oeste não estava repleta de pessoas moribundas. Ela se sentia uma idiota – e, ao mesmo tempo, em conflito. Obviamente, Piers estava cuidando de seus pacientes. Mas ele não se importava com quanto era entediante ficar deitado naquela cama, dia após dia.

De qualquer forma, não era problema dela. Eles eram incompatíveis e a ideia de que ele se apaixonasse por ela um dia, muito menos em duas semanas, era digna de risadas. Casamento estava fora de cogitação.

Então ela escreveu um bilhete para o duque, pedindo que fossem embora no dia seguinte. Ela tinha que decidir o que fazer com a própria vida e isso significava voltar para a casa do pai, para começar. Depois... quem sabe, uma viagem. Talvez para o continente.

Parecia um plano um tanto solitário, mas Linnet se tornara solitária desde a morte da mãe.

Irritada por estar choramingando como uma criança egoísta, ela pegou o livro novamente, mas não conseguiu se concentrar nas descrições de curas para dor de dente. Tinha a sensação de que o duque não iria embora imediatamente.

Ela não fazia ideia de por que Piers e o pai não se falavam há anos, mas a expressão no rosto do duque era inconfundível. Ele estava profundamente feliz por estar na presença do filho, mesmo que, na maior parte do tempo, Piers se comportasse como um idiota completo.

Linnet estava sentada à penteadeira lendo trechos do livro médico em voz alta para Eliza, que montava com agilidade um elaborado penteado nela, quando um ruído estrondoso veio do jardim.

– Mas o que é isso? – perguntou Linnet.

Eliza largou a escova incrustada de pedras e correu até a janela.

– É uma carruagem – disse ela. – Parece uma abóbora, toda amarela e brilhante.

Linnet também foi até a janela, bem a tempo de ver emergir da carruagem um tornozelo delicado usando um sapato de salto alto maravilhoso. Pertencia a uma senhora com um traje de viagem roxo, combinado com um chapeuzinho vistoso do qual se projetavam não apenas uma, ou duas, mas três plumas macias.

– Lindo – disse Eliza, suspirando. – O chapéu deve ter saído da revista *La Belle Assemblée.* Tem alguma coisa de especial. Dá para notar.

Linnet voltou para a penteadeira e se sentou.

– Talvez tenha chegado uma rival pela mão de lorde Marchant.

– É mais provável que ela esteja doente – ponderou Eliza, pegando o pente novamente. – Os criados dizem que as pessoas vêm de todos os cantos da Grã-Bretanha para vê-lo, sabia? De toda a Inglaterra e, talvez, até mesmo de fora. Talvez lá da Escócia.

Linnet não queria pensar se Piers era ou não um bom médico, não depois do jeito que ele tinha rido dela. Seus olhos eram malignos, simplesmente malignos. Ele sabia muito bem que ela achava que Gavan estava morrendo e tinha permitido que continuasse fazendo papel de boba.

– Espero que seja outra candidata a futura duquesa. Vou gostar de vê-la considerar a perspectiva de viver com aquele homem pelo resto da vida.

– Pronto! – disse Eliza, enfiando o pente nos cachos de Linnet. – A senhorita está pronta.

Linnet se levantou e foi até a porta, mas não tinha nenhuma vontade de descer. Não depois que Piers tinha rido dela e feito com que se sentisse tão estúpida.

– Talvez…

– Não – disse Eliza com firmeza. – Pode ser que ele seja mesmo filho do diabo, como dizem que é. A senhorita não vai ficar escondida no quarto. Vá lá e faça-o se apaixonar.

Linnet resmungou.

– Contamos com a senhorita – disse Eliza, empurrando-a pela porta.

Linnet desceu as escadas devagar, contando cada degrau taciturnamente. Ela achava que tinha sido humilhada quando um salão inteiro voltou-se contra ela. Quem imaginaria que um médico estúpido rindo dela seria uma humilhação ainda maior?

Havia um burburinho de vozes animadas vindo da sala de visitas e Prufrock estava parado ao lado da porta aberta, sem nem se importar em parecer um mordomo.

– Pode ir falando – disse Linnet ao chegar na base da escada.

– A duquesa chegou para visitar o filho – disse ele. – Isto é, a *ex*-duquesa chegou.

– Está falando da mãe de lorde Marchant? Ela não mora no exterior?

Linnet sentiu uma pontada de interesse.

– Parece que estava na Andaluzia há alguns meses, mas ficou cansada de lá e decidiu vir até Gales para surpreender o filho.

– E aí encontrou o duque aqui – complementou Linnet. – Fascinante!

– O duque ainda não desceu. Então, essa alegria ainda está por vir para ela – disse Prufrock.

Ele escancarou a porta, entrou e anunciou:

– Srta. Thrynne.

Todos na sala interromperam suas conversas e se viraram para a porta. Em uma imitação descarada de Zenobia, Linnet ficou parada, com certa afetação, antes de entrar na sala.

Houve uma pequena avalanche em cima dela: o marquês Latour de l'Affitte, os três médicos… menos Piers.

Ela estendeu a mão para Sébastien, o primo de Piers, que se curvou por cima dos dedos dela, como o cavalheiro francês que era. Mas os olhos de Linnet foram desviados. Lá estava ele. Piers estava apoiado no piano, os olhos semiabertos, como se ignorasse tudo que acontecia na sala.

É claro que ele ergueu o olhar. Estava tão distraído quanto um leão à espreita, esperando uma gazela passar. Havia escárnio naqueles olhos… E algo mais.

Esse "algo mais" deixou Linnet rígida. Ela se voltou para o marquês e lhe deu um sorriso encantador.

– Conte-me sobre o seu dia. Lorde Marchant falou que eu o enfureci ao levar um de seus pacientes para fora do castelo?

Sébastien era verdadeiramente adorável de um jeito francês. Seus olhos se enrugaram com uma risada já pronta.

– Eu enfureço Piers com tanta frequência que mal consigo distinguir quando ele se irrita. Mas venha, já que ele é mal-educado demais para fazer isso, preciso apresentá-la à *maman* dele, minha tia. Ela chegou há apenas uma hora.

Um instante depois, Linnet estava fazendo referência para a pequenina e elegantíssima duquesa.

– Lady Bernaise – disse Sébastien. – Posso apresentá-la à Srta. Thrynne? Ela veio até Gales para conhecer seu filho, como a senhora ouviu falar.

A mãe de Piers não demonstrava nenhum sinal de cansaço por causa da viagem; na verdade, ela era bonita, a pele reluzente e o cabelo brilhante que contradiziam sua idade.

– *Enchantée* – cumprimentou ela com um sorriso preguiçoso que lembrou o do filho.

Aquilo dizia tudo – e, ao mesmo tempo, nada.

– Pelo que meu caro Sébastien me contou, você é a esposa destinada ao meu filho.

– *Destinada*, não – corrigiu Linnet. – Possível.

– Não moro na Inglaterra há tantos anos – disse lady Bernaise, fazendo um gesto com a mão. – Perdoe meus equívocos. Você quer se casar com meu filho?

– Se não quiser, ficarei feliz em me oferecer – disse Sébastien.

Ele estava rindo, é claro, mas havia uma pitada de seriedade em sua voz.

Linnet deu a ele um sorriso por baixo dos longos cílios. Ele era tudo que Piers não era: gentil, eloquente, atencioso. E se vestia muito bem.

– Receio que seu filho e eu não sejamos compatíveis – disse ela à lady Bernaise.

A senhora abriu seu leque e fitou Linnet por cima dele.

– E como foi que você chegou a essa conclusão?

– Ela passou mais que cinco minutos com ele – intrometeu-se Sébastien.

– Foi o próprio lorde Marchant quem me disse – respondeu Linnet. – E eu concordo com ele. Receio que eu enfureço o pobre homem, o que não seria uma boa base para um casamento.

– Desde quando sou um *pobre* homem? – perguntou Piers por cima do ombro de Linnet.

– Nenhum homem pode esperar ser considerado outra coisa além de pobre quando se veste como você, *mon chèr* – disse sua mãe. – Onde foi que você encontrou esse casaco, em uma pilha de lixo?

– Não, em uma lata de lixo – respondeu ele. – Então, *maman*, lembra que eu mencionei que meu querido e detestado pai também está na casa?

Os olhos de lady Bernaise se estreitaram por uma fração de segundo.

– Em meio ao seu entusiasmo em me ver depois de todos esses meses, você deve ter esquecido.

– Provavelmente foi isso – concordou ele. – Isso e minha péssima memória. Céus, ele deve descer a qualquer momento.

Lady Bernaise pigarreou.

– Não, ele não está mais usando ópio – contou Piers solicitamente.

Sébastien deu um sorriso pesaroso para Linnet.

– Já estamos tratando você como um membro da família, Srta. Thrynne.

Linnet tentava processar o que estava sendo dito. Será que o duque usava ópio para algum tipo de doença? Ele parecia bastante saudável para um homem da idade dele, com 50 e poucos anos, ela achava.

– Ele era um viciado – explicou Piers, aparentemente adivinhando os pensamentos dela com a mesma rapidez que tinha adivinhado os da mãe. – Ópio é um analgésico e, portanto, viciante, o que significa que ele não conseguia parar de tomar. Sem dúvida, começou a usar por causa de um dedo do pé machucado ou algo assim. Costumava perambular pela casa proporcionando diversão sem fim a mim e à *maman*.

Lady Bernaise fechou o leque e deu uma batida forte na mão do filho.

– Você não pode desrespeitar seu pai na minha presença.

– Então, quando, finalmente, *maman* fugiu para a França, e me levou junto, graças a Deus, ele se divorciou dela – acrescentou Piers. – Disse ao mundo inteiro que ela tinha sido infiel e fugido com o jardineiro. O que, por sinal, não é verdade. Nosso jardineiro tinha pelo menos 80 anos e não teria sobrevivido a tanta emoção.

– Você está lavando nossa roupa suja em público – disse lady Bernaise, oferecendo a ele um olhar severo.

– Linnet não é o "público" – disse Piers. – É minha noiva, ao menos até que um de nós se mexa e envie o aviso de cancelamento para o *Morning Post*.

– Assim que eu voltar para Londres, meu pai vai cuidar disso – disse Linnet. – Vamos embora amanhã.

– Precisa mesmo ir embora? Você é encantadora – disse lady Bernaise. – Muito encantadora. Ia se sair muito bem na França. Embora eu ache que ficaria ainda mais bonita quando puder usar outras cores que não o branco. Talvez você deva se casar com Piers só por esse motivo.

– Como seu marido, eu ficaria feliz em acompanhá-la às modistas – disse Sébastien. – Já Piers preferiria morrer a acompanhá-la em algo assim.

– Sim, mas você é um ano mais novo que o meu Piers – ponderou lady Bernaise. – Ele deve se casar primeiro.

Linnet ia falar alguma coisa quando lady Bernaise abriu o leque novamente e se escondeu atrás dele.

Todos na sala se viraram na direção da porta, até mesmo os jovens médicos tagarelas e o lacaio parado ao lado do aparador.

O duque estava bastante pálido e parecia bem mais velho do que há algumas horas. Mas, sem se importar em cumprimentar mais ninguém, atravessou a sala diretamente na direção deles.

Ele usava calças curtas de veludo e um colete também de veludo muito elegante, o que potencializava o efeito de moeda romana de seu perfil, Linnet tinha que admitir. Não parecia um viciado em ópio para ela. Mas também, o que ela entendia dessas coisas?

– Bonito, não é? – sussurrou Piers em seu ouvido.

– Sim, ele é – respondeu ela.

– Não vou dizer à *maman* que você falou isso. Ou que ele, talvez, opte por se casar com você, se eu a dispensar. Talvez ela ainda tenha algum resquício de afeição pelo velho babaca.

O duque estava se curvando por cima da mão da ex-mulher, beijando-a. Ela tinha abaixado o leque, mas seu rosto permanecia absolutamente inexpressivo.

– Céus, será que ele não podia parecer menos carente? – murmurou Piers. – É uma vergonha para os homens. Acho que você vai ter que se contentar em se casar comigo. Ou com outra pessoa, mas, com certeza, não com ele.

– Talvez ele ache que cometeu um erro – respondeu Linnet, também sussurrando. – Será que sua mãe o perdoaria?

– Pelo ópio? É possível. Pelo fato de que ele proclamou por toda a Londres, sem contar nos tribunais, que ela era uma mistura de prostituta com rameira? Difícil.

As costas de lady Bernaise estavam tão eretas quanto uma vara e seu olhar não era nada afetuoso.

– Então, Robert – disse ela. – Conte-me como você esteve nesses anos todos desde que fui embora da Inglaterra.

A voz dela tinha aquele tom claro e frio do granizo atingindo o mármore.

– Ih... – disse Piers.

– Tem razão – concordou Linnet. – Não deveríamos ficar olhando.

– Por que não? É bastante satisfatório ver aquela expressão de angústia no rosto dele. Durante um ataque raivoso provocado pelo ópio, o velho a botou para fora, mas eu acho que ele se arrependeu depois.

Linnet virou de costas para eles e olhou para Piers.

– Como um viciado em ópio se comporta?

Os olhos dele escureceram.

– Em um instante, ele está se divertindo muito, dançando pela casa de ceroulas e agindo, no geral, como se estivesse com insolação. No instante seguinte, ele vomita. É uma condição bastante deselegante e nada atraente.

– Quando você era pequeno, antes de sua mãe levá-lo para a França, você fazia ideia do que havia de errado com ele?

– Era jovem demais para entender. Mas já tinha aprendido a buscar por sinais de intoxicação. Filhos de viciados aprendem rápido a temer a fala enrolada, sinais de confusão, olhos avermelhados.

– Você reparava nos olhos dele?

– Na época, talvez não. Mas agora eu repararia. As pupilas se contraem com o uso crônico do ópio.

– Parece terrivelmente confuso para uma criança – disse ela, colocando a mão no braço dele. – Sinto muito.

Piers olhou para ela, seus olhos impossíveis de ler.

– Sou grato pelo que aconteceu.

– Por quê? Porque sua mãe o levou para a França?

O braço dele era quente sob seus dedos e Linnet, estupidamente, pensou nos músculos que tinha visto aquela manhã.

– Fez de mim um médico – respondeu ele secamente. – Sem o vício dele, eu estaria sentado em algum clube de Londres, jogando xadrez e, por puro tédio, contemplando dar um tiro na minha própria cabeça.

Aparentemente, lady Bernaise cansou de conversar com o ex-marido. Ela apareceu ao lado de Linnet.

– Queridos – disse ela –, estou com aquela dor de cabeça.

– A dor de cabeça conjugal? – perguntou Piers. – Achei que fosse necessário ser casado para sofrer desse tipo de coisa.

– Você sempre faz essa piada – disse ela, acenando com o leque para ele. – A vida não é uma piada, sempre uma piada. Posso garantir que, mesmo quando eu estava a um continente de distância, seu pai conseguia me dar dor de cabeça.

– Peço desculpas – disse o duque, que estava atrás dela. – Por favor, não se recolha ao seu quarto. Deixe que eu me retiro.

– Não, fique aqui com seu filho – respondeu ela sem olhar para ele. – Você já perdeu anos demais. Merecidamente, mas acho que agora tem consciência da perda que provocou.

– Sim.

Mas o duque não estava olhando para Piers. Seus olhos estavam fixos na ex-mulher, em seu corpo pequeno, em suas curvas perfeitas, no brilho de seu cabelo, na elegância com a qual ela estendeu a mão, primeiro para Piers e, depois, para Linnet.

– Acho que Sua Graça fez bem quando escolheu você para o Piers – disse ela. – Sim, acho que ele, de fato, fez uma escolha certa.

O tom de voz dela deixava perfeitamente claro que o duque a tinha chocado com esse momento de sucesso.

E, então, ela se retirou.

– Recomponha-se – disse Piers para o pai. – Você parece um cachorro babando por um osso grande e suculento. Pelo amor de Deus, você já deveria ter encontrado uma nova esposa. Ela se casou com outra pessoa; por que você não se casou? Aí teríamos uma nova duquesa por aqui tentando humilhar a *maman*. Ah, *isso* sim seria interessante.

O duque engoliu em seco.

– Nunca haverá outra pessoa para mim – disse ele. – Eu a magoei muito porque a amava demais. Mas não consegui entender isso na época. Agora, convivo com essa decisão, com o homem que eu era.

– Você parece o protagonista de um melodrama ruim – disse Piers secamente.

– Quieto! – repreendeu Linnet.

– Srta. Thrynne, eu recebi o seu bilhete pedindo para ir embora amanhã pela manhã – disse o duque.

Ele estava com uma expressão desesperada.

– Talvez, se ficarmos alguns dias... vocês dois possam conseguir conversar – ponderou Linnet. – Não estou com tanta pressa.

– Eu sabia – disse Piers, afastando-se dramaticamente. – O tempo todo você estava simplesmente fingindo que não queria se casar comigo.

Linnet o fitou e caiu na risada.

– Sim, o dia de hoje me fez perceber que modelo de pessoa você é. O sonho de qualquer mulher.

– Isso seria muito gentil da sua parte – disse o duque. – Apesar de eu não querer que ela fique ainda mais zangada comigo.

– Ah, isso é maravilhoso – desdenhou Piers. – A noiva indesejada e o parente de sangue indesejado decidem...

Linnet deu uma cotovelada forte na barriga dele e ele engoliu as palavras.

– Vamos ficar pelo tempo que o senhor quiser – disse ela ao duque. – Afinal, eu provavelmente preciso pensar um pouco mais nas minhas perspectivas matrimoniais. Talvez haja mais no seu filho do que os olhos veem. – Ela deu uma olhada sarcástica para ele. – Eu não deveria ser tão apressada em rejeitá-lo. Talvez ele só *pareça* um tolo infantil. Ou, talvez, ele só *aja* como um, mas exista um adulto por dentro, pronto para emergir algum dia.

– Independentemente do meu comportamento infantil, eu serei duque – ponderou Piers. – A não ser que você se case com meu pai, é provável que nunca receba outra proposta dessa magnitude.

– Ah, você estava fazendo uma proposta? – perguntou ela docemente.

– Não, meu pai fez por mim – respondeu ele. – Então, o que você acha, Vossa Graça? Vai ficar e tentar cair nas graças da *maman*? É impossível, caso você esteja se perguntando.

Linnet o beliscou.

– É claro que não é impossível. Especialmente quando ele pode contar com os bons conselhos de seu próprio filho e herdeiro.

– Posso ajudar se ele tiver hemorroidas – disse Piers. – Mas ouvi dizer que o casamento é, na verdade, o pior de todos os males.

O duque olhou para ele, meneando a cabeça.

– Você nunca vai se casar, não é?

Linnet sentiu pena dele.

– Provavelmente ele vai ter que decidir fazer isso por conta própria – disse ela. – Vai ter que procurar sua própria esposa.

– É extremamente fácil fazer isso por aqui – respondeu Piers. – Você não faz ideia de quantas jovens sobem aquela trilha reclamando de suores estranhos, cegueira, vômito... Todos os tipos de sintomas adoráveis.

– Bem, é nessa lagoa que você vai ter que pescar – concluiu Linnet, dando de ombros.

– Talvez eu *devesse* ficar com você – retrucou Piers.

– Você nunca se cansa de agir como um moleque? – perguntou ela. – Não dê ouvidos a ele – disse ela, voltando-se para o duque. – Um dia desses, uma mulher vai aparecer grávida e ele vai se casar com ela porque é a coisa prudente a se fazer.

– Não é prudente a não ser que eu tenha certeza de que ela está esperando um menino – disse Piers. – E, até onde sei, não há como ter certeza disso.

– Você pode muito bem apenas substituir um dos outros filhos dela – sugeriu Linnet.

Ao cair na risada, Piers uivou.

O duque deu um sorriso contido.

– Aparentemente para vocês dois a primogenitura pode ser motivo de piada, mas minha família carrega esse título há centenas de anos.

– Até você jogar seu nome na lama ao se tornar um demônio movido a ópio – retrucou Piers, virando-se. – Deve ser hora do jantar. Prufrock, que diabo você está esperando? Toque esse sino antes que comecemos a roer as pernas uns dos outros.

Linnet entrelaçou o seu braço no do duque.

– Dia difícil – disse ela.

Ele acariciou sua mão.

– Eu a escolhi bem. Mas entendo o que você quer dizer.

Piers caminhava apressado na frente, já fora da sala, sem prestar atenção às convenções sociais que exigiam que ele esperasse – se não por ela, então, certamente, que o pai entrasse na sala de jantar primeiro.

– O senhor deve ter reparado que não estou esperando um filho – confessou Linnet.

Ela estava sentindo mais que uma pontada de culpa por causa das mentiras que a tinham levado a Gales.

O duque pareceu profundamente envergonhado e balançou a mão, como que para dizer que aquilo era banal.

– Eu acredito realmente que seu filho um dia vai se casar – disse Linnet, apesar de estar mentindo.

Ela não conseguia imaginar uma mulher que não apenas o toleraria, mas também o enfrentaria.

– Talvez, talvez. Eu esperava... Mas, agora, vejo que vocês dois são muito parecidos.

– Perdoe minha franqueza, Vossa Graça, mas isso é uma espécie de insulto – disse Linnet, sorrindo para ele.

– Certamente não foi a intenção. O que você vai fazer depois, minha cara?

– Devo retornar a Londres – respondeu Linnet. – É provável que eu vá para o exterior. Ou, talvez, vá direto à casa de lady Jersey para mostrar a ela que não estou esperando nenhum bebê. E, depois, vou forçar o príncipe a garantir que não havia possibilidade de isso ter acontecido. E, então, devo me casar com alguém.

– Muito bem – disse o duque. – Pode contar com meu apoio. Acredito que minha opinião se mostrará uma influência significativa para lady Jersey.

Linnet sorriu para ele.

– Obrigada.

Capítulo 12

Linnet estava sonhando com sua mãe sentada na beirada da cama, rindo e jogando cerejas para a filha. Sua pontaria não era muito boa e uma das cerejas bateu no ombro de Linnet e caiu no chão; uma outra, na cama.

– Mãe! – protestou ela. – Vai virar uma bagunça. Vai manchar o linho da cama.

Sua mãe apenas riu.

– É só uma brincadeira, querida. Você precisa…

Mas o que quer que sua mãe fosse dizer se perdeu quando Linnet, bruscamente, foi acordada com um chacoalhão. Em meio a uma cortina de cabelos embaraçados, ela piscou para ver se não era sua mãe que estava sentada na beirada da cama. Era Piers, sentado ali com a maior tranquilidade, como se fosse o irmão que ela nunca teve.

E, mesmo assim… Ela olhou uma vez para o rosto magro dele, marcado agora pela barba, e todo o seu corpo lhe disse que ele não era um irmão. Ele estava sem casaco e seus ombros esticavam as mangas de sua camisa de linho. O calor subiu pelas bochechas de Linnet.

– Ah… Oi! – cumprimentou ela.

Isso era absurdo! Ele era… Ele era incapacitado e zombaria dela se tivesse a mínima ideia de que ela gostava tanto da aparência dele. Isso era tudo: uma admiração perfeitamente normal pela beleza física.

– Você está planejando se levantar em algum momento? – perguntou Piers, o tom de voz autoritário como sempre. – Eu trouxe uma xícara de chocolate quente para você. Fez eu me sentir como uma aia ou um daqueles eunucos que correm para cima e para baixo servindo imperadores.

Ele não parecia um eunuco, não que ela já tivesse visto um. Linnet se esticou e pegou a xícara de chocolate quente, envolvendo-a com as mãos. O líquido era grosso e escuro em sua língua, quase apimentado.

Ela podia entender por que as pessoas gostavam do casamento, ao menos aquelas que, de fato, gostavam do casamento. Era divertido ter outra pessoa ali pela manhã para conversar enquanto você toma um chocolate quente. Além disso, ela gostava de olhar para ele e, como ele não estava prestando nenhuma atenção nela, foi exatamente isso que Linnet fez, ficou observando, discretamente, os movimentos dos músculos dele.

O corpo masculino era tão diferente do dela, tão atraente à sua própria maneira. Em silêncio, ela fez um pedido de desculpas para a mãe. *A senhora tinha razão.* Piers estendeu o braço e sua camisa se esticou sobre os músculos do ombro.

Pela primeira vez – a primeira vez na vida –, ela compreendeu o que deixava os olhos de sua mãe tão brilhantes quando ela saía para um de seus encontros.

Então, de repente, percebeu exatamente para o que estava olhando. Piers tinha a bengala na mão e estava inclinado para a frente. Ela seguiu a linha da bengala com os olhos e se sentou com um gritinho, quase derramando o chocolate.

– Pare com isso agora!

Ele cutucou de novo.

– É tão difícil acordar você que achei que um pouquinho de artilharia ajudaria.

Ele estava com a caixa de joias dela bem na beiradinha na penteadeira. Outra boa cutucada e tudo cairia.

Linnet colocou o chocolate na mesa de cabeceira.

– Me dê isso! – exclamou ela, arrancando a bengala dele e voltando a se deitar. – Você não pode descontar seu senso de humor infantil na minha caixa de joias. Eu a herdei da minha mãe. É incrustada com madrepérola, feita em Veneza.

Piers se inclinou na direção dela, colocando as mãos nos quadris.

– Essa é a segunda vez que você me chama de infantil. Homens já foram desafiados para duelos por coisas menores.

– Não por você – disse ela, fitando-o. – Você é aleijado.

Houve uma pausa de uma fração de segundo.

– Já isso é simplesmente cruel – disse ele baixinho, inclinando-se para a frente.

– Não é pior do que a maneira como você fala com as pessoas – disse ela, ciente de que seu tom de voz era exultante.

Ele mudou de posição e, de repente, as mãos dele estavam na cintura dela, tão perto que ela podia sentir seu calor. Linnet, com força, segurou a bengala, incapaz de conter o sorriso. Provocá-lo era viciante... e perigoso.

Piers confirmou exatamente o que ela estava pensando.

– Ninguém nunca lhe contou que meu apelido é Fera?

Ela franziu o nariz.

– Assim como todos os meninos de 2 anos são chamados desse jeito por suas babás. O que você vai fazer, me chamar de nomes feios? Não vai ter efeito; Londres inteira já se refere a mim pelos piores nomes que uma mulher pode ser chamada.

– Bem, isso é algo que você e minha mãe têm em comum – disse ele. – Eu deveria me sentir em casa ao me aconchegar com uma depravada.

Um pouco constrangida, ela conseguiu virar a bengala e cutucá-lo no peito.

– Pode, por favor, se afastar? Isto é absolutamente inadequado.

Ele não se mexeu. Seus olhos brilhavam com uma espécie de emoção que ia além da inconveniência. De repente, Linnet percebeu que tinha se enganado com relação a ele. Ela presumira que um homem incapacitado era, bem, incapaz de sentir desejo.

Claramente, Piers não tinha problemas com o desejo.

Ele também sabia o que ela estava pensando. Seus olhos desceram devagar pelo rosto dela, pausando nos lábios, lentamente descendo pelo pescoço, pausando...

E permanecendo congelados.

Ela olhou para baixo e viu que o tecido fino de sua camisola estava preso debaixo dela, repuxando-a sobre seu corpo. Seus seios mal estavam cobertos, mamilos rosados claramente visíveis. Ela jogou a bengala para o lado e cruzou os braços em cima do peito.

– Você não deveria estar me olhando desse jeito – afirmou ela.

– Você é minha noiva.

A voz dele era rouca e sombria, sem aqueles meios-tons costumeiros de escárnio que geralmente acompanhavam cada palavra dele.

– Não mais – corrigiu ela, lambendo o lábio inferior.

– Sabe – disse ele –, acho que devíamos explorar com mais profundidade essa questão do noivado. Talvez estejamos jogando o bebê fora junto com a água da banheira.

Ele se aproximou dela de novo. Suas mãos, agora, estavam no travesseiro, seu rosto bem em cima do dela.

– Já fui beijada por um príncipe – lembrou ela.

Sua voz não saiu suave como mel como a dele; oscilou.

– Concorrência – disse ele, os olhos brilhando ainda mais. – Sou tremendamente competitivo, sabia disso?

Ele abaixou a cabeça e, em um único e delicioso movimento, lambeu o lábio inferior dela.

Linnet piscou com a onda de sensações que inundou seu corpo.

– O príncipe Augustus é melhor – ela conseguiu dizer.

– Mas eu ainda nem comecei – disse Piers. – E quer saber? Acho que devemos parar por aqui. Provavelmente, eu deveria aprimorar minha técnica. Ler uns livros. Contemplar minha estratégia.

A respiração de Linnet estava ficando acelerada e seus olhos estavam semicerrados, esperando que os lábios dele descessem até os dela, que ele...

– O quê? – guinchou ela.

O que havia naquele homem que a fazia perder todo o seu charme natural?

– Você tem gosto de chocolate – grunhiu ele, seus lábios ainda pairando sobre os dela.

Linnet podia sentir seus olhos se fechando. Sim... Por favor... Seu estômago deu um nó quando ela sentiu o hálito dele, chocolate e menta.

– Se você fosse um bombom, eu iria mordê-la.

Ele inclinou a cabeça e... a mordiscou? Mordeu seu lábio inferior. Contra toda a razão, aquilo enviou uma onda de calor pelo corpo de Linnet.

Seus olhos se abriram.

– Acho que você precisa ler um ou dois livros – disse ela. – Sou a primeira mulher que você beijou na vida? Se é que se pode chamar isso de beijar.

Piers se endireitou e bateu o dedo no queixo.

– Vejamos... Pareço me lembrar... Não! Você não é a primeira. Acha isso decepcionante?

– De qualquer forma, não me importa.

Ele se levantou.

– Que diabo você fez com a minha bengala? Ah, aqui está. Agora, será que você pode sair da cama e se vestir para que possamos ir nadar?

Mas, agora, tudo estava diferente. Talvez a aparência de Piers fosse exatamente a mesma, tão indiferente e sarcástica como sempre, mas Linnet não se sentia mais a mesma. Ela não podia simplesmente sair da cama e atravessar o quarto de camisola, não depois daquele beijo. Ou meio beijo.

Ele olhou para ela e viu o que estava pensando.

– Primeiro, eu nem beijei você. Segundo, eu não poderia dar sequência a um beijo, *se* eu tivesse chegado a esse ponto, com um defloramento, se é que você lembra. Terceiro... Bem, não tem mais nada, mas eu realmente acho que o número dois esclarece tudo, não acha?

Linnet pigarreou.

– Vou levantar se você se sentar lá. – Ela apontou para uma poltrona com a cabeça. – Virado para a parede.

– E como é que eu vou nadar? Se eu ficar virado para o outro lado da piscina, você vai se afogar – retrucou ele secamente. – Se é assim que você se sente, vou embora. Tenho que nadar todas as manhãs, ou a minha perna me castiga.

– Não! – exclamou ela. – Quero voltar à piscina e aprender a nadar.

Na noite anterior, ela tinha até separado um vestido, uma combinação e meias, caso ele aparecesse.

– Achei que você fosse querer. Então vá se vestir de uma vez para descermos antes que toda a luz do dia desapareça. Tenho que ver meus pacientes logo. Eles têm um hábito desagradável de morrer durante a noite.

Os olhos dele não estavam mais brilhando. Na verdade, ele parecia tão desinteressado como sempre. Então, Linnet saiu da cama e correu para trás do biombo no canto do quarto.

– Estou lendo um dos livros da sua biblioteca – disse ela. – Um livro médico.

– Ah? Qual?

Ele não parecia nem um pouco curioso.

– *Observações médicas e pesquisas do Dr. Fothergill.* É bem interessante.

– É uma besteira completa. Não acredite em nada do que ele diz. Na verdade, não acredite em nada que você lê em nenhum daqueles livros que encontrar na biblioteca. A maioria foi escrita por idiotas tagarelas.

Ela colocou a cabeça para fora do biombo.

– Quer dizer que suco de narciso *não* faz o homem perder sua potência? Que decepção!

– Estou vendo que você está se planejando para o futuro – disse ele, tirando um cacho de cabelo dos olhos. – Para o próximo homem da sua vida, esse cara de sorte.

– Bem, funcionaria? – perguntou ela, voltando para trás do biombo.

– É muito improvável. Quer a meia que acaba de cair no chão?

– Sim, por favor – respondeu ela.

Uma meia de seda voou por cima do biombo e pousou no ombro dela.

– Por que você está se dando o trabalho de pôr meias? – perguntou ele. – De qualquer forma, vai tirá-las em cinco minutos.

Ela já estava prendendo as ligas.

– Eu não posso sair sem meias!

– Em um minuto, você estará com nada além de um pedaço de tecido enrolado no corpo.

– Não posso ser vista sem minhas meias.

Apesar de ter decidido que podia ser vista sem seu corpete. Era incômodo demais para amarrar.

– Pode me ajudar com os botões de novo?

Ela saiu de trás do biombo e encontrou Piers olhando pela janela.

– O sol já nasceu. Eu realmente deveria ir lá em cima.

– Não. Nadar – afirmou ela. – Abotoe meu vestido e vamos.

Dessa vez, a onda de água congelando que passou por seu corpo e seu rosto foi menos inesperada, mas, nem por isso, menos brutal.

Piers a laçou de volta e ela, choramingando baixinho, se agarrou a ele. O braço forte e quente dele envolveu o corpo dela.

– Já recuperou o fôlego? – gritou ele no ouvido dela.

Ela meneou a cabeça. Não queria soltá-lo, mas ele, impiedosamente, a empurrou.

– Boie.

Ela boiou.

– Ótimo! Agora faça o mesmo de barriga para baixo.

Linnet, sem acreditar, ficou olhando para ele, então, ele se aproximou e a virou.

Ela logo afundou, mas ele a puxou de volta.

– De barriga para baixo – disse ele em seu ouvido. – Quero que você feche os olhos e boie de barriga para baixo. É tão fácil quanto boiar de barriga para cima.

– Esquente... Esquente-me pri-primeiro – pediu ela, seus dentes batendo ferozmente.

Ele a puxou de volta, de modo que ela ficou com as costas prensadas na barriga dele, e, novamente, a envolveu com o braço. O braço estava logo abaixo de seus seios e, mesmo dentro daquela água congelante, Linnet sentiu... alguma coisa. Uma onda de sangue quente que desceu por seu corpo até os dedos do pé, que fez sua pele formigar, deixou-a ciente do corpo musculoso em suas costas – e da parte rija dele que sua mãe...

Mas até mesmo pensar em sua mãe no contexto de Piers não parecia certo, então ela afastou aquele pensamento.

– Certo – disse ela, respirando fundo.

Ele a soltou, ela se jogou para a frente e, mais ou menos, boiou.

– Você está quase nadando – gritou ele no ouvido dela.

Ela abriu a boca para responder e bebeu água do mar.

– Eca! – Ela cuspiu. – Eca!

– Hora de você sair. Seus lábios estão ficando azuis, sem contar os seus dedos. E partes importantes de mim, também. Preciso começar a me mexer.

Tremendo por inteiro, Linnet cambaleou até a pilha de toalhas e se cobriu da cabeça aos pés. Depois, voltou até a piscina e se sentou na rocha plana para observar Piers cortar a água para lá e para cá.

O sol estava ainda mais quente que no dia anterior e, apesar de Linnet saber que sardas eram praticamente uma certeza, não conseguiu não erguer o rosto e se deliciar sob o sol. Após algum tempo, até se deitou na pedra quente para que o sol atingisse seu pescoço e seus ombros.

A rocha debaixo dela irradiava calor, então ela desenrolou a toalha da cabeça para deixar o cabelo secar. E, depois, tirou a toalha das pernas para que sua combinação também esquentasse.

Quando Piers saiu da piscina, Linnet tinha quase pegado no sono, aninhada em toalhas e sob o sol. Ela piscou para ele.

– Terminou?

– Parece que sim. E você pegou todas as toalhas de novo.

Ela se sentou.

– Desculpe. Aqui... Pegue esta. – Ela tirou a toalha que estava debaixo de seu cabelo. – Receio que esteja um pouco úmida.

Sem dizer nada, ele a pegou e começou a esfregá-la no corpo e no cabelo, enquanto ela se deitou e ficou observando. Ela não fazia ideia – a menor ideia – de que os homens podiam ter essa aparência. Tão... tão intoxicante. Tão...

Talvez ela fosse mais parecida com a mãe do que achava. A ideia era repugnante e Linnet começou a se sentar.

– Não, fique aí – disse ele. – Vire-se.

– Não vou fazer isso!

– Vou ensinar você, em terra, a nadar. Vai ser mais fácil do que tentar berrar instruções no seu ouvido enquanto você reclama do frio.

– Ah.

Ela se virou, mexendo-se para ficar confortável no ninho de toalhas e pedra quente. Depois, olhou para ele por cima do ombro.

– Certo, o que eu faço agora?

Capítulo 13

Piers olhou para o corpo totalmente delicioso de sua noiva – de sua suposta noiva – e soube que estava muito encrencado. Uma encrenca das grandes.

Tão grande quanto a fissura que cortava aquela maravilhosa...

Linnet era a escolha de seu pai, pelo amor de Deus. Ele não podia ter nada com ela, nem que ela fosse a mulher mais linda de toda a Inglaterra.

O que ela de fato era, ponderou uma voz dentro dele. Ele nunca tinha visto uma mulher tão deslumbrante. Nunca imaginou que existisse uma.

Ele se ajoelhou ao lado dela, suprimindo ferozmente a vontade de acariciar aquelas costas macias, até o topo do traseiro, e descer por aquelas pernas esguias.

– Abra os braços para o lado – instruiu ele.

A voz emergiu de seu peito com a mesma rouquidão de um homem que fumou charutos por muitos anos. Ele se aproximou para ensinar as braçadas.

– Primeiro, deste lado, e, depois, do outro. E quando você der a braçada deste lado, vira a cabeça para o outro para respirar.

Obedientemente, ela virou a cabeça e moveu os braços.

– É isso mesmo – disse ele, seus olhos se voltando para o traseiro dela. – Suas pernas devem estar esticadas e batendo de leve.

Afinal, não havia nada de errado em olhar. Ele estava só olhando. Uma outra maneira de descrever a cena seria dizer que era um tormento. Linnet era a mulher mais deslumbrante que ele já vira – e ele já tinha visto centenas de mulheres. Quem sabe até milhares. Elas tinham exibido seus seios, suas nádegas, suas partes mais íntimas, e ele nunca tinha nem piscado.

Mas, agora, seu corpo estava pulsando, enfurecendo-se de paixão. Piers se levantou e prendeu a toalha bem apertada na cintura, como uma punição. Ele estaria condenado se fosse manipulado pelo pai, seu pai desprezível e detestável, a aceitar a noiva que *ele* tinha escolhido.

Ele a observou se movimentar, forçando-se a ignorar a sensualidade dela. Ela parecia ter uma noção razoável de ritmo.

É claro que tinha, murmurou a voz dentro dele. Ele podia ensinar ritmo e ela e ela iria...

Ele afastou aquele pensamento.

– Hora de ir – disse ele bruscamente. – Tenho uma ala de pacientes esperando por mim, alguns deles provavelmente já são cadáveres a essa altura. Não posso deixar os cadáveres esperando. Não é educado.

Ela se levantou e ele pôde ouvi-la colocando o vestido.

– Espere – gritou ela quando ele começou a subir a trilha. – Preciso que você abotoe meu vestido, lembra?

Ele se virou. Ela estava parada na beirada da piscina, o cabelo ruivo úmido enrolado sobre os ombros, as bochechas vermelhas do exercício. E ela estava sorrindo – sorrindo de verdade, não aquele sorriso ensaiado que usava para enfeitiçar seus pobres alunos.

– Não posso voltar para casa assim – disse ela. – E, obviamente, não tenho nenhuma acompanhante. A não ser que você queira que toda a minha criadagem comece a acreditar que estamos aqui nus, precisa abotoar meu vestido.

– Não seja boba. Os criados sabem exatamente o que estamos fazendo. Não há nada que eles possam fazer, ou desejar fazer, com relação a isso.

– Bem, seu pai ficaria horrorizado.

Ele grunhiu, sem querer entrar em uma discussão quanto a como ele não dava a mínima para a opinião do pai.

– Venha até aqui, então. Não quero atravessar essa rocha com a minha bengala.

Ela piscou e saltitou até ele.

– Desculpe. Você parecia tão vigoroso ao nadar que eu me esqueci da lesão na sua perna. Aliás, como foi que isso aconteceu?

Ela se virou de costas e ele começou a abotoar o vestido dela.

A espinha dorsal de uma mulher é algo muito delicado. É claro que ele já sabia disso, mas seu conhecimento provinha de examinar colunas fraturadas. A de Linnet se curvava em uma exibição perfeita de um desenho sem defeitos, um calombinho após o outro, todos os ossos que ele tinha aprendido na faculdade de medicina extremamente diferentes quando cobertos por aquela pele pálida.

– Onde está sua combinação? – perguntou ele abruptamente.

– Ah, eu tirei – respondeu ela. – Não há nada mais frio que tecido molhado, sabe?

Ela estava segurando o cabelo para que não prendessem nos botões e seu pescoço claro se inclinou à frente dele, como a haste de uma flor delicada. As palavras dela foram, um tanto lentamente, assimiladas pela mente dele. Ela tinha tirado a combinação enquanto ele estava de costas. Ela tinha ficado nua ali, ao ar livre, mesmo que só por um segundo.

– Piers? – chamou ela. – Como foi que você machucou sua perna?

– Já faz tanto tempo que nem me lembro mais – disse ele, enfiando o último botão no buraco.

Ela emitiu uma espécie de bufada, mas se abaixou para pegar um montinho de tecido molhado – a combinação – e segurou o braço dele. Ele nem tinha percebido que estava esperando por ela, até que a mão fina dela escorregou por debaixo de seu braço esquerdo.

– Então, chegou algum paciente novo ontem à noite? – perguntou ela, loquaz. – E pode me contar como você organiza os quartos dos pacientes? Ontem à noite, Eliza me disse que há enfermarias em ambas as alas.

– Pela doença que eu acho que eles têm – respondeu ele, ainda pensando em como a civilidade, depois de penetrar nos ossos de um homem, permanecia lá por toda a vida.

– Como?

– Febres infecciosas com febres infecciosas. E eles também são separados por gênero: mulheres em um quarto, homens no outro. Não posso permitir que os pervertidos grudem uns nos outros no meio da noite.

– Há mais mulheres que homens ou o contrário?

– As mulheres levam o prêmio.

– Por quê? Ficamos doentes com mais frequência?

– Não, mas as mulheres são bem mais sensatas quando se trata de procurar ajuda. Os homens tendem a desabar no campo, aqui em Gales. É uma maneira agradável e limpa de partir e eu recomendo.

– E crianças?

– Às vezes. Gripes tendem a enfraquecê-las, então, os jovens morrem antes de chegar aqui.

Ele a sentiu tremer ao seu lado.

– Isso é terrível, Piers.

– É a vida.

– Você tem Gavan no momento. Há mais alguma criança?

– Duas meninas.

Eles agora estavam perto do casebre. Ela não falou mais nada, mas ele podia praticamente ouvi-la pensar.

– Não – avisou ele.

– Não, o quê?

– O que quer que você esteja fazendo. Você está ficando com um brilho meio protestante. O que quer que seja, eu vou achar irritante.

– Não tenho nada para fazer – respondeu ela, com um tom de voz sensato que fazia soar alarmes. – Estou quase terminando o *Observações do Dr. Fothergill* e, de qualquer forma, você me disse que as observações dele são estúpidas. Dei uma olhada na sua biblioteca e você não tem nenhum romance.

– É isso que você costuma fazer? Ler romances?

– Não há romances suficientes. Também leio guias de viagem e peças de teatro.

Ela deu de ombros.

Piers se virou e a olhou, ignorando a pele clara e os cílios curvados – bem, não ignorando-os, mas tentando olhar além deles. E descobrindo todos os sinais de muita inteligência.

Como seu pai fez aquilo? Onde a tinha encontrado?

– Uma das melhores médicas que conheci era da Catalunha – disse ele.

– Como é que ela conseguiu? – perguntou Linnet. – Na Espanha são permitidas mulheres nas faculdades de medicina?

– Você sabe onde fica a Catalunha?

– Eu falei que leio guias de viagem – respondeu ela, com uma pitada de irritação.

– O pai dela é um dos melhores médicos do país – disse ele. – Ele a ensinou e, depois, forçou que a aceitassem na faculdade de medicina. Meu palpite é que, quando ela entrou, já sabia mais que do que a maioria dos médicos graduados, mas, ao menos, a faculdade lhe garantiu as credenciais.

Linnet ficou em silêncio enquanto eles subiam os degraus até a porta do castelo e Prufrock a abriu.

– Estava esperando por nós? – perguntou Piers.

– Três novos pacientes estão – respondeu o mordomo. – Coloquei dois lá em cima e um na sala das armas. O marquês e os jovens médicos estão lá agora.

– A sala das armas? – perguntou Linnet.

– Nós nos livramos das armas e fazemos os diagnósticos iniciais lá – explicou Piers, soltando o braço dela. – Se você não se importar, vai ter que subir as escadas sozinha. Tenho trabalho a fazer. Para começar, preciso chegar à sala das bombas antes que Sébastien mate meu novo paciente.

– Se alguém parecer particularmente adoentado, eu o coloco na sala das bombas – esclareceu Prufrock. – Se parecer ser infeccioso, eu diria.

– Mas como…

As portas se fecharam em cima do som da voz dela.

Capítulo 14

Gavan estava sentado na cama quando Linnet colocou a cabeça na porta da enfermaria. Ele deu um sorriso largo que mostrava um grande espaço entre os dentes e gritou:

– Olá, milady!

Houve um grunhido vindo da cama ao lado da dele.

– Sr. Hammerhock, como está se sentindo? – perguntou Linnet.

– A febre dele passou – respondeu Gavan. – Mas o rosto ainda está todo sujo e a língua não está muito bem. O doutor passou aqui e tentou fazê-lo dizer *sim* várias vezes porque gosta da maneira como ele fala.

– O quê? – perguntou Linnet, confusa.

– Ele fala *fim*, não fala, Sr. Hammerhock? – explicou Gavan. – E isso faz o doutor rir. Eu também.

O Sr. Hammerhock gemeu.

– De qualquer forma, ele vai viver, foi isso que o doutor falou.

– Fico feliz em saber – disse Linnet. – Viu, Gavan? Nem todo mundo está…

– A senhorita pode me levar lá fora agora? – interrompeu ele. – Fiquei esperando um tempão. O que será que Rufus está fazendo? Precisamos ir vê-lo.

– Não acho que você deva sair da cama – respondeu Linnet.

– O médico disse que ele pode começar a andar hoje – disse uma voz severa atrás de Linnet.

Ela se levantou.

– Enfermeira Matilda?

A mulher parada ao lado da cama usava um avental de couro branco, que se estendia até os joelhos. Ela tinha um calombo preto de cabelo no alto da cabeça, um calombo branco no lugar no nariz e um queixo bem comprido. Em suma, parecia bem aterrorizante.

– Sra. Havelock – respondeu ela, com escárnio.

– Perdoe-me. – Linnet se pegou gaguejando. – Lorde Marchant se referiu a alguém como enfermeira Matilda, mas, é claro, que ele tem mais de uma enfermeira, visto que há tantos pacientes.

– O doutor se refere a mim dessa forma por causa de seus comportamentos impertinentes e tolos – retrucou a Sra. Havelock.

Ela não se deu ao trabalho de acrescentar "mas você não pode".

– Não sou enfermeira, sou a governanta desta ala. Agora, se você vai tirar o jovem Gavan daqui, não pode levá-lo ao estábulo. Não quero nem uma única pulga no corpo dele. Este menino é um ímã, um ímã de pulgas.

Gavan se pronunciou.

– Não vamos chegar perto de nenhuma pulga. A senhorita só vai me levar até a piscina de novo para ver a água bonita.

Os olhos dele estavam brilhando com o fervor de um missionário diante dos portões do reino dos céus.

A Sra. Havelock grunhiu. Aparentemente, o encanto de Linnet era invisível para ela.

– Eu não permitiria, mas ele está deixando meus outros pacientes loucos. Quero-o fora daqui.

– Não doe minha cama – pediu Gavan, seu rosto se entristecendo.

Linnet acenou para Neythen, que ela tinha deixado parado na porta.

– Se você puder pegar o jovem mestre Gavan, vamos deixar a Sra. Havelock em paz. Tenho certeza de que ela tem uma manhã atribulada pela frente.

A Sra. Havelock deu a ela uma olhada mordaz que fez Linnet, subitamente, perceber como um avental de couro surrado era diferente em comparação com um vestido matinal amarelo-claro, decorado com fitas cor de cereja.

Mas ela deu um sorriso deliberado e desafiador à governanta. Não era sua culpa o fato de ter nascido em uma família em que era perfeitamente plausível pensar que uma pessoa poderia passar a manhã toda fazendo visitas, a tarde separando fitas – além de comprar mais fitas – e a noite galopando por um salão de baile.

Assim como a Sra. Havelock também não tinha escolhido nascer em uma família que, aparentemente, permitia – ou obrigava – que ela trabalhasse no hospital de Piers. E era absurdo sentir uma pontadinha sequer de inveja disso.

– Você toma conta sozinha de todos os pacientes desta ala?

– Certamente que não – respondeu a Sra. Havelock. – Isso seria totalmente inapropriado. Sou auxiliada por criadas e empregados homens.

Claramente, ela achava que Linnet era uma inútil; virou-se sem se despedir.

É claro que eles não foram à piscina. Neythen colocou Gavan no estábulo e, então, retornou aos seus afazeres no castelo, prometendo voltar em uma hora. Enquanto Gavan brincava com Rufus, Linnet se sentou em um banco de madeira áspero.

– Ele parece diferente – disse Gavan. – A senhorita não acha que ele parece mais feliz agora que tem a mim?

Linnet olhou para o cachorro. Rufus não tinha muitos pelos, mas os que tinha eram todos espetados. Uma orelha apontava para cima e a outra parecia ter tido metade arrancada, em algum momento do passado distante, por uma mordida. O rabo, bruscamente, se curvava para a direita, então só balançava ao lado do corpo.

– Ele não é bonito.

– Ele *é* bonito – protestou Gavan. – Você só não está olhando para ele do jeito certo.

– Qual é o jeito certo? – perguntou Linnet.

– Você precisa olhar para as partes *cachorrentas* dele.

Rufus se sentou e ofegou.

– Bem, ele tem uma língua bem comprida – observou Linnet.

– Tem mesmo, não tem? É uma língua rosa, também, a melhor para um cachorro. Acho que devíamos dar um banho nele. A senhorita sabe que a Sra. Havelock não gosta de pulgas. E eu acho que pode ser que ele tenha pulgas. Vê como ele está se coçando?

Ele, de fato, estava se coçando.

– Isso é porque ele precisa de um banho – explicou Gavan. – Devíamos dar um banho nele, milady.

Linnet podia imaginar como isso seria.

– Não acho que você deveria se molhar nesse estágio da sua recuperação. Talvez possamos pedir para algum dos lacaios fazer isso.

– Bom dia, Srta. Thrynne.

Não era Piers. É claro que não era Piers, porque ele tinha um trabalho importante a fazer. Era, contudo, estranho o fato de a voz do pai dele ser tão parecida, sendo que eles eram completamente diferentes. E o mais estranho, pura e simplesmente estúpido, era o fato de que o coração de Linnet palpitou ao som daquela voz.

Em um pulo, ela se levantou e fez uma referência ao duque.

– Como vai, Vossa Graça? Permita-me apresentar Gavan e seu cachorro Rufus.

Gavan ergueu os olhos.

– "Vossa Graça" é um nome engraçado.

– Ele é um lorde – explicou Linnet. – Esse é o título dele.

Gavan, compreensivamente, acenou com a cabeça e voltou a coçar a barriga de Rufus.

– Receio não haver outro lugar, além deste banco, para sentar– disse Linnet, voltando a se sentar. Ela estava cansada da aula de natação. – O senhor veio ver como estão seus cavalos?

O duque se sentou na outra ponta do fardo de palha.

– Tive que sair da casa.

Linnet achou que, provavelmente, ele estava falando que lady Bernaise estava na sala de visitas, mas não sabia, exatamente, o que dizer. E, então, ela percebeu que o duque tinha escondido o rosto nas mãos, então esticou o braço e tocou em seu ombro.

– Sinto muito!

– Os erros foram todos meus.

Uma lágrima escorreu pelos dedos dele.

Uma voz cortou o ar, fazendo Linnet, em um sobressalto, erguer os olhos.

– Que formidável!

Como é que ela pôde ter pensado que a voz de Piers era parecida com a do duque? Era totalmente diferente: mais sombria, mais forte, mais máscula, mais inteligente – mais raivosa.

– Gavan está angariando novas pulgas – continuou ele. – E meu querido pai está angariando novos amigos. Estamos todos muito, muito, muito felizes. Deve ser a sua influência, Bela.

– Não me chame assim! – respondeu ela com firmeza.

– Deve ser a sua influência – repetiu ele, batendo a bengala.

– Não seja tão desagradável – retrucou ela.

O duque respirou fundo e abaixou as mãos. Seus olhos estavam vermelhos e marejados.

– Você me disse para nunca mais pedir desculpas. Mas...

– Você acha que mudei de ideia?

Piers não parecia indiferente agora. Parecia totalmente furioso.

Linnet deu uma olhada rápida para Gavan, mas ele tinha engatinhado até o canto de uma baia e sussurrava em um dos ouvidos do cachorro. Não estava prestando atenção.

– Sei que nada mudou – disse o duque, com a voz embargada. – Mas não posso evitar sentir muito. Ontem à noite, olhei para você e para sua mãe e soube que, um dia, eu tive tudo, tudo que a vida poderia me dar, que poderia significar alguma coisa, e joguei fora. Joguei meu casamento fora. Pior, eu machuquei você...

– Cale a boca! – disse Piers, sua voz tão fria quanto o oceano, ou ainda mais fria. – Eu disse que não posso lhe dar o perdão que você está buscando e, mesmo que pudesse, ele não faria seu passado desaparecer magicamente.

O duque secou outra lágrima.

– Você não nos jogou fora. Você tomou uma decisão legítima, mesmo que equivocada, de que preferia a euforia das drogas ao tédio da vida familiar. No fim das contas, quem é que vai dizer que você não estava certo? Eu mesmo nunca fiquei tentado a dormir com a mesma mulher todas as noites. Muito menos reproduzir a mim mesmo em uma miniatura humana remelenta e barulhenta.

– Pare! – disse Linnet, levantando-se.

Os olhos de Piers se estreitaram.

– Ora, vejam, agora você vai ter uma injeção da calorosa compaixão feminina.

– Quem está falando em compaixão? O que estou vendo é você fazendo papel de bobo e, como cresci com esse tipo de comportamento, ele não inspira compaixão. A repetição leva ao desprezo, não à compaixão.

– Se o seu pai era um chorão, posso dizer que sei como você se sente.

– Você é quem é o bobo – disse Linnet. – Seu pai usou ópio demais. Perdeu a família. Machucou seus sentimentos.

Ela fez uma pausa.

– Uh... – vaiou Piers.

– Era exatamente isso que eu ia dizer. – Ela sorriu de um jeito calculado para irritar. – Foi o seu diploma de médico que fez você achar que pode continuar se comportando como um menino raivoso de 6 anos?

– Não, mas me conte. Como seria isso?

O duque também se levantou, vacilando de leve.

– Por favor, isso é culpa minha.

– Todos concordamos com você – disse Piers. – Não há necessidade de continuar chutando cachorro morto.

– Sim, para que se dar ao trabalho, quando seu filho pode se divertir fazendo isso por você? – ironizou Linnet.

– Você é sempre sarcástica assim?

Piers parecia um tanto surpreso.

– Não. Sou uma dama bastante doce – respondeu Linnet. – Mas você faz despertar o pior de mim.

– Vou embora – disse o duque pesadamente. – Digo, nós vamos embora. Ela nem falou comigo esta manhã. Estou... Vou levar você de volta para Londres, Srta. Thrynne. Não sei por que não percebi antes, mas meu filho nunca poderia aceitar uma noiva sugerida por mim.

– Isso é verdade? – quis saber Linnet, colocando as mãos nos quadris.

Piers ergueu uma sobrancelha.

– O quê? Você preferia ser rejeitada por seus próprios méritos, ou eu deveria dizer deméritos?

– Não vamos a lugar nenhum – disse Linnet, voltando-se para o duque. – Vamos ficar aqui até eu ter bastante certeza de que não sinto a necessidade de me casar com um tirano sórdido e egoísta de 6 anos de idade.

– Está falando de mim? – perguntou Gavan de repente.

Linnet ergueu os olhos.

– Não, volte a brincar com seu cachorro.

– Vou tentar andar – anunciou Gavan. – Rufus vai me ajudar.

– Ótima ideia – disse Piers. – A enfermeira Matilda não vai guardar a sua cama para sempre, sabia?

Vacilando um pouco, Gavan se levantou e saiu do estábulo. Rufus o acompanhou. Enquanto ele atravessava o corredor que percorria os estábulos, todos ficaram observando.

– Vá e volte uma vez e, depois, é melhor você retornar aos cuidados da enfermeira Matilda – disse Piers.

– Se me derem licença – falou o duque –, acho que vou voltar para a casa.

Ele endireitou os ombros e fez uma reverência educada, mas seus olhos estavam meio fechados e pequenos.

Linnet esperou até ele se afastar.

– Você precisa perdoá-lo – disse ela.

– Por quê?

Piers, de fato, parecia interessado.

– Não é bom para nenhum dos dois.

– Você percebe que fala como se estivesse alucinando? Em Gales, não falamos assim. *Bom para nenhum dos dois.* Espere! Já ouvi esse tipo de linguagem antes, de um homem maluco que pertencia à Família do Amor.

Ela ficou olhando para ele pacientemente.

– Você não vai perguntar que família é essa, nem que seja para poder fugir correndo e se juntar a eles? – questionou ele.

– Não percebi que você precisava de uma resposta. Quando Hamlet está fazendo seu monólogo, ele fala sozinho o tempo todo.

Piers deu um olhar aborrecido para ela e se virou para ir embora.

Linnet ergueu a voz.

– Você precisa perdoar seu pai porque a raiva é destrutiva e faz de você um médico pior.

– Na verdade, ela faz de mim um médico melhor. Estou mais propenso a reparar quando as pessoas estão mentindo para mim e, acredite, não há ninguém para quem as pessoas mintam mais do que para o médico.

– Errado – disse ela. – As esposas ganham.

Ele soltou uma risada.

– Seu pai lamenta ter usado todo aquele ópio. Ele lamenta ter feito sua mãe ir embora para a França e se divorciado dela.

O sorriso dele era quase selvagem.

– Frequentemente, viciados lamentam pelo que fizeram. Já vi acontecer muitas vezes.

– E parentes se perdoam – disse ela.

– Ah, perdoam? O que você sabe sobre isso?

– Meus pais se perdoaram muitas vezes.

Ele foi mancando até ela e colocou a mão debaixo do queixo de Linnet.

– E você? *Você* os perdoou?

Surpresa, ela piscou. Piers tirou a mão.

– Achei que não. É mais fácil dar conselhos do que aceitá-los – disse ele.

– É claro que eu os perdoo – retrucou ela, apesar de sua voz revelar incerteza.

– Seu pai não deveria ter vindo com você? – perguntou Piers, indo direto na jugular. – Afinal de contas, eu tenho a reputação cuidadosamente construída de uma fera. Ele nem pestanejou em mandar você para as matas de Gales?

– Acompanhada do *seu* pai – retrucou ela. – Um duque.

– Nós dois temos parentes irresponsáveis, para não dizer indiferentes. – Ele parecia bastante satisfeito. – Chega desse papo adorável. Vim aqui dizer a você que está na hora do almoço.

– A irresponsabilidade e a falta de amor não caminham juntas e você é um tolo de pensar assim. Meu pai me ama, ele simplesmente acha difícil, se não impossível, pensar em deixar os confortos de Londres. Obviamente, seu pai o ama, já que suporta seu temperamento grosseiro e sua antipatia generalizada.

– Suponho que você esteja me alertando para não ficar esperançoso com base nesse pequeno ponto de harmonia entre nós?

Linnet não tinha reparado em como ele estava perto. Como uma carícia, o cheiro limpo e masculino dele chegou até ela e fez seu coração disparar.

– Acho que temos uma conexão mais interessante do que a inaptidão paterna – disse Piers.

Ele trocou a bengala do lado direito para o esquerdo. Linnet esperou, apenas esperou. A mão dele roçou em sua bochecha, enrolou-se em seu cabelo. Ainda assim, sem dizer uma palavra, ela esperou.

Parecia que o mundo inteiro estava esperando. Os sons do estábulo, o ruído dos passos instáveis de Gavan caminhando pelo corredor, a batida ocasional do casco de um cavalo, a madeira rangente... Tudo desapareceu diante da expressão intensa nos olhos dele.

– Seus olhos... – começou ela, mas ele interrompeu suas palavras.

Os lábios dele eram como conhaque, como um veneno que desceu por suas costas e roubou seu ar. E a língua dele...

Ela odiava, detestava quando o príncipe enfiava a língua em sua boca. Apenas as boas maneiras incrustadas nela por uma das governantas mais rígidas que seu pai conseguiu encontrar em todas as ilhas britânicas a impedia de dar um tapa no rosto de Augustus.

Mas agora...

Piers não enfiou a língua onde não devia, do jeito que Augustus fazia. Em vez disso, ele contornou a junção dos lábios dela, um toque tão doce que ela abriu a boca, pedindo-o para entrar. Ele não aceitou o convite. Sua língua vadiava, saboreava-a, provocava seus lábios.

O coração dela estava batendo cada vez mais rápido e ela queria... Ela queria... Sua língua encontrou a dele, brincou por um instante, saboreou a essência de Piers.

Então, finalmente – finalmente –, a mão que segurava a cabeça dela a puxou para perto, contra as linhas duras de seu corpo. Ele inclinou a cabeça, apenas um centímetro, mas Linnet, com todos os instintos enlouquecidamente alertas, sentiu o movimento, a mudança, a intenção dele.

O beijo dele não era uma adoração gentil. Era um beijo selvagem, um beijo loucamente apaixonado, tumultuado, roubado. Instintivamente, os braços dela se enrolaram no pescoço dele. Ele tinha o gosto do chá defumado que tinha tomado no café da manhã e de uma substância mais selvagem: desejo.

Era o tipo de beijo que um cavalheiro nunca, jamais, daria em uma dama.

Linnet estava adorando.

Capítulo 15

Noite

Linnet estava errada quanto ao fato de o pai de Piers ser uma distração. *Ela* era a distração. Piers ficou olhando para a paciente que acabara de chegar ao castelo, sem sequer reparar em seu abdômen distendido. Em vez disso, ele via a maneira como os olhos de Linnet escureceram, da irritabilidade azul para... outra coisa.

Era apenas desejo sexual, é claro. A mesma coisa que fazia milhares de homens se transformarem em completos idiotas. Ela era escandalosamente linda e ele – bem, só Deus sabe por que ela o desejava. Ou ao menos parecia desejar.

De repente, ele ouviu a voz de Sébastien.

– A senhora está bem grande para cinco meses, Sra. Otter. Há algum caso de gêmeos na sua família?

Ele deu um tapinha de um lado da barriga dela, depois, do outro.

– Você parece alguém tentando escolher um melão maduro – disse Piers, empurrando o primo para o lado. – É óbvio que ela está esperando mais de um bebê, a não ser que tenha copulado com um urso.

A Sra. Otter arfou.

– Nunca!

– Ele não está falando sério – explicou Sébastien. – É a ideia dele de humor leve.

– Nádegas aqui – disse Piers, apontando para uma pequena protuberância. – Outras do outro lado, mas talvez seja uma cabeça. É difícil dizer. Há gêmeos na família, Sra. Otter? Sim? Bem, então é melhor a senhora já arranjar dois berços.

– Minha tia e minha mãe, as duas perderam seus gêmeos. – A voz dela oscilou. – Foi por isso que eu vim, porque os bebês delas nasceram mortos.

– Nasceram mortos ou morreram em seguida? – perguntou Piers.

– Morreram depois – esclareceu ela. – Acho. Eles eram pequenos demais. Lembro que minha mãe disse que os bebês dela tinham mãos como uma noz, uma noz na casca.

– Bem, os seus estão vivos – disse Piers. – Vá para casa e fique na cama. Pelos próximos quatro meses.

– O quê?

– Vá para a cama – repetiu ele, espaçando as palavras. – Levante-se apenas para fazer xixi e seria melhor se nem para isso.

– Eu não posso fazer isso! Meu marido precisa de mim. E meu sogro mora conosco; ele é velho e eu tenho…

– Vá dizer à Sra. Havelock que você precisa de uma cama na ala oeste. Ao menos por alguns meses. Precisamos tentar fazer as mãos de seus bebês passarem desse estágio perigoso das nozes.

– Uma cama? – perguntou ela, quase gritando. – Você quer que eu fique aqui?

– Ah, a senhora vai adorar ficar aqui – garantiu Piers. – Todos os meus pacientes adoram. Tenho uma governanta que é uma santa em seus cuidados afetuosos. Na verdade, a qualquer momento, ela pode ser canonizada.

– Não posso simplesmente ficar na cama por meses! Meu marido não pode viver sem mim e sou a líder de um grupo de costura e organizo o evento beneficente para…

A voz dela morreu com a expressão no rosto de Piers.

– Posso ver que a senhora é muito útil e, provavelmente, de grande ajuda para todo o condado. Mas, se ficar deitada por quatro meses, tem mais chance de dar à luz crianças que estejam respirando. É claro que gêmeos *são* muito complicados, então, se preferir voltar para casa, todos nós vamos entender. Ouso dizer que a sua mãe dormia melhor só com você do que com dois.

Ela balançou a cabeça.

– Tem certeza? Obviamente, sua mãe teve mais sorte na segunda vez. Vá lá para cima, então – disse Piers quando ela permaneceu em silêncio olhando para ele.

Ele se virou na direção da porta, afastando-a de sua mente.

– Encerramos por hoje? Não me dei ao trabalho de me trocar para o jantar só para fazer rondas novamente.

– Não gosto do caso de febre que chegou esta manhã – disse Sébastien, seguindo-o.

– Petéquia, muito provavelmente – disse Piers. – Há uma onda acontecendo por aí.

Ele estava pensando em nadar. Amanhã de manhã.

– Não acho que seja isso. Parece algo pior.

– Como pode ser pior? Metade dos meus pacientes com febre petéquia morre e não os estou sequer sangrando. Além disso, você não é bom em diagnósticos. Preciso lembrá-lo disso?

Sébastien balançou a cabeça.

– Aquele homem está muito doente. Falei para a governanta colocá-lo em um quarto sozinho.

– Está bem! – disse Piers, parando, por um segundo, para aliviar a dor antes de descer as escadas.

– Como está a perna? – perguntou Sébastien.

Piers o fitou.

– Como está aquele toquinho de pênis que você carrega dentro das calças?

– Sem dor – disse Sébastien alegremente. – Ao contrário da sua perna, visto que você está se inclinando para o lado como um bêbado em um festival Yule.

– Besteira – respondeu Piers, descendo, ruidosamente, as escadas com a bengala. – Você viu minha mãe?

– Ela está perambulando por aí, tentando encontrar seu pai para poder atormentá-lo ao não falar com ele. E está vestida como se fosse encontrar a rainha.

Piers, por um momento, parou apoiando-se no corrimão.

– Você está exagerando na natação – afirmou Sébastien. – Reduza. Faça a cada dois dias.

Sem chance disso. Não agora que ele tinha uma parceira na piscina.

– Vou pensar no assunto – respondeu ele, voltando a descer a escada. – Então, você acha que minha mãe quer tê-lo de volta?

Sébastien pensou um pouco.

– Ela está usando um daqueles corpetes que empurrou todo o colo dela para fora, de modo que não há como não reparar.

– Você é um pervertido por ter reparado na sua tia.

– Não reparei de um jeito desejoso – protestou Sébastien. – Mas o seu pai, sim.

– Ela só o está atormentando – disse Piers.

Mas sua voz parecia incerta até para ele.

– É provável que ela o queira mesmo. Seria bom. Ela voltaria a ser duquesa e ficaria a salvo aqui na Inglaterra, e eu mandaria minha mãe para Londres também.

– Por que…

Mas não havia sentido em perguntar a Sébastien. Ele descia a escadaria à frente de Piers, todo vaidoso, parecendo um galo ao amanhecer. Era evidente que ele entendia as mulheres melhor do que Piers. Ele próprio era praticamente uma mulher, dados os bordados em seu colete.

– Ela não vai aceitar seu pai de volta, a não ser que você faça as pazes com ele – falou Sébastien por cima do ombro. – Até o momento, ela tem que ficar zangada tanto por você quanto por ela mesma.

– Besteira – disse Piers novamente.

Sébastien chegou à base da escadaria e se virou para entrar na sala de visitas. Piers ouviu a voz do primo:

– Ah, *ma tante*, a senhora está deslumbrante, como se tivesse apenas 18 anos.

– Quanta bobagem! – disse Piers para Prufrock, que estava parado no canto parecendo se divertir.

Realmente, sua mãe estava espremida em um vestido que devia ter sido feito para uma mulher com metade do volume do colo dela.

– *Maman* – cumprimentou ele, curvando-se e, depois, dando um beijo nas pontas de seus dedos.

Mas, quando olhou em volta, o alvo de toda essa extravagância feminina não estava por perto.

– Onde está o duque?

– Quem? – perguntou sua mãe com desdém.

– Você sabe: nariz de gavião, maçãs do rosto, expressão sóbria? Costumávamos viver nas proximidades dele.

Ela tomou um gole de vinho.

– Suponho que ele não goste de uma bebida antes do jantar. E ouvi dizer que ele vai embora ao amanhecer. Teremos o castelo só para nós.

Com bastante alegria, ela sorriu, mas Piers podia ver a sombra em seus olhos. Droga, Linnet tinha razão. Sébastien também, provavelmente.

– Onde está minha noiva? – perguntou, dando uma olhada em volta.

Como era de costume, os médicos estavam amontoados em torno do xerez. Sébastien chutava o fogo da lareira, arriscando o polimento impecável que mantinha em suas botas.

– Não sei – respondeu sua mãe. – Talvez esteja orientando as criadas a fazer as malas.

– Ela não vai embora – disse ele, aceitando um copo de conhaque de Prufrock. – Está tentando provocar faniquitos violentos em mim ao flertar com a ideia de aceitar minha mão. Não que eu, de fato, tenha oferecido.

Com pena nos olhos, sua mãe o fitou.

– Ela nunca vai se casar com você, querido. Só de passar pela porta, Linnet vai causar um furor na corte de Napoleão. Todo esse tumulto com relação à reputação dela... Ninguém vai ligar para isso.

– Está dizendo que ela é boa demais para mim?

– *Boa* eu não sei – respondeu sua mãe, abanando o leque. – Mas, com toda certeza, bonita demais. No instante em que ela chegou aqui, você deveria ter se casado com ela, antes que ela tivesse a chance de conhecer você.

Prufrock começou a trotar pela sala e Piers se virou, sabendo exatamente quem estava prestes a entrar.

O vestido noturno de Linnet tinha um estilo vagamente clássico. Piers tinha ouvido rumores de que as matronas romanas não usavam roupas de baixo sob suas túnicas e, aparentemente, Linnet levava esse aspecto histórico de seu traje muito a sério.

A musselina de seu vestido era tão fina que ele conseguia ver a protuberância de seu joelho quando ela parou à porta, esperando Prufrock anunciá-la. E, quanto à musselina cobrindo seu colo – bem, não havia muito. Pedacinhos de renda aqui e ali e um cordão de pérolas que fazia o favor sutil de chamar a atenção para o volume de seus seios.

Piers pôde sentir um sorriso nada familiar em seu rosto. Sua mãe não sabia de tudo; aquele vestido era para ele.

Mancando, ele começou a se dirigir até ela, mas Sébastien se adiantou, passando sua frente com um sussurro:

– Desculpe, estou com pressa.

Então, Piers desacelerou. Não havia por que competir com os gracejos continentais de Sébastien; seu primo pegou uma taça de champanhe de Prufrock para entregá-la a Linnet de modo cerimonioso. Observá-lo beijar a mão dela foi suficiente para deixar Piers um pouco nauseado, então, para resgatar seu copo de conhaque, ele se virou e mancou de volta até o aparador.

Ela viria até ele. Não que isso importasse, porque ambos estavam meramente brincando um com o outro. Não era o flerte, mas a similaridade que o intoxicava.

À sua maneira, Linnet era a versão feminina dele próprio: detestável, bonita demais, inteligente demais, mordaz demais.

Não que ele fosse bonito.

Ela não foi até ele. Em vez disso, enlouquecedoramente, pareceu achar a conversa de Sébastien muito agradável. Cinco minutos depois, o pai de Piers entrou na sala, com o aspecto exaurido e cansado, como um homem que tinha desistido. Algo com o que Piers descobriu se ressentir ainda mais do que quando odiava os olhares saudosos de Sua Graça.

No fim das contas, Sébastien levou Linnet até ele.

– Acho que talvez você não tenha percebido que sua noiva entrou na sala.

– Boa noite, noiva.

– Belzebu – cumprimentou ela, inclinando a cabeça.

Havia um sorriso secreto nos olhos dela.

– Fui rebaixado – respondeu ele preguiçosamente, apoiando-se no aparador. – Tenho certeza de que já ganhei o nome do próprio Lúcifer no passado. Belzebu não era apenas um demônio inferior?

– Na verdade, acho que você está confundindo seus demônios. Belzebu é outro nome para o próprio diabo.

– Ah, ótimo – disse Piers. – Sou extremamente competitivo. Acho que já lhe disse isso antes.

– Chega dessa conversa tão interessante – interrompeu Sébastien. – Se eu quiser observar cães rosnando um para o outro, posso ir às brigas.

– Alto lá... – disse Piers. – Você não deve comparar Linnet a um cão rosnando. Assim que ela decidir jogar a proposta do meu pai na minha cara, você estará livre para conquistá-la. Mas não se a tiver insultado.

É claro que Sébastien aproveitou a oportunidade para fazer outra reverência e beijar a mão de Linnet e defender que ela era o exemplar mais charmoso, agradável e maravilhoso do sexo frágil que ele etc., etc. Piers ficou observando-o, maravilhado pelo fato de Sébastien não parecer perceber que Linnet detestava esse tipo de atenção bajuladora.

Ah, ela estava sorrindo para ele e oferecendo a mão. Mas seus olhos estavam completamente inexpressivos, mesmo quando ela deu a ele aquele sorriso extravagante que parecia usar como munição.

Com certeza funcionava com Sébastien. Piers o conhecia desde sempre e nunca tinha visto aquela expressão em seu rosto.

– Chega! – disse ele a Linnet. – Se isso fosse uma briga de cães, você seria um mastiff e ele, apenas um spaniel. Guarde sua artilharia para oponentes mais fortes.

Sébastien franziu a testa para ele.

– Do que você está falando, Piers? Está fazendo menos sentido do que de costume.

Linnet engatou o braço no de Sébastien e riu.

– Ele está com ciúme – disse ela, apesar de seus olhos mostrarem perfeitamente bem que ela sabia que ele não estava. – Você é uma figura realmente espirituosa, milorde. É difícil acreditar que vocês dois tenham crescido juntos.

– Sou um espelho da moda – afirmou Piers.

Sébastien e Linnet ficaram, por um instante, olhando para o traje dele. Ele estava usando o mesmo tipo de roupa de sempre: um casaco de corte simples com botões, uma calça simples, um lenço amarrado em menos de cinco segundos. As barras do casaco de Sébastien, por outro lado, tinham uma circunferência maior do que o vestido de Linnet. Sem contar o fato de que o dito casaco era de um tom mostarda berrante.

– Você está enganado – disse Sébastien.

– Um *espelho* da moda – repetiu Piers pacientemente. – Sem mim, você dificilmente se destacaria com toda a sua glória atual, não é verdade?

– Uma metáfora bastante forçada – ponderou Linnet. – Mas entendi o que você quis dizer. Um vira-lata sempre faz um galgo parecer mais majestoso, não faz?

– Ou um poodle mais absurdo – retrucou ele.

– Insulte-me quanto quiser – disse Sébastien.

Ele olhava para Linnet com uma expressão totalmente estúpida no rosto. Ela, aparentemente, tinha visto essa expressão nos homens com tanta frequência que mal percebeu; não havia nenhum traço de triunfo nela.

– Vocês dois não poderiam ser mais diferentes na maneira de se vestir – disse Linnet.

– Você devia ter nos visto quando éramos garotos – disse Piers. – Eu mal conseguia andar, é claro, então, Sébastien costumava correr duas vezes mais rápido. E, à medida que fomos crescendo, ele começou a se vestir com duas vezes mais elegância, para compensar pelo meu jeito desleixado.

– Mas vocês dois se interessaram pela medicina – disse Linnet. – Como é que conseguiram correr atrás de seus interesses? Não conheço nenhum cavalheiro em Londres com qualquer habilidade desse tipo.

– Ou qualquer habilidade de qualquer tipo? – brincou Piers.

– Eles sabem dançar – defendeu Linnet.

– Talvez seja por isso: eu não sabia dançar, então, comecei a cortar as pessoas.

– E ele não sabia cortar as pessoas direito, então eu tive que fazer por ele – complementou Sébastien.

Linnet riu. A risada dela... era bem mais cativante que aquele sorriso ensaiado. Era tanto robusta quando doce, como conhaque aquecido com mel.

– Ele não está brincando – disse Piers, tomando outro gole para se fortalecer contra aquela risada.

– Eu achava que *você* fosse o médico famoso – disse ela.

– Sou bom em descobrir o que há de errado com as pessoas. O problema é que faço isso melhor quando elas já estão mortas. Sébastien, por outro lado, é bom na variante ordenada da cirurgia, aquela em que o paciente está vivo e prefere permanecer assim.

Linnet deu outro sorriso para Sébastien e Piers suspeitou ter conseguido ver o pobre homem dobrar os joelhos.

– É muito reconfortante saber que você estaria aqui se eu precisasse de uma cirurgia – arrulhou ela.

– Sim, se você quiser cortar a perna fora, ele é o homem certo – disse Piers.

– Isso seria um crime – falou Sébastien, sua voz suave como a de um pombo.

Ora, Piers estava começando a se sentir um pouco culpado. Sébastien não fazia ideia da feiticeira que estava ali segurando seu braço e se apossando de suas palavras. Se isso continuasse, ele acabaria com o coração verdadeiramente partido.

– Pare! – disse ele a Linnet.

Ela deu a ele o tal sorriso.

– E nunca mais sorria para mim desse jeito – ordenou ele. – Você me faz querer vomitar e, como seus sapatos parecem ser incrustados de pérolas, um gasto exorbitante de dinheiro, ácido gástrico não seria bom para eles.

Sébastien franziu a testa para o primo.

– Esta é sua ideia de uma conversa apropriada? Se for, você é pior do que eu pensava. A Srta. Thrynne é uma flor delicada, que deve ser tratada com todo o respeito. Em vez disso, você fica falando sobre cortar as pernas dela e vomitar em seus sapatos.

Piers ergueu a sobrancelha para Linnet. Ela suspirou e fez um carinho no braço de Sébastien.

– Desculpe – disse ela. – Sua Senhoria reparou corretamente que sou tão adepta do flerte quanto ele é do seu oposto.

– Ótimo! – disse Piers, com apreço genuíno. – Você é um dos proseadores mais asquerosos que eu conheço. Especialmente dada a munição extra que carrega.

– Está falando do sorriso? – perguntou ela. – Eu o acho muito útil. Você devia experimentar algum dia desses.

Sébastien ficou carrancudo. Estava começando a perceber que Linnet não era meramente uma flor delicada.

– Você não é páreo para ela – alertou Piers. – Ela é mestre. Não é de admirar que toda a Londres pense que ela tinha um príncipe na palma da mão.

– É de família – disse Linnet. Ela pareceu quase tímida por um instante. – Eu realmente gostaria de ouvir mais sobre sua prática cirúrgica – disse ela a Sébastien. – Você comentou que não pode evitar infecções. Que tipo de coisas já tentou?

Frequentemente, Piers pensava que o primo era meio tolo, mas nunca o subestimava quando se tratava de cirurgia. Sébastien era o melhor cirurgião que ele já tinha visto, sua concentração era inabalável, os dedos eram rápidos e impossivelmente hábeis.

– Se não tivéssemos um problema com infecções – disse Sébastien –, acho que seria possível intervir de maneiras que nem sequer conseguimos imaginar agora. Por exemplo, lá na ala oeste temos uma mulher com um inchaço na barriga. É quase certo que é algum tipo de câncer provocando um tumor. Provavelmente, tem o tamanho de uma maçã, ou, talvez, até maior.

– Tenho certeza do tumor – interrompeu Piers. – Não saberei o tamanho até daqui a alguns meses, é claro.

Linnet piscou, mas, somando um ponto a seu favor, não se encolheu nem chiou, como a maioria das mulheres fazia quando encaravam os procedimentos necessários da prática médica e a fascinação de Piers pela dissecação.

– Se tivéssemos algo para controlar as infecções, eu poderia abrir a barriga dela e remover o tumor – explicou Sébastien. – Ela poderia voltar para casa e viver sua vida.

Piers tinha que admitir que seu primo ficava particularmente interessante quando falava de cirurgia. Uma mecha de cabelo tinha caído em sua testa e seus olhos estavam brilhando.

Talvez ele devesse mudar o rumo da conversa. Obviamente, Linnet estava fascinada.

– Álcool não funciona? – perguntou ela. – Já li que os soldados no front jogam conhaque em suas feridas e que isso diminui o risco de infecção.

– Não é bom o suficiente – esclareceu Piers. – Quando éramos jovens e menos mórbidos, nós tentávamos tudo que podíamos. Mas nossos pacientes morriam com uma frequência alarmante.

– Quase todos eles – contou Sébastien.

Agora, o rosto dele estava com aquela aflição delicada que as mulheres achavam tão atraente. Nem que sua vida dependesse disso, Piers não conseguiria fazer uma expressão daquela. É claro que a de Sébastien era verdadeira. Ele ficava genuinamente perturbado quando seus pacientes morriam.

– Então, nós paramos – concluiu Piers. – Sébastien não suportava a contagem de corpos.

– Membros são uma coisa – disse Sébastien. – Mas a parte interna do corpo é arriscado demais.

– Pobre mulher – disse Linnet.

Piers tinha se esquecido de quem eles estavam falando.

– Ah! Bem, ao menos ela veio aqui. Nós lhe demos tanto ópio que ela não sente dor nenhuma.

– Ela está acordada?

– Quase nunca. O que, de longe, é para ela a melhor situação. Câncer no estômago, se é que é isso mesmo, parece ser bem dolorido.

– E a família dela?

Ele deu de ombros.

– Eu não saberia dizer. Talvez ela não tenha ninguém.

– Nenhum dos pacientes tem família? Ninguém parece receber visitas.

– Isso é território da enfermeira Matilda. Eu realmente não sei.

Os olhos de Linnet se estreitaram.

– A Sra. Havelock parece ter opiniões bem definidas. É possível que ela tenha dito aos pacientes que eles não têm permissão para receber visitas.

– Ah, ela não faria isso – alegou Sébastien. – Ela é um tanto bruta, mas tem um bom coração.

Esse era Sébastien. Sempre via o melhor nas pessoas.

– Para falar a verdade, ela não tem um coração muito bom, se, ao dizer isso, você está querendo se referir a uma capacidade de empatia humana – disse Piers. – É um dos motivos pelos quais eu a mantenho por aqui, por causa de sua total falta de charme. Ela consegue conter uma criança aos berros sem sequer piscar.

– Uma criança aos berros?

Linnet tremeu.

Então, ela tinha um ponto fraco.

– Gavan gritava como um demônio quando teve que colocar a perna quebrada no lugar – contou Piers. – Mas olhe para ele agora. Parou de gritar e está andando de novo. Em breve, o menino vai para casa.

– Sim, mas há quanto tempo ele está aqui sem poder ver a mãe?

Sébastien franziu a testa.

– Vou averiguar, Srta. Thrynne. – Ele ofereceu a ela um olhar aturdido. – Que espírito bondoso você tem. Piers e eu entramos e saímos daquele quarto há meses sem nunca ter considerado a questão.

– Bem, sem contar todos aqueles patinhos, vocês têm os pacientes para cuidar – disse ela, apontando para o outro lado da sala. – Eu posso perguntar à Sra. Havelock sobre as visitas.

– Patinhos? – perguntou Sébastien.

Mas Piers já estava rindo.

– Aqueles meninos bobos – disse ele, apontando com a cabeça para Penders, Kibbles e Bitts.

Eles estavam todos ao redor de lady Bernaise, provavelmente absortos pela exibição exuberante do colo de sua mãe.

– Ah, entendi – disse Sébastien. – Suponho que eles sigam Piers como se ele fosse uma mãe pata. Uma gentil e adorável mãe pata.

– Realmente instiga a imaginação – concordou Linnet.

– Gosto mais *desse* sorriso – disse Piers.

Ele sumiu.

– Foi um sorriso cruel e sarcástico – continuou ele. – Mostrou a verdadeira Linnet.

Os olhos dela se estreitaram e, por um instante, ele pensou que ia ganhar uma taça de champanhe no rosto. Mas Prufrock soou o sino para o jantar e, simplesmente, ela deu as costas para ele e se afastou com Sébastien, agarrando-se propositalmente ao braço dele.

Depois da refeição, a mãe de Piers se levantou e, com um sorriso brilhante e arrebatador que envolveu todos na mesa, incluindo seu marido, disse:

– Por que não vamos todos para a sala de visitas juntos? Prufrock foi muito gentil em nos providenciar um pequeno divertimento.

Uma olhada para o rosto dele e Piers soube que sua *maman* tinha algum plano maligno em mente.

– Dança! – disse ele instantes depois, vendo a sala desobstruída e Prufrock, ao piano, acompanhado por um lacaio magricelo com um violino. – Que gentileza da sua parte, *maman*. Era exatamente o que eu estava esperando.

Lady Bernaise desfilou até ele em uma nuvem de jasmim.

– Querido, o mundo não gira ao seu redor e eu sinto muito se um dia lhe passei a impressão de que girava. Agora, sente-se aí e descanse sua perna. Sébastien vai dançar comigo, é claro.

– É claro – repetiu Piers, sentando-se.

Quando a mãe de alguém decide encenar uma comédia, por que não aproveitar?

Seu pai estava observando, sentado em uma poltrona de encosto reto do outro lado do sofá. Ele nem tentou disfarçar, só ficou sentado ali, os olhos fixos na ex-mulher enquanto ela girava pelo salão em uma valsa, rindo para o sobrinho.

– Ela ainda tem os pés leves de sempre – disse Piers depois de um tempo.

Ele preferia conversar do que assistir à dança. Para começar, estava ficando irritado de ver Bitts sorrindo para Linnet. Ele gostava de pensar em Bitts como um médico, mesmo que incompetente, não como um jovem galanteador.

– Sua mãe? – O duque concordou com a cabeça. – Você deveria tê-la visto quando ela tinha 17 anos. Era esquia como um salgueiro, com um brilho nos olhos que fazia todos os homens do salão se apaixonarem por ela.

– Vai convidá-la para dançar?

Seu pai olhou para ele, os lábios levemente contorcidos de um jeito que Piers percebeu, com um choque, que ele mesmo volta e meia fazia.

– Ah, vou convidá-la, sim. Ela organizou o entretenimento e seria rude da minha parte não permitir que ela recuse. Não dançamos naquela época, é claro.

– Naquela época? – repetiu Piers, um tanto estupidamente.

– Eu quebrei todas as regras da sociedade – explicou seu pai. – Eu não queria esperar para ser apresentado, pedir permissão para dançar com ela. Simplesmente, a puxei para o salão.

– Ora, então vá lá – disse Piers. – Puxe-a para o salão.

– Ela não quer ser puxada. Quer a chance de me rejeitar.

Sim, Piers definitivamente reconhecia aquele sorriso sardônico. Era o mesmo dele.

– E as minhas transgressões definem que ela merece esse prazer – acrescentou o duque.

Podia ser que sua mãe se recusasse a dançar com seu pai, mas Sébastien não ia recusar a chance de dançar com Linnet e, certamente, ele não queria ficar sentado no sofá assistindo a seu primo sussurrar no ouvido de *sua* noiva.

Ele se levantou para sair e, então, hesitou.

– Boa sorte! – disse ao pai.

– Tarde demais para isso – respondeu o duque. – Boa noite!

Capítulo 16

— Você é um chato – Linnet informou a Piers.

Ele a tinha acordado balançando uma fita sobre seu rosto, de modo a fazer cócegas em seu nariz.

– Eu trouxe chocolate quente.

– Isso ajuda a amenizar sua chatice – respondeu ela, sentando-se apoiada na cabeceira para tomar seu chocolate.

E também para observar Piers disfarçadamente, apesar de ela mesma não entender direito por que se sentia atraída por uma figura tão grosseira.

Mas uma mulher que sonhou a noite toda que um certo médico a estava beijando – e que não parou nos meros beijos – certamente não pode fingir não estar fascinada.

– Não jogue tão duro com Sébastien – disse ele.

Ele ainda não a tinha olhado nos olhos. Estava brincando com a fita como uma criança pequena talvez brincasse, fazendo nós e testando sua resistência.

– Você está arruinando essa fita e ela é uma das minhas preferidas.

– Feita de seda?

Ele fez outro nó.

– É claro. Por quê?

– Precisamos de algo melhor para amarrar os pacientes à mesa durante os procedimentos cirúrgicos. Usamos cordas, mas depois eles reclamam de queimaduras. Talvez seda funcione.

Ele testou a fita de novo, esfregando-a no pé da cama. A fita arrebentou imediatamente.

– Ah, pelo amor de Deus! – disse Linnet. – Precisava arrebentar? Enrole seda nas cordas.

– Ótima ideia. Ouviu o que eu falei sobre Sébastien?

– Sim. Está com medo de perder seu amiguinho?

Piers bufou.

– Quem dera eu fosse o moleque que você vive dizendo que sou.

– Por quê?

– Daqui a trinta, quarenta anos no máximo, teremos algo para controlar as infecções. A cirurgia será revolucionada.

– Você tem quantos anos? Trinta? Poderia estar operando aos 45, apoiado na mesa.

– Arrancando o nariz do paciente com minhas mãos trêmulas – complementou ele.

– Eu falo que você é um moleque porque age como uma criança cujos pais a decepcionaram e está decidido a fazê-los pagar por isso.

– Amo minha mãe – retrucou ele, como se estivesse realmente prestando atenção nela.

Foi quando Linnet percebeu que não fazia parte da natureza de Piers *não* prestar atenção.

– É claro que você ama sua mãe. Mas você também ama seu pai. E ele ama você.

– Toda essa emoção afetuosa a essa hora da manhã está embrulhando meu estômago.

– Você parece sofrer de problemas estomacais – alfinetou Linnet. – Talvez Sébastien o opere daqui a trinta anos.

– Minha nossa, espero que não. Ele é tão bom quanto se pode ser, mas não é algo fácil. Vamos, então? Não consigo suportar tanta intimidade, ainda mais com uma mulher com quem eu não dormi.

Linnet bebeu seu chocolate quente e jogou as pernas para fora da cama. Ela sentiu uma pontada de tristeza verdadeira pelo fato de Piers nunca poder fazer amor.

– *Como* foi que você machucou a perna e… e o resto de você? – perguntou ela, indo até o biombo.

Ela tinha separado as roupas na noite anterior.

Como ele não respondeu, ela se virou e o pegou olhando para suas costas.

– O quê? Derramei o chocolate quente?

– Essa camisola é praticamente transparente – respondeu ele, sua voz grave e gutural. – Consigo ver suas nádegas.

Linnet, rapidamente, se escondeu atrás do biombo, sentindo uma onda de calor na barriga – e uma pontada correspondente de tristeza. Ela, que nunca quisera dormir com um homem (se admitisse a verdade para si mesma), bem, conseguia se imaginar na cama com um.

Piers.

Piers, que era incapacitado. Aquela era a mais cruel das ironias.

– Não gosto dessa palavra, *nádegas* – disse ela, controlando a voz para que nem uma gota de desejo emergisse. – É uma palavra de médicos.

– O que você prefere? Bumbum? Traseiro? Bunda?

– Bumbum, suponho.

– Acho que gosto de "bunda". É uma palavra tão redonda. Redonda e deliciosa.

Linnet passou o vestido pela cabeça e deixou que ele assentasse em seu corpo. Então, colocou as mãos para trás e apalpou o próprio bumbum. Certamente, parecia redondo. Ela esperava que também fosse delicioso.

Ela saiu de trás do biombo e foi até a penteadeira.

– Só preciso pentear o cabelo. Decidi fazer uma trança hoje para ver se não fica tão embaraçado. Tem sido bastante complicado para Eliza.

Sem que ela pedisse, ele foi até ela e começou a abotoar seu vestido. Linnet passou a escova pelo cabelo e seus olhos encontraram os dele no espelho. Ela parou.

– Exatamente como se já estivéssemos casados há dez anos – disse ele com um sorriso torto.

– Você não pretende se casar nunca, pretende?

– Não vejo propósito algum.

– Por que não? – Aí Linnet percebeu o motivo. – Ah, porque você não pode… Digo, você não pode ter filhos?

– A instituição matrimonial serve justamente para isso – respondeu ele. – Caso contrário, não há sentido.

Ela abriu a boca, mas percebeu que não estava com vontade de defender o amor, ou mesmo o companheirismo, para um misantropo. Sem contar o fato de que ela concordava com Piers que o amor e o casamento, frequentemente, tinham pouco em comum. Ela amarrou a metade da fita na ponta da trança e se levantou.

– Vamos?

Ele a olhou de cima a baixo.

– Com essa trança, você parece ter 14 anos. E não colocou suas meias.

– Cheguei à conclusão de que não há necessidade. De qualquer forma, nunca vemos ninguém na saída da casa.

– Prufrock não é um daqueles mordomos que acredita que a criadagem precisa estar em pé e na ativa ao nascer do sol.

– Ele é um mordomo bastante incomum – disse Linnet, adequando-se ao ritmo de Piers enquanto enfiava a mão debaixo do braço dele.

– Eu disse a você. Ele não é um mordomo; é um espião do meu pai.

– Mas por que seu pai tem um espião na casa?

Piers deu de ombros.

– Pare de dar de ombros quando quer evitar uma pergunta, você faz isso o tempo todo. Por que o seu pai tem um espião na casa?

– Suponho que ele queira saber o que acontece por aqui.

– E você disse que ele tem um na casa da sua mãe também.

– Sim.

– Ele ainda a ama, sabia? E o sentimento é mútuo.

– Sébastien me disse a mesma coisa. Eles vão ter que decidir por conta própria se querem ou não fazer algo com relação a isso.

Linnet deu uma olhada para ele, mas pôde perceber pela tensão de seu maxilar que ele não queria levar aquela discussão adiante. Além do quê, não era da conta dela.

– Você me disse que os salões do castelo são organizados de acordo com as doenças.

– E também por sexo – disse ele, usando a bengala para tirar uma pedra da trilha antes de seguir em frente. – Os pacientes são extremamente desagradáveis com relação à decência e aos bons costumes, por isso homens e mulheres têm que ficar separados.

– Então, por que Gavan está ao lado do Sr. Hammerhock? Você me disse que o caso do Sr. Hammerhock pode ser infeccioso.

– É improvável. A febre petéquia parece deixar de ser infecciosa depois que as erupções cutâneas aparecem. Eu só estava tentando impedir você de se apaixonar por ele. As lesões dele o tornam um perigo para qualquer mulher. Sem contar aquele sigmatismo adorável que ele desenvolveu. Apesar de, tristemente, parecer ter sumido desde ontem à noite.

– Acho que o ar está mais quente hoje – comentou Linnet quando eles fizeram a última curva, passando pela casa da guarda, e puderam ver a piscina.

– Não estou gostando do céu – disse Piers, olhando para cima.

– Qual o problema dele? Não há nenhuma nuvem.

Linnet largou o braço dele e se virou para que ele abrisse seu vestido.

– Essa cor intensa é sinal de tempestade. Talvez.

– Talvez? Você é um diagnosticador de doenças, não do tempo. – Ela tirou o vestido. – Simplesmente tire a roupa, está bem? Pratiquei o nado ontem à noite...

– Praticou?

– No chão. Eliza entrou na hora, o que confirmou todas as suspeitas dela de que eu fiquei completamente maluca.

Linnet correu até a rocha acima da piscina.

– Vá devagar. Você vai fazer eu me sentir um aleijado.

– Vou machucar seus sentimentos não existentes? – provocou ela.

Ela foi até a beirada da rocha. Uma brisa leve soprava do mar, trazendo uma espécie de febre salgada para o ar.

Piers estava tirando as botas. Ele tinha dado uma olhada para ela e voltado a se despir. Obstinadamente, Linnet queria que ele voltasse a olhá-la. Ela sabia que o vento tinha colado a combinação em seu corpo, revelando cada curva. Ela queria...

Com uma pontada de culpa, ela percebeu como estava sendo cruel. Realmente, era insensível ostentar na frente dele algo que ele nunca poderia aproveitar.

Ela se sentou, puxando os joelhos até o peito. Piers estava tirando a camisa e ela ficou observando-o enquanto fingia estar olhando para a água. O peito dele era lindo, com tufos de pelos que escureciam à medida que afunilavam e entravam em sua calça. Os dedos dela tremiam para tocá-lo, para deslizar pelo peito dele, indo até as costas, descendo até as...

Nádegas. Ou quem sabe a palavra certa para o traseiro de um homem *fosse* "bunda", pensou ela, observando enquanto ele se virava para colocar a calça e a camisa de lado.

Um instante depois, os dois estavam mergulhando na água. Em vez de se sentir mortalmente gelada, Linnet adorou a euforia do mergulho, a maneira como a água a chocou, como se ela estivesse dormindo até o momento em que a atingiu.

E ela também adorou a maneira como Piers a laçou e a segurou contra seu corpo. Mas ele não a manteve ali por muito tempo.

– Uma mão para o lado – gritou ele. – Agora, tente nadar.

Ela respirou fundo e pegou impulso na borda da piscina. E, imediatamente, afundou.

Ele a puxou de volta e a empurrou para a borda de novo.

– Boie por um instante e depois comece a mexer os braços – ordenou ele. – E não se esqueça de bater as pernas.

Ela estava tremendo tanto que não achava que conseguiria se mexer... Mas conseguiu. Um instante depois, ela estava se movendo pela água: devagar, mas estava se movendo, não afundando. Piers ficou ao seu lado, gritando instruções, a maioria das quais ela não conseguia ouvir. Mas, então, ela compreendeu, a maneira como os braços se moviam separadamente, subindo e descendo, o modo como a cabeça dela virava para o lado, a forma como suas pernas...

Ele segurou as pernas dela com aquelas mãos treinadas de cirurgião e as manteve esticadas para mostrar a ela como batê-las.

Como uma tola ingênua, ela logo pensou em parar de nadar e cogitou: "Deslize as mãos para cima, para *cima*."

Ele não fez isso.

Cinco minutos depois, ela tinha atravessado toda a piscina. Seu coração estava disparado e ela não conseguia parar de sorrir.

– Está bem para voltar? – gritou ele.

Sem responder, ela pegou impulso na borda e começou a batalhar para fazer o caminho de volta pela água. Na metade da piscina, seus olhos ardiam, sua boca estava cheia de água salgada e seus braços estavam exaustos.

Uma onda passou por cima de sua cabeça e ela hesitou, apenas o tempo suficiente para começar a afundar.

O braço de Piers envolveu sua cintura.

– Já está bom – disse ele em seu ouvido. – Venha.

Ele a puxou até a borda e contra seu corpo. Como um bebê agarrando-se à mãe, ela agora se encolhia contra ele de um jeito natural. A diferença era que a sensação do corpo rijo dele no dela não tinha nada de maternal.

– Seu coração está disparado – disse ele. – Esforço físico demais para alguém que praticamente não faz nada além de dançar.

Ela não ia explicar por que seu coração estava acelerado, então, deixou que ele a tirasse da piscina e nem ficou olhando enquanto ele se movimentava para longe dela, atravessando a água, afastando as ondas para o lado como se não fossem mais do que marolas na banheira.

As pernas de Linnet pareciam um pudim de pão encharcado. Talvez ele tivesse razão. Ela encontrou a pilha de toalhas que Prufrock tinha mandado e, novamente, pegou todas elas.

Ela devia avisar a Prufrock que precisavam de mais toalhas, uma só para Piers. Mas deitada ali na rocha, tinha que admitir que gostava de tirar uma do próprio corpo para oferecer a ele. Ou duas.

Aquilo fazia com que ele olhasse para ela. Fazia Linnet se sentir incrivelmente viva, como se o sangue cantasse em suas veias.

É claro que era por isso que sua mãe saía tão contente para seus encontros. Era de se supor que eles faziam com que ela se sentisse viva. Pobre mãe.

Linnet se virou de lado em seu ninho de toalhas e se lembrou da risada da mãe. Ela devia ser viciada naquele tipo de prazer que Linnet sentia quando Piers estava por perto. Era tão fácil de explicar quanto o vício do pai de Piers em ópio.

Simples assim.

E Piers tinha razão: ela nunca perdoara a mãe por preferir ficar com estranhos do que com a própria filha. Foi o que a fez sair em uma noite de chuva para encontrar um homem – eles nunca souberam quem – e morrido quando a carruagem bateu.

Eu nunca faria isso, pensou Linnet. *Nunca... Mas isso não significa que eu não consiga entender*. Não quando cada toque de Piers botava fogo em seu sangue.

Em algum lugar de seu coração, algum tipo de vazio, tão gelado quanto a água, amenizou e diminuiu.

– Amo você – sussurrou ela, falando para o vento, para a rocha quente sob seus ombros, para o cheiro de peixe e de mar, para a memória de sua mãe.

Piers foi até ela, pingando, e respingou água gelada em seu rosto.

– Está planejando compartilhar uma dessas toalhas? Não precisa se importar com o fato de que meu corpo é bem maior que o seu.

Ela tirou a toalha da cabeça e entregou a ele.

– Preciso de outra – disse ele, secando o cabelo.

Ela entregou a ele a que estava enrolada em seus pés.

– Você tem noção de quantas pessoas têm doenças que fazem com que seus dedos caiam dos pés? Eu gostaria de outra toalha.

Linnet piscou.

– Meus dedos estão acoplados com firmeza.

Havia algo perverso nos olhos dele, algo primitivo que fez todo o corpo dela responder. Instantaneamente. Débil e sem força de vontade, ela se sentiu como uma escrava deitada aos pés de um rajá.

– Outra toalha – exigiu ele.

Ela se demorou, puxando a ponta da toalha debaixo de seus ombros, virando um pouquinho para o lado, desembrulhando-se como se fosse um presente. Ela não precisava olhar para baixo para saber que seus mamilos se projetavam debaixo da combinação molhada. Não precisava olhar para cima para saber que ele estava se deliciando com a cena.

Ela jogou a toalha na direção dele e se acomodou de volta, os braços acima da cabeça.

Ele secou o próprio corpo, olhando para ela o tempo todo, sem sombra alguma de remorso ou decência.

– *Você* – disse ele finalmente, enrolando a toalha na cintura – é...

Subitamente, a cabeça dele se ergueu.

– Minha nossa!

Capítulo 17

Linnet se sentou e seguiu o olhar fixo de Piers na direção do horizonte. Havia uma espécie de massa escura vindo na direção deles, como se o céu da noite tivesse surgido do nada, descido até o mar, e estivesse…

Piers, rapidamente, a ergueu, pegando, com a outra mão, a bengala. Então, largou a mão de Linnet.

– *Corra!* Corra o mais rápido que você puder até o castelo.

Ela olhou para trás. A nuvem escura e turbulenta estava chegando, tão próxima que ela podia vê-la se movendo. Mas o estranho era que o céu do outro lado ainda estava azul, o sol ainda brilhava.

Ele tinha começado a subir a trilha.

– Linnet! – berrou ele, sem olhar para trás. – Corra, sua idiota estúpida!

Ela correu atrás dele. Com bastante rapidez, ele estava se movendo em uma espécie de corrida de três pernas, observando, com atenção, o chão para analisar onde sua bengala se apoiaria nas pedras. Quando ela chegou até ele, se virou novamente.

A nuvem não era cinza. Era mais um verde-azulado escuro e crescia como se estivesse viva. O medo substituiu a fascinação. Novamente, ela correu atrás de Piers.

– O que é? – perguntou ela. – O que é aquilo?

– O clima – respondeu ele sucintamente. – O maldito clima galês, é isso que é. Você pode, por favor, começar a correr?

– Não vou sem você – afirmou ela.

O vento que corria à frente da nuvem chegou até eles e as palavras foram arrancadas da boca de Linnet.

Uma olhada por cima do ombro e ela soube que eles não chegariam ao castelo. O que quer que houvesse naquela nuvem estava devorando a porção azul do oceano, correndo na direção da costa como um animal selvagem. E, mesmo assim, estranhamente, o sol ainda brilhava no céu acima deles.

Piers andava ainda mais rápido, o poder de sua perna esquerda visível enquanto ele se projetava para a frente.

– A casa da guarda – gritou ele, suas palavras praticamente ininteligíveis em meio aos uivos do vento.

Eles estavam quase na curva da trilha e, logo adiante dela, ficava o casebre.

O vento os estava empurrando por trás e, de repente, Linnet sentiu agulhadas de chuva gelada atingirem seus ombros e suas costas. Piers teve uma explosão impossível de velocidade e passou por ela. Alcançou a porta e a escancarou, voltando para pegar Linnet quando ela se aproximou ofegante, agarrando sua mão e puxando-a com tanta força que, por um segundo, seus pés saíram do chão.

Ele bateu a porta.

Ficaram olhando um para o outro sob a luz fraca da casa. Então, como se uma arma de fogo tivesse disparado, a porta de madeira começou a tremer com pancadas tão fortes que as tábuas tremiam visivelmente.

– Meu Deus! – sussurrou Linnet. – O que é isso?

– Granizo – explicou Piers, virando-se e mancando casa adentro. – É por isso que deixamos as persianas desta casa fechadas o tempo todo. – Ele fez uma pausa e inclinou a cabeça. – Pelo barulho, são do tamanho de bolas de tênis.

– Nunca ouvi falar de nada assim – exclamou Linnet.

Ela ficou olhando paralisada para a porta. Tremia como se centenas de punhos estivessem batendo do lado de fora, como se uma multidão descontrolada estivesse tentando entrar.

– Certamente você já ouviu falar do clima de Gales? Vai passar em duas ou três horas, eu acho. Sua aia sabe que você veio nadar?

Linnet confirmou com a cabeça.

– Prufrock vai dizer a ela para não se preocupar; isso acontece com frequência suficiente para que eu o tenha instruído a não enviar uma equipe de busca. Meus pacientes vão ter que se contentar com o atendimento atencioso de Sébastien.

– Os patinhos vão ajudá-lo – disse Linnet por cima do barulho de novas marteladas, à medida que o vento arremessava mais granizo contra a casa. Ela percebeu que estava tremendo por causa do frio.

– Acha que tem roupas por aqui? Ou um cobertor? – perguntou ela, os dentes batendo.

Piers se virou e, de um jeito apreciativo, a olhou cobiçosamente.

– Esqueceu suas toalhas?

– Estou congelando – disse Linnet, enrolando os braços no próprio corpo. – Cobertas?

Ele apontou com a bengala para uma porta à direita da lareira.

– Faça fogo – implorou ela. – Por favor.

– Como desejar – respondeu ele.

Piers colocou a bengala de lado e pegou uma pedra da cornija da lareira. Por sorte, ela já estava cheia de pedaços de gravetos e alguns cepos.

Linnet abriu a porta e encontrou um pequeno quarto. Não tinha nada além de uma cama grande, com uma janela voltada para o terreno, então, as persianas não estavam sendo esmurradas pelo granizo.

Ela encontrou um armário atrás da porta e o abriu. As gavetas estavam vazias, mas havia um montinho de tecido em um canto. Ela o puxou, seus dedos tremendo de frio, e viu que era uma camisa masculina. Não era do tipo que Piers usava, de linho fino, mas uma bata grossa e áspera.

Com cautela, Linnet a cheirou e descobriu que, para seu alívio, estava limpa, apesar de amassada. Sua combinação congelante e molhada foi posta no chão em um segundo. Mas como ela ainda estava molhada, colocou a cabeça para fora da porta.

– Piers, posso usar...

E viu o que ela, inexplicavelmente, tinha ignorado. Piers Yelverton, conde de Marchant, estava nu em pelo.

Ele estava agachado em frente à lareira, batendo a pedra em uma pedra de sílex.

– Sua toalha? – completou ela.

– O vento levou.

– Levou as suas ceroulas também?

– Devo ter me esquecido de não tirar. Estou acostumado a nadar pelado.

Ele olhou para ela, seus olhos eram quentes como conhaque francês. Assim como se tivesse tomado conhaque, o calor escorreu pela garganta de

Linnet, até seus seios, sua barriga, mais para baixo. Ela não conseguia não olhar. O corpo dele era todo músculos fortes, pernas, costas, ombros…

– Quer que eu me levante para você não perder nada?

A voz dele estava carregada de divertimento, mas havia uma pitada de algo selvagem nela, intenso e masculino e perigoso.

Todo o corpo de Linnet respondeu àquilo. O brilho leve, aquela alegria alcoólica se transformaram em uma espécie de calor desesperado, acumulando-se em suas pernas.

– Não! – arfou ela. – Se você não tem uma toalha… Deixe para lá.

Ela viu que ele começou a se mexer e o instinto a empurrou de volta para o quarto, fechando a porta.

A porta de madeira era áspera contra suas costas e seu bumbum. *Estou nua*, pensou ela. *Estou nua em uma casa com um homem nu e preciso…*

Em dois segundos, Linnet passou a camisa pela cabeça. Ficava na altura dos joelhos, o que já era escandaloso o suficiente. O tecido grosso escondia seu corpo bastante bem, apesar de seus seios quase fazerem os botões estourarem. Parecia ter sido feita para um homem com o tronco estreito, o que resolvia o dilema quanto a ela deixar que Piers ficasse com a única peça de roupa deles. Decididamente, o tronco dele não era estreito.

Ela voltou para a cama. Estava coberta por um cobertor áspero. Ela o puxou e encontrou um lençol grosso. Aquilo cobriria o enorme corpo do homem nu na sala e isso era tudo que importava.

Ela tirou o lençol da cama, abriu a porta e enfiou o braço por ela sem olhar.

A voz de Piers, perfeitamente clara, atravessou a porta de madeira, mesmo com o vento.

– O que é isso?

– Coloque em você! – gritou Linnet.

– Não é necessário.

– É necessário, sim. – A porta se moveu sob sua mão. – E não entre aqui sem esse lençol enrolado no corpo!

A porta se abriu, empurrando-a para trás.

– Achei uma toalha de mesa.

Realmente, ele estava com uma toalha de mesa enrolada na cintura.

– O lençol seria melhor – alegou Linnet, seus olhos deslizando instintivamente pelo peito largo de Piers.

Ela olhou mais para baixo e arfou.

– Que indecência!

A toalha estava amarrada de um jeito garboso, com um nó do lado direito do quadril de Piers, mas, mesmo assim, mal cobria o… aquele…

– Você não pode usar isso!

– Bem, não posso usar o lençol, a não ser que você queira se sentar naquele cobertor – respondeu ele, um sorriso estranho brincando em seus lábios. – Está com cara de que abriga tantas pulgas quanto Rufus, o que não é pouca coisa.

Linnet, horrorizada, olhou para a cama.

– Não vou me sentar ali.

– Não há outro lugar para se sentar – disse Piers. – Há uma ausência inexplicável de móveis na casa. Meu palpite é que os vizinhos pegaram emprestado. Muito econômicos, esses galeses. Suponho que eles não achassem que a casa precisava de uma mesa ou de cadeiras, visto que não tem ninguém morando nela. Temos sorte de essa cama ainda estar aqui.

Linnet olhou por cima do ombro dele e percebeu que, fora um aparador pesado, o cômodo da frente estava vazio. Ela voltou a olhar para a cama.

– Até onde sei, as pulgas não conseguem viver sem algum tipo de sangue para se alimentarem por mais de algumas semanas – disse Piers, jogando o lençol de volta na cama. – Você pode colocar essa porcaria de volta? Minha perna não gostou muito daquele passeio que fizemos morro acima e eu ou vou sentar ou cair. Eu mesmo colocaria, mas no momento minha bengala é a única coisa que me mantém em pé.

Linnet foi até a cama e começou a enfiar o lençol em todos os cantos.

– Isso é mais difícil do que parece – falou ela, tentando puxar conversa em vão para não olhar novamente para Piers.

– Devo pagar dois centavos a mais por cama às criadas?

Ele parecia entediado.

Linnet desistiu do pé da cama. Ela devia ter colocado lençol demais debaixo da cabeceira, porque o tecido não ficava parado.

– Sente – mandou ela, apontando para a cama.

Ele se sentou com um grunhido.

– Melhor? – perguntou Linnet.

Ela então se sentou na beirada da cama, dando bastante espaço para ele. Dificilmente ela conseguiria ficar em pé até a tempestade acabar, por mais inapropriado que isso fosse.

Piers estava enterrando os dedos na perna direita, fazendo uma massagem bruta.

– Qualquer coisa é melhor que ficar em pé depois daquela corrida – disse ele, sem erguer os olhos.

– Você tem essa lesão há muito tempo? – perguntou Linnet.

– Quase minha vida toda.

– Por que não sara?

Ele meneou a cabeça.

– Só saberei quando fizer uma autópsia em mim mesmo. – Ela piscou. – Piada infame. Acho que o músculo morreu por dentro. Já encontrei pacientes que parecem ter tido morte muscular após uma lesão traumática. Em alguns casos, a dor desaparece. Em outros... não.

– Não há nenhuma chance? – Por um instante, ela observou os dedos dele. – Você nem tem cicatriz, pelo que estou vendo.

Ele virou a perna devagar e ela sufocou um grito ao ver uma cicatriz horrorosa e entalhada que se estendia da parte superior da coxa dele até abaixo do joelho pelo lado de dentro.

– Como foi que você sobreviveu?

– Talvez eu não devesse ter sobrevivido – respondeu ele friamente. – Risco enorme de infecção, para começar. Mas sou um filho da mãe durão.

Por fim, ele ergueu os olhos e sorriu para ela.

Linnet não conseguiu sorrir de volta. Estava abalada demais por imaginar a dor terrível naquela cicatriz enorme. Sem pensar, ela esticou o braço e desceu os dedos pela pele ondulada.

– A cicatriz, em si, dói ou só os músculos da sua perna?

Piers não respondeu, então, ela ergueu os olhos e o flagrou olhando para seus dedos.

– Acho que você é a primeira mulher a me tocar aí – disse ele lentamente. Seu rosto era ilegível. – Que estranho.

É claro que nenhuma mulher tinha tocado nele ali, dada sua impotência. Os dedos dela pareciam pálidos, brancos contra a pele escura dele. Mesmo assim, ela percebeu que estava com a mão na parte interna da coxa de um homem... Tão perto do...

Linnet afastou a mão subitamente.

– Eu gostei – disse Piers.

A voz dele veio bem do fundo do peito.

Linnet se sentiu tão envergonhada que suas bochechas deviam estar vermelhas como peônias. Arriscou olhar para o rosto dele. Ela agora conhecia aquela expressão. Desejo. Ela respirou fundo.

– Eu só queria...

Ela gaguejou e parou de falar.

Ele parecia estar com dificuldades em controlar a risada, aquele desgraçado.

– Não sei o que é tão engraçado – repreendeu ela. – Estou tentando ser complacente com sua condição.

Piers se recostou na cabeceira e cruzou os braços em cima da cabeça. O que fez com que a toalha de mesa mudasse de posição, Linnet não pôde deixar de notar. O tecido não parecia contê-lo muito bem.

– Nunca permiti que nenhuma mulher tocasse nessa parte da minha perna – disse ele.

Linnet assentiu.

– É claro. Eu entendo perfeitamente.

As mãos dela estavam fechadas em cima de seu colo, mas as pontas de seus dedos ainda formigavam com a sensação da pele dele.

– Até que gostei, na verdade. Talvez eu deva providenciar uma cocotinha para mim. O que você acha? Poderíamos mantê-la na ala oeste com Gavan e os pacientes que não são infecciosos.

Linnet se apoiou na coluna do pé da cama. O vento uivava ao redor do casebre, passando a sensação de que eles eram as duas únicas pessoas no mundo inteiro.

– Por quê? – perguntou ela, com uma curiosidade genuína. – Só para a dama massagear sua cicatriz de vez em quando?

– Ela não seria uma dama – protestou Piers. – Essa é a questão.

Os olhos dele estavam cheios de ânimo. Ânimo e... alguma outra coisa.

Apenas desejo, Linnet disse a si mesma. Um desejo comum. Ela puxou as pernas para cima e as dobrou de lado. Os olhos dele seguiram os movimentos dela.

– O que uma cocotinha faria por você que uma dama não poderia fazer?

– Damas vêm com muitas amarras – respondeu ele, mexendo-se de modo que sua perna estendida roçou nos pés dela.

Foi como um choque elétrico.

– Amarras como o casamento? – Ela conseguiu perguntar, sentindo orgulho de si mesma por não demonstrar nenhuma reação ao toque dele.

– Como isso – concordou dele. – Como viver com a mesma mulher por anos demais. Não me diga que você nunca pensou nas desvantagens disso.

Ela tinha pensado. Ninguém podia flertar com um príncipe por dois meses e não contemplar como seria ver o rosto dele na mesa de café da manhã pelo resto de seus dias. E, se o príncipe fosse Augustus, era difícil evitar a sensação deprimente que acompanhava essa perspectiva.

– Você já pensou! – exclamou ele, rindo. – Você é tão loba solitária quanto eu.

Linnet balançou a cabeça.

– Não sou, não. Eu quero me casar, sim. Também quero me apaixonar, apesar de compreender que as duas coisas não são, necessariamente, compatíveis.

Piers bufou.

– Você é uma romântica, mesmo que pareça contemplar o adultério sem pestanejar.

– Eu leio romances demais para não ser romântica.

– Romances não têm nada a ver com a vida real.

– São melhores que a vida real – afirmou Linnet. – Há um prazer enorme em ver pessoas más recebendo o que merecem.

– Por que você não vem se sentar ao meu lado? Essa coluna parece bem desconfortável, já a cabeceira é um encosto decente.

Era, de fato, desconfortável. Mas... Ela olhou para ele.

– A tempestade não está passando – ponderou ele. – Vamos ficar presos aqui por, no mínimo, mais duas horas. Além disso, há umas falhas interessantes no seu conhecimento da vida real que poderíamos discutir. Sempre quis conversar com uma mulher adúltera. Quando elas finalmente chegam até mim, em geral estão tomadas pela sífilis e não têm interesse em fofocar sobre o passado de devassidão.

– Não sou adúltera, uma vez que não sou nem casada. Vale lembrar que na vida real eu estaria comprometida por conta dessa tempestade e nós teríamos que nos casar – disse Linnet, engatinhando até a outra ponta da cama e se sentando ao lado dele.

– Não perca a esperança – disse ele amavelmente. – Ainda há um ducado ao seu alcance. Apenas não o meu, visto que não há ninguém em Gales que dê a mínima para o que nós fazemos. Meu pai deve estar lá no castelo rezando por um milagre. O seu está lá em Londres, pensando que você é uma condessa, a caminho de se tornar duquesa.

– Que tipo de milagre seu pai quer? – perguntou Linnet.

– Ah, que o passado nunca tivesse acontecido. Que minha mãe o perdoasse. Que minha lesão desaparecesse.

Ela assentiu.

– Ele está muito triste.

– Nada de netos – disse Piers. – Muito decepcionante.

Linnet o cutucou com o cotovelo.

– Não seja tão enfadonho. Você sabe tão bem quanto eu que seu pai não é nenhum monstro. É estúpido da sua parte continuar fingindo que ele é.

– Não vai dizer que é infantil?

– Você não se importa em ser infantil – respondeu ela. – Mas meu palpite é que você não gosta de saber que é um idiota. Você é observador demais para não enxergar a dor dele.

– Bem, se você coloca dessa forma…

– Eu coloco dessa forma, sim. Ele está sofrendo porque ama você e sua mãe.

– Agora é você quem está chutando o gato morto – disse Piers, com bastante delicadeza. – Vou dar um beijo naquele velho panaca, isso bastaria?

Ela se virou para sorrir para ele.

– Não! – exclamou ele, tremendo e colocando o braço na frente do rosto. – Não tente envenenar a minha resolução com essa sua careta. Aristóteles acreditava no livre-arbítrio e eu também acredito!

Linnet caiu na risada e abaixou o braço dele.

– Aqui. – Ela deixou o sorriso se espalhar por todo o seu rosto. – Você vai fazer minhas vontades agora?

– Céus… – disse ele zombeteiramente. – Não funcionou daquela vez. Talvez você esteja perdendo o jeito.

Com um movimento ágil, ele pulou em cima dela.

A boca de Linnet se abriu. De repente, ela estava deitada, as mãos presas acima de sua cabeça.

– Dê outro sorriso; vamos ver se a mágica demora para pegar ou se eu sou imune – disse ele.

As palavras dele eram irônicas, mas havia afeto nelas, um afeto bruto e insolente.

Ela deu um sorriso para ele. Mas não o sorriso ensaiado. Aquele veio de um lugar totalmente diferente: um lugar faminto, carente, feroz, desejoso.

Ele ficou calado.

Ela podia sentir cada centímetro do corpo musculoso dele sobre o seu.

– Vai fazer minhas vontades?

– Não exatamente – respondeu ele, encarando-a. – Mas, caramba... Você é boa.

Linnet abriu a boca e, delicadamente, passou a língua pelo lábio inferior.

– Gosto de beijar você.

Ela podia sentir a respiração intensa e trêmula dele.

– E adoraria beijar sua perna – disse ela, perguntando a si mesma se tinha enlouquecido.

– Você... – começou ele.

– Sim?

– Você faria qualquer coisa para vencer, não faria?

Ela deu um largo sorriso.

– Sou muito competitiva. Você achou que fosse o único?

– Não mais – murmurou ele e, então, finalmente, inclinou a cabeça para ela.

Um resquício de água salgada persistia nos lábios dele. E o beijo era puramente Piers: bruto e exigente, sem nenhum traço de civilidade. Linnet se sentiu de novo como a escrava deitada aos pés de seu mestre. Não, não aos pés dele, visto que todo o seu corpo estava extasiado com o peso dele.

Deitada sob seu mestre, submetendo-se à sua...

– Meu Deus! – disse Piers, afastando a boca e olhando para ela. – Por que acho que estou fazendo amor com uma boneca de pano? Você parecia saber beijar ontem.

Ela libertou as mãos e enrolou os braços no pescoço dele.

– Não estamos fazendo amor.

– Certo. Vamos retornar ao meu comentário inicial, sem a parte do amor. Por que eu estou me dando ao trabalho de beijar uma mosca mor...

Ela conteve um grunhido.

– Cale a boca, Piers!

Os olhos deles se encontraram por um único e eletrizante instante. Então, os olhos dele escureceram e sua boca tomou a dela de novo.

Ela afastou a ideia da escrava e se concentrou apenas no gosto dele: quente e masculino. A sensação do corpo rijo em cima dela. A maneira como ele a estava devorando, a maneira como ela... A maneira como ela o estava beijando também.

Retribuir o beijo dele fez o corpo de Linnet amolecer, suas mãos desceram pelas costas dele, contornando seus músculos, a curva de sua cintura, e foram parar quase na toalha de mesa.

Ele estava erguendo a perna, entre as pernas dela, e a camisa que ela estava usando – o que acontecera com a camisa? Devia ter...

Piers se afastou da boca dela e deslizou os lábios em um afago ardente pela linha de seu maxilar.

Cegamente, Linnet ficou olhando para o teto, seus sentidos tomados pelo toque e pelo cheiro dele. Ele estava empurrando a camisa ainda mais para cima, o que significava que ela podia sentir mais dele, a pele quente na sua.

A cabeça dele desceu ainda mais e um grunhido explodiu de seu peito.

– Caramba, Linnet, você tem os seios mais lindos que eu já...

Ela não ouviu o que ele disse em seguida porque ele segurou seu seio com a mão e colocou o mamilo na boca. Aquilo era delicioso, intoxicante e... Ele chupou. Ela ofegou. Ou, talvez, tenha gritado. Ou será que aquilo era rouco demais para um grito? Ela não devia estar fazendo ruídos desse jeito, devia...

– Pare! – disse ele, erguendo a cabeça, levantando-se e olhando bem nos olhos dela.

– Não pare! – implorou ela.

– Você começou a pensar de novo. Ficou toda dura.

– Não.

Ela passou os dedos pelo peito dele, assim como tinha imaginado, pelos músculos largos e os mamilos achatados cor de bronze.

– Você é lindo.

– E você é louca se pensa assim – respondeu ele secamente.

Os dedos dela passaram por cima de um dos mamilos dele e um som dissonante emergiu da garganta dele. Ela repetiu o movimento, com mais firmeza. O pescoço dele caiu para trás, o que deu a ela espaço para escorregar para baixo e colocar a boca onde seus dedos estavam antes.

Ela podia sentir que ele estava tremendo, então, tentou algumas coisas... Lamber, até mordiscar um pouquinho. Isso o fez pulsar em cima dela. Parte da mente de Linnet estava nele e parte estava nas sensações que ele provocava nela quando pressionava seu corpo no dela.

– Chega – disse ele, rolando para o lado e levando-a consigo.

– Sua perna! – arfou ela. – Desculpe, eu…

Ele colocou o joelho entre as pernas dela. As palavras morreram em sua boca. Todas as sensações do corpo dela se focaram naquele ponto delicioso entre suas pernas.

– Ah! – gemeu ela. – Por favor…

Ela o ouviu vagamente dar risada, mas os lábios dele logo voltaram para seu mamilo, devorando, lambendo, provando. Indo para o outro mamilo, chupando até ela estar pulsando contra a perna dele, gritando.

Ela se apoiou nos ombros dele, os olhos fechados.

– Quer gozar? – perguntou ele, sua voz rouca e grave.

Novamente, Piers raspou o polegar no mamilo dela e ela gemeu.

– Acho que eu conseguiria fazer você gozar só com isso – disse ele.

Linnet assimilou a voz dele, o tom desinteressado, médico, e soube o que ele estava fazendo. Ela se abaixou e mordeu o lábio dele.

– Você está sendo um idiota de novo.

– Por quê?

Ele brincou com os seios dela, fazendo-a tremer.

– Observando – arfou ela. – Você faz isso quando se sente desconfortável. Ah!

– Não estou desconfortável. E nem você.

A mão dele escorregou pela barriga dela até o meio de suas pernas. Ele a empurrou para trás.

– Apesar de eu achar que poderia deixá-la bem mais confortável.

A boca de Linnet se abriu, mas nada saiu. O corpo dela tremia todo.

– É mais confortável se você ficar deitada – disse ele, virando-a com uma facilidade imensa, como se ela fosse uma panqueca. – É mais confortável se eu a beijar aqui… – Ele colocou a boca no seio dela. – … enquanto toco *aqui*.

Novamente, os dedos dele mergulharam no meio das pernas dela, afagando, acariciando.

Linnet não sabia se ele a estava observando. Ela mal notou quando a boca dele saiu de seu seio e desceu pela barriga. O movimento da mão dele fazia com que ela se contorcesse, seus quadris se projetando na direção dos dedos dele, gemidos roucos escapando de seus lábios.

Mas aí ele abriu ainda mais as pernas dela.

Zonza, Linnet ergueu a cabeça e viu o cabelo escuro dele entre suas pernas.

– O que você está fazendo? – gritou ela, tentando se afastar. – Isso é... O que... Pare!

Tarde demais. Os lábios dele entraram na curva doce da parte interna de sua coxa. Uma língua traçou uma trilha delicada, cada vez mais perto.

– Seu cheiro é tão bom – disse ele sonhadoramente. – Essência de Linnet com um toque do oceano. E seu gosto...

Ela arfou.

– Seu gosto é como o do mel mais doce.

Ele voltou a fazer o que estava fazendo. Empurrou os joelhos dela para cima e sua língua a reivindicou, a dominou, a arremessou no fogo.

A cabeça de Linnet virava de um lado para outro e ela se debatia contra ele, gritando, repetidamente, a cada movimento delicado.

Um dedo a penetrou e ela desabou, gritando tão alto que só ouviu o som de seu próprio prazer, em vez da ventania lá fora.

Então, enquanto ele a beijava com muita delicadeza, ela voltou a ouvir o vento e também o sussurro da voz de Piers.

– Ah, tão delicada – murmurou ele. – Um funcionamento tão bom.

– Você está me diagnosticando! – exclamou ela, conseguindo erguer a cabeça do travesseiro para poder olhar para ele.

Ele a encarou, o diabo em seus olhos.

– Estou diagnosticando a parte mais rosada – ele deu outro beijo e, novamente, ela tremeu –, mais doce – outro beijo – e mais deliciosa de Linnet.

Capítulo 18

Linnet se afastou, empurrando a si mesma contra a cabeceira da cama. Piers deixou suas mãos caírem das pernas dela e, num reflexo, ela puxou as pernas na direção do peito, a fim de cobrir suas partes mais íntimas.

Ela mal podia acreditar que tinha permitido que tal coisa acontecesse. Seu estômago estava se revirando de vergonha.

– Isso foi muito inapropriado – disse ela, jogando parte da culpa para ele. – Tenho certeza de que as pessoas... Onde foi que você aprendeu a fazer uma coisa dessas?

– Como é que você saberia o que as pessoas fazem ou deixam de fazer? – Piers deitou-se de lado e apoiou a cabeça em uma das mãos. – Como médico, posso dizer que fazem todo tipo de coisa que nós ainda não tentamos. Alguém já instruiu você quanto às decências e indecências da cama?

Linnet balançou a cabeça.

– Achei que não – disse ele com satisfação. – Visto que existem algumas falhas óbvias na sua educação.

– Como assim?

Contra todo o bom senso, o corpo dela ainda estava tremendo, ainda estava...

– Você sabe o que acabou de acontecer com você?

Ela não pôde conter a risada.

– Vou entender isso como um sim – disse ele. – Bem, a primeira regra é que, entre amantes, nada é indecente.

– Você fala como se estivesse instruindo um dos patinhos – reclamou ela. – Já vi você massacrando-os com perguntas com a intenção de emboscá-los em respostas estúpidas.

– Acredite em mim, eu nunca considerei dar aulas sobre assuntos íntimos para eles. Para começar, eles têm muito mais pelos no peito do que eu gosto nas pessoas com quem me relaciono.

Linnet abraçou os joelhos.

– Você é absurdo.

– Não tão absurdo quanto o fato de que você é uma mulher jovem que não sabe nada sobre o sistema reprodutivo.

Contra isso, ela não podia argumentar.

– Suponho que sua mãe tenha morrido antes de poder explicar o básico para você.

– Eu sei o básico – protestou ela.

– Ah, sabe mesmo? Então, por que você achava que os homens são molengas na frente? Como é que isso funcionaria? Seria como encher uma linguiça?

– Um erro insignificante – respondeu ela, seus olhos deslizando para aquela parte do corpo dele.

A toalha de mesa tinha desistido da luta havia muito tempo.

– Obviamente, minha mãe estava falando metaforicamente.

– Isto – disse Piers, passando a mão por si mesmo – é uma ereção. E, por sinal, eu não sou impotente, como você deveria ter percebido no momento em que me viu em pé ao invés de balançando.

Linnet engoliu em seco. Ela gostaria muito de tocá-lo do mesmo modo que ele estava fazendo.

– O homem só tem ereções quando se deita com uma mulher. Senão, ele fica mole.

– Ah! Então, minha mãe estava certa. Você pode fazer o seu ficar mole, para eu ver como é?

Lentamente, ele passou a mão em si mesmo.

– Não. Impossível.

– Você não consegue controlar?

– No momento, não, e, para minha surpresa, raramente quando você está por perto.

Linnet se sentiu um pouco melhor ao ouvir isso.

– Caso você esteja se perguntando, não sou virgem – contou ele casualmente. – Não diria que já fiz amor com uma mulher. Já estive com uma, ou duas ou mais mulheres. Mas, obviamente, você é virgem – disse ele, seus olhos provocativos – e eu vou corrigir todas as suas falhas.

– Para você poder gritar comigo do mesmo jeito que grita com os patinhos quando eles respondem algo errado? – Ela balançou a cabeça. – Não.

– Que tal pularmos a aula e irmos direto para a demonstração? Estou me tocando.

Instintivamente, os olhos de Linnet se voltaram para a mão dele e para o que ele estava fazendo.

– Seria bom ter ajuda – complementou ele.

– Eu achei que você fosse incapacitado – sussurrou ela. – Achei que não pudesse fazer isso.

– Pense um pouco – disse ele. – Acredito que você tenha conhecimento suficiente para saber o que eu gostaria de fazer com a ferramenta à minha disposição. Está em perfeito funcionamento.

Ela respirou fundo, ainda observando a mão dele.

– Talvez você não caiba – ponderou ela. – Eu mesma diria que não caberia.

– Eu mesmo diria que sim – retrucou ele.

– Mas eu achava que você, digo, seu pai me disse... Então, você só não pode ter filhos?

– Você me perguntou uma ou duas vezes como eu machuquei minha perna – disse ele, observando-a.

Os olhos dele eram tão escuros quanto o veludo mais negro.

– Eu perguntei três vezes – corrigiu ela. – Quatro, talvez.

– Um dia, por conta da intoxicação pelo ópio, meu pai estava em um estado eufórico. Entrei na sala – eu tinha 6 anos – e ele achou que eu era um demônio que tinha aparecido para fazer o que quer que seja que os capetas fazem. Roubar a alma dele de alguma maneira abominável.

– Ele achou que *você* fosse um demônio? Aos 6 anos?

– Bizarro, não é? Hoje em dia, qualquer pessoa concordaria com ele, mas eu garanto a você que eu era bem bonitinho com aquela idade, sem traço algum de enxofre em mim. Apesar de, para minha lástima eterna, eu ter aparentemente o tamanho exato de um pequeno capeta. De qualquer forma, ele me jogou na lareira, protegendo, desse jeito, sua alma. Acho que eu deveria ficar feliz por ele ser um cristão tão devoto.

Linnet arfou, sua mão cobrindo a boca.

– Felizmente estava apagada, mas havia dois cães de lareira de ferro forjado, um deles me deu esta adorável lembrança.

Linnet se levantou.

– Isso é horrível. Você deve ter ficado extremamente assustado e ferido. Que terrível para você. Para vocês dois, na verdade.

– Não me lembro de muita coisa – disse Piers. – Ser arremessado pelo ar, um pouco de dor. Mas as consequências... Delas eu me lembro. Porque, simplesmente, a dor não ia embora.

– Então, sua mãe levou você para a França.

– E depois para a Bavária. Os médicos lá são melhores. Mesmo assim, ninguém conseguia entender por que minha perna não sarava. Não sarava. E não vai sarar. Enquanto estávamos fora, meu pai deu entrada nos procedimentos do divórcio. Custou a ele um quarto da minha herança para ter sua esposa – minha mãe – legalmente declarada degenerada.

– Ele não era ele mesmo – defendeu Linnet.

Novamente, ela acariciou a perna dele com os dedos. Eles escorregaram pela pele ondulada.

– Você, como médico, sabe disso – acrescentou ela.

– Já como filho...

Piers balançou a cabeça.

– E por isso você disse a ele que era impotente! Porque ele tem muito orgulho da história da família. Você sabia exatamente o que mais o machucaria, a ideia de que ele próprio era a causa da morte de sua linhagem.

– Não parece ter sido uma atitude muito inteligente, com você falando em voz alta agora.

A mão dele também estava na perna dela, traçando círculos pequenos e ardentes em sua coxa.

– Talvez eu precise considerar uma reconciliação – complementou ele.

– Eu acho que você deveria.

– Tudo isso foi para dizer que não sou impotente. Espero que você me perdoe se eu não cair no choro ou sair correndo para confortar meu pai.

Linnet se concentrou na perna dele, seus dedos passando da cicatriz para a perna, que era áspera por causa dos pelos e se distendia por cima do músculo. Ela não olhou no rosto dele.

– De qualquer forma, nós concordamos em cancelar nosso noivado.

Ele confirmou com a cabeça.

– Isso significa que você precisa se decidir quanto ao que estamos fazendo aqui. Eu não tenho nada a perder, já sua virgindade está em jogo.

Isso era tão característico de Piers. Outro homem talvez mentisse para ela, ou disfarçasse o fato de que queria dormir com ela, mas não se casar com ela. Ele, não.

– O que você diria se eu recusasse?

Os dedos dela se esparramaram pelo músculo definido da coxa dele. Ela já sabia que não ia recusar. Essa, talvez, fosse sua única chance de fazer amor com alguém que realmente desejava.

Ele deu de ombros.

– Você é uma mulher inteligente. Tem uma mercadoria que é extremamente valorizada no mercado; multiplicado por dois, por causa da sua beleza. Por que é que ofereceria isso para mim de graça?

– Você fala como se eu estivesse à venda pelo maior lance.

Ele ficou em silêncio.

– Bem, talvez, eu estivesse à venda pelo maior lance – admitiu ela –, mas o valor despencou porque todo mundo acredita que eu não possuo mais essa mercadoria tão, tão valiosa.

Piers continuou sem dizer nada.

– Se eu escolher dá-la a você, você pode me garantir que, como consequência, não haverá nenhuma criança?

– Não! – respondeu ele. – Esta casa não tem todas as comodidades que uma pessoa pode desejar.

Havia uma pitada de diversão na voz dele que despertou um sorriso nos olhos dela.

– E se resultar em uma criança?

– Aí nos casamos – garantiu ele.

Ela assentiu, bastante envergonhada.

Piers a puxou até seu peito.

– Acho que deveríamos investigar exatamente o que estamos nos propondo a fazer.

Os lábios dele, agressivos e deliciosos, se juntaram aos dela.

– Afinal – ela o ouviu dizer logo depois, a voz abafada pela maneira como sua boca ainda deslizava pela pele dela. – Onde há chance de casamento, deve-se proceder com cautela. Deliberação. Garantir com toda certeza que nenhum de nós tem a mínima apreensão.

Linnet curvou o corpo sobre o dele, nem um pouco interessada em cautela. Ela não conseguia nem se concentrar em tocar toda aquela pele que clandestinamente cobiçava. Ela se sentia inebriada, embriagada, como se estivesse correndo conhaque por suas veias e fazendo uma poça entre suas coxas.

Ela queria *mais*.

Na verdade, a única coisa que a interessava estava pressionada contra sua coxa. Piers ainda estava falando, daquele jeito sarcástico que ela achava tão irritante. Então ela deslizou a mão pela própria perna e o segurou.

Piers de repente ficou calado. Ele era quente e liso sob sua mão, pulsando com vida e grande demais.

Ele se recostou na cabeceira.

– Você está me segurando como se fosse um pepino que planeja colher.

Mas algo na voz de Piers indicava que ele não estava tão entediado quanto fazia parecer.

Ela afrouxou os dedos, subindo e descendo, do mesmo jeito que ele estava fazendo antes. Um gemido irregular escapou dos lábios dele. Era fascinante a maneira como a pele dele se movia... Os dedos de Linnet voltaram a segurar com mais firmeza. A cabeça de Piers caiu para trás.

Ele era, ao mesmo tempo, macio e duro, uma combinação estranha que o corpo de Linnet entendia melhor do que ela mesma. Ela apertou um pouco mais e, novamente, mexeu a mão. A sensação a fez tremer e sua respiração ficou presa na garganta, emergindo em um gemido estrangulado.

Novamente, o desejo se espalhou por ela, deixando-a sem ar, eufórica.

– Acho que é o suficiente – sussurrou ela, largando-o e puxando o corpo dele em sua direção. – Não tenho nenhuma dúvida.

– *O suficiente*?

Ele estava rindo de novo, mas Linnet estava ocupada demais saboreando o pescoço dele, deslizando a língua por aquela coluna forte e, incidentalmente, pressionando os quadris nos dele.

– Vamos logo – disse ela, tentando puxá-lo para cima dela.

– Devíamos ir devagar – sussurrou ele.

Ele deslizou a língua pelos lábios dela enquanto seus dedos faziam o mesmo lá embaixo.

– Você é virgem. Pode muito bem ter algum obstáculo aí dentro. Já deve ter ouvido falar da dor causada pela perda da virgindade.

Linnet mal o ouvia, de tão encantada que estava pela maneira como ele a acariciava. Mesmo assim, o que ela queria não eram carícias ou afagos ou mesmo beijos deliciosos. Então, ela puxou os ombros dele com força.

– *Agora!* – exigiu ela com firmeza.

Ele se posicionou em cima dela, seu rosto tenso, quase angustiado. Então, ela o sentiu *lá*. Instintivamente, Linnet se curvou na direção dele.

– Devagar – sussurrou ele.

Ela não queria devagar. Sentia uma fome intensa por calor e movimentação e possessão. A sensação era tão forte que ela não conseguia encontrar palavras, apenas soluçou uma vez nos ombros dele.

Ele sabia... De alguma forma, ele sabia o que ela estava pensando. Uma mão forte ergueu seu quadril ainda mais, dedos afundando em suas curvas e, então, ele perguntou, em meio aos cachos dela:

– Tem certeza?

Linnet não se deu ao trabalho de responder, apenas grunhiu no ouvido dele como se tivesse perdido a capacidade de falar.

Aparentemente, ele sabia como interpretá-la, pois veio até ela em um movimento ágil e feroz, com uma girada de quadris e uma arremetida.

– Dor? – perguntou ele um segundo depois, os lábios dele em sua bochecha.

Não era dor. Ela se sentia distendida, ocupada, possuída... delirante.

Linnet arqueou os quadris, recebendo-o ainda mais fundo.

– Você poderia...

Ela ficou sem ar quando ele se moveu, enviando cascatas de uma sensação ardente por suas pernas.

– Posso parar – ofegou Piers. – Esperar que você se acostume. Seu corpo vai se acomodar a mim, se você der um instante a ele.

A voz dele era mais intensa do que ela jamais tinha ouvido.

Linnet mal o ouvia. Ela estava se curvando, tentando conseguir de novo aquela sensação, aquele fogo. Era bom, mas... Ela segurou os ombros dele.

– É isso?

Então, ela percebeu como seu comentário soou.

– É muito bom. Mesmo. Muito...

Quando os quadris dele se moveram, a voz dela sumiu.

Novamente, ele estava rindo, um tipo de risada totalmente sem ar. Os cotovelos dele estavam ao lado de suas orelhas, então, ela podia senti-lo tremer...

Linnet abriu os olhos e ficou olhando para ele, irritada.

– Não acho que rir seja apropriado.

– Hum... – respondeu ele, abaixando-se e mordiscando o lábio dela.

O movimento do corpo dele enviou outra onda de sensações do meio do corpo dela até seus dedos dos pés. Seus olhos voltaram a se fechar.

– Está se sentindo confortável? – perguntou ele.

Era sério que isso era tudo? Ela estava confortável. Não podia ser só isso.

– Bastante confortável – respondeu ela, inclinando o pescoço para beijar o queixo dele.

– Nesse caso, acha que posso começar a me mover?

– Mover? Mover para onde?

Instintivamente, ela agarrou os ombros dele. Talvez ela estivesse levemente decepcionada com o ato, mas, definitivamente, não queria que ele fosse a lugar algum.

– Já acabou?

Ele apoiou a cabeça na curva do ombro dela, mas ela pôde ouvir o ronco da risada.

– Pare de rir de mim! – ordenou ela, pensando que, talvez, devesse simplesmente empurrá-lo, antes que ele saísse. Isso mostraria a ele.

Apoiando os pés na cama, ele ergueu os joelhos e a respiração ficou presa em sua garganta. Descendo por suas pernas, o prazer se esparramou em marolas líquidas lentas.

A respiração de Piers parecia ofegante em seu ouvido. Sem dizer mais nada, ele esticou o braço para trás e empurrou o joelho dela para cima.

– Ah! – suspirou ela, entendendo o comando silencioso dele e enrolando as pernas em seus quadris.

Aquilo os aproximou, moveu o corpo dele de uma forma que ele penetrou ainda mais fundo. Ela gostou daquilo. Gostou ainda mais depois de ter se mexido um pouquinho, ajeitando-se de modo que eles formaram um encaixe perfeito.

– Isso é muito bom – disse ela, beijando o queixo dele. – Gostei.

– Vou ter que me mexer agora – disse ele por entre dentes cerrados. – A pausa para adaptação de virgem acabou.

– Tudo bem – respondeu ela, decepcionada, deixando suas pernas se desenrolarem.

Era tão bom. O corpo todo latejando.

Ele saiu de dentro dela. A sensação de perda era inebriante. Instintivamente, a carne dela se agarrava à dele, lamentando. E, então, ele arremeteu para a frente de novo.

Um soluço escapou dos lábios dela e suas pernas voltaram a envolver os quadris dele. Todo o seu corpo se curvou para ir ao encontro do dele.

– O que... – começou ela.

Ele não respondeu. Ao invés disso, retrocedeu para investir de novo, e de novo.

Linnet se agarrou a ele como se fosse um molusco e ele, uma rocha, permitindo que o prazer dos movimentos dele ecoassem por cada osso de seu corpo.

Ela conseguia se ouvir gemendo, conseguia ouvir o som bruto da respiração de Piers. Muito, muito lentamente, uma espécie de calor incandescente começou a crescer em seu corpo, fazendo os dedos de seus pés se dobrarem e as unhas das mãos afundarem nos ombros dele.

– Linnet – grunhiu Piers, fazendo uma pausa.

A voz dele parecia tão diferente dele próprio, de sua natureza controlada e observadora, que ela o puxou ainda mais para perto, salpicando beijos em seu ombro, no pescoço, no queixo.

– Precisamos...

– O quê? – perguntou ela, saindo assustada de seu torpor. – Estou fazendo certo? Eu deveria estar fazendo alguma outra coisa? Devo...

– Cale a boca! – disse ele em seu ouvido.

Aquilo não foi muito agradável. Linnet teria se sentido irritada, mas, naquele momento, ele colocou a mão entre eles, bem na parte em que eles se uniam, e a tocou ali. Um raspão de seu polegar e todo o corpo dela reagiu como uma fogueira embebida em conhaque.

Um grito estrangulado explodiu de seus lábios. De repente, a sensação dele, grosso e quente e possessivo, parecia como febre em seu sangue.

Um murmúrio satisfeito escapou dos lábios dele e ele investiu novamente. Ela estava vendo estrelas, estrelas de verdade. O que quer que Piers estivesse fazendo com a mão, combinado com aquela fricção deliciosa, fez a febre explodir por seu corpo.

– Piers! – gritou ela. – Piers!

Ele deixou de lado qualquer aparência de controle, investindo nela com tanta força que o barulho da cama batendo na parede rivalizava com o do granizo.

O calor estrondou em seu corpo e ela mergulhou em um prazer tão vívido e ardente que ela nunca poderia ter imaginado. Ela não conseguia ver nem ouvir, apenas sentir seu próprio corpo amolecer, relaxando em uma espécie de calor espasmódico delirante que queimava em seu sangue.

Vagamente, ela ouviu um grunhido estrangulado, uma rouquidão animal, abriu os olhos embaçados e viu a cabeça de Piers se inclinar para trás enquanto ele arremetia para dentro dela uma última vez.

A expressão no rosto dele, o total abandono, o total prazer, enviou outra cascata de faíscas vermelhas quentes pelo corpo dela, fazendo-a apertá-lo no exato momento em que ele berrou.

E desabou em cima dela.

Capítulo 19

Horas depois naquela tarde

– Lady Bernaise se recolheu com dor de cabeça; o duque está jogando xadrez com o marquês – relatou Prufrock, subindo as escadas à frente de Piers. – Coloquei um novo paciente em um quarto sozinho; os patinhos estão com ele.

Piers ergueu uma sobrancelha.

– *Patinhos*? Ela contaminou você.

Quando queria, Prufrock tinha a habilidade de parecer perfeitamente inocente.

– Onde está a enfermeira Matilda?

– No salão matinal, com a Srta. Thrynne – respondeu Prufrock. – Como o senhor requisitou, a jovem dama está revendo as responsabilidades da Sra. Havelock com relação aos pacientes. Na última vez que as vi, não parecia estar indo muito bem.

Por um instante, Piers hesitou e, então, deu de ombros. Afinal, de que importava? Assim que Linnet fosse embora, ele permitiria que a governanta retomasse seus procedimentos obstinados. Ou os pacientes tinham suas famílias consigo, ou não tinham. Eles morriam mesmo assim, a não ser que Sébastien conseguisse encontrar uma maneira de mantê-los vivos por mais um tempo.

Ele entrou na salinha em que costumavam isolar os novos pacientes até a definição da doença. *Se* ele definisse a doença.

Os patinhos – maldição, ele estava passando a usar o apelido de Linnet para eles – estavam discutindo, aglomerados ao redor da cama.

Ele bateu a bengala no pé da cama e todos ficaram quietos.

– Bitts, quem é o paciente?

Bitts se endireitou.

– O Sr. Juggs é um taberneiro de 68 anos de Londres.

– Sessenta e oito? – repetiu Piers, empurrando Kibbles para fora do caminho para que ele mesmo pudesse ver o paciente. – Você já se divertiu bastante nos bares da vida; deixe algumas cervejas para o restante de nós. Por que não fecha as torneiras e vai em paz?

O paciente era atarracado e careca, apenas com um par extraordinário de sobrancelhas, tão indomadas que pareciam prontas para saltar do rosto dele.

– Balela! – disse ele com um sotaque esplêndido dos bairros mais pobres de Londres. – Meu pai viveu até os 92 anos e eu não tenho nenhum plano de bater as botas antes. Se você for tão bom quanto dizem.

– Bem, eu não sou – respondeu Piers. – Sintomas, Bitts?

– Ele não consegue ouvir.

– Besteira – disse Piers. – Ele acabou de me chamar de mentiroso. Estou esperando por um "vá catar coquinho" em seguida. Você foi da marinha, Juggs?

– Doze anos como cabo na 14ª Light Dragoons. Não consigo ouvir o tempo todo. Estou ouvindo bem, aí some, como se abaixassem o volume.

– Velhice – disse Piers. – Arranque ele dessa cama e passe para outra pessoa.

– E, às vezes, acontece com a minha visão também. Simplesmente some – acrescentou Juggs. – Mas volta.

– Não é velhice. Então, Bitts, o que você tem a dizer?

– Os pulmões dele parecem descongestionados. Usei o método acústico que estivemos praticando. Os membros dele são fortes e, os reflexos, normais.

– Vocês dois têm algo a acrescentar? – perguntou Piers a Penders e Kibbles.

– Ele perdeu a visão três vezes – respondeu Kibbles. – Assistindo à entrada do rei da Noruega em Londres, na festa de aniversário de 60 anos da esposa e em uma inspeção militar.

– Tsc, tsc – disse Piers. – Você se casou com uma mulher mais nova. Papa-anjo.

– Só oito anos – retrucou Juggs defensivamente.

– Qual o seu diagnóstico? – perguntou Piers a Kibbles.

– Baseado nessas três ocasiões, excitação excessiva levando a taquicardia.

– Desde quando a taquicardia causa perda de visão? – ponderou Penders. – Acho que ele sofreu paradas cardíacas.

– Ataque cardíaco não causa perda de visão – argumentou Bitts.

– Causa se ele sofrer perda temporária de sangue na cabeça – retrucou Penders. – O senhor ficou zonzo durante esses episódios, Sr. Juggs?

Ele balançou a cabeça.

– Mas terrivelmente quente.

A porta se abriu atrás de Piers. Ele soube que era Linnet antes mesmo de ela entrar porque sentiu seu cheiro, um aroma leve floral com um toque de limão. Ele começou a se perguntar se os nervos olfativos eram atiçados pela excitação sexual.

A voz agradável da enfermeira Matilda o puxou de volta para o presente.

– Doutor, estou imensamente ofendida pelo que aconteceu hoje, ao que parece com a sua permissão, quem sabe até encorajamento. Imensamente ofendida. E, apesar de lamentar interrompê-lo, isso não pode esperar.

– Pode ser que o paciente tenha apresentado febre durante os episódios de perda de visão. O que isso nos diz? – perguntou Piers aos patinhos.

Então, ele se virou, relutantemente.

A verdade era que Linnet era assustadoramente linda. Lábios perfeitos, bochechas perfeitas...

Um sorriso perfeito em seus olhos perfeitos.

Era irritante.

Ele engoliu um sorriso de resposta.

– Que diabo você está aprontando? – perguntou ele.

O sorriso se dissolveu.

– Estou questionando a governanta da ala oeste – que seria esta ala aqui – quanto aos procedimentos dela com relação aos cuidados com os pacientes, incluindo a dieta e visitas familiares.

– Certo – respondeu ele. Ele acenou com a cabeça para a enfermeira Matilda. – É isso que ela está fazendo. Seu papel é responder, visto que é a governanta em questão.

O peito da enfermeira Matilda se inflou de um jeito impressionante, muito similar ao de um sapo em uma folha flutuante robusta se preparando para cantar.

– Sinto-me terrivelmente insultada pelo tom desses inquéritos impertinentes. Se o senhor tem preocupações com relação às minhas atitudes como governanta e aos cuidados com os pacientes, deveria me consultar diretamente.

Piers se voltou para os patinhos.

– Perda temporária de visão e também de audição, possível febre. Quais outras perguntas vocês fizeram?

Os patinhos permaneceram em silêncio.

– Pelo que vejo, nenhuma – disse ele. – Você, na cama. Você não ficou zonzo. Alguém disse se ficou com o rosto vermelho?

Juggs balançou a cabeça.

– Sentiu os joelhos fraquejarem? Ficou quente e, depois, frio?

– Só quente. Bem, e eu vomitei algumas vezes.

– E não pensou em mencionar isso? Alguma outra coisa que você não tenha nos contado?

– Minha esposa diz que eu era um pinguço. Mas eu não era.

Juggs franziu a testa e suas sobrancelhas se uniram no meio; uma expressão interessante, mas, provavelmente, fora dos padrões de beleza.

– Fui dono do Mermaid's Ankle por vinte anos e sei quando um homem é um pau-d'água. Eu não era.

– Bêbados geralmente são os últimos a perceber – disse Piers. – Na verdade, a maioria deles só admite a embriaguez na manhã seguinte. Você, mais do que qualquer um, deveria saber disso.

Novamente, ele se voltou para a enfermeira Matilda.

– Em menos de cinco palavras, o que a deixou tão espevitada? Suponho que as perguntas da Srta. Thrynne não a tenham agradado.

O peito dela inflou de novo.

– Esta jovem não tem a menor noção de enfermagem. Ela deu a entender que eu sou cruel...

– *Desumana* foi a palavra que eu usei – interrompeu Linnet.

Ela estava dando aquele sorriso de novo, e os patinhos começaram a derreter. Até mesmo Juggs estava dependurado na beirada da cama para vê-la melhor.

– Isso porque eu digo aos pacientes que eles não receberão visitas enquanto estiverem aqui – disse, com firmeza, a enfermeira Matilda. – O senhor sabe tão bem quanto eu, lorde Marchant, que muitos dos nossos pacientes nunca saem. Não posso lidar com choros e afins. A família pode se despedir quando deixam os pacientes aqui. Não há razão para prolongar essa dor.

– Então, na verdade, é tudo em benefício deles – ironizou Linnet, franzindo a testa, mas Piers a ignorou.

– Você fez esse discurso à Sra. Juggs?

A enfermeira Matilda confirmou com a cabeça.

– Fiz, sim. – Ela lançou a Linnet um olhar de profundo desprezo. – Infelizmente, esta senhorita contradisse minhas ordens e mandou a mulher para a cozinha, onde, certamente, ela só está dando mais trabalho e causando problemas.

– O que significa que podemos pedir que ela venha aqui em cima e explique exatamente como o Sr. Juggs ficava nessas ocasiões – disse Linnet. – Sra. Havelock, por que a senhora não vai buscá-la?

Apesar de Linnet pesar pelo menos vinte quilos a menos que a governanta, devia haver algo diferente nela, porque a enfermeira Matilda saiu da sala pisando duro.

– Meu senhor, eu não ia querer cruzar o caminho dessa sua governanta – disse Juggs. Ele deu uma olhada reverente para Linnet. – É muito bondoso o que a senhorita fez. Minha senhora ficaria péssima se viesse até aqui e me deixasse sozinho. Ficaria morrendo de preocupação.

– É o sorriso, não é? – disse Piers a Linnet.

– Meu sorriso não teve efeito algum na Sra. Havelock – respondeu ela. – Há quanto tempo o senhor é casado, Sr. Juggs?

– Quase 24 anos – respondeu Juggs. – A primeira vez que isso aconteceu comigo foi no nosso aniversário de vinte anos de casamento.

– Você não mencionou isso antes – percebeu Bitts, fazendo anotações. – Já são quatro ocorrências.

– Pode ser que tenha tido mais algumas – admitiu Juggs. – Levei um tempo para me mexer e ver um médico. Realmente, foi a minha senhora que se preocupou.

A porta mais uma vez se abriu e, como um furacão, a enfermeira Matilda entrou enfurecida, seguida por uma mulher redonda e, aparentemente, ansiosa usando um *bonnet* coberto de cerejas que parecia ter sido feito de lã texturizada.

– Como seu marido ficava durante essas crises? – perguntou Piers, sem se importar com apresentações.

Ela piscou para ele.

– Igual sempre, eu acho.

– Com o rosto vermelho?

– Não mais vermelho do que quando ele está bêbado.

– Eu nunca estou bêbado – gritou Juggs da cama.

– Já ficou bêbado, sim.

Ela confirmou com a cabeça com tanto vigor que um punhado de cerejas se ergueu levemente no ar.

– Como fica toda vez que tem uma ocasião especial, e não negue, Sr. Juggs!

– Aquela vez em York não tomei mais que um *pint* – disse o paciente, triunfante.

– Você estava falando enrolado – retrucou a esposa, indo até a cama para fazer um carinho no pé dele. – Não tem nada de errado em tomar um ou dois *pints*, mas é preciso mais para enrolar a língua. Essa última vez em York foi a gota d'água – disse ela a Piers, mas, ao mesmo tempo, falando com Linnet, de alguma forma. – Ele tinha me prometido que ia procurar um médico se acontecesse de novo.

– Mas que saco! – disse Juggs, frustrado. – Nem de longe, eu não estava bebendo tanto quanto podia beber.

– Qual era a ocasião? – perguntou Linnet. – A senhora estava usando esse *bonnet* totalmente encantador, Sra. Juggs?

A Sra. Juggs sorriu.

– Estava, sim. Bem, foi a parada militar, não foi? E lá estava o Sr. Juggs em seu uniforme, apesar de, hoje em dia, ele estar um pouquinho pequeno. Mas ele sempre gosta de usá-lo em ocasiões especiais. Fiz este chapéu só para aquele dia, apesar de já ser verão e estar quente para usá-lo.

– Suponho que o Juggs aqui estava suando em bicas – disse Piers.

– Oh, não, o Sr. Juggs nunca sua – disse sua mulher com orgulho. – Eu quase nunca tive que lavar o uniforme dele por causa de suor, o que é uma bênção. Os colegas dele na parada estavam tendo que se secar com esfregões.

– E aí eu fiquei cego e não consegui ver nada até a manhã seguinte – contou, com tristeza, o Sr. Juggs.

– Nosso pastor acha que é o pagamento dos pecados dele – disse a Sra. Juggs.

– Isso foi quando eu disse que ia ao médico. Porque eu não peco mais do que o estritamente normal.

– E então, Bitts? Kibbles? Penders? Acho que está bastante claro o que aconteceu com o Juggs, concordam? – Piers apontou para os rostos inexpressivos deles. – Chequem entre si, seus tagarelas estúpidos.

Ele se voltou para a enfermeira Matilda. Linnet estava examinando as frutinhas do chapéu de crochê da Sra. Juggs.

– Você acaba de perder a batalha – disse a ela. – A Sra. Juggs resolveu o problema da cegueira do marido. Sou um idiota por não ter insistido em ver a família em casos assim.

O queixo da Sra. Juggs caiu.

– Resolvi? É a bebida, não é?

– Não – respondeu ele.

A enfermeira Matilda estava sibilando como uma chaleira de chá fervendo.

– Qual sintoma foi o mais importante? – perguntou Linnet, cheia de curiosidade.

– Todos são importantes. – Ele encarou os olhos dos patinhos. – Nos últimos tempos, Juggs ganhou peso, o uniforme dele está desconfortavelmente apertado, ele sofre desses episódios apenas em ocasiões comemorativas, durante as quais ele sente calor e bebe cerveja – provavelmente, para se refrescar, apesar de acabar vomitando. Acrescente a isso o fato de que o uniforme de solenidades da Light Brigade é de lã pesada, com um trançado triplo no ombro, sem contar o detalhe verdadeiramente crucial de que Juggs não sua.

– Insolação! – exclamou Kibbles, enquanto Penders e Bitts ainda estavam pensando.

– Exato. A boa notícia, Juggs, é que você pode sair dessa cama e voltar para o Mermaid's Ankle. A má notícia é que a sua incapacidade de suar, um uniforme de lã e dias quentes são uma combinação perigosa. Provavelmente, você morrerá em uma dessas situações e tem muita, muita sorte, de isso ainda não ter acontecido.

– Mas o que aconteceu? – perguntou a Sra. Juggs, perplexa. – Não estava *tão* quente assim.

– Ele precisa beber mais água – explicou Kibbles.

– E, se estiver abafado, nada de cerveja – ordenou Piers. – Nem mesmo um *pint*.

– Era isso? Era só isso? Ele não estava bebendo água suficiente?

A Sra. Juggs ainda parecia confusa, mas Juggs jogou as pernas para fora da cama.

– Eu sabia que não estava doente, não realmente. – Ele se levantou. – Quando vamos participar de paradas, eu evito tomar água, já que não tem lugar para fazer xixi sem sair da posição.

– O que agrava o problema – disse Bitts, fazendo anotações enlouquecidamente.

Piers deixou que Juggs e a esposa saíssem com os patinhos.

– Sra. Havelock, a senhora pode decidir se quer acatar os planos da Srta. Thrynne para o meu hospital ou pode procurar outra ocupação.

Ela olhou para ele, sua boca tão apertada que parecia uma das suturas de Sébastien.

– Esqueça isso – disse ele. – A senhora está demitida.

Ele pegou o braço de Linnet e a levou para fora da sala, mas ela parou no corredor, segurando-o até a enfermeira sair pisando duro.

– O senhor conde estava apenas brincando – disse ela à enfermeira Matilda, dando a ela o sorriso que, supostamente, não funcionava em governantas furiosas.

Piers abriu a boca, mas Linnet o beliscou com tanta força que ele a fechou de volta.

– Podemos conversar sobre como administrar as visitas familiares amanhã – disse Linnet. – É claro que vamos ter que encontrar uma maneira de alterar a sua agenda o mínimo possível. Sei como a senhora gerencia bem a ala, Sra. Havelock.

Claramente, o sorriso não funcionava em Matilda. Mesmo assim, ela ficou ali, paralisada por um instante, obviamente calculando se devia ceder ou não.

– Conheço o senso de humor do doutor – disse ela, com severidade.

– Tenha um bom dia, Sra. Havelock – disse Linnet, puxando Piers pelo corredor.

Capítulo 20

– Você é uma bruxinha intrometida – disse Piers. – Espere um instante. Minha perna está doendo. – Ele abriu uma porta. – Veja só! Uma cama vazia esperando por um paciente. – Ele entrou mancando na sala. – O lugar perfeito para sentar e descansar nossos corpos cansados.

Linnet se apoiou no batente da porta, rindo.

– Grande o bastante para dois – disse Piers, certificando-se de que seu tom de voz não era esperançoso demais. – Ou você está muito dolorida?

Ela fez uma careta para ele.

– Isso não é da sua conta.

– É claro que é. Venha, entre e feche a porta. Não queremos dar à enfermeira Matilda mais choques do que ela já teve que lidar em um único dia.

Linnet entrou e fechou a porta, mas não se mexeu para sentar na cama com ele.

– Venha cá, então – disse ele, passando a mão pelo colchão. – Hora de uma consulta particular com seu médico preferido. Me conte sobre o sentimento terrível provocado por aquele demônio sedutor que se aproveitou de você.

Ela riu.

– E eu preciso sentar na cama para contar a você sobre isso?

– Como é que vou analisar a lesão sem examiná-la? – perguntou ele sensatamente. – Um exame de perto.

– Não dói tanto assim. Além disso, não podemos fazer aquilo de novo.

– Por que não? – Ele esticou a bengala na direção dela. – Pode pegar isto aqui para mim?

Ela deu um passo para a frente e segurou a ponta da bengala, ao que Piers se jogou para trás, puxando-a como um peixe no anzol. Linnet caiu em cima dele, em um amontoado macio de feminilidade de cheiro adocicado.

Os braços de Piers a apertaram.

– Caramba, seu cheiro é ótimo.

– Você tem cheiro de sabonete – disse ela, fungando. – Sabonete desagradável.

– Sabonete de rícino. Estamos tentando diminuir a febre hospitalar.

– Que diabo é isso?

– Febres que rondam os hospitais e matam pacientes que não estavam sequer na fila para um caixão – respondeu ele, mexendo no cabelo dela até encontrar a orelha delicadamente desenhada. – Este castelo é perfeito porque tem tantos quartos que podemos deixar simplesmente os pacientes sozinhos até a febre baixar.

– Eu gostaria de contratar algumas mulheres da vila para ler para os pacientes que estão acordados e não são infecciosos – disse Linnet.

– Mulheres da vila e leitura. Vejo um problema aí.

– Uma mulher da vila que saiba ler – disse ela, sem muita paciência. – Tenho certeza de que existem algumas. E uma ou outra mulher para entreter as crianças e, talvez, ensiná-las a ler.

– Entreter? Isto aqui é um hospital, ou o mais próximo disso. Não somos uma trupe que vende remédios e faz apresentações.

– Os pacientes vão melhorar mais rápido se tiverem algo em que pensar. É só ver Gavan.

Ela parou de falar, mas Piers percebeu um tom na voz dela que o fez dar uma mordidinha em sua orelha.

– O que você aprontou?

– Nada. Gavan desceu até os estábulos e, depois do almoço, subiu de volta cinco vezes até o quarto. A perna dele está bem mais forte.

Piers pensou na voz dela enquanto passava a mão por seu traseiro verdadeiramente magnífico.

– Você está dolorida?

– Sim – respondeu ela, um tanto timidamente, o rubor surgindo em suas bochechas.

– Quer que eu dê uma olhada para garantir que está tudo bem? Seria um prazer.

E ele estava falando sério. Só para o caso de ela dizer que sim, ele traçou um caminho de beijos descendo pelo pescoço dela até a curva de seu seio. Mais perto do foco do problema, por assim dizer.

– Não – respondeu ela, sua voz parecendo bastante resoluta.

Mas as mãos dela também estavam no peito dele, deslizando por cima da camisa. Ele abaixou o braço e soltou a camisa da calça para dar melhor acesso a ela.

Com uma expressão encantadoramente cobiçosa, Linnet puxou a camisa dele. Então, os dedos dela estavam tocando o peito dele, deixando pequenos rastros de calor em sua passagem. Piers deitou-se de lado para deixá-la explorar como quisesse.

Com muita delicadeza e cordialidade, Linnet inclinou a cabeça, como se fosse uma garça de pescoço longo analisando algo na água.

– Por favor – pediu ele, observando-a, e quase com vergonha do tom rouco e carente de sua voz. Mas nem tanto.

Especialmente depois que uma pequena língua rosada envolveu seu mamilo. Um grunhido rouco escapou de seus lábios.

– Por que você está com os olhos fechados? – perguntou ele, forçando-se a pensar com sensatez.

– Você tem um sabor maravilhoso. E o seu cheiro é muito bom, um pouquinho salgado ainda, mas como sabonete, não aquele sabonete horrível, sabonete bom.

Pequenos dentes brancos se fecharam, mordiscando-o, e, instintivamente, o corpo de Piers se curvou na direção dela, implorando pelo que ele não podia ter.

Ela estava beijando mais baixo agora, na barriga dele, nas partes macias de sua pele às quais ninguém nunca tinha prestado atenção antes. Piers fechou os olhos e depois os abriu quando ela disse:

– Não seria melhor você tirar a calça?

Ele ergueu a cabeça.

– Tirar a calça? Não podemos fazer nada sério, Linnet. Sua bocetinha não vai aguentar outra intrusão do…

– Disto? – perguntou ela, passando a mão por ele. – Eu só quero ver. Direito, digo. Se você tiver tempo.

– Tempo? – repetiu ele, mal conseguindo acreditar nos próprios ouvidos. – Acho que sim, tenho tempo. Apesar de que, talvez, fosse melhor trancar a porta.

Ela se levantou e trancou a porta, e ele reparou que as bochechas dela tinham ficado adoravelmente rosadas e, seus olhos, ardentes e um tanto selvagens. A luxúria dela era como um estopim para a dele e ele mal conseguiu tirar a calça e as ceroulas... Mas conseguiu.

E voltou a se deitar na cama para ver o que ela faria.

O que ela fez...

Ela se ajoelhou ao lado dele e então se deitou de lado, suas belas curvas bem à frente dele, a linha contínua da coluna descendo até a curva de seus quadris, sua bunda.

– Esfera – disse ele, descendo a mão pelos quadris dela e escorregando para trás. – Outra palavra para "nádegas". Mais poética, talvez.

Os dedos dele estavam tremendo.

Até então, Linnet estava apenas olhando, mas então ela esticou o braço para baixo e o envolveu com os dedos.

O som que escapou dos lábios dele era, para dizer o mínimo, indigno. Era um som carnal e ele achou que o rosto de Linnet ficou ainda mais cor-de-rosa. Lutando para não se deitar e deixá-la fazer o que quisesse, ele passou a mão com mais firmeza pela curva do bumbum dela, dando a volta até a curva mais deliciosa de todas, entre as pernas dela.

Ela se encolheu.

– Muito dolorida – disse ele, tirando a mão. – Peço desculpas.

Os olhos de Linnet brilharam de divertimento.

– Mas você se arrependeu? – perguntou ela.

Arrepender-se da experiência sexual mais extasiante de sua vida?

– Jamais.

Ela pareceu gostar da resposta, visto que se mexeu na cama, abaixando a cabeça, e sua língua o tocou.

A cabeça de Piers caiu para trás com o movimento, com o toque líquido e quente dela. Mesmo assim...

– Linnet – ele conseguiu dizer.

– Sim?

Ela estava olhando para ele, refletindo. Piers afastou sua mente do que ela poderia estar considerando.

Ele limpou a garganta.

– Sinto-me obrigado a mencionar...

Ela se inclinou para a frente, lambeu-o de novo, e, então, seus lábios o envolveram como seda molhada.

Um grito rouco explodiu da garganta dele.

– Sim? – perguntou ela, olhando para ele.

Seus olhos estavam brilhando de travessura e escuros de desejo... Ela era a imagem perfeita de confusão à vista.

– A maioria das damas, isto é, das mulheres que não são pagas por seu tempo, não costumam dar esse tipo de prazer aos homens – disse ele, a voz rouca.

Ela franziu a testa de leve.

– Não dão? Por que não? Você fez comigo e me disse que era perfeitamente apropriado.

Ela estendeu a mão e, rapidamente, passou os dedos por toda a extensão dele, como se uma pena estivesse raspando ali.

– Gosto desta parte sua. Tem um formato tão interessante, como se tivesse sido feita para ser beijada. Está vendo?

E, antes que Piers pudesse fazer qualquer coisa – não que ele fosse pará-la –, ela se aproximou dele novamente. Sua boca se fechou com firmeza em torno dele, como um delírio, como uma febre em seu sangue, como...

– Você não parece estar desgostando – disse ela, parando novamente.

– Maldita! – disse ele, erguendo a cabeça. – Não...

– Não continue? – perguntou ela, cheia de uma tristeza irônica. – Eu estava começando a imaginar que talvez você fosse gostar. Por exemplo...

Ela fez novamente, mais fundo, ao mesmo tempo que sua mão envolveu com firmeza a parte mais perto da base. Os quadris dele se projetaram para a frente e Piers percebeu que tinha exatamente cinco segundos para garantir que Linnet, a deliciosa Linnet, soubesse exatamente o que estava fazendo.

– Se você continuar fazendo isso – disse ele, sua voz estrangulada – eu vou gozar. E isso significa que o meu esperma vai sair em um jato diretamente na sua boca. Apesar de que eu tiraria, é claro.

– É prejudicial?

Ela parecia curiosa, sem medo. Algo no corpo dele relaxou, alguma espécie de cautela poderosa profunda dentro dele.

– Não – sussurrou ele.

Ela também estava brincando com a mão direita, tocando nas bolas dele, esfregando. O cabelo dela brilhava sob o sol que entrava pela janela quando, novamente, ela o envolveu, o cabelo sedoso de uma princesa. Mas nenhuma princesa jamais tinha dado esse tipo de prazer ao seu senhor.

Ele podia tirar. Disse a si mesmo para tirar. Ele nunca tinha permitido que uma mulher tivesse uma atitude tão íntima, nunca.

Mas não conseguiu conter os ruídos que emergiam de sua garganta. Ele sentiu um aperto nas bolas; curvou o corpo na direção dela uma última vez. A língua dela deu uma virada brincalhona, uma carícia que queimou as bolas dele, descendo pelas pernas...

Piers se perdeu de um jeito que nunca tinha se perdido antes. Como uma caixa com tampa, sua mente se fechou, relegando-o a um mero homem nas mãos e na boca de uma mulher que estava se divertindo. Não havia afrodisíaco mais poderoso, pensou ele vagamente.

E, então, ele parou totalmente de pensar, porque as mãos dela... A boca dela...

Ele se esqueceu de tirar. Esqueceu o próprio nome. Esqueceu que era médico. Esqueceu...

Esqueceu tudo que não fosse Linnet e a curva de seu pescoço e o calor molhado de sua boca e aquele murmúrio baixinho que dizia a ele que ela estava feliz.

Na verdade, a mente dele ainda estava completamente vazia quando ela, engatinhando, voltou até ele e lhe disse, em uma voz rouca e luxuriosa:

– Agora você está me devendo.

Era verdade.

Capítulo 21

Aquela noite, após o jantar, todos se reuniram na sala de visitas para um conhaque (para os homens) e chá (para as mulheres) pós-refeição.

Linnet estava com dificuldades em se ater aos limites do comportamento de uma dama. Ela queria tocar Piers, falar apenas com ele, sorrir para ele em um convite inconfundível. Estava tomada por uma fome devoradora, como se a luxúria fosse a única emoção em seu corpo.

Volta e meia um pensamento sobre o futuro – até mesmo, era preciso confessar, uma sensação de ansiedade – passava por sua cabeça. Afinal de contas, ela tinha jogado sua virtude para o alto, sua possessão mais valiosa. Seu pai ficaria horrorizado, ainda mais se soubesse que Piers tinha prometido se casar com ela apenas se ela estivesse esperando um bebê.

Mas um único vislumbre do corpo esguio de Piers fazia seu coração começava a bater em sua garganta e o calor a subir por suas pernas. Ela não podia esconder a verdade de si mesma: se tivesse chance, jogaria sua virtude para o alto de novo. E de novo.

Era uma loucura. Era como estar bêbado, como se ela estivesse tomando conhaque com seu chá.

Depois de alguns minutos na sala de visitas, Linnet se pegou imaginando se, talvez, lady Bernaise tivesse colocado conhaque em seu *próprio* chá. Ela insistia em dançar, pegando o marquês como parceiro e deixando Linnet com o Sr. Bitts. Até mesmo quando a valsa terminou, ela estava notavelmente alegre, os olhos brilhando, o leque em constante movimento.

Linnet olhou para baixo, para seu vestido branco, e suspirou. Lady Bernaise estava usando um maravilhoso vestido lilás, que se ajustava logo abaixo do corpete com fitas da cor de amoras – apesar de, talvez, ser um erro falar em um corpete, visto que o colo dela estava tão em evidência que seus seios pareciam estar ornamentados, em vez de disfarçados.

Piers estava apoiado na parede, observando, com uma expressão sarcástica, à medida que sua mãe ficava cada vez mais escandalosa, flertando com os jovens médicos, tocando neles com seu leque, dando sua risadinha francesa gutural.

Os olhos de Linnet capturaram os dele e ela colocou a mão no sofá ao seu lado.

– Chamou? – disse ele, um instante depois.

Quando ele se sentou, todo o corpo dela tremeu, seu ombro largo raspando no dela.

– Sua mãe bebeu champanhe demais? – perguntou ela baixinho, sem querer parecer satisfeita por ele ter respondido ao seu chamado.

– Duvido. Acho que ela descobriu um novo passatempo, que pode ser resumido como *Atormente o duque.*

– *Atormente* no sentido de deixá-lo com ciúmes? – perguntou Linnet, seus olhos se voltando para o duque. – Acho que está funcionando.

O pai de Piers estava sentado com as costas totalmente eretas, os olhos fixos na ex-mulher.

– Pode ser que seja um pouquinho mais complicado que isso – disse Piers. – Sabe, meu pai se divorciou dela sob alegações de que ela era uma...

– Ah, entendo – sussurrou Linnet. – Fale baixo, Piers. Seu pai vai ouvir.

– E?

– Se entendi direito, ela está se vangloriando de sua independência: como meretriz, ela pode ter prazer com quem bem entender, incluindo homens jovens. Apesar de, é claro, ela não ser realmente uma meretriz.

– Parece que o Honorável Bitts se tornou o concorrente principal – observou Piers. – Quem diria que o homem tinha um lado tão bajulador? Apesar de que suponho que seja uma característica honesta, visto que ele é filho de um visconde, ou algo assim.

– Mas ela faria... – sussurrou Linnet.

– Nunca – respondeu Piers calmamente. – Meu pai também sabe disso. Minha mãe adora flertar – ela é francesa, afinal de contas –, mas foi uma esposa devotada, tanto ao meu pai quanto ao segundo marido.

– Como ele era? – perguntou Linnet, fascinada, enquanto a ex-duquesa maravilhava o Sr. Bitts ao se sentar ao piano.

Os outros médicos também se juntaram a eles.

– Provavelmente, eles conseguem ver até o umbigo dela – reparou Piers. – E, para responder à sua pergunta, o segundo marido de *maman* foi um excelente cônjuge. Certamente, um antídoto ao meu pai: íntegro, não muito brilhante, completamente civilizado. Infelizmente, também decapitado, depois que a Revolução pegou fogo e ele se recusou a deixar suas terras, insistindo que *seus* camponeses não eram tão raivosos quanto os dos outros.

Agora, a duquesa estava cantando, os olhos brilhando e os dedos voando pelo teclado.

– Que voz adorável – comentou Linnet. – E ela está cantando em inglês!

– Não haveria por que ser diferente – disse Piers secamente. – O francês do meu pai não é bom o suficiente para compreender as palavras na língua dela.

Linnet prestou mais atenção à letra.

– Uma cortesã lasciva ela era – cantarolou a duquesa alegremente.

– Incrível! – exclamou Linnet, dando risada.

Aquela era uma música digna de sua tia, ou de sua mãe, apesar de ela certamente não poder compartilhar isso com Piers.

– Meu pai não está se divertindo tanto assim – disse Piers, apontando para o duque com a cabeça.

– Sinto-me como se eu estivesse assistindo a uma peça.

O duque estava com uma expressão tão carrancuda que a semelhança com o filho era inegável.

– Ontem à noite, tive a mesma sensação. Se estivéssemos em um camarote no teatro – disse Piers –, estaria bastante escuro.

– E?

O lábio inferior do duque estava formando um biquinho e ele estava tamborilando os dedos no joelho.

– Eu colocaria meu braço em torno de você – disse ele –, arriscando a censura pública.

Ele fez exatamente isso, puxando-a para as profundezas do sofá.

Linnet o fitou.

– Suponho que se estivéssemos muito, muito cansados depois de algumas atividades inesperadas durante o dia, talvez, eu repousasse a cabeça no seu ombro.

E ela o fez.

Os dedos de Piers desenharam pequenos círculos no braço desnudo dela, fazendo com que fosse difícil pensar no drama que se desenrolava à frente deles. Lady Bernaise terminou sua música e se levantou do piano em uma nuvem de saias. Os patinhos se aglomeraram em torno dela.

Todos estavam rindo – realmente, eles estavam se contorcendo de dar risada.

– Meu Deus – disse Piers –, aqueles atores não deveriam se esquecer de que têm uma plateia; a saber, nós.

Mas, bem naquele momento, a mãe dele o atendeu, sua voz suave se sobressaindo às risadas com perfeita clareza. Ela estava com o leque aberto e seus olhos, perigosamente, brilhavam sobre a borda.

– Eu sempre achei, Sr. Bitts, que um homem firme é algo bom de se encontrar.

Linnet conteve uma risada, mas Piers estava olhando para o pai.

– Ela fez o velho leão sair de sua caverna com esse gracejo – disse ele em meio ao cabelo dela.

De fato, o duque estava em pé. Os médicos se espalharam feito palha à frente dele; ele colocou a mão debaixo do braço da mãe de Piers e, antes que Linnet pudesse fazer mais que piscar, a arrastou para fora da sala.

– Que pena – disse Piers, sem se mover.

Linnet tentou se endireitar.

– Deveríamos…

Piers capturou os olhos de Kibbles e inclinou a cabeça. Em um segundo, os patinhos estavam fora da sala.

– O entretenimento acabou – disse Piers com pesar. – Só restamos eu e você no teatro escuro.

– Onde está seu primo? – perguntou Linnet, percebendo, de repente, que o marquês não estava em lugar algum.

– Prufrock o chamou há alguns minutos. Um paciente deve ter chegado com alguma coisa quebrada, já que essa é a especialidade de Sébastien.

Linnet relaxou no ombro de Piers, deixando que ele a puxasse mais para perto, e inclinou a cabeça para analisar o teto. Não havia muito o que analisar ali, mas deu a Piers uma oportunidade de salpicar beijos no pescoço dela.

– Hum… – gemeu Linnet.

– Adoro quando você faz isso – disse Piers, erguendo a cabeça para dar um beijo no canto da boca dela.

– Faço o quê?

– Faz esse barulhinho na sua garganta que indica que você está disponível e disposta.

– Está querendo insinuar que sou fácil? – perguntou Linnet, ressentida.

– Está insinuando que eu não a respeitaria se você fosse? Afinal de contas, não foi você quem acabou de exaltar as virtudes de homens firmes – ponderou ele. – Essa foi a minha mãe, a mulher que eu tenho mais motivos para honrar.

– Não sou fácil – afirmou Linnet teimosamente.

– Eu, de todos os homens, sei disso. – Com o rosto, ele acariciou a orelha dela. – Mas você acha que poderia fazer uma imitação de uma mulher fácil mais tarde esta noite?

Linnet percebeu que estava tremendo. Piers a estava segurando com firmeza e lambendo – ele estava lambendo! – a ponta de sua orelha.

– *Isso* é algo muito estranho de fazer – disse ela, evitando a pergunta dele.

Em resposta, ele mordiscou o lóbulo de sua orelha e uma pequena vibração de fogo foi direto para as coxas de Linnet.

– Muito estranho! – ela conseguiu dizer.

– Todo esse seu cabelo está no caminho.

– Quanto a hoje à noite... – começou ela, mas a porta se abriu.

Era Prufrock.

– Peço desculpas pela interrupção, mas Sua Senhoria, o marquês, está requisitando sua assistência.

– Operação difícil? – perguntou Piers, ainda acariciando a orelha de Linnet.

Ela tentou se endireitar, mas ele não deixou.

– Acredito que sim – respondeu Prufrock.

E então, obediente a algum sinal invisível ou código não escrito, ele saiu da sala e fechou a porta.

– Maldição – disse Piers, suspirando.

– É difícil cortar um membro? – perguntou Linnet. – Eu achava que seria bastante simples, como serrar uma tora, só fazendo mais sujeira.

– Onde estão os seus escrúpulos de donzela? – quis saber Piers. – Você fala como se não se importasse em segurar um dos lados do serrote.

– Eu não me importaria – disse Linnet, pensando no assunto. – Acho que seria interessante. Você realmente precisa me deixar sentar direito. Tenho certeza de que Prufrock ficou horrorizado.

– Prufrock? Nada é capaz de horrorizar aquele homem. Além do quê, você é minha noiva. Nosso compromisso nos dá o direito de fazer carinho um no outro. Você não concorda.

– Não sem um acompanhante por perto – disse Linnet com firmeza.

– Besteira. Suponho que você nunca tenha ido a um lugar sem acompanhante.

– Nunca.

– E olhe onde isso a trouxe... Grávida de um príncipe e prometida a um maníaco.

Como tinha pensado a mesma coisa várias vezes, certamente Linnet não podia protestar. Então, virou a cabeça, apenas um centímetro, e capturou os lábios dele enquanto eles escorregavam por seu maxilar.

Eram lábios rebeldes, obstinados, nada cavalheiros. Ela abriu a boca para ele, permitindo – não, acolhendo – Piers em toda a sua voracidade extravagante. No beijo dele havia uma solicitação que ela pretendia recusar. Eles não podiam fazer *aquilo* de novo.

Linnet se afastou, o peito agitado. E o descobriu rindo dela, suas mãos, as duas, segurando seus seios. O corpete dela podia não ter a lascívia do de lady Bernaise, mas, por outro lado, era preso apenas por uma fita trançada. E Piers, o hábil e esperto Piers, puxou o lacinho no ombro direito dela, fazendo seus seios desnudos caírem nas mãos dele.

– Você é linda – sussurrou ele.

Os polegares dele massagearam os mamilos dela. Linnet gritou, a sensação era deliciosa.

Agora, ele detinha a posse total dos seios dela, apertando-os quase com brutalidade, inclinando a cabeça...

Instintivamente, as costas de Linnet se curvaram e uma espécie de gritinho escapou de seus lábios. Aquilo a despertou.

– Prufrock, ele está do lado de fora da sala – gaguejou ela, empurrando os ombros de Piers.

Ele soltou os seios dela apenas após o segundo empurrão. Todo o corpo de Linnet entrou em euforia com a expressão nos olhos dele, o desejo selvagem e descontrolado vibrava em seu rosto.

– Não podemos fazer isso – disse ela, respirando fundo, o que fez seus seios se projetarem de novo e os olhos de Piers retornaram a eles como um homem se afogando que avista uma corda.

– Céus, você é perfeita – murmurou ele.

– Você não acha que sou grande demais? – perguntou ela, sentindo-se estúpida no momento em que as palavras estavam saindo de sua boca. – Meu pai disse que eu... Digo, uma vez, minha governanta disse que eu parecia uma vaca.

– Se as vacas fossem assim... – começou Piers, mas ele não pareceu conseguir pensar em mais nada para dizer.

Em vez disso, tocou nela de novo, dessa vez com reverência.

– Seus seios são perfeitos, Linnet. O sonho de qualquer homem.

– O seu sonho? – perguntou ela.

– Eu nunca ousei sonhar com alguém como você – disse ele, olhando em seus olhos.

Ela soube que o sorriso em seu coração tinha ficado explícito em seu rosto.

De repente, algo mudou no rosto dele. Ele se aproximou e puxou o corpete dela para cima, puxando a fita com delicadeza e amarrando-a. Linnet não se mexeu, apenas ficou sentada observando os olhos dele se abaixarem e tentando entender.

– Só porque eu nunca sonhei com alguém como você, não significa que vou me casar com você – disse ele finalmente.

– Eu sei – respondeu Linnet, com dificuldades para se recompor. – Não somos compatíveis. Concordamos nisso.

– Olhe, eu trouxe uma coisa para você – disse ele, colocando a mão no bolso e tirando um pacotinho de musseline amarrado lindamente com uma cordinha.

– O que tem aí dentro?

– Sais de Epsom. Tome um bom banho de banheira esta noite e você vai estar preparada para nadar amanhã de manhã.

Ela pegou o pacote.

– Um segundo banho! O lacaio vai reclamar de ter que levar toda essa água quente até meu quarto.

Ele deu de ombros.

– Como quiser.

Então, ele se levantou, pegando a bengala com uma das mãos e estendendo a outra para ajudá-la a se levantar.

– Preciso ir.

Ele pareceu repentinamente irritado, como se a estivesse culpando por alguma coisa. Ela segurou o braço dele.

– O que foi?

– Nada.

– Estávamos tendo um momento perfeitamente bom há um instante e agora você está rígido e antipático.

Ele se virou com um rosnado breve.

– Nenhum homem gosta quando quase perde a cabeça por causa de uma mulher.

Linnet franziu a testa para ele.

– Não vejo sinal algum de que você esteja perdendo a cabeça.

– Decidi há muito tempo que eu não ia me casar – disse ele, franzindo a testa para ela também. – Mal consigo cuidar de mim mesmo, que dirá de outra pessoa.

Linnet assentiu.

– Parece ser uma razão estúpida para se abster do matrimônio, mas você já havia dito isso. Eu não pedi que você mudasse de ideia, pedi?

– Não.

– Então por que você está *me* culpando por quaisquer pensamentos errantes que tenham passado pela sua cabeça dura? – perguntou ela. – *Eu* não estava pensando em casamento enquanto você me beijava.

Uma explosão rouca de risadas escapou dele.

– Nem eu.

– Então por que o faniquito de rabugice?

Ela soltou o braço dele.

– Por que sou um imbecil? – respondeu ele, cedendo. – Eu realmente preciso auxiliar Sébastien com o paciente, ou ele vai ficar furioso comigo.

Havia um sorriso nos olhos dele, então, ela pegou no braço dele de novo e permitiu que ele a acompanhasse para fora da sala.

Logo antes de abrir a porta, ele parou e deu um beijo no nariz dela.

– Se eu fosse me casar com alguém, Linnet, seria com você.

– Eu sempre soube que esses seios seriam úteis – disse ela com satisfação.

Ele riu disso.

– Se eu fosse um homem diferente, esta seria uma história diferente.

– Imagine só – disse ela. – Eu poderia estar namorando com um noivo que não se volta contra mim como uma víbora quando tem crises de enxaqueca.

– Enxaqueca! Você me faz parecer uma tia solteirona amargurada.

– Enxaqueca – repetiu ela, dando um sorriso atrevido. E, então, acrescentou, mais sensatamente: – Você precisa controlar a sua ansiedade, Piers. Juro que eu não decidi de uma hora para outra que você é o cônjuge que eu sempre quis, não importa quanto eu goste dos seus beijos.

Ele piscou e abaixou os olhos, olhando para a bengala.

– Sou um idiota. Um idiota presunçoso, nesse caso.

– O problema não é a sua perna – acrescentou Linnet rapidamente.

Mas ele estava sorrindo, abrindo a porta para o saguão de entrada.

– Minha língua afiada, suponho?

– Uma mulher precisaria levar isso em consideração – concordou ela. – Talvez, ela não goste muito dessa sua língua afiada causando confusão na mesa de café da manhã. – Ela hesitou e, simplesmente, decidiu falar: – Estamos nos divertindo. E eu... eu *mereço* me divertir, depois de tudo que aconteceu comigo nos últimos tempos.

Ele estava concordando com a cabeça.

– Você merece. E, exatamente como você disse, eu sou um estúpido.

E então, na frente dos lacaios e de Prufrock e de quem mais pudesse estar no saguão, ele se aproximou e a beijou, um de seus beijos luxuriosos que não perdoavam ninguém.

Uma necessidade.

E ela cedeu, instintivamente, ela cedeu, sua mão segurando a lapela do paletó dele, seu corpo se projetando na direção dele, seus lábios grudando nos dele quando ele ergueu a cabeça.

Ele se aproximou e disse no ouvido dela, tão baixinho que ninguém mais pôde ouvir:

– Você é uma parceira de jogos e tanto.

E, então, ele se foi, subindo as escadas ruidosamente.

Linnet se forçou a olhar Prufrock nos olhos.

– Eu gostaria de um banho, por favor.

Ele acenou com a cabeça para um dos lacaios.

– É claro, Srta. Thrynne. Creio que sua aia esteja em seu quarto, esperando pela senhorita. – Ele limpou a garganta. – O vira-lata, que agora atende pelo nome de Rufus, foi limpo e tosado, apesar de eu não poder dizer que isso melhorou muito a aparência dele.

Ela tinha se esquecido completamente disso.

– Ele pode vir para o meu quarto – disse ela, suspirando.

Prufrock não aprovou.

– O cachorro ficará perfeitamente confortável nos estábulos, ou até mesmo no armário de calçados, se a senhorita insistir.

Ela balançou a cabeça.

– Eu prometi a Gavan. Ele morre de medo que Rufus fuja durante a noite.

– O armário de calçados pode prevenir isso.

– Eu prometi – repetiu Linnet. – Ficarei imensamente grata se alguém puder deixá-lo no meu quarto depois do meu banho.

É claro que o mordomo foi totalmente profissional, como se não tivesse testemunhado o beijo deles.

Mas, à medida que subia as escadas, Linnet podia sentir os olhos, como lâminas, atingindo seu ombro. Estamos em Gales, disse para si mesma. Ninguém se importa com o que acontece em Gales. Não é como se os criados pudessem fofocar com os colegas vizinhos.

O que acontece em Gales, fica em Gales.

Capítulo 22

Às vezes, Robert Yelverton, duque de Windebrook, pensava, com certo desespero, que havia legado apenas uma característica a Piers, seu filho e herdeiro: a tendência para o vício. Se era possível considerar o trabalho – mesmo um trabalho tão louvável quanto o de um médico – como um vício, contudo, não era claro para ele. De qualquer forma, a devoção feroz e determinada de Piers ao trabalho lembrava o duque de nada menos do que sua própria derrota atormentada para o ópio.

Talvez o duque não fosse ficar tão feliz em perceber que, na verdade, ele *tinha* passado a Piers mais do que sua tendência para o vício; a carranca no rosto dele quando arrastou a ex-mulher da sala era uma réplica da expressão frequentemente vista no rosto de seu filho.

– *Alors*! – gritou Marguerite, tentando, em vão, liberar o pulso da mão dele. – Robert, você não tem nenhum direito de me tratar desse jeito bruto, seu... seu...

Aparentemente, ela não conseguia pensar nas palavras certas em inglês, porque o que se seguiu foi uma série de expressões em francês.

Robert entrou na biblioteca, arrastando-a consigo. No instante em que entraram, ele largou a mão dela. Ela se virou na frente dele, uma visão de seios exuberantes e saias esvoaçantes e ele sentiu uma pontada tão forte de saudade que quase caiu de joelhos. Não era apenas a beleza física dela que fazia as mãos dele tremerem: era a ternura dela, a lembrança da maneira como ela sorria para ele por trás de uma xícara de chá ou de um lençol de seda, a alegria perdida de ter Marguerite como esposa.

– Seu... seu... *cretin*! – gritou ela, tão furiosa que sua voz vacilou. – Como ousa me tratar dessa maneira! Como ousa sequer tocar em mim?

– Não sei – respondeu Robert com sinceridade. – Mas achei que sua performance tinha ido longe demais e que era hora de eu cumprir meu papel.

– Não há espaço para *você* desempenhar papel nenhum na minha vida. Escolho um homem da rua, sim, da sarjeta, antes de pedir que você se aproxime de mim de novo.

– Eu sei.

Ela piscou e algo do fogo sumiu dos olhos dela.

– Então, por que você me trouxe aqui? Não temos nada para conversar.

– Eu mudei, Marguerite. Não sou o mesmo homem com quem você se casou.

– Você não era o mesmo homem cinco anos após o casamento – ponderou ela, virando-se na direção da porta.

– Se houvesse alguma coisa, qualquer maneira de apagar a mágoa que eu causei a você e a Piers durante os anos do meu vício em ópio, eu faria – disse ele desesperadamente. – Eu cortaria um braço fora. Daria minha vida para desfazer o que fiz.

Ela parou, uma mão na porta. Seus ombros estreitos estavam rígidos. Alguns, apenas alguns, poucos fios brancos brilhavam em meio aos seus cachos cor de bronze.

– Não sou o homem com quem você se casou. Estou mais velho e bem mais prudente – continuou ele, torcendo para que ela ficasse um pouco mais. – Na época, eu não entendia quanto você merecia ser valorizada.

Lentamente, Marguerite se virou e se recostou na porta.

– Você me disse tantas vezes que ia parar de usar aquela droga. Prometeu tantas vezes.

– Eu sei. Não consegui cumprir minha palavra.

– Mas suponho que você tenha, de fato, parado; Piers diz que você não usa ópio há anos.

– Sete anos. Quase oito.

– Então, você não podia parar por mim, mas parou por... Pelo quê? O que você encontrou que amava mais que aquele seu sonho de ópio?

– A vida. Eu estava perto da morte, eu acho. E, para minha surpresa, descobri que queria viver.

Ele se aproximou, apenas o suficiente para que chegasse até ele uma lufada do perfume francês dela. Eles ficaram ali, parados por um momento, olhando um para o outro, duas pessoas de meia-idade com anos de raiva e arrependimento entre elas.

– Você está linda como sempre – disse ele, pigarreando.

– Você sempre falava de beleza e via apenas o que é superficial em uma pessoa.

Contudo, ela não disse aquilo com raiva.

– Eu era assim? – Ele não conseguia se lembrar. – Eu amava você por mais do que a sua beleza. Eu admirava sua força, Marguerite, e sua inteligência, a maneira como você assumiu o papel de duquesa e, com muita graciosidade, o fez; a maneira como você lidava com minha mãe. A maneira como você criou nosso filho.

– Você diz isso agora.

– Eu digo isso agora, sim. E sinto muito se você não entendia isso. Só há uma mulher no mundo que eu admiro tanto quanto eu admiro você, que eu amo tanto quanto amo você.

– Quem?

– Você.

– Ah! Meu inglês está meio enferrujado. Eu não entendi.

Com cautela, ele escolhia as palavras.

– Sei que, depois da dor que causei a você e a Piers, você nunca deveria considerar ser minha esposa novamente. Mas se algum dia puder me perdoar pelo que fiz a vocês... – Ele parou, engoliu em seco, continuou. – Imagino que seja imperdoável, mas não consigo pensar em outra coisa.

Ela, de leve, deu de ombros, um gesto totalmente francês.

– *Alors*, Robert. Já passei há muito tempo do estágio em que eu queria matá-lo por ter arruinado minha reputação, ou mesmo por amar a droga mais do que a mim. Mas o que aconteceu com o meu bebê, o nosso filho... Isso eu não posso perdoar.

Robert deu um passo adiante.

– Eu não esperaria que você perdoasse.

– Mas eu acho que *ele* precisa perdoar você – disse ela.

Seus olhos estavam perturbados, sem parecer perceber que, agora, ele estava parado bem à sua frente.

– Piers é mais hostil do que deveria ser – complementou ela.

– Eu sei. Quem sabe... um dia.

Mas ele, realmente, não queria conversar sobre Piers e não conseguiu se conter. Por conta própria, as mãos dele se ergueram e seguraram o rosto dela. Antes que ela pudesse rejeitá-lo, ele inclinou a cabeça e a beijou. Ele colocou tudo naquele beijo: seu arrependimento, seu amor, sua saudade. Os longos e frios anos de sobriedade, quando ela estava casada com outro e ele, além de sua própria estupidez, não tinha nada para contemplar.

Por um instante – abençoado e delicioso – ela retribuiu o beijo. Tinha gosto de pêssego: doce, ácido e, maravilhosamente, familiar. Mas então ela o empurrou. Sem dizer mais nada, ela se virou, abriu a porta e saiu, deixando para trás nada além de um rastro elusivo de perfume no ar.

Mesmo assim... Havia algo nos olhos dela, na maneira como seus lábios se renderam aos dele...

A esperança era um risco. Muito provavelmente, as esperanças dele se transformariam em pó, em fracasso e em dor. Há anos, ele não ousava se permitir uma emoção tola como essa. Mas, mesmo assim, a esperança brotou de algum lugar dentro de seu coração.

Capítulo 23

Linnet esperava que, em algum momento no meio da noite, um médico irascível com uma bengala aparecesse no quarto dela, mas isso não aconteceu. Ele estava lá de manhã, contudo, respingando chocolate quente em seu rosto.

– O que você está fazendo? – arfou Linnet.

Ela lambeu o chocolate.

– Dando a você a aparência de alguém com catapora – respondeu Piers. – Mais uma pinta na sua bochecha esquerda... Sim, agora você está verdadeiramente horrorosa. Sabia que a rainha Elizabeth ficou com cicatrizes severas por causa da catapora?

– Eca! – disse Linnet, pegando um lenço e esfregando o rosto com vigor. – Que afronta a sua!

– Por quê? – perguntou Piers, apoiando-se na coluna do pé da cama. – Seria tão horrível assim ter cicatrizes na pele depois da catapora?

– Claro que seria – respondeu Linnet, irritada. – Meu rosto está limpo?

– Reluzente. Por que seria tão terrível assim?

– Porque... – começou ela, perplexa. – Simplesmente seria.

– Mas muitas mulheres não são tão bonitas quanto você e vivem vidas perfeitamente felizes – ponderou Piers. – Mesmo as que têm cicatrizes.

– Sim, mas...

– Pelo que dizem, a rainha teve uma vida ótima.

– Ela nunca se casou, não é?

Linnet pegou o chocolate das mãos de Piers e tomou um gole.

– Não há regras que dizem que mulheres com pele ruim não possam se casar.

– Sim, mas há tudo quanto é tipo de regras não tácitas sobre o que torna uma mulher desejável. Pele bonita é primordial.

– E você se encaixa em absolutamente todos os critérios, não é mesmo?

Ele estreitou os olhos, parecendo estar procurando defeitos nela.

Linnet não respondeu. Qualquer coisa que ela dissesse a deixaria sujeita a zombarias.

– Não sei se seria pior para uma mulher feia ou para uma mulher bonita pegar catapora.

– Para uma mulher bonita – afirmou Linnet sem hesitar. – Ela tem mais a perder.

– Não posso ir nadar esta manhã – disse ele, mudando de assunto. – Sébastien tem que operar aquele paciente que apareceu ontem à noite e eu preciso estar por perto para fazer o relatório.

Linnet sentiu sua boca se abrir.

– Ah, é claro.

– Pensei que talvez pudéssemos ir à tarde.

– Isso seria aceitável – respondeu ela humildemente.

Ele não estava olhando para ela, mas se concentrando em cutucar a pilha de romances na mesa de cabeceira do outro lado.

– Qual o prazer em derrubá-los? – perguntou ela.

– Não vou derrubá-los. Estou vendo qual porcentagem do livro de cima precisa se projetar além dos outros antes que todos caiam.

Eles caíram.

– Aproximadamente, quarenta por cento. Pedi a Prufrock que remobilie a casa da guarda – disse ele, levantando-se da cama.

Ela piscou para ele. Ele deu um passo adiante e, então, abaixou-se para um beijo.

– Hum… – murmurou ele. – Essência de Linnet com uma pitada de chocolate.

Linnet ficou sentada olhando para a porta fechada, o chocolate esfriando em sua mão. Ele disse para Prufrock que… E por quê?

Mas ela sabia por quê. Suas bochechas queimando sabiam por quê. O tremor leve que percorreu suas coxas sabia por quê.

Mais uma vez, Linnet garantiu a si mesma. Isso não era promíscuo. *Ela* não seria promíscua.

Mas quando eles realmente fossem à casa da guarda? Promíscua.

Não havia outra maneira de descrever seu comportamento. Nem no dia seguinte nem no próximo.

Certamente, não no dia em que Piers a pegou no corredor depois de ela ler *Camilla* para um grupo de pacientes, puxou-a para uma alcova e, com uma mão rápida entre suas pernas, reduziu-a a...

Bem, promiscuidade.

Era só diversão, ela dizia a si mesma todas as noites antes de dormir. Apesar de aquela afirmação ter começado a soar um pouco ansiosa.

Só estamos nos divertindo, dando tempo ao duque para... para se reaproximar da esposa. Ou vice-versa. Ninguém podia deixar de perceber o fato de que o ex-casal parecia estar passando cada vez mais tempo conversando, de uma maneira razoavelmente civilizada.

Então, chegou uma semana em que Linnet teve a prova absoluta de que nenhum bebê tinha resultado do primeiro encontro deles. Mesmo assim, Piers argumentava que ainda não estava pronto para enviar uma retratação com relação ao noivado deles para o *Morning Post*.

– Nunca se sabe – disse ele e, então, explicou exatamente como preservativos, talvez, pudessem falhar.

– Nesse caso, talvez devêssemos parar agora – ponderou Linnet, sabendo plenamente que nenhum deles queria isso.

– Só estamos nos divertindo – retrucou Piers.

E "promiscuando", como Linnet apontou.

– Não acho que *promíscuo* possa ser usado como verbo desse jeito – respondeu Piers.

Ele nunca ia ao quarto dela para fazer amor, nunca dormia com ela. Mas, aquela noite, ele foi até o quarto dela, por volta da meia-noite, tirou-a da cama e a levou até a biblioteca para mostrar um livro muito importante, escrito especialmente (disse ele) para marcar o fim das presunções dela.

No fim das contas, o texto estava escrito em vários pedaços de papel que ele tinha espalhado pelo sofá em frente à lareira. E, em cada um deles, havia uma definição.

– Nem como substantivo – continuou ele.

Ele estava sentado no sofá, totalmente nu, a luz da lareira reluzindo em seu peito, suas pernas musculosas esticadas à sua frente.

– Eu não poderia dizer, por exemplo, que minha *maman* age como uma promíscua, exibindo-se daquele jeito, vestida basicamente com um lenço na maior parte do tempo.

– Mas você também não pode dizer que ela é promíscua – ponderou Linnet –, porque ela não é. Então, a palavra é mais útil quando usada em graus de comparação, como um advérbio ou um adjetivo.

– Você não é promíscua, porque uma mulher assim muda de um homem para outro – disse ele, cedendo à lição gramatical dada por ela, mas rebatendo, como era típico dele, com um argumento diferente.

– Na verdade, qualquer mulher que vá para a cama com um homem sem estar casada com ele merece o rótulo – argumentou Linnet. – Ela não precisa se deitar em mais de uma cama. Eu me tornei tudo que a maior parte de Londres acha que eu sou.

– Isso a incomoda?

Ela estava acomodada do outro lado do sofá, sentada em cima de sua combinação, em vez de estar usando-a.

– É só olhar para mim.

Ele olhou e ela gostou do brilho nos olhos dele.

– Não foi isso que eu quis dizer – falou ela. – Cá estou eu, na biblioteca de um cavalheiro, sem nenhuma peça de roupa no meu corpo. Estou começando a achar que sou mesmo filha da minha mãe. Apesar de eu ainda esperar não conquistar uma reputação como a dela.

No fundo, ela não tinha medo de perder sua reputação… Tinha medo de perder seu coração. Mas não havia motivo para compartilhar esse medo oculto.

Eles descobriram que ambos gostavam de se sentar ao lado da piscina, ou na casa da guarda, ou na biblioteca, e dissecar coisas. Palavras. Corpos, apesar de apenas por meio das descrições de Piers. Pessoas, ao menos metaforicamente. Pacientes, com relação ao comportamento deles.

Como Linnet estava frequentando regularmente os quartos dos pacientes não infecciosos, ela tinha histórias engraçadas sobre a Sra. Havelock, às vezes conhecida como enfermeira Matilda, e seus conflitos com aqueles poucos que, bastante surpreendentemente, ousavam se rebelar.

Uma noite, Linnet reduziu Piers a gargalhadas descontroladas ao imitar as artimanhas de um tal Sr. Cuddy, que tinha se aproveitado das visitas da esposa para fazê-la contrabandear um cantil de gim, que, para pavor da enfermeira Matilda, o deixou imediatamente embriagado.

– Não sei se é bom para mim ficar sabendo dessas coisas – disse Piers.

– Por que não?

– Pacientes – disse ele, acenando com a mão. – Não se deve saber muito sobre eles. No fim das contas, eles são apenas doenças. É só isso que posso tratar.

Linnet estava sentada no chão, entre as pernas esticadas dele, envolta em um cobertor.

– Você é um tolo irremediável – disse a ele.

Ele se inclinou para a frente, segurando o cabelo dela com as mãos.

– Deveríamos vender isto aqui.

– Não há mercado.

– Brilha sob a luz da lareira como guinéus, se guinéus fossem mais vermelhos.

Ela se recostou no sofá e deixou que ele brincasse, amontoando os cachos dela e, novamente, soltando-os.

Afinal, eles estavam apenas se divertindo.

Capítulo 24

Em uma bela manhã, algumas semanas depois de Linnet ter conhecido Gavan, ele foi carregado lá para baixo por Neythen e deixado sob o sol na porta da frente do castelo para esperar que alguém viesse buscá-lo.

Linnet o encontrou e se sentou ao lado dele.

– É o seu pai que vem buscar você?

Ele deu de ombros.

– Deve ser a minha mãe, de carroça. Foi assim que ela me trouxe. Meu pai está no campo ou com as ovelhas.

– Então, você é filho de um fazendeiro – constatou Linnet. – Quer ser fazendeiro também?

– Meu pai não é fazendeiro, ele cuida das terras de alguém que nunca está por lá. Eu vou ser médico – afirmou Gavan com uma confiança tranquila. – Vou ser melhor que aqueles dois.

Ele apontou para o castelo com a cabeça.

– Eles fizeram um bom trabalho com você – disse ela, escondendo o sorriso. – O que seus pais acham do seu plano?

– Eles não sabem, né? Pelo que a velha Havelock disse à minha mãe, ela teve que me deixar aqui. Nós moramos lá em Tydill. – Ele apontou, sem muita precisão, na direção leste. – Minha mãe disse que eles viriam me visitar, mas aí a Sra. Havelock disse que ela não podia, nunca.

– Então Tydill fica perto? – perguntou Linnet, mas Gavan estava tentando, com dificuldade, se levantar.

Em um pulo, Linnet se levantou e o ajudou a ficar em pé.

– Lá está a carroça! – gritou ele, bastante animado. – E é a minha mãe!

Quando a carroça chegou ao castelo, a mulher pulou dela, correu até eles e pegou Gavan nos braços.

– Aí está você! – gritou ela. – Novo em folha e bem como nunca!

Ele estava com os braços enrolados, apertando o pescoço dela.

– Não chorei nem uma vez – garantiu ele. Mas estava chorando agora. – Nem mesmo quando eles me seguraram e...

Mas o que quer que ele tenha dito perdeu-se em meio aos soluços.

Linnet colocou a mão no banco em que ela e Gavan estavam sentados e a mãe dele foi até lá, o filho grudado nela. Ela não era muito mais velha que Linnet, seu cabelo escuro e brilhante sob o *bonnet*.

Ela se sentou, acariciando o cabelo de Gavan.

– Não há nada de errado em chorar – disse a ele. – Nadinha.

Depois disso, eles ficaram sentados ali sob o sol, a cabeça dele enterrada no ombro dela enquanto ela o embalava para a frente e para trás.

A porta se abriu e Linnet ouviu o som da bengala de Piers. Ela se virou para dar a ele uma olhada de alerta. Não era hora para incivilidades. Mas, para os padrões dele, ele foi bem-educado.

– Sra. Wing – disse ele –, o menino está se recuperando muito bem. Ele deve ficar em pé, no máximo, por uma hora por dia durante a próxima semana e, gradualmente, aumentar o tempo a partir daí. Ele tem uma bengala e deve usá-la.

A Sra. Wing assentiu.

– Obrigada, milorde. Não podemos agradecer o suficiente.

Ela apertou Gavan um pouquinho mais forte. Havia um brilho de lágrimas em seus olhos, mas, claramente, ela era uma alma enérgica com pouco tempo para fraquezas.

Piers se virou para ir embora.

– Espere! – gritou a Sra. Wing.

Ele parou e se virou.

– Senhora?

– Quero dizer uma coisa ao senhor, milorde – disse a Sra. Wing.

Ela desenrolou o filho de seu pescoço e, com bastante naturalidade, o largou, nos braços estendidos de Linnet. Gavan tinha parado de chorar e estava apenas com soluço.

– Essas semanas sem Gavan e sem saber o que tinha acontecido com ele foram terríveis para o pai dele e para mim. Terríveis. E não há necessidade disso. Nós moramos logo além do morro. Podíamos ter vindo visitá-lo com facilidade, sem perturbar ninguém. Aquela sua governanta, ela disse...

– Estamos mudando nossos procedimentos – disse Piers, interrompendo-a. – Converse com a Srta. Thrynne. É essa moça aparentemente frívola ao seu lado.

E então ele voltou-se para o castelo.

– Bem, eu *nunca*... – disse a Sra. Wing, largando-se no banco. – Eu disse ao Sr. Wing que conversaria com o doutor e sabia que ele não ia gostar. – Ela tirou o *bonnet* e começou a se abanar com ele. – Mas a maneira como ele me olhou! Como se eu fosse alguma espécie de roedor que ele encontrou em um silo de grãos!

– Ele não é *tão* ruim assim – protestou Linnet.

De repente, Gavan saltou de seu colo.

– Mãe, eu não mostrei meu cachorro, meu cachorro Rufus!

A Sra. Wing piscou.

– Um cachorro?

– A senhorita aqui, ela encontrou um cachorro nos estábulos para mim – contou Gavan.

Ele tirou Rufus de debaixo do banco, onde ele estava deitado na sombra.

– Ele não é o melhor dos melhores cachorros que a senhora já viu, mãe?

Rufus se sentou, a língua para fora, e a orelha que lhe restava em pé.

– Bem, ele parece ser um bom caçador de ratos – disse sua mãe, analisando Rufus.

Ela se virou para Linnet.

– A senhorita achou esse cachorro para o meu filho?

– Sim, ela me levou aos estábulos antes mesmo de eu conseguir andar e nós encontramos o Rufus lá – contou Gavan, sentando-se na grama e, depois, deitando para que Rufus pudesse lamber seu rosto. – À noite, ela ficou com ele no quarto dela para ele não fugir. E também me levou para ver o mar.

O lábio da Sra. Wing tremeu e ela estendeu o braço e fez um carinho no joelho de Linnet.

– Não consigo nem dizer o que isso significa para mim – disse ela, a voz vacilando. – Fiquei acordada noite após noite, pensando em Gavan sozinho aqui neste castelo e, quem sabe, alguma coisa dando errado e nós sem podermos vê-lo de novo, nunca mais.

Ela parou e pegou um lenço.

– Eu não estive aqui durante toda a estadia de Gavan– explicou Linnet –, mas acho que ele ficou bastante feliz. Ele tem uma alma alegre.

– Tem mesmo, né? – A Sra. Wing secou os olhos. – Tudo que posso dizer é que, enquanto ele esteve fora, fiz quatro colchas. *Quatro*. Cortei, costurei e fiz o acabamento.

Linnet não fazia ideia do que era necessário para fazer uma colcha, mas era de se imaginar que envolvia bastante trabalho.

– Tive ajuda, é claro – disse a Sra. Wing. – Nós, as mulheres de Tydill – ela inclinou a cabeça –, fazemos colchas juntas. E, se alguma coisa acontece, como aconteceu com Gavan, aí fazemos colchas com mais frequência. É uma distração.

Linnet, repentinamente, teve uma ideia.

– Para fazer uma colcha não é necessário ter um tear, é?

A Sra. Wing balançou a cabeça.

– É só juntar todos os quadrados. Nós sentamos em um círculo e costuramos juntas. E conversamos sem parar. Aí, depois, eu coloco em um suporte e faço o acabamento.

– Fiquei pensando se a senhora poderia vir um dia aqui, ao castelo – disse Linnet. – Porque sabe, Sra. Wing, na ala oeste tem um quarto cheio de mulheres que estão terrivelmente entediadas. Tem uma mulher, por exemplo, que está esperando dois bebês e, por alguns meses, não poderá se levantar da cama. E a Sra. Trusty sofreu algo terrível no pé, apesar de, agora, estar começando a se mover por aí.

– A governanta permitiria algo assim?

– Podemos providenciar isso – respondeu Linnet com firmeza. – Um círculo de fabricação de colchas aqui no castelo. A senhora poderia, por favor, vir uma vez por semana, Sra. Wing? Teria tempo?

– É claro! O doutor pode ser espinhento em seu jeito, mas salvou a vida do meu Gavan. – Ela assentiu. – Também ajuda as pessoas com dor, sabe? Elas se distraem. Só não ajuda com o trabalho de parto. Nunca vi uma mulher em trabalho de parto que consiga fazer uma costura reta.

– Sra. Wing, estou vendo que a senhora vai ser de grande ajuda – disse Linnet com um sorriso feliz.

– Gosto de resolver as coisas – respondeu a Sra. Wing. – Vejo o que precisa ser feito e faço. Por sorte, meu marido nunca se incomoda com nada.

Se, toda vez que vemos algo errado, nós dois fugíssemos correndo, não conseguiríamos nos entender!

Ela soltou uma risada.

– Vou conversar com a Sra. Havelock, a governanta da ala oeste – prometeu Linnet. – Talvez a senhora possa nos fazer uma visita daqui a uma ou duas semanas, depois que Gavan estiver mais forte?

A Sra. Wing assentiu.

– Vou fazer isso. – Ela olhou para Gavan. – Suponho que ele não deveria estar saracoteando por aí, caso machuque a perna?

– Ele não parece estar com dor – disse Linnet. – Ele é um menino afável.

– E a *senhorita* é afável – disse a Sra. Wing, virando-se para Linnet e pegando sua mão. – Não consigo nem dizer o quanto isso me acalmou. O fato de a senhorita estar aqui e ter dado o Rufus a ele e encontrado uma maneira de eu pagar o médico fazendo colchas.

– Linnet – disse ela impulsivamente, apertando a mão da Sra. Wing também. – Meu nome é Linnet.

A Sra. Wing riu.

– Diana – apresentou-se ela. – É um nome estranho, tem algo a ver com uma deusa que, provavelmente, tinha um caráter duvidoso. Suponho que a senhorita também vai aprender a fazer colchas, não vai?

O sorriso de Linnet murchou.

– Receio só estar aqui de passagem e, provavelmente, não estarei aqui daqui a duas semanas, então vou perder a fabricação das colchas.

– Ora, isso é uma pena – disse Diana. – Uma pena mesmo. Bem, se a senhorita combinar com a Sra. Havelock e avisar o médico, vou me virar bem.

– Não permita que ele a amedronte – disse Linnet. – Ele ladra mais do que morde.

– Ninguém vai me impedir de ajudar aquelas mulheres – garantiu Diana. Ela riu de novo. – Gavan, seu menino incorrigível, levante-se.

– Preciso da minha bengala – disse Gavan.

Com a ajuda da bengala, ele conseguiu se levantar.

– Está vendo, milady? Está vendo? Estou exatamente como o doutor agora, não estou?

Ele ficou parado ali, apoiado na bengala, sorrindo sob o sol com o cabeço encobrindo seus olhos. Linnet não pôde evitar uma risada.

– Você já parece um médico, Gavan.

– É porque eu vou ser um – disse ele, todo satisfeito. – O melhor do mundo.

Capítulo 25

Noite do dia seguinte

– Mais dois pacientes foram admitidos na ala leste com aquela febre – disse Sébastien.

– Qual febre? – perguntou Piers.

– Aquela que você acha que é petéquia e eu não acho. Hoje pela manhã, não consegui encontrar você quando queria que desse uma olhada.

Piers tinha levado Linnet para um quarto vazio depois do almoço e, quando ela pegou no sono, ele ficou com ela deitado na cama por uma hora, relaxado e satisfeito, fazendo carinhos lentos nos ombros dela. Ele tinha ouvido chamarem seu nome e ignorou.

Estava pensando em seu pai. Linnet, seu pai, Prufrock, sua mãe. Sébastien. Seu pai de novo. Linnet.

– Depois da refeição, vou dar uma olhada neles – prometeu ele.

Eles entraram na sala de visitas. Kibbles e Penders estavam perto do aparador, rondando o decanter de vinho. Linnet estava sentada ao lado de sua mãe, enquanto seu pai, com aquele olhar faminto nos olhos de novo, estava sentado de frente para elas.

– Onde está Bitts?

– Ele estava bastante abatido e admitiu não estar se sentindo bem. Mandei-o lá para cima.

Os olhos de Piers encontraram os de Sébastien.

– Doente?

– Dor de cabeça, sem febre. – Ele deu de ombros. – Provavelmente, não é febre hospitalar, mas, até termos certeza, é melhor não levá-lo à ala oeste. Muito menos, deixá-lo perto da sua família.

Sua *família*. Um calafrio desceu pela espinha de Piers.

– Já vi essa expressão antes – disse Sébastien em um tom zombeteiro. – Sim, vou aceitar um copo. Obrigado, Prufrock.

– O que você quer dizer com "já vi essa expressão antes"? – perguntou Piers.

– A cara que incita uma série de... *carrancas* – respondeu Sébastien, obviamente se divertindo. – Quero dizer que você está pensando em fazer algo que, em longo prazo, vai machucá-lo. Já vi isso antes e estou vendo novamente.

– Você acha que, dentre todas as pessoas, você desenvolveu subitamente a habilidade de me diagnosticar? Você não consegue identificar uma simples febre.

– Sei que você tem uma afinidade pela infelicidade – retrucou Sébastien, levando o copo à boca. – Na verdade, paradoxalmente, você não se sente feliz a não ser que *esteja* infeliz. Sua maneira de fazer isso é afastando as pessoas que se preocupam com sua existência sórdida. Para começar, eu mesmo, que sou impossível de descartar, então, você parece ter desistido. Seus pais. – Ele ergueu o copo na direção de Linnet. – Sua linda noiva.

– Beleza não é tudo – disse Piers.

– Linnet tem todos os atributos que qualquer homem poderia querer – disse Sébastien.

Ele colocou o copo no aparador.

– Eu e você, nós sempre estivemos juntos.

– Que tal você me contar a má notícia de uma vez? Vai fugir com uma camponesa leiteira.

– Não, não.

Piers seguiu o olhar dele.

– Você vai fugir com Linnet.

Todos os músculos do corpo de Piers ficaram tensos. Ela era *dele*. Dele e de mais ninguém. *Dele*.

– Se ela me aceitasse, eu iria com ela para qualquer lugar. Ou atrás dela. – Sébastien, novamente, se voltou para Piers. – Sempre corri mais rápido que você, Piers. E sou um cirurgião melhor. E um amante melhor, apesar de ser rude dizer isso.

– Nunca me dei ao trabalho de amar ninguém – retrucou Piers.

Linnet estava rindo. Diamantes brilhavam em suas orelhas, cintilavam em seu pescoço. Ela parecia uma princesa de conto de fadas, uma pessoa criada por uma varinha de condão.

– Isso, de fato, é verdade. Você nunca se importou com isso. E não está se importando agora, está? Apesar de seu pai tê-la embrulhado como um presente e a largado em seu colo.

Piers se encolheu e Sébastien soltou uma gargalhada.

– Então, é por isso. Você não pode considerar Linnet porque seu pai a escolheu. E você está ocupado demais odiando seu pai por seus pecados passados para admitir que ele encontrou a mulher certa para você.

Piers esticou o braço e agarrou Sébastien pelo lenço rosa-claro que envolvia seu pescoço e o puxou para perto.

– Minha perna está doendo pra cacete – disse ele por entre dentes cerrados.

Seu primo não se mexeu, apenas o encarou.

– Você e sua perna podem fazer companhia um ao outro à noite, então. Não há espaço para uma mulher, dada a terrível lesão que você sofreu.

Piers largou o lenço do primo. Apesar de estar sendo sarcástico, Sébastien tinha razão.

Ele precisava parar de fazer amor com Linnet. Imediatamente. Não havia lugar para ela em sua vida. Não quando ele sabia que haveria dias, até mesmo semanas, em que a única coisa que ele conseguiria sentir ou em que conseguiria pensar seria a dor em sua perna.

Aqueles eram os dias em que, por qualquer motivo, Piers perdia a cabeça, em que gritava com Prufrock e com o resto da criadagem se eles fizessem qualquer movimento brusco. Em que a dor de sua perna se estendia até a cabeça e ele acabava em um quarto escuro, tremendo.

– Você tem razão – disse ele. – É claro, você tem razão.

Sébastien, ainda bravo, o fitou com os olhos estreitados.

– Não é típico seu concordar. Então, se você reconhece quanto está sendo estúpido ao rejeitar Linnet, por que não vai até lá e a corteja?

– Achei que você a quisesse.

Sébastien grunhiu.

– Eu quero.

– Ora, então vá fazer as honras – disse Piers de modo exasperado.

Talvez esta noite fosse própria para tomar dois copos de conhaque, em vez de um.

– Não há por quê.

– Apenas porque meu pai a trouxe da Inglaterra até aqui para mim? Besteira. Ela precisa de um marido e você vai ser um belo cônjuge.

Algo revirou no estômago de Piers com a ideia de Linnet ter um marido. Outro homem. Sébastien? Inconcebível.

– Mas vocês não vão poder morar aqui – determinou ele.

Sébastien se apoiou no braço do sofá, segurando o copo de conhaque contra a luz.

– Por que não? Estou bem-acomodado aqui. Com certeza, o castelo é grande o suficiente. E, goste ou não, você precisa das minhas habilidades cirúrgicas.

Piers deu uma olhada para ele.

– Não vou ficar com ela aqui – disse ele, deixando bem claro para que até mesmo seu primo romântico pudesse entender. – Não vou ficar com ela.

Não mais, acrescentou ele silenciosamente.

– E, antes que você comece a lamuriar sobre meu pai – continuou ele –, não se trata disso. Eu sei – Linnet me fez ver – que, nesse sentido, estou sendo completamente idiota. Prufrock é o rei dos mordomos e Linnet...

– A rainha das mulheres – complementou Sébastien baixinho.

– Mas estou danificado demais para alguém como ela. Para qualquer pessoa. Sou monstruoso demais, Sébastien. Você sabe disso tão bem quanto eu.

Seu primo deu de ombros.

– Eu até que gosto de você, mesmo quando você está rabugento.

– Você cresceu comigo. Não tinha outra escolha a não ser se dar bem comigo. Não posso fingir para mim mesmo que não sou o idiota que eu sou. Talvez, se eu fosse diferente, se meu temperamento não fosse tão raivoso, se...

– Se você não desse a si mesmo a satisfação de perder o controle – acrescentou Sébastien secamente.

– Você não entende.

Como que para enviar um lembrete, o músculo dele teve um espasmo, enviando uma pontada de dor por sua perna.

– Nenhum homem funcional e com juízo – disse Sébastien – entenderia. Se eu tivesse uma chance com Linnet, não daria a mínima para qualquer dor que sentisse. Eu a agarraria e colocaria uma aliança naquele dedo e confiaria que, depois, resolveríamos tudo.

– É por isso que você não é bom com diagnósticos – disse Piers, tentando acalmar o músculo alongando a perna.

– Por quê?

– Você não consegue conectar os sintomas, as observações. Um sacana que vive com dor, com uma língua afiada...

Ele ergueu a mão quando Sébastien abriu a boca.

– Essa é uma boa descrição de mim e você sabe disso. De qualquer forma, alguém como eu, ao lado de alguém como Linnet, resultaria em uma única coisa.

– O quê?

– Infelicidade – disse ele secamente, colocando o pé de volta no chão.

– Não necessariamente...

– Infelicidade para *ela*.

Piers deixou que o conhaque dourado e ardente escorresse por sua garganta.

Ao seu lado, Sébastien ficou em silêncio. Então, falou:

– Você não poderia se controlar?

– Sou quem eu sou. – Ele engoliu em seco. – Não quero vê-la perder sua energia quando eu estiver fora de controle por causa da dor. Ou que fique com medo, como minha mãe ficava do meu pai, se eu tiver que tomar láudano para aliviá-la.

– Você nunca toma.

– Pode ser que tome. A possiblidade, a tentação sempre está lá, no fundo da minha mente. Tal pai, tal filho, talvez. Não vou fazê-la passar por isso.

– Caramba, você está apaixonado por ela – afirmou Sébastien, encarando-o.

Do outro lado da sala, Linnet estava rindo e, com o seu leque, batendo no ombro de Penders. O homem estava praticamente rastejando aos pés dela.

– Quem não estaria? – disse Piers, reconhecendo a verdade em voz alta. – Quem não estaria?

Prufrock entrou na sala, indo rapidamente até eles dois.

– O assistente da ala leste acredita que o paciente com febre admitido ontem tenha piorado.

– Eu vou – disse Piers, largando o copo com um ruído. – Não tenho nada a fazer aqui mesmo.

– Não... – começou Sébastien, mas, com as batidas de sua bengala, Piers perdeu o final da frase dele, a porta se fechando atrás dele.

Com certa exaustão, ele olhou para a escadaria à sua frente. Atrás dele, havia um mundo de mulheres perfumadas e conhaque dourado. Mas, no andar de cima, estava seu mundo real, aquele dos pacientes com rostos retorcidos e olhos apavorados.

Ele começou a subir.

O assistente o encontrou no topo da escadaria.

– Há três dias, o paciente começou a apresentar erupções cutâneas, dois dias depois ele teve os primeiros sintomas.

– E quais foram?

O assistente segurou a porta aberta da ala oeste para que Piers pudesse entrar ao seu lado.

– Começou com rigidez no pescoço e nos ombros, mas, como ele é moleiro, achou que tivesse apenas distendido os músculos sozinho carregando sacos de farinha. Naquela noite, começaram os calafrios, alternando com a febre. Em alguns dias, ele ficou, como ele mesmo descreveu, vermelho como uma lagosta.

– E agora?

– Desde que foi admitido ontem, ele não come e vomitou depois de tomar um pouco de canja. Está febril, reclama que não consegue respirar. O motivo pelo qual eu pedi ao Sr. Prufrock que o chamasse foi que a pele dele está com umas bolhas horríveis. E os lábios parecem estar ficando pretos.

– Puta que pariu – disse Piers, realmente preocupado.

Realmente, quando ele examinou o paciente, sua garganta estava coberta de manchas marrons e havia edemas atrás de suas orelhas.

– Puta que pariu mesmo. Quem o viu? Quem esteve no quarto?

– Bem, o Dr. Bitts o internou ontem – respondeu o assistente. – Eu o vi, é claro. – Ele parecia um pouco nervoso, mas estava bastante controlado. – O senhor veio depois do Dr. Bitts e disse que o homem devia ser colocado em um quarto isolado; o Dr. Bitts tinha me dito para colocá-lo com os pacientes com febre petéquia.

– Não é febre petéquia – disse Piers, fechando a porta depois de eles dois saírem. – É escarlatina anginosa. Febre escarlate. Ou, mais provavelmente, escarlatina maligna. Isso significa que temos problemas sérios, a não ser que ele seja o único caso. Onde estão os outros dois pacientes que foram admitidos hoje?

– Em outro quarto – disse o assistente. – Eles estão juntos porque são sapateiros que têm uma sapataria e, ao mesmo tempo, ficaram doentes.

– De onde eles vieram?

– Little Millow.

– Uns três quilômetros daqui.

– O primeiro paciente é de Aferbeeg.

– Menos de dois quilômetros. Os sapateiros disseram se alguém mais que eles conhecem está doente?

– Perguntei aos três. O moleiro disse que, nos dois dias anteriores, estava fazendo entregas de grãos até ele, finalmente, cair de cama. Ele achava que era só uma tosse e que iria se recuperar.

– Fazendo entregas de grãos... Provavelmente, em um raio extenso ao redor de Aferbeeg.

Eles entraram no quarto dos sapateiros. Ambos tinham erupções cutâneas, escamações na pele, úlceras na garganta. Cinco dias antes, o moleiro tinha ido à sapataria para consertar as botas.

– De mal a pior. Há uma grande chance de epidemia – constatou Piers amargamente. – A primeira coisa que temos que fazer é proteger todo mundo no castelo que não esteja no corredor da morte.

Ele tocou o sino para chamar Prufrock e foi até o topo da escadaria, erguendo a mão para que ele parasse no meio do caminho.

– Lembra-se dos planos que fizemos ano passado para o caso de epidemia?

Prufrock assentiu.

– Hora de colocá-los em prática. Tire todos do castelo que não precisem de tratamento médico. Todos os pacientes que não estão morrendo voltam para suas casas – a não ser que tenham dor de garganta, qualquer rigidez muscular ou sinais de febre. Envie os lacaios para emprestar todas as carruagens que conseguirem em um raio de algumas milhas para tirá-los daqui. Todos os outros vão para casa. Tire o duque e a minha mãe daqui. E, é claro, a Srta. Thrynne também.

Os olhos de Prufrock se arregalaram e, apressadamente, ele se afastou sem dizer nada.

Piers sentiu uma pontada em algum lugar na altura do coração pelo fato de que nunca mais veria Linnet.

Mas ele voltou para a ala leste. A febre escarlate matava e parecia que o moleiro tinha tido tempo e oportunidades de sobra para infectar um bom número de pessoas. Mas Piers era famoso por não perder pacientes com febres, mesmo aqueles com escarlatina, e pretendia lutar contra a doença com todas as ferramentas à sua disposição. Ele tinha argumentado perante a Sociedade Real que a escarlatina *anginosa* não precisava evoluir para sua prima mais mortal, a *maligna*, e era hora de provar isso.

Dentro de uma hora, ele começou a ouvir as carruagens chegando ao castelo e indo embora, à medida que cada paciente que podia ser removido era mandado para casa. Enquanto isso, ele e Sébastien começaram um inventário cauteloso da ala leste, descobrindo, para seu desespero, que a doença já tinha se espalhado entre seus próprios pacientes, complicando seriamente as coisas.

– É a tosse – disse Piers. – Mas acho que também pode ser transmitida pelo toque. Quero baldes de água misturada com álcool e sabonete líquido em todos os quartos – disse ele ao assistente. – Lave suas mãos com frequência.

Talvez, alguns de seus pacientes que já estavam enfraquecidos morressem, mas não tão rápido quanto os pacientes morreriam nos vilarejos distantes, se algum idiota tentasse sangrá-los ou dar eméticos a eles.

– Chá e canja mornos – instruiu ele ao assistente. – Vamos tratar a febre esfriando os pacientes o máximo que pudermos. Abra todas as janelas e enfie fluidos goela abaixo deles o tempo todo. Quero que um aviso seja enviado a todas as igrejas em um raio de 8 quilômetros de Aferbeeg, dizendo que qualquer pessoa que tenha sinais de febre ou dor de garganta seja imediatamente posta em quarentena.

– Melhor nos certificarmos de que Penders e Kibbles não deixaram passar nenhum caso incipiente na ala oeste – disse Piers algum tempo depois. – Até agora, temos seis casos aqui, mas tenho esperança de que não tenha se alastrado até aquela ala.

Mas ele estava errado.

– Como isso foi acontecer? – perguntou ele algumas horas depois, frustrado.

Havia cinco casos na ala oeste, todos em estágios iniciais de escarlatina anginosa.

Sébastien balançou a cabeça.

– Somos os únicos que circulam por aqui e por lá. Como você está se sentindo?

– É Bitts! – exclamou Piers. – Meu pai do céu, é Bitts. Será que alguém foi olhá-lo?

Dois minutos depois, eles estavam no segundo andar, nos quartos de hóspedes. Bitts estava ardendo em febre.

– Estou formigando dos pés à cabeça – disse Bitts, ofegante.

O valete dele estava ali por perto.

– O importante é mantê-lo resfriado e dar água a ele – disse Piers. – Bitts.

O jovem médico abriu os olhos.

– Você vai sobreviver. As feridas nas suas amígdalas são brancas, não marrons. Continue bebendo água. Deus sabe que eu lhe ensinei a necessidade dos pacientes de ingerir líquidos, então ponha em uso o que aprendeu.

Um espectro de sorriso surgiu nos lábios de Bitts.

– Ele vai ficar bem – disse Sébastien, caminhando na frente de Piers. – Por que você não vai dormir um pouco e daqui a algumas horas vem me acordar?

Prufrock estava esperando por eles no meio da escada.

– Sua Graça e lady Bernaise se recusam a sair do castelo – disse ele.

– Você está nervoso, Prufrock – disse Piers. – Vou falar com eles.

– Não posso forçá-los a entrar na carruagem. E a Srta. Thrynne está com eles.

Piers suspirou.

– Vou cuidar disso – disse ele a Sébastien. – Lembra-se da aula que vimos que recomendava aplicar espuma de malte fermentando na garganta dos pacientes com escarlatina?

Sébastien balançou a cabeça.

– Detalhes assim me fazem sair da sala.

– Peça para a enfermeira Matilda fazer isso – disse Piers. – Não custa nada tentar.

Enquanto ele definia os detalhes do tratamento, alguém bateu à porta da frente e os dois pararam. Um lacaio abriu a porta e quatro... cinco... não, oito pacientes entraram; dois andando, os outros carregados ou arrastados.

– Eu cuido deles – ofereceu Sébastien. – Vá lidar com os seus pais e, depois, durma um pouco. Vamos ter que nos revezar.

Piers assentiu.

– Tente colocar aqueles com escarlatina anginosa na ala oeste e com a maligna na ala leste.

Mancando, ele desceu as escadas e desviou dos pacientes, indo para a sala de visitas.

Lá, sua mãe, seu pai e Linnet formavam um belo grupo familiar. Só de olhar para eles, Piers sentiu uma sensação de exaustão profunda. Eles estavam conversando sobre o escultor Michelangelo, a mesa à frente deles estava abarrotada de bolinhos e xícaras de chá. Eles pareciam estar em outro mundo, de porcelana e artistas italianos, de perfume francês e vozes feminina delicadas.

Em um salto, sua mãe se levantou assim que o viu.

– Não vou sair daqui, Piers. Não sem você.

– A senhora enlouqueceu? – perguntou ele, sem se afastar da porta. – Estamos no meio de uma epidemia séria de febre escarlatina, *maman*. Se a senhora ficar aqui, muito provavelmente, vai pegar.

Com um desdém francês refinado, ela balançou a cabeça.

– Não tenho medo nenhum de escarlatina. Quem vai cuidar de você, se você adoecer? Serei eu.

– Vai condenar sua aia a morrer por você? Pessoas mais jovens estão mais sujeitas a desenvolver uma forma severa da febre.

– Mandamos nossos criados pessoais embora – interveio seu pai. – Eles estão esperando por nós na pensão do vilarejo.

– Vocês não podem ficar aqui – repetiu Piers teimosamente. – Não posso ter que me preocupar com vocês.

– Não vou sair daqui sem você – retrucou sua mãe.

Ele sabia de quem tinha herdado sua natureza agressiva e, agora, pelos olhos da mãe, essa mesma natureza o encarava.

– A casa da guarda – sugeriu Linnet.

Ele se virou para ela, sem entender o que ela estava dizendo.

– Do que você está falando?

– Lady Bernaise pode ficar na casa da guarda e os criados podem deixar comida para ela do lado de fora da casa. Fica próxima daqui, na trilha que desce para o mar – disse ela para a mãe de Piers. – Lá, a senhora ficará em segurança e perto o suficiente para que, se Piers ficar doente, possa cuidar dele.

– Não posso permitir uma coisa dessas – afirmou Piers.

Mas sua mãe já estava se levantando.

– Ficarei na casa da guarda.

– Não chegue perto de mim – disse Piers, desistindo.

Ele tinha outras batalhas para lutar e elas eram bem mais importantes.

– E não saia pela porta da frente. O corredor está cheio de pacientes, todos tossindo, sem dúvida. A senhora vai ter que sair por uma janela.

Ele se virou para Linnet. Ela estava tão linda e, ao mesmo tempo, tão distante dele quanto a própria majestade, a rainha. De modo estúpido e bobo, ele tentou memorizá-la: seu narizinho fofo, o queixo teimoso, os cílios curvados, a pele perfeita. O que só o fez pensar nos efeitos da febre escarlate.

– Você precisa ir embora – disse ele. – Agora, rápido.

– Eu vou. – Ela estava com as mãos unidas à frente do corpo. – Oh, Piers...

Ela deu um passo na direção dele.

– *Não!* – disse ele com firmeza. – Preciso que você vá embora. Não posso pensar em me preocupar com você.

Ela assentiu.

– Para sempre – continuou ele. – Volte para Londres, ou vá para a França, ou para onde quiser.

– Não! – exclamou ela.

– Está acabado entre nós – disse Piers, com uma sensação de distanciamento.

No andar de cima, seus pacientes estavam morrendo, e, mesmo assim, seu coração estava apertado; mesmo assim, o brilho das lágrimas nos olhos dela era mortal.

– Você sempre soube que seria assim – acrescentou ele, mais delicadamente. – Não temos nenhum futuro.

O maxilar dela se contraiu e, de repente, ela ficou muito parecida com a mãe dele.

Piers olhou para o pai.

– Abra uma janela, por favor. Leve minha mãe até a casa da guarda, descendo pela trilha que vai para o mar. Linnet estará pronta para ir com você em dois minutos.

Enquanto o duque abria uma janela, ele e Linnet ficaram parados como estátuas de mármore.

– Fique bem, Piers, meu amor – disse sua mãe enquanto o duque lhe oferecia a mão ao lado da janela. – Tome cuidado.

– Nenhuma doença me pega, *maman* – disse ele, sendo totalmente verdadeiro.

Ele sempre achou que fosse uma compensação da natureza por sua lesão.

Finalmente, eles se foram.

– Você não tem como saber que não será infectado – disse Linnet.

Lágrimas brilhavam em seus olhos.

Ele deu de ombros.

– Se eu for, cuidarei de mim mesmo adequadamente. Perco pouquíssimos pacientes para essa doença, desde que eles cheguem até mim a tempo. Eu mesmo não tenho plano algum de sucumbir.

– Não quero deixar você.

– Não quero me casar com você.

Pronto, a verdade estava no ar, dita com clareza.

– Você vai ter que esperar pelo meu pai do lado de fora – disse ele. – Fique longe de qualquer pessoa que encontrar aí fora, incluindo Prufrock. Você entendeu? Na verdade, espere ao lado da casa. Acho que ela foi tomada pela tosse.

Linnet respirou fundo. Piers estava se apoiando pesadamente em sua bengala, a exaustão tomando conta de cada pedaço de seu corpo.

– Não quero deixar você.

– Você não tem escolha – disse ele. – Meu Deus, Linnet, de quantas maneiras eu tenho que dizer? Não quero me casar com você.

– Eu ainda não decidi se quero me casar com você – disse ela, tentando fazer uma pequena brincadeira em meio a um pesadelo. – Acho que, talvez, eu queira.

– Essa possibilidade não está em questão. Nunca esteve, não de verdade.

Linnet olhou para ele, para a sombra de sua barba, as olheiras sob seus olhos, e soube que o amava. Que nunca amaria outro homem. A sagacidade feroz de Piers a provocava, mas tinha sido o coração apaixonado dele que a ganhara.

– Vá – insistiu ele impacientemente. – Não quero me casar com você. Não vou me casar com você. Está claro?

– Não.

Ela viu a dor nos olhos dele e reconheceu o que era.

– Nós pertencemos um ao outro – disse ela com a sensação de que aquilo era totalmente verdade. – Você nunca vai amar outra pessoa além de mim.

– Você foi cegada por suas próprias alegações de beleza – disse Piers, evitando o que ela tinha acabado de dizer. – Pode ir embora agora, antes que eu diga algo de que me arrependa?

Mas o coração de Linnet estava tomado por uma onda de paixão e amor.

– Eu amo você! – repetiu ela. – E você me ama.

– Não dou a mínima – respondeu Piers.

Por um instante, ela não o ouviu. Depois, não o entendeu.

– O que você quer dizer com isso?

– O que acabei de falar. Não me importo com seus sentimentos.

– Por que você está sendo tão cruel?

– Não estou. Nesses casos, a delicadeza indiscriminada não é indicada. A sinceridade é.

Ela correu até ele e o segurou pelas lapelas. Ele se afastou violentamente.

– Posso estar infectado. Fique longe!

– Você não está doente. Você nunca fica doente. Eu acredito em você.

– Então, por que não acredita em mim quando eu digo: Linnet, eu não quero me casar com você. Eu não quero me casar com você!

Ele estava berrando.

– Quer, sim – disse ela, aproximando-se dele, segurando seu rosto, puxando-o até o seu.

Os lábios dela buscaram os dele, famintos, acolhedores, até reverentes.

– Não vou me casar por sexo – disse ele, empurrando-a.

Ela não conseguia entendê-lo e, quando ele se virou, sua mão se estendeu para segurar a manga dele.

– Pelo amor de Deus, você não tem dignidade? Eu fiz sexo com você e nós éramos bons juntos. Mas você não foi a primeira e não vai ser a última.

Linnet sentiu sua garganta ficar apertada.

– Por que você está falando comigo assim?

– Porque você não me ouve de nenhum outro jeito – respondeu ele, obviamente frustrado. – Você sabe que tipo de homem eu sou, Linnet. Nós nos divertimos vadiando juntos, fazendo sexo, revirando os lençóis, como você preferir chamar. Mas eu nunca fingi que isso resultaria em casamento.

– Não, não fingiu – sussurrou Linnet, um calafrio se espalhando por seu corpo. – Você foi bem claro quanto a isso.

– Suponho que eu devia ter rejeitado você – disse ele. – Mas você estava lá, você estava desejosa.

Linnet engoliu em seco.

– Porque eu estava... desejosa?

Parecia que ela *era* como sua mãe, ao menos aos olhos de Piers.

– Foi por isso, então? – perguntou ela.

– Você também é absurdamente linda – disse ele, jogando o cabelo para trás com a mão. – Mas, sim, você estava desejosa. Caso se encontre nessa situação de novo, talvez seja bom praticar a discrição.

O coração dela pesou como uma pedra.

– Você precisa ir. Tenho que dormir um pouco. Sébastien e eu temos um castelo cheio de pacientes e Bitts já está doente, o que significa que os outros dois também podem adoecer.

– Eu poderia... – começou ela, mas as palavras morreram em sua garganta.

– Vá – disse ele cansado. – Você não pode ajudar. Não precisamos de você aqui.

– E você não me quer – afirmou ela, precisando dizer aquilo em voz alta.

– Se você quer dizer em um sentido sexual, então a resposta é sim. Por causa da sua beleza e do seu entusiasmo, em geral. Todo homem quer isso na cama. Mas se eu quero você para casar, até que a morte nos separe? Não. E nunca vou querer.

Os olhos dele eram levemente amáveis. Aquela amabilidade, Linnet sentiu, era um tanto horrível.

– Você não quer admitir que me ama porque isso significaria que você teria que assumir a responsabilidade por ser infeliz, ou, nesse caso, por não ser infeliz – disse ela, erguendo o queixo e encarando-o.

– O quê?

– O que eu acabei de dizer – respondeu Linnet. – Se você casasse comigo, se admitisse seus sentimentos, isso significaria que aquela infelicidade não é inevitável, mas uma escolha.

– Que tolice!

– Bem, eu amo você – disse ela. – Não tenho medo de admitir em voz alta. E também o quero.

– Eu não…

– Eu sei que não – interrompeu ela, afastando-se dele, indo na direção da janela. – Espero que tudo corra bem no castelo.

– Vai correr – disse ele.

Agora que ela estava de costas para ele, parecia que a voz dele estava permeada pela dor. Mas, quando ela se virou, o maxilar dele estava cerrado; seu rosto, irredutível.

Ela parou, só mais uma vez, porque era uma mulher teimosa.

– Vou esperar por você em Londres – disse ela. – Por um tempo. Caso você mude de ideia.

– Será que ninguém tem dignidade por aqui? – perguntou ele, meio que gritando. – Você é tão vergonhosa quanto meu pai.

– Não me importo em me humilhar por sua causa – disse ela. – Eu te amo.

Não houve resposta e ela preferia pensar que nunca haveria. Então, saiu pela janela.

– Entre na carruagem – disse Piers atrás dela, apontando com a cabeça para uma carruagem grande parada ao lado, os cavalos fungando e batendo os cascos. – É do duque, pelo escudo.

– Adeus – disse ela. – Deus o abençoe.

Linnet foi embora antes que ele pudesse dizer qualquer coisa, porque não seria o que ela queria ouvir e também porque estava cega pelas lágrimas em seus olhos.

Capítulo 26

Depois de ajudar Marguerite, Robert saltou pela janela, mas ela se recusava a sair do lugar. Estava parada, congelada, ouvindo a voz de Piers que vinha da sala de visitas.

– Precisamos ir – disse o duque em voz baixa, pegando a mão de Marguerite para puxá-la, bem quando o filho deles disse secamente "Não quero me casar com você".

– Ele é um tolo – sussurrou Marguerite. – Um verdadeiro tolo. Linnet é a mulher *certa* para ele. Nunca haverá outra, não como ela.

Mas Robert a puxou para longe da casa, descendo a trilha até a casa da guarda, ouvindo silenciosamente enquanto ela lhe dizia o que ele já sabia: que Piers parecia decidido a arranjar mais infelicidade para si mesmo. Que o filho deles era incapaz de aceitar a mulher que nitidamente ele amava e que o amava também.

Ela só parou de falar quando eles entraram na sala de estar da casa da guarda. Não parecia a residência de um serviçal, mas, mesmo que em miniatura, uma casa de campo de um cavalheiro. As paredes estavam cobertas de obras de arte e a sala era plena de cor, pontuada por um xale vermelho jogado em um sofá também vermelho posicionado em frente à lareira.

– Que estranho – disse Marguerite, dando uma olhada em volta. – Do lado de fora parece bastante rústica, mas, na verdade, é charmosa. Veja aquele sofazinho: certamente estava na sala de visitas menor até semana passada, não?

Robert podia imaginar por que a casa parecia um pequeno recanto exótico, mas não achava que a mãe de Piers fosse gostar de saber.

– Você pode ir agora, Robert – disse Marguerite, abrindo a porta do quarto. – Ficarei perfeitamente bem acomodada aqui. Os criados vão cuidar de mim e, se Piers ficar doente, pode contar comigo para cuidar dele.

– Eu sempre soube que ele poderia contar – disse ele, indo até ela por trás.

Sorrindo, ela olhou para ele por cima do ombro. Depois daquela primeira vez, ele não a tinha beijado mais, sem querer arriscar a chance de que, talvez, ela pudesse repudiá-lo de vez.

Mas eles tinham conversado muito sobre os últimos anos, sobre como ele tinha saído aos poucos do torpor da morfina e percebido que havia perdido sua família. Durante os anos solitários que se seguiram, a única felicidade dele era a certeza de que Marguerite estava cuidando do filho deles da melhor forma possível.

– Eu sei – disse ela.

– Se você ficar doente, Marguerite, como vai ser?

Robert a abraçou por trás e deu um beijo em seu rosto.

– Como vai ser? – repetiu ele.

Para seu imenso prazer, ela não se afastou, mas permaneceu no círculo formado pelos braços dele.

– Ah, não vou ficar – garantiu ela, com uma confiança admirável como a de Piers. – Nunca fico doente.

– Tenho lembranças diferentes.

– Jamais!

– Quando você estava esperando nosso filho. Não lembra como ele a deixava mal?

Ela riu daquilo e se aconchegou nos braços dele.

– Cheguei a odiar aquela maldita bacia verde que ficava no nosso quarto! Joguei fora depois que ele nasceu.

– Então eu *já* vi você doente – reiterou Robert, abraçando-a ainda mais apertado e ousando dar um beijo em sua orelha. – Eu cuidei de você, lembra? Quando você passava mal durante a noite. E estarei aqui de novo, se o pior acontecer. E, se Piers adoecer, nós dois estaremos ao lado dele.

– Que absurdo! – disse ela, saindo do abraço dele e se virando. – O que você está falando, Robert?

Até mesmo a maneira como ela dizia o nome dele, com seu encantador sotaque francês, fazia o coração dele palpitar.

– Estou dizendo que não vou sair do seu lado – disse ele com firmeza.

As sobrancelhas dela se uniram.

– Isso é tolice.

– Não.

– *Tolice* – insistiu ela.

Por um instante, ele apenas ficou parado olhando para ela, e, então, afirmou com total sinceridade:

– Nunca mais vou deixar você.

– Do que é que você está falando?

– Se você me botar para fora desta casa, vou dormir na trilha do lado de fora. Se voltar para o continente sem mim, vou atrás de você. Vou construir uma cabana de madeira no seu portão; vou dormir debaixo da sua janela; vou ficar esperando por você na porta da frente da sua casa.

Ela levou a mão à boca, a risada escapando por entre seus dedos.

– Você perdeu o juízo, Robert!

Ele balançou a cabeça.

– Ao contrário: eu o encontrei. Estou apaixonado por você. Sempre fui apaixonado por você, sempre. Mesmo quando eu não conseguia pensar direito, havia uma coisa que eu sabia, mesmo nos sonhos de morfina: que eu amava você.

– É uma pena que você não tenha conseguido se lembrar de quem amava no dia em que Piers entrou no seu escritório sem você esperar.

A voz dela, contudo, não era áspera.

– Até o dia de minha morte eu vou implorar para que Piers me perdoe. Mas, Marguerite... Neste momento, não quero falar de nosso filho. Ele é um homem feito, um homem maravilhoso, tudo por causa do seu esforço. Mas você não é apenas a mãe de Piers. Você é minha esposa, a única mulher com quem eu quis me casar e a esposa do meu coração, apesar de eu ter me comportado como um imbecil depois que você levou Piers para a França. Você tinha razão em ir embora.

– Você foi *un idiot*.

Contudo, seus olhos o encorajavam.

– Ninguém nunca vai amar você como eu – garantiu ele, segurando as mãos dela e levando-as até sua boca. – Ninguém a *amou* como eu amo. Você é meu coração e minha vida, Marguerite.

Um breve sorriso cutucou o canto da boca dela, um sorriso cativante, totalmente feminino.

– Aceite-me de volta.

As palavras dele pareceram pairar no ar, ecoar na pequena casa.

– Tenho certeza de que o que você fez é imperdoável – disse Marguerite, finalmente. – Todas as minhas amigas concordam.

– Elas têm razão. Não me perdoe. Apenas... Apenas me aceite de volta.

Os dedos dele apertaram os dela.

– E se eu disser que não?

– Então, eu vou embora desta casa.

– E?

– Não vou permitir que você corra o risco de pegar escarlatina. Ficarei do lado de fora, caso você precise de mim. Pegarei a comida dos criados, para que eles não a contaminem.

– Pode ser que você pegue a doença – disse ela suavemente.

– Eu morreria por você em um piscar de olhos.

A esperança explodiu no coração dele e estava correndo por suas veias: uma enxurrada de alegria e medo e desejo.

Marguerite deu um passo na direção dele, libertou suas mãos e enrolou os braços no pescoço dele. Ela se encaixava ali com a mesma perfeição de sempre.

– Você pode ficar.

Ele a puxou para si, pressionou o rosto contra o cabelo dela, fechou os olhos.

– *Mon amour.*

– Mas não sei se me casarei com você de novo – alertou ela.

– Não me importa. Podemos viver no pecado pelo resto de nossas vidas.

Ele ouviu um gorgolejo de risada.

– Sou *francesa.* Nós somos muito prudentes.

– Prudentes e maravilhosos – sussurrou ele, as mãos escorregando lentamente pelas costas estreitas dela.

– E se essa morfina tiver causado alguma sequela permanente em você?

Ele se afastou e olhou para ela.

– Eu não...

O sorriso dela era travesso e seus olhos se voltaram para a cama.

– Uma mulher francesa nunca, jamais, toma as coisas importantes como certas.

Com uma onda de contentamento, Robert pegou sua ex-mulher – não, sua *mulher* – nos braços e entrou no quarto.

– Será um imenso prazer aplacar seu receio.

Ele se empertigou com o som da risada dela em seu ouvido.

– Preciso me certificar de que Linnet está em segurança em uma carruagem. Depois, voltarei aqui tão rápido que os criados vão achar que estou louco.

– Você *está* louco – disse Marguerite, rindo como uma menina.

– Não – garantiu ele, abaixando-se para beijá-la mais uma vez. – Estou são. Pela primeira vez em anos.

Capítulo 27

– Eu sinto muito – disse o duque de Windebank para Linnet quando entrou na carruagem e deparou com ela aos prantos. – Peço desculpas por tê-la trazido para cá, Srta. Thrynne.

– Linnet – ela conseguiu dizer. – Afinal, quase nos tornamos parentes pelo casamento. Por acaso, o senhor tem um lenço? O meu está encharcado.

– Meu filho é um homem difícil – disse o duque, entregando a ela um lenço enorme bordado com seu brasão.

– Ele é um… um tolo – disse ela, a voz oscilando.

– Isso também.

– Ele me ama, sei que ama, mas insiste em dizer que não vai se casar comigo. Que não quer se casar comigo.

O duque permaneceu em silêncio.

Linnet assoou o nariz.

– Quem sabe ele muda de ideia.

Ela podia ver a resposta para isso nos olhos do duque.

– Ele não vai mudar, não é?

Novamente, lágrimas começaram a rolar por suas bochechas.

– Minha querida, minha querida… Eu gostaria de poder lhe dar uma resposta diferente.

– Está tudo bem – Linnet conseguiu dizer. – Podemos ir agora?

O duque hesitou.

Ela entendeu imediatamente.

– O senhor planeja ficar com a duquesa, digo, com lady Bernaise.

– Não posso deixá-la – disse ele baixinho.

Havia uma determinação firme nos olhos dele que era um espelho da firmeza de seu filho.

– E também não posso deixar Piers. Apesar de todas as minhas transgressões, eles são minha família e sempre serão.

Linnet fungou deselegantemente.

– Eu faria o mesmo. Não se preocupe comigo. Ficarei bem.

– Sinto muito por tudo isso – disse o duque. – Muito, muito mesmo. Minha carruagem levará você até o vilarejo onde sua aia e seus criados estão esperando. Não devemos nos demorar mais, visto que eu disse a eles para continuarem sem nós se não chegássemos antes da noite. Quero você e sua criadagem bem longe dessa epidemia.

– Estou pronta para partir – disse ela, soluçando.

– Receio que será uma viagem solitária de volta a Londres.

Ela conseguiu sorrir.

– Estou acostumada com a solidão.

– Ah!

O duque pareceu ainda mais angustiado, se é que isso era possível.

– Ignore-me – disse ela, arriscando um sorriso molhado. – Estou apenas sentindo pena de mim mesma. Eu me apaixonei pelo seu filho impossível. Me apaixonei perdidamente. E, agora, preciso traçar uma vida sem ele. O que eu *farei*.

Apesar de ela não conseguir imaginar como faria. Só a dor de pensar nisso partia seu coração.

– Não será fácil – disse o duque, inclinando-se para a frente e fazendo um carinho no joelho de Linnet. – Mas você vai conseguir. Eu consegui.

– Talvez, quando eu tiver 60 anos – disse ela, rindo de leve –, eu possa voltar a Gales e forçar Piers a morar comigo na casa da guarda por uma semana ou algo assim.

– Sim, faça isso – encorajou o duque. – Eu me sentiria melhor com relação a ele se imaginasse que você o arrancaria do castelo um dia.

– Se o senhor disser isso a ele, eu não terei nada para esperar ansiosamente quando chegar aos 60 anos – falou ela com franqueza.

– Eu entendo. Não direi uma palavra sobre você. Se eu compreendesse a intensidade do ódio dele por mim, você não estaria sofrendo tanto agora. Eu me arrependo amargamente por isso.

– Nesse caso, Piers e eu não teríamos nos conhecido. – Ela secou os olhos novamente. – Fico com o coração partido.

Novamente, ele estendeu o braço e apertou o joelho dela.

– Você é uma mulher maravilhosa, sabia?

Dessa vez, o sorriso dela foi tímido. Nem um pouco do charme da família nele.

– Obrigada. Desejo toda sorte do mundo para vocês.

A sobrancelha do duque se ergueu da mesma maneira que a do filho.

– Obrigado! – Ele se encaminhou para a porta. – Entrarei em contato assim que voltar a Londres.

– Acho que o senhor não estará sozinho – disse Linnet.

Por um instante, ele parou nos degraus da carruagem e ela mal conseguiu ouvir a resposta dele quando ele pisou no chão.

– Espero que não.

A porta se fechou. Do lado de fora, houve um burburinho e a carruagem começou a descer a rua. Afastando-se do castelo, afastando-se do oceano e da piscina, afastando-se de Kibbles e Bitts, de Prufrock e dos pacientes. Afastando-se de Piers.

Ela deixou o lenço do duque cair no chão. Chorar tinha lhe causado uma dor de cabeça terrível, cegante. Na verdade, parecia inconcebível que o dia ainda não tivesse acabado. Era impossível imaginar voltar até Londres naquela carruagem.

Depois de um tempo, Linnet se deitou no banco acolchoado, olhando fixamente para o teto balançante do coche. Era difícil ficar confortável. Ela devia ter distendido o pescoço e os ombros nadando.

Finalmente, fechou os olhos e permitiu que o balanço suave da carruagem a levasse para longe das palavras ásperas de Piers, apesar de elas ecoarem em seus sonhos.

Capítulo 28

Seis dias depois

– Ele está morrendo – disse Piers, com a pontada de frustração que, em momentos como este, sempre sentia.

Ele olhou para o paciente, um homem robusto na casa dos 60 anos.

– Toda vez que eu dou água a ele, ela simplesmente escorre para fora da boca – disse o assistente.

– Deixe-o o mais confortável possível – pediu Piers, encaminhando-se para o corredor. – Pode ser que os olhos vermelhos sejam um sinal da mortalidade iminente.

– Ele parece um furão – disse Sébastien.

Ele se recostou na parede.

– Vá para a cama! – ordenou Piers. – Você ficou acordado a noite inteira ontem. Se continuar nesse ritmo, não vai prestar. Além disso, não recebemos nenhum novo paciente há pelo menos duas horas.

Como que em resposta, houve uma batida na porta da frente.

A risada de Sébastien tinha um som vazio.

– Como está Bitts?

– Batimentos acelerados, mas a febre baixou. Falei para o valete dele começar a dar a canja de galinha hoje. Ele está fora de perigo.

Sébastien desencostou da parede.

– Acho que está desacelerando.

– Isso faria sentido – disse Piers. – Demos ordens para isolar os pacientes. Graças a Deus que o caso se limitou à rota do moleiro.

– Vou para a cama – anunciou Sébastien, parando em seguida. – Sabia que seu pai ainda está aqui?

Imediatamente, a cabeça de Piers se ergueu.

– O quê?

– Morando na casa da guarda com sua mãe. Ontem, fui tomar um pouco de ar fresco. Eles estavam sentados nos jardins. Acenei – de longe, é claro.

– É mesmo?

Piers estava tão cansado que sentia como se seu cérebro estivesse conservado em salmoura.

– Juntos, na casa da guarda? – perguntou ele.

Pensar na casa da guarda trazia uma dor que parecia que ia parti-lo ao meio.

– Acho que em breve teremos uma nova duquesa – disse Sébastien, bastante contente. – Ele estava com o braço em torno dela. Bem aconchegados.

– Espere aí! Isso quer dizer que ele mandou Linnet para casa sem um acompanhante – constatou Piers, a raiva correndo por suas veias. – Ele a mandou até Londres sem um acompanhante.

Sébastien franziu a testa para ele.

– Além de uma equipe de lacaios, aias e cavalariços. Três carruagens no total. Ela vai ficar perfeitamente segura. Lembre-se: sua mãe veio até aqui lá da Andaluzia.

Linnet corria cinquenta vezes mais risco que sua mãe. Mas Piers engoliu as palavras.

Kibbles apareceu no meio da escada.

– Um dos novos pacientes está mal. O médico do vilarejo o tratou com sanguessugas.

– Recomponha-se – disse Sébastien a Piers, sua voz grunhindo de fadiga. – Linnet se *foi*. Deixe-a para trás.

– Vá para a cama – ralhou Piers, dispensando o primo com um gesto. Então, ele se voltou pra Kibbles. – Achei que tivéssemos espalhado a notícia sobre os cuidados adequados.

– A esposa dele ouviu falar sobre isolar os doentes, mas nada sobre o tratamento.

– Qual vilarejo?

– Llanddowll.

– Já recebemos três pacientes de lá. Envie Neythen a cavalo. Ele parece ser bom com esse tipo de coisa e é da região. Diga a ele para colocar um pouco de juízo na cabeça do médico. E se isso não funcionar, bater na cabeça dele e trazê-lo para cá. Vamos colocá-lo lá embaixo, no calabouço.

Kibbles balançou a cabeça.

– Neythen está doente. Um caso leve, eu acho. Está na ala oeste. Meu palpite é que vai ser difícil para Prufrock liberar alguém.

– Então, eles vão ter que se virar sozinhos – constatou Piers, exausto. – Leve-me até o paciente.

– O Sr. Connah está muito quente e com batimentos fracos – explicou Kibbles, parando, um instante depois, ao lado da cama do paciente.

– Garganta?

– Úlceras escuras. – Kibbles virou o braço do paciente. – E a descamação é tão violenta que ele perdeu as unhas das mãos.

Piers olhou para o paciente. Seus olhos estavam fechados e sua respiração parecia um guizo em seu peito.

– Há quantos dias ele está doente? – perguntou ele à esposa do homem.

– Hoje é o sexto dia – respondeu ela. Estava parada ao lado da cama, apertando as mãos. – Foi de repente, então nós o colocamos em um quarto sozinho, assim como o pastor mandou, e tiramos as crianças de casa.

– Provavelmente você salvou a vida delas – disse Piers.

– E meu marido? Meu Barris, o que vai ser dele?

Piers achava melhor ser direto.

– Não acho que ele vá sobreviver. Há uma chance, é claro. Seu marido parece ser um homem forte e nós vamos lutar por ele. O amanhã vai dizer.

A mão dela agarrou a coluna do pé da cama.

– Se eu o tivesse trazido para cá assim que ele ficou com febre, ele sobreviveria? Conte-me.

– Não – respondeu Piers secamente, fitando-a. – O curso da doença é o curso da doença. Não podemos dizer quem vai viver e quem vai morrer.

– Não foi por causa daquelas sanguessugas? Eu não queria as sanguessugas, mas o médico insistiu. Ele tinha vindo lá do outro vilarejo, então, se eu não deixasse, parecia que estaríamos perdendo o tempo dele. Ele colocou direto na garganta dele, na parte que doía, para tirar o sangue envenenado, foi o que ele disse.

– Não havia nada que você pudesse ter feito. Só Deus sabe quando é hora de um homem morrer.

– *Deus!* – repetiu ela, ofegando de leve. – É isso mesmo. Barris ia à igreja todo domingo, ia, sim. E sempre dava alguma coisa para os mais pobres também. Se ele morrer...

Piers esperou até ela se recompor.

– Se morrer, ele teve uma boa vida. Amava as crianças. Me amava. Assim que soube que estava doente, ele me disse. Tivemos doze anos juntos.

– Muitos momentos de felicidade nesses doze anos? – perguntou Piers.

– Momentos difíceis também, mas, sim, sim – respondeu ela, lágrimas caindo em suas mãos. – Ele é um bom homem, Barris é um bom homem.

– Então você tem muito do que se orgulhar – garantiu Piers. – E seus filhos também.

No corredor, ele disse cansadamente:

– Peça para o assistente dar muita água para ele, o máximo possível. Peça a ajuda da esposa. Precisamos esfriá-lo; tente panos molhados. Não acho que a espuma do malte vá fazer alguma coisa além de deixar os quartos fedendo, então, deixe isso para lá.

– Por que você disse aquilo para ela? – perguntou Kibbles. – Que não havia nada que ela pudesse ter feito? Não perdemos nenhum paciente que tenha chegado aqui cedo o suficiente. Devíamos contar às pessoas, para que elas saibam que a escarlatina pode ser vencida.

Mesmo exausto, havia orgulho na voz dele.

– Ela precisa conviver consigo mesma – respondeu Piers, virando-se para se retirar. – E precisa conviver com a lembrança dele. Isso é o bastante para uma mulher.

– E por que você falou aquilo sobre Deus? – perguntou Kibbles, correndo atrás dele. – Nunca ouvi você falar nada assim.

– *Observe*, seu idiota – ralhou Piers. – Eu sempre lhe digo isso. Ela estava usando uma cruz pendurada no pescoço.

– Os outros dois novos pacientes não estão tão mal. Acho que você deveria dormir também.

– Acabei de mandar o marquês para a cama.

– Penders e eu dormimos por umas boas cinco horas – insistiu Kibbles. – E sabemos o que estamos analisando agora. Podemos administrar. Vá dormir.

– Você é o melhor do grupo – disse Piers, fitando-o. – Você ouve.

– Então, confie em mim. Vá dormir.

– Vou só dar uma olhada em Neythen – disse Piers. – Mais alguém da criadagem adoeceu?

– Não, desde as duas arrumadeiras há alguns dias – respondeu Kibbles. – Acho que o negócio de lavar as mãos está surtindo efeito.

Neythen estava dormindo, então, Piers não entrou no quarto. Da porta, ele podia ver que o caso do lacaio era leve; seu rosto e seus braços estavam uniformemente vermelhos, o que sugeria uma recuperação relativamente rápida.

Ele então foi para a cama, cambaleando um pouco de pura exaustão enquanto atravessava o corredor, apoiando-se na bengala como se fosse uma terceira perna.

Seu valete tinha passado por ali; os lençóis estavam arrumados e uma refeição fria o aguardava.

O sonho o aguardava, da mesma forma que todas as noites desde que ela tinha ido embora.

Linnet estava rindo enquanto tirava a combinação, exatamente como tinha feito na última manhã deles juntos. Ela estava em pé na rocha olhando para a piscina, os olhos brilhando, a silhueta linda e curvilínea iluminada pelo sol, de modo que ela parecia absolutamente angelical.

Enquanto descia a trilha, ele acenou, planejando arrancar as roupas e se juntar a ela...

Ele então viu, no fundo da piscina, o brilho de dentes.

Havia perigo na água.

Algo tinha entrado na piscina dele e estava esperando por ela, faminto e destrutivo.

Ele tentou gritar, mas ela não ouvia, e, então, ele começou a correr pela trilha na direção dela, só que ele não conseguia correr. A dor ardia em sua perna, mas ele continuava correndo, batendo a bengala no chão com violência, impulsionando-se, tentando alcançá-la desesperadamente.

Linnet acenou de volta para ele – e, então, saltou na água com aquela alegria feroz típica dela, o destemor que a impeliu a entrar naquela água gelada naquele primeiro dia, antes mesmo de aprender a boiar.

Ele acordou tremendo, o coração palpitando, o rosto suado. Por cinco minutos, não conseguia nem pensar, ficou apenas deitado ali, olhando para o teto, repetindo para si mesmo que Linnet estava a caminho de Londres.

Ela estava em segurança. Perfeitamente em segurança. Os criados do pai de Piers eram inestimáveis, totalmente confiáveis. Ele sabia como o duque era bom em contratar serviçais. Ele mesmo confiaria sua vida a Prufrock.

O sonho era meramente resultado da doença, disse Piers a si mesmo. Da imaginação que corria solta por causa das condições no castelo. Por causa da escarlatina. Porque ele era um imbecil.

Mas, mesmo enquanto seu coração se acalmava, algo ainda o incomodava... Algo de que não conseguia se lembrar direito, algo relacionado a Linnet. Não podia ter sido algo que foi dito a ele. Ninguém mencionara o nome de Linnet desde que ela tinha ido embora. Era como se ela nunca tivesse existido.

Aparentemente, até mesmo Sébastien tinha se esquecido dela.

Só ele pensava nela, a cada cinco minutos ou algo assim. Ele estaria se curvando sobre um paciente e, em vez da pele descamando, veria a mão delicada dela. Certa manhã, a enfermeira Matilda chamou seu nome e ele, achando que era ela, ficou todo exaltado.

Confundir a voz da enfermeira Matilda com a de Linnet estava a um passo da insanidade iminente.

O que era? O que ele deveria lembrar? O que quer que fosse, permanecia fora de seu alcance, angustiantemente elusivo. Algo com relação a dançar... O que era loucura. Ele nunca tinha dançado na vida.

Finalmente, ele se virou e voltou a dormir.

Capítulo 29

Descansar deitada de costas era uma agonia, então Linnet se virou de lado, mas era tão ruim quanto. Ela voltou a se virar de barriga para cima e se descobriu enrolada em cobertores. Tinham colocado cobertores em cima dela, muitos cobertores.

– Água – murmurou ela, ouvindo uma voz.

Ela olhou para cima, vendo uma figura robusta tremulando acima dela. Ele se abaixou e segurou seu pulso. Linnet ficou observando seu braço erguido com uma espécie de horror fascinado. Sua pele... O que estava acontecendo com sua pele era alarmante. Nojento.

– É claro que poderíamos levá-la ao castelo – disse uma voz em algum lugar... Algum lugar perto de seus pés. – Mas, preciso admitir, que o Sr. Sordido achou que não valia o gasto e o tempo. Afinal de contas, não fazemos ideia de quem ela seja. Estou cuidando dela às minhas próprias custas, doutor. Minhas próprias custas.

– O castelo – ela tentou coaxar.

Mas eles não pareceram ouvi-la. Sua garganta doía demais e sua língua parecia não caber mais em sua boca.

– Água – tentou ela novamente.

O homem segurando seu pulso largou-o novamente e se endireitou.

– Ela não teria sobrevivido à viagem, Sra. Sordido – disse ele. – Receio que essa doença seja grave demais. Os olhos dela estão abertos, mas, claramente, ela não está em pleno uso de suas faculdades mentais. Não me admiraria se já estivesse olhando para o outro lado.

– Mas ela parece menos quente.

– Descobri que a febre vem e vai. Quando tudo tiver passado, pode ser que eu escreva um estudo sobre isso. Estou pensando no assunto.

– Ah, sim, o senhor deveria, doutor. Seria de grande ajuda para os outros, tenho certeza.

– *Um estudo das doenças febris* – disse ele. – Quem sabe com um subtítulo que diga algo como "Incluindo as febres intermitentes, remitentes e recorrentes e perda de fluidos". Relatarei que tive um pequeno sucesso com a aplicação de sanguessugas nas regiões contaminadas, bem como com o uso de ruibarbo como laxante.

A Sra. Sordido deu um suspiro que pareceu indicar aprovação.

– Já tivemos notícias do duque? – perguntou o médico. – Era um duque o dono da carruagem, não era?

– Pelo brasão na carruagem, é o que achamos. Vai levar um tempo para nosso valete ir até Londres e retornar com notícias. É uma lástima o que aconteceu com o cocheiro.

– Já foi enterrado?

– Nunca acordou, não depois daquela primeira noite. Só delirava, achando que estava em Londres. Nós o enterramos imediatamente. O Sr. Sordido não viu sentido em esperar.

– Esta mulher não pode ser uma lady – disse o médico pensativamente. – Ela está viajando sem uma aia, sem qualquer bagagem, e veja essa combinação que ela está usando. Suponho que seja criada na casa do conde, ou algum tipo de servente. A senhora é muito gentil de tomar conta dela, Sra. Sordido. Há muitos donos de hospedarias que não se importariam.

– Ela não está atrapalhando ninguém. Este velho galinheiro estava inutilizado mesmo – disse a Sra. Sordido modestamente. – Mando a copeira de manhã e à noite para oferecer água, como o senhor instruiu.

– Não é como se ela pudesse reclamar do cheiro das galinhas – disse o médico. – É uma doença rançosa.

– Ela está terrivelmente inchada, não está? – observou a Sra. Sordido. – E o que é isso escorrendo do ouvido dela?

O rosto do médico se aproximou do de Linnet.

– Um líquido fétido – respondeu ele, levantando-se. – Não há nada que possa ser feito aqui, Sra. Sordido. A senhora pode ter certeza de que cumpriu seu dever cristão com esses pobres viajantes.

– Venha para o ar puro, doutor – sugeriu a Sra. Sordido, seus passos ecoando no piso de madeira enquanto ela caminhava na direção da porta.

Ela fazia subirem pequenos redemoinhos de poeira que, como pó de fada, planavam diante dos olhos de Linnet.

O médico se endireitou e se virou para sair também.

– Não tenho dúvidas de que o tal duque vai recompensá-la por seus cuidados.

– Sim, mas o Sr. Sordido não está feliz por estarmos mantendo a moça aqui. E, preciso dizer, nem com o fato de eu ter vindo ao galinheiro com o senhor, doutor. Mas eu disse a ele que faria o senhor vê-la uma última vez, porque não quero a morte dela na minha consciência.

– A senhora fez a coisa certa, com toda certeza – disse o médico calorosamente. – Nossa, está realmente nojento aqui dentro, não está?

– Não! – disse Linnet, debatendo-se tanto que quase sentou. – Não, por favor!

Ela viu vagamente que a Sra. Sordido parou na porta.

– O que está acontecendo com ela agora, doutor?

– Uma convulsão, eu acho – disse ele, olhando por cima do ombro. – Venha, madame. Nós tentamos tudo que foi humanamente possível e agora devemos simplesmente entregar a alma dela a Deus. Na verdade, seria bom a senhora alertar o pastor.

– Ah, não posso incomodar o pastor só por causa de uma...

A voz dela morreu.

Tremendo, Linnet levou a mão ao rosto. Ele tremia diante de seus olhos. Há quanto tempo ela estava ali? Talvez semanas... Meses.

Muito, muito devagar, ela moveu a mão até o copo ao lado de seu estrado e conseguiu levá-lo até a boca. A água escorreu para dentro de sua boca, fria e deliciosa. Mas, um instante depois, ela percebeu que tinha esquecido de engolir e, agora, seu pescoço estava todo molhado.

Novamente, ela tentou e a água bateu em seu nariz. Uma lágrima escorreu por sua bochecha.

Ela podia sentir o calor espreitando, retornando. Água, pensou ela. Dessa vez, ela conseguiu engolir. Mas, quando tentou colocar o copo no chão, ao lado do estrado, ele tombou e o resto da água derramou no chão de terra.

Nada mais de água. Nada mais de água. Aquilo martelava sua cabeça no mesmo ritmo de seus batimentos.

O calor terrível estava chegando agora, levando-a de volta para aquele redemoinho negro febril onde ela não conseguia ouvir ou ver nada. Mas, mesmo assim, água...

A piscina brilhava à sua frente, um azul maravilhoso, frio e refrescante. E lá estava Piers, seu rosto magro, sarcástico e adorável sorrindo para ela.

Por um instante, antes de a febre reivindicá-la de novo, Linnet se concentrou em amá-lo, no jeito feroz que ele levava sua vida; com dor, mas sem parar nunca. Na maneira como sorria. Na inteligência em seus olhos.

Ele nunca desiste, pensou ela. Pequenos pontos pretos estavam se agrupando diante de seus olhos, de modo que ela mal conseguia ver as tábuas gastas do pé de seu estrado.

Então, a febre a dominou e seus olhos, novamente, se fecharam.

Capítulo 30

Dia seguinte

Na metade da manhã, não havia dúvidas de que a epidemia tinha sido contida. Apenas três novos pacientes chegaram ao castelo e nenhum caso era grave.

Pela primeira vez, desde que a epidemia tinha começado, Sébastien e Piers realmente pararam para almoçar, desabando nas cadeiras da sala menor, onde Prufrock serviu frango refogado e vinho para eles.

– Isso é civilizado – disse Piers, suspirando. – Você levou um pouco disso aqui para os meus pais, Prufrock?

– Sim, milorde – respondeu o mordomo. – Sua Graça saiu para pegar do lado de fora, depois que eu já estava a uma distância segura, é claro. – Ele limpou a garganta. – Ele parecia bastante feliz.

– Filho da mãe de sorte – disse Piers. – Ela o perdoou.

De certa forma, ele mesmo também tinha perdoado o pai. A vida era o que era. Estava na hora de ele deixar de lado a raiva do pai e seguir em frente simplesmente, com sua perna defeituosa e tudo o mais.

– Felizes para sempre – disse Sébastien, tomando um bom gole de vinho. – Nossa, como é bom estar limpo de novo. Eu não queria mais sair daquela banheira.

Prufrock ofereceu um prato de aspargos frescos e macios a Piers, que ele aceitou de bom grado.

– O Dr. Bitts já saiu da cama. Ainda está bastante fraco, mas o valete dele disse que ele está fazendo perguntas sobre os pacientes.

– Bitts – disse Piers rabugentamente. – Ele não é um médico ruim, especialmente para um cavalheiro. É melhor que Penders. Ontem, aquele idiota apareceu com uma infusão de rosas para limpar as línguas dos pacientes. Não vi nenhum mal naquilo, mas também nenhum benefício.

– Acho que cavalheiros se tornam os melhores médicos – concluiu Sébastien. – Veja nós dois. – Ele sorriu, a exaustão provocava olheiras sob seus olhos, mas ele ainda parecia triunfante. – Fizemos um trabalho e tanto com o surto de escarlatina, Piers. E isso nem envolveu amputar os membros das pessoas, que é no que somos melhores. Ou, de qualquer forma, eu sou.

– Somos uma anomalia – disse Piers, girando o vinho na taça e tentando não pensar em Linnet.

O que era inútil, porque a única hora em que ele não pensava nela era quando estava com seus pacientes.

– Assim como Bitts, a maioria dos homens em casa no salão de baile, não são...

Piers parou.

Bitts... Dançando com Linnet, rindo para ela. Inclinando o pescoço na direção dela. *Respirando* em cima dela. Todas as noites, quase todas as noites.

Piers levantou-se, empurrando a mesa com tanta força que sua cadeira caiu no chão.

– Linnet!

Sébastien abriu a boca.

– Ela dançou com Bitts. Sou muito, muito idiota. Na véspera de Bitts ficar doente, ela dançou com ele e então foi embora sozinha naquela carruagem. – O sangue tinha evacuado de sua cabeça; ele se sentia zonzo. – Onde está minha bengala, onde está minha maldita bengala?

Tinha caído no chão. Prufrock apressou-se em pegá-la. Agora, Sébastien também estava em pé, franzindo a testa.

– No dia seguinte, os sintomas de Bitts apareceram – disse Piers com a voz rouca. – No dia seguinte, Seb! Ela pode estar em qualquer lugar, doente. Pode estar...

Ele se virou, empurrou Prufrock para fora do caminho com tanta força que o mordomo caiu em cima do aparador.

– Vou atrás dela.

– Espere! – gritou Sébastien. – Precisamos analisar com calma.

– Não há nada a analisar – respondeu Piers.

O pânico se espalhava por ele como mercúrio, queimando em suas veias.

– Vou atrás dela – repetiu ele. – Pegue meu casaco, seu imbecil – gritou ele para um lacaio. – Prufrock, a carruagem. A mais rápida que você tiver. A de duas rodas, com dois cavalos.

– Você não sabe onde ela está – ponderou Sébastien. – Que rota ela pegou para Londres. Não pode usar essa carruagem pequena até Londres.

– Vou perguntar a rota para meu pai. E, se ela morrer porque ele permitiu que ela viajasse sozinha, vou voltar aqui e matá-lo.

– Piers!

Ele ignorou o grito de Sébastien, descendo as escadas do castelo correndo, prestando atenção em sua bengala para não pisar em falso.

O duque saiu da casa da guarda e ficou branco quando ouviu a explicação de Piers.

– A estrada para Swansea – disse ele. – Eu disse para os criados a esperarem em Llanddowll.

– Llanddowll ou Llanddowrr? – perguntou Piers.

O duque ficou ainda mais pálido.

– Acho que eu falei Llanddowll. Não tenho certeza.

– Llanddowrr faz mais sentido; fica na estrada norte para Carmarthen.

Piers deu meia-volta e voltou voando pela trilha até o castelo. Era seu pesadelo todo de novo. Tentar descer a trilha ou subi-la, era a mesma coisa, e devagar demais por causa de sua maldita perna, sem conseguir salvá-la.

A carruagem estava pronta, esperando em frente ao castelo, com quatro cavalos jovens presos a ela.

– Esta não é a carruagem menor – disse ele repreendendo Prufrock, que estava parado ao lado da porta do coche.

Sébastien desceu as escadas do castelo correndo.

– Você não sabe onde ela está. *Se* Bitts a tiver contaminado, e há uma boa chance de isso não ter acontecido, visto que sua mãe está perfeitamente bem, mas se isso tiver acontecido depois de um dia de viagem ela teria apresentado os primeiros sintomas. Dois dias, no máximo. Mas você não vai encontrá-la tão perto daqui, Piers.

– Por que não? – perguntou ele, nervoso.

– Porque ela não está doente. Se estivesse, os criados do duque a teriam trazido de volta. Se ela estivesse muito doente para ser removida, eles teriam mandado alguém aqui a cavalo. Já faz seis dias. Mesmo que ela não tenha adoecido até o segundo dia, a essa altura, alguém teria trazido a notícia até nós. Eles não estão doentes. Nenhum deles dançou com Bitts.

Piers parou, um pé na escada da carruagem.

– Sete dias desde que ela partiu, não seis. Eles podem ter rodado um bom trecho antes de ela sentir os sintomas. Alguns pacientes são... Ah! É claro. Nada de carruagem menor porque, talvez, eu tenha que ir até Londres. Entendi.

Sébastien colocou a mão no ombro do primo.

– Ela não está doente, Piers. Eles continuaram até Londres e ela está lá, esperando por você, sã e salva.

– Você não tem como ter certeza.

Piers entrou na carruagem.

– A não ser que fique com ela perto de você o tempo todo, você nunca vai ter certeza se ela está viva ou morta – disse Sébastien com uma precisão perfeita, apesar de enlouquecedora.

Piers desabou no banco. Seu primo lhe passou uma bolsa pela porta do coche.

– Leve isto. Só para o caso de precisar... Todas as pomadas que os assistentes têm usado, apesar de eu não fazer ideia se elas funcionam. Um pouco de espuma de mosto, até um frasco da água de rosas acidulada do Penders. Quer alguns lacaios?

– Vocês não podem ficar sem eles – disse Piers. Neythen ainda está de cama. Vou ficar bem com Buller.

Ele colocou a bolsa no banco ao seu lado.

– Estou convencido de que ela está bem e de que você não precisará disso, mas vá mesmo buscá-la. – Sébastien estava sorrindo. – Todos nós estaremos bem aqui.

– Não estou indo por esse motivo – ralhou Piers. – Ela pode estar doente, seu imbecil.

– Você está indo atrás dela, não importa quanto diga que não está – afirmou seu primo. – Eu sabia que você iria. Você não vai conseguir encontrá-la no caminho, ela partiu muito antes. Vai ter que se humilhar lá em Londres.

– Eu não estou... – começou Piers.

Sébastien colocou o braço para dentro do coche e deu um murro no ombro de Piers, o tipo de soco amigável que, quando eles eram novos, costumavam trocar.

– Eu também gosto dela. Todos nós a queremos na família. E... ela é sua. Tem algo de especial nela. Ela é sua.

– Ela é minha – disse Piers, sentindo o sabor daquelas palavras em sua língua. Elas cabiam ali, cabiam em seu coração. – Ela é minha.

Aquilo não era exatamente uma dúvida.

– Então, vá buscá-la – disse Sébastien, sorrindo para ele.

Piers ergueu o braço e bateu no teto da carruagem.

– Saia do caminho, Seb. Eu tenho...

A porta se fechou antes de ele terminar a frase.

– Uma esposa para encontrar – disse ele na carruagem vazia. – Uma Linnet para encontrar, para trazer para casa, para casar.

Capítulo 31

Llanddowrr era um vilarejo pequeno, uma visão sob o sol da tarde. Piers, brandindo sua bengala como um maníaco, entrou com tudo na pensão que ficava exatamente na rua principal. Ele não viu nenhum sinal de viajantes doentes... Na verdade, não havia nenhum sinal de escarlatina. Nenhum pano vermelho de alerta pendurado nas janelas, nenhuma aflição aparente.

– Nós ouvimos falar da epidemia, é claro – disse o dono da pensão, seus olhos receosos ao pensar no assunto. – Um grupo grande de pessoas passou por aqui, a criadagem de um duque. Eles ficaram para uma refeição e, então, foram embora, fugindo da doença.

– Os serviçais do duque de Windebank – disse Piers. – Eles ficaram aqui por algum tempo?

– Até o início da noite.

– Por acaso, uma jovem lady se juntou a eles em outra carruagem do duque?

O dono da pensão piscou.

– Bem, eu não poderia garantir isso. Havia três carruagens e eu e minha esposa preparamos uma refeição para todos. Eram catorze pessoas, todas de uma vez, amontoando-se nas áreas comuns, sabe?

– Todas de uma vez – repetiu Piers. – Mas e a jovem lady? Ela teria chegado no final da tarde.

– Não sei quanto a isso, a não ser que ela tenha optado por não comer.

Piers pensou em como Linnet estava na última vez em que a viu, na expressão magoada em seus olhos.

– Pode ser que ela tenha optado por não comer.

– Vamos perguntar ao cavalariço – disse o dono da pensão, saindo de trás do balcão. – Ele vai ver se uma quarta carruagem chegou depois das outras. Eles estavam terrivelmente nervosos, disso eu sei. Ficavam repetindo que o duque disse a eles para seguir em frente se ele não aparecesse até o anoitecer.

– Mas eles certamente esperaram pelo duque – disse Piers, controlando sua voz.

O autocontrole não adiantou de muita coisa, porque antes de sair gritando afobado pela porta o dono da pensão deu uma olhada nervosa por cima do ombro.

– Daw! Daw, onde foi que você se meteu?

Daw estava inspecionando os cavalos de Piers, enquanto conversava com Buller. Ele se empertigou ao ouvir os gritos do dono da pensão.

– Uma jovem chegou em uma outra carruagem e se juntou às três carruagens que pertenciam ao duque? – perguntou ele.

Daw balançou a cabeça.

– Eles esperaram até mais ou menos oito horas. O que era um horário insano para pegar a estrada norte, e estavam irritados e com medo de ficarem doentes. Acho que pretendiam passar a noite na estrada.

– Ela não veio para cá – disse Piers, seu coração ficando apertado.

Ela saíra do castelo por volta das três da tarde. Deveria ter chegado com tempo de sobra antes da caravana partir.

– Eles falaram sobre a vinda do duque – contou Daw. – Mas ninguém apareceu, então, eles foram embora.

Ela deve ter ido para o vilarejo errado. Piers jogou um guinéu para o dono da pensão e virou-se para gritar para Buller:

– Temos que voltar. Ir até Llanddowll.

– Llanddowll – repetiu Daw. – Não é melhor que uma latrina, é tão pequeno quanto.

– Está ainda menor agora – disse Piers. – O vilarejo foi duramente afetado pela febre.

O cavalariço se afastou e os cavalos partiram. Piers ficou sentado na carruagem, seus dedos tamborilando o parapeito da janela. Ela não chegou a ir para Llanddowrr. Isso significava... O que isso significava? Ela devia ter seguido para Llanddowll.

Por que ela não tinha voltado para o castelo depois de não encontrar os criados do duque? Ela não podia ter continuado sozinha até Londres.

Impossível. Ela não tinha seus pertences, não tinha sua aia. Tudo estava nos baús levados pelos criados do duque. Ela nem sequer conseguia desabotoar o vestido sozinha.

O que ele tinha dito a ela não era *tão* terrível assim para ela ter fugido sem uma peça de roupa.

Floresta, hectares e mais hectares de floresta passavam pela janela. Llanddowll ficava na direção oposta ao castelo como Llanddowrr. Finalmente, ele avistou os torreões de seu castelo a uma distância próxima. Os cavalos reduziram e, então, pararam.

– Não podemos parar, droga! – reclamou Piers, abrindo a porta e gritando com o cocheiro.

– Os cavalos estão exaustos – respondeu o homem, desculpando-se. – Se não os trocarmos, vou ter que ir mais devagar e acho que vai levar menos tempo se, simplesmente, trocarmos a equipe.

O que Piers respondeu a isso era indizível. Não ajudou. Os cavalos cansados caminharam para casa. O sol estava se pondo agora. O tempo, o tempo estava escorrendo pelos dedos dele e ele ainda estava descendo aquela trilha rumo ao oceano. Chegaria tarde demais.

Prufrock apareceu.

– Milorde?

– Ela não chegou a ir para Llanddworr – esclareceu Piers. – Estamos indo para Llanddowll.

– *Droga!* – disse o mordomo sucintamente.

Piers engoliu em seco.

– Pode ser que, quando não encontrou a criadagem lá, ela tenha prosseguido sozinha para Londres.

Prufrock assentiu.

– Provavelmente, foi isso. A Srta. Thrynne não ia querer voltar para...

Ele parou.

– Ela não ia querer voltar para cá – completou Piers, seu coração palpitando em sua caixa torácica como um pássaro engaiolado.

– Então, foi isso que ela fez – disse o mordomo, apesar de, claramente, não acreditar nisso.

– Algum paciente novo?

– Não – respondeu Prufrock. – E, Barris Connah, um daqueles que com certeza parecia morto, parece estar se recuperando.

Cavalos descansados estavam prontos e Piers, tropeçando, voltou para a carruagem, quase caindo ao passar pela porta. Eles partiram de novo.

Se Llanddowrr era pequena, Llanddowll era um pontinho, quase invisível em meio à floresta.

Não passava de uma pensão surrada pelo clima, uma sapataria, um amontoado de casas. Nenhum moinho, o que se encaixava perfeitamente na rota de entrega de farinha do paciente original. Cinquenta almas no total, se tanto.

Quando eles estacionaram na frente da pensão, estava começando a escurecer. Quando a carruagem parou, o dono apareceu. Ele tinha um nariz fino e bochechas murchas, com uma barba imunda e, em torno do pescoço, um lenço vermelho ainda mais sujo. Ele estava esfregando uma mão na outra, parecendo desconfiado mas acolhedor.

– Boa noite para o senhor, milorde! – disse ele, assim que Piers colocou os pés no chão. – E bem-vindo ao Gambling Fool. Sou o Sr. Sordido, seu hospedeiro, mas talvez eu deva lhe contar que tivemos um foco de aborrecimento no vilarejo...

– Escarlatina – interrompeu Piers. – Sou o conde de Marchant e nós internamos quatro pacientes deste vilarejo.

– Fizemos o nosso melhor – disse o dono da pensão, sentindo a crítica. – Isolamos todos eles assim que...

– Uma jovem chegou aqui em uma carruagem com o brasão do duque de Windebank?

Antes mesmo de ele falar, Piers viu nos olhos de Sordido, pela maneira como ele evitou olhá-lo, pelo jeito como mudou o peso do corpo de um pé para o outro. Em um instante, Piers o segurava pelo lenço encardido.

– Onde ela está? Ela está morta?

– Não fizemos nada! – gritou o dono da pensão, seu rosto ficando vermelho como um caqui. – Estamos cuidando dela, cuidando bem. E, antes de o cocheiro morrer, cuidamos bem dele também.

Ela ainda estava viva. Piers largou o lenço do homem e deu um passo para trás.

– Onde ela está?

Novamente, os olhos de Sordido se desviaram.

– Nós a isolamos, como o pastor disse que devíamos fazer. Se o senhor aguardar na área comum, milorde, vou pedir para a minha esposa dar uma olhada na criada para garantir que ela pode receber visitas.

– Criada?

O dono da pousada cambaleou um passo para trás.

– Nós achamos... O médico disse... Nós achamos que ela devia ser uma criada a serviço de Sua Graça, o duque.

– Uma criada? Você achou que a futura condessa era uma *criada*?

O rosto que estava vermelho como caqui simplesmente ficou amarelo pálido.

– Não tínhamos motivo algum para achar que ela era uma lady, milorde. Não tinha aia nem baús.

– O cocheiro teria avisado, antes de morrer.

Piers deu um passo decidido para a frente.

Os olhos de Sordido fitaram a bengala de Piers e voltaram a olhar para seu rosto.

– Ele não disse nada. O homem estava doente, morrendo. Ele balbuciou algumas coisas, mas nada que ouvimos fazia sentido. Então, logo morreu.

Por um segundo, Piers fechou os olhos. O que ele estava fazendo? Discutindo com o dono de uma pensão enquanto Linnet...

– Leve-me até ela.

Não era um pedido, era uma ordem.

O homem olhou desesperado para trás. Então, gritou:

– Moll!

A esposa era um pouco mais asseada que o marido, seus olhos eram pequenos e próximos um do outro, como os de um furão. O pânico crescia dentro de Piers. O cocheiro, que até então observava em silêncio de seu banco, desceu, jogou as rédeas dos cavalos em um poste com engate e foi até Piers.

– Lorde Marchant veio aqui atrás daquela mulher... – O dono da pensão se corrigiu. – Daquela lady que está deitada, doente. Às nossas custas, nós temos cuidado dela – disse ele, projetando o queixo. – Visto que ela não trazia dinheiro algum.

Piers franziu a testa. Era perfeitamente possível que Linnet não tivesse levado nem uma bolsa ou que, quando saiu pela janela, tivesse deixado na sala de visitas. O cocheiro do duque teria sido equipado por seu mestre para as despesas, mas se ele sucumbiu assim que chegaram, como o dono da pensão alegava...

A esposa do homem fez uma reverência.

– Lamento informar, mas ela está muito doente. Ontem mesmo chamei o médico para dar uma olhada nela e ele disse que fizemos tudo que podíamos fazer.

O maxilar de Piers estava travado com tanta força que ele mal conseguia falar.

– Levem-me até ela.

– Como eu disse, se o senhor puder esperar na minha área comum, a Sra. Sordido vai se certificar de que a jovem está aceitável para visitas.

– Levem-me até ela.

A Sra. Sordido fez outra reverência.

– Com seu perdão, milorde, mas eu não poderia fazer isso com a consciência limpa. A jovem é de uma idade tenra e não é casada. Vou só garantir que ela esteja...

A voz de Piers estourou como um chicote no pátio silencioso.

– Levem-me até ela *agora.*

Ele foi na direção da porta, sua bengala batendo com força nas pedras do pavimento quando o cocheiro chamou.

– Milorde.

A esposa do dono dava voltas na pensão, o marido parado impotente no mesmo lugar.

Piers alterou sua rota. É claro que eles não a tinham colocado ali. Ele mesmo, quando enviou ordens de quarentena, tinha provocado isso. Deram a volta na pensão, a Sra. Sordido apressando-se à frente. Piers deu uma olhada por cima do ombro.

Em um instante, o cocheiro Buller estava segurando o braço dela.

– Vamos caminhar todos juntos, que tal? – propôs ele.

Buller era um homem grande e sua voz, apesar de suave, pareceu assustá-la.

– Não é apropriado! – gritou ela. – Ela não está vestida decentemente!

Piers se concentrou apenas em continuar seu caminho pelas pedras sob a noite que caía. Ele estava ciente da presença do dono da pensão logo atrás deles, das sombras que surgiam da floresta e se aglomeravam ao redor deles. Mas o medo tomava conta de sua mente. O medo martelava em sua cabeça e em seu coração.

Levou uns dois ou três minutos, que pareceram uma hora, para chegar lá. Durante todo o caminho, a Sra. Sordido protestou, mas Buller, com firmeza, continuou segurando o cotovelo dela.

– Ali – disse ela finalmente, fazendo a revelação de um modo desafiador.

Piers olhou, mas Buller falou primeiro.

– Aquilo é para galinhas. É um galinheiro.

– É um bom galinheiro – defende ela. –Alto o suficiente para ficar em pé dentro dele. E deve haver uns seis meses que não temos nenhuma galinha lá. Colocamos a moça lá e, pela minha própria boa vontade cristã, eu pedia para a minha ajudante visitá-la de manhã e à noite. E trouxe o médico para vê-la duas vezes e pedi para ele fazer tudo que estivesse ao seu alcance, as sanguessugas e tudo, apesar de não ter ninguém para pagar o homem.

Piers congelou. O galinheiro não tinha janelas e a porta estava dependurada por uma dobradiça de couro. Era feito de tábuas ásperas e, aparentemente, tinha começado a desabar, visto que pedaços de madeira haviam sido pregados aleatoriamente.

– Que *cheiro* é esse? – perguntou Buller, sua voz ficando mais baixa.

Ele deve ter apertado o braço da Sra. Sordido com mais força, porque ela deu um gritinho de protesto.

– São as galinhas – respondeu ela. – Digo, galinhas fedem e não tivemos tempo de limpar.

Piers tinha saído de seu estado de paralisia e atravessou a clareira à frente do galinheiro o mais rápido que pôde. Parte de sua mente gritava em pânico, parte vagava ciente de que ele estava revivendo seu pesadelo, tentando chegar até Linnet... tarde demais.

Atrás dele, Piers podia ouvir os protestos da Sra. Sordido e os grunhidos de resposta de Buller. Ele chegou até a porta e a escancarou. A dobradiça arrebentou e, com um ruído rangido, a porta caiu no chão.

Lá dentro, no escuro, Piers não conseguia ver nada e, imediatamente, seus olhos começaram a lacrimejar por causa do ar pútrido. Ele apontou a bengala para a frente com cuidado, dando um passo, esperando seus olhos se ajustarem.

– Linnet – chamou ele baixinho.

Baixinho, porque, em seu coração, ele sabia a verdade. Ela estava morta e a culpa era dele.

Nenhuma resposta. Ele deu outro passo adiante e finalmente seus olhos começaram a se ajustar. Não havia cama. Ele olhou para baixo e descobriu que estava quase pisando em Linnet.

A mulher a seus pés em nada se parecia com sua Linnet linda e risonha. Mas o médico dentro dele veio à tona, empurrando a dor para longe, largando a bengala para que ele pudesse se ajoelhar ao lado dela e segurar seu pulso.

Por um momento, ele ficou desesperado para encontrar a pulsação. E, então, sentiu: fraca e vacilante, mas ali.

– Linnet – disse ele, a mão no rosto dela, sem ver sua pele destruída ou o cabelo embaraçado, mas o formato de seu rosto adorado, a maneira como ela se dobrava para o lado, como sempre fazia quando dormia.

Ele a amava; ele a amava tanto que seu coração estava se despedaçando.

Não houve resposta. Quando ele se mexeu, uma nuvem de odores de galinha subiu ao redor dos joelhos dele. Ela estava ardendo em febre, é claro. De modo entorpecido, ele catalogou os sintomas que conseguiu visualizar à meia-luz e não conseguiu se forçar a chegar à conclusão óbvia.

Em vez disso, pegou a bengala, se levantou e se abaixou para sair pela porta.

– Não foi culpa nossa – gritou a Sra. Sordido assim que ele saiu.

Buller ainda estava segurando o braço dela.

– Suponho que vocês não tenham hóspedes na pensão – disse Piers.

– Não – confirmou ela, meio ofegante. – Não no momento, mas...

– Estou assumindo o comando da pensão. Você e seu marido precisam sair.

– Onde está a carruagem do duque? – perguntou Buller. – Também não vejo onde vocês colocaram os cavalos.

Houve um segundo de silêncio. Então, Sordido disse:

– Nós os mandamos para o duque, é claro. Em Londres.

Novamente, Buller segurou o braço da Sra. Sordido. Mas algo que era mais assustador que a ameaça do uso da força deve ter transparecido nos olhos de Piers. Ela estremeceu e disse:

– Atrás da pensão, no galpão.

– Não, não estão – disse Sordido, gritando. – Nós...

– Vocês roubaram a carruagem – afirmou Piers. – Roubaram os cavalos. Provavelmente, roubaram as roupas da minha esposa.

– O senhor nunca disse que ela era sua esposa! – exclamou Sordido.

– Ela é *minha*. Vocês roubaram as roupas dela e o dinheiro que eles tinham e, tenho bastante certeza, de que mataram o cocheiro do duque de Windemere.

– Não matamos – alegou Sordido, ofegando. – Não tivemos nada a ver com isso.

– Ele morreu daquela doença – garantiu a esposa, as palavras se atropelando agora. – Eles chegaram tarde da noite e ele foi dormir em cima dos estábulos, mas, na manhã seguinte, estava com febre alta, todo quente, resmungando e tossindo. Não se recuperou.

Piers a encarou.

– É verdade! – afirmou ela estridentemente. – Ele teve alguns delírios, mas não podíamos ficar ao lado dele cada minuto do dia. Além disso, ela estava doente e o ferreiro e a mulher também pegaram. Estávamos ocupados tentando conseguir que o médico do próximo vilarejo viesse dar uma olhada neles. E aí o pastor veio aqui e disse que os doentes precisavam ser isolados.

Ela ficou sem fôlego.

– Ele morreu – complementou Sordido. – Morreu bem rápido. Mas ela, não. Então, nós tivemos que colocá-la em algum lugar.

– Você e seu marido, sumam daqui – disse Piers. – Se, em uma hora, ainda estiverem na região, jogarei vocês no calabouço do meu castelo. Ele é um pouquinho pior do que o local onde vocês colocaram minha mulher.

O queixo dela caiu.

– Você vai... Não, não vai! – Com um puxão forte, ela libertou o braço da mão de Buller. – Você não pode vir aqui e fazer o que bem entender com a propriedade de alguém! É a minha pensão, minha e do Sordido. Nós a compramos legalmente por cinquenta libras e não vamos... Sordido!

– Se vocês deixarem a pensão agora, não vou levá-los ao magistrado.

– Você não pode fazer isso! – disse ela estridentemente. – Sordido, fale alguma coisa! Não fizemos mais do que a nossa obrigação com aquela mulher. Com toda bondade dos nossos corações.

– Vocês não têm coração – afirmou Piers. – O que vocês têm é uma hora para pegar seus pertences e sumir daqui. Não os quero em um raio de quinze quilômetros do meu castelo. Não os quero nem em Gales. Se em uma hora não estiverem longe daqui, vou fazer os dois serem deportados para as colônias.

Era evidente que a Sra. Sordido detinha o poder naquela casa. Ela estava com as mãos nos quadris agora.

– Você não pode! – gritou ela. – É nossa propriedade, legal e quitada. Nós pagamos por ela.

– Se em uma hora vocês tiverem deixado a pensão, não vou processá-los; Senão, assim que o sol raiar estarei com vocês perante o magistrado.

– Não podemos – disse Sordido, começando a choramingar. – A noite está caindo e como nós vamos nos sustentar? Dediquei tudo a esta pensão, cada centavo que eu tinha.

Mas Piers não queria mais saber de conversa.

– Buller, preciso que você carregue minha... carregue Linnet até a pensão. Uma hora – disse ele para a Sra. Sordido. – Caso você esteja se perguntado se minha palavra tem peso com o magistrado, eu acabei de salvar a filha dele de morrer de escarlatina.

– Eu fiz o que fiz por pura misericórdia cristã – choramingou ela.

Piers ergueu a mão.

– Ela está prestes a morrer. Estou mandando vocês irem embora por pura misericórdia cristã. Porque se ela morrer...

A Sra. Sordido recuou, amassando o avental com as mãos.

– Sordido! – gritou ela, virando-se para correr. – Depressa, homem, depressa!

– Leve Linnet para a pensão – disse Piers, virando-se para Buller. – Vou na frente para encontrar uma cama decente. Depois, dê a esses dois imbecis alguns guinéus para a viagem e leve a carruagem de volta para o castelo. Você pode dormir por algumas horas e retornar pela manhã. Precisamos de ajuda.

Buller assentiu e foi até o galinheiro, abaixando-se para entrar. Piers se virou e atravessou o pátio até a pensão.

Ele podia ouvir a Sra. Sordido gritando com o marido enquanto fazia a maior algazarra no andar de cima.

Ele foi direto para o melhor quarto.

– Esses lençóis são meus – disse a Sra. Sordido, aparecendo na porta. – Você disse que nós podíamos ficar com nossas coisas.

O guinéu girou no ar e ela, graciosamente, o pegou.

– E a cozinha? – quis saber ela. – Acho que vamos precisar de uma ou duas panelas e eu já tinha enchido a despensa para o inverno.

Ele duvidava disso, mas jogou mais duas moedas para ela.

– Vá embora!

Ela saiu correndo.

Ao menos os lençóis eram limpos e razoavelmente macios. Ele puxou as cobertas, abriu as cortinas e escancarou as janelas ao ouvir o som de Buller subindo as escadas devagar.

Juntos, eles a deitaram na cama.

– Meu Deus – sussurrou Buller. – O que eles fizeram com ela? Nunca senti um cheiro assim antes. E o rosto dela...

Piers olhou para o rosto e a pele destruídos dela.

– Isso é culpa da escarlatina, não do galinheiro. Preciso de água, Buller, muita água. Um balde imediatamente e várias panelas no fogão para ferver. E a bolsa que está na carruagem. Depois que você garantir que aqueles imbecis deixaram a região, você precisa voltar ao castelo e trazer ajuda. Vamos ficar bem sem você.

– Vão ficar bem? – sussurrou Buller. Os olhos dele estavam fixos em Linnet. – Eu não saberia que é ela. Nunca vi nada assim antes. Ela era a coisinha mais linda...

– Vá! – ordenou Piers, inclinando a cabeça.

Ele esperou até ouvir os passos do cocheiro descendo as escadas e, então, arrancou aquela camisola ridícula que Linnet usava. Estava rasgada e puída; os Sordido claramente tinham tirado todas as roupas dela quando a levaram para o galinheiro. Ele a jogou no canto.

Linnet continuava sem se mexer, o pescoço e a cabeça totalmente moles enquanto Piers tirava o cabelo imundo de seu rosto, colocando-o em cima do travesseiro. Ele começou a falar com ela, uma conversa lenta e contínua, dizendo a ela exatamente o que estava fazendo enquanto checava os ouvidos, a garganta, a língua escurecida, a pele. Ele encontrou sinais de sanguessugas no pescoço dela e soltou um palavrão que interrompeu seu repousante monólogo.

Novamente, os pés pesados de Buller ressoaram nas escadas, então Piers foi até a porta.

– Preciso que você traga colchões limpos do castelo, pelo menos dois. Vou arruinar este aqui, esfriando e limpando o corpo dela e acho que há uma boa chance de haver germes em todas as camas da casa.

Buller assentiu.

– As panelas de água estão no fogão. Os Sordido se foram. Eles escapuliram quando eu não estava olhando.

Ele hesitou.

– O quê?

– Eles roubaram a carruagem do duque, tenho bastante certeza disso. E os cavalos. Eu não os vi partindo, mas aquilo não era o som de uma carroça. E eles falaram alguma coisa sobre uma copeira, mas não tem ninguém na pensão. A menina deve ter visto como as coisas estavam se desenrolando e fugiu.

Piers deu de ombros.

– Eles também ficaram com as roupas de Linnet, então, você vai precisar trazer alguma coisa para ela usar. Volte para o castelo e descanse um pouco, Buller. Espero você amanhã cedo.

O cocheiro assentiu, mas, então, esperou, seus olhos receosos.

– Ela vai viver – afirmou Piers de um jeito agressivo, decidido, não era uma opinião.

Ele fechou a porta do quarto, arrancou o casaco e começou a luta da sua vida.

Pela vida dela.

Capítulo 32

– Precisamos limpar você, meu bem – disse ele a Linnet. Ela não se mexeu. – Você está em coma, então, espero que não saiba como está imunda. – Ele realmente esperava isso. – Vou lavar você do mesmo jeito que a enfermeira Matilda lavava Gavan uma vez por semana e, se você ficar com vontade de se contorcer e gritar como ele fazia, por favor, não hesite.

Silêncio.

– Até ter água fervida, não posso lavar as partes da sua pele que estão em carne viva, já que pode infeccionar.

Infelizmente, era a maior parte do corpo dela.

Céus, ela tinha perdido tanto peso. Como isso podia ter acontecido tão rápido, em uma semana? Ela passou de uma mulher curvilínea e deliciosa para um quase esqueleto, o cabelo era como palha, sua pele…

Dos pés à cabeça, ela estava coberta por uma camada de sujeira, todas as suas feridas e lesões cobertas por excrementos de galinha. Ele começou pelos pés, que não estavam esfolados, e lavou cada dedo com cuidado.

– O que quer que essa sujeira toda seja – disse a ela, lavando, pela segunda vez, os dedos e percebendo que a água na qual ele estava torcendo o pano já estava ficando marrom –, depois que você se recuperar, vou escrever um artigo sobre isso. As propriedades milagrosas do esterco de galinha. Não pode ser pior que malte fermentado, apesar do cheiro, certamente, ser mais pungente.

Ele continuou falando e falando, apesar de nem a ponta do dedo de Linnet tremer em resposta. Ele disse a ela que ia descer para pegar mais água e, quando voltou para o quarto, a cumprimentou.

– Um progresso nada elegante – disse ele. – Tive que ir colocando o balde degrau por degrau. Agora, vamos começar a parte difícil, querida. Vai doer. Você está coberta de sujeira e preciso limpar sua pele. Com sabão, o que vai fazer as lesões arderem ainda mais.

Ela parecia não sentir a dor capaz de torturar um paciente consciente, que com frequência berrava com um mero toque. Ele checava o tempo todo se as pálpebras dela se contraíam, indicando desconforto. E auscultava o peito dela várias vezes, encontrando o guizo que garantia a ele que ela estava respirando.

Em determinado ponto, ele simplesmente jogou a água morna sobre ela, desesperado para limpá-la, mas morrendo de medo de esfregar a pele, que estava em carne viva e cheia de erupções da escarlatina. Não funcionou. A sujeira estava impregnada e só cedia com água e sabão.

Escureceu, mas ele acendeu a única lamparina que conseguiu encontrar sem fechar as janelas. Ela estava trancafiada naquele galinheiro havia dias, o ar fresco só lhe faria bem.

– Você está menos quente agora – disse ele. – A febre baixou, apesar de eu não saber se é por causa de toda a água ou apenas o curso da doença. A febre vem e vai, nós descobrimos.

Ele banhou, devagar, todo o corpo dela, subindo até os seios, os braços, o pescoço.

– Cheguei ao seu rosto, Linnet. Isso vai ser uma tortura. Gavan ia gritar até não poder mais.

O cabelo dela, embolado e rançoso, tinha caído em seu rosto, então, ele o retirou de novo. Estava embaraçado de suor e água e esterco.

– Vou ter que cortar – disse ele. – Pronuncie-se agora ou nunca mais.

Ela permaneceu sem se mover e Piers se pegou engolindo um choro, um soluço, alguma resposta involuntária que ele não tinha se permitido desde os primeiros dias de sua própria lesão, quando tinha aprendido que chorar por causa da dor a tornava pior.

Quem imaginaria que havia dores piores no mundo?

Ele voltou a descer até a cozinha, pegando outro balde de água e uma faca.

– Vou ter que cortar – avisou ele. – Vai crescer de novo. Mas neste momento seu cabelo virou abrigo de sabe lá Deus quais tipos de germes.

Não era fácil cortar cabelo com uma faca não muito afiada. Tratando do rosto dela com a maior delicadeza possível, ele cortou o mais perto que pôde do escalpo, e o que restou atacou com água e sabão. Quando terminou, a água escorria pela cama, pequenos riachos deslizando pelo chão em todas as direções.

– Isso é mais difícil do que o que eu faço com os meus pacientes. Acho que vamos ter que dobrar o salário da enfermeira Matilda.

Com cuidado, ele a virou, apoiando o pescoço dela como se ela fosse um bebê recém-nascido. As costas dela estavam mais limpas, mas as lesões eram mais violentas, erupções estourando ao toque dele.

– Não há nada que eu possa fazer com relação à dor – desculpou-se ele, a voz embargada. – Minha nossa, Linnet, preciso de outro balde de água. Já volto.

Ao voltar para o quarto com água fresca ele a encontrou tão imóvel, tão parecida com um cadáver que seu coração palpitou. Ele cambaleou até a cama, segurou o pulso dela... A pulsação ainda estava lá.

Quando terminou de lavar todo o corpo dela, os filetes de água no chão tinham se juntado em uma piscina ensaboada.

– Está escorrendo pelas tábuas do chão no quarto debaixo – contou ele. – Provavelmente, é a primeira vez que este piso está tão limpo. Agora, o que vou fazer?

Ela estava limpa, mas ele não podia secá-la, não em uma cama encharcada. Novamente, ele a virou com cuidado, posicionando os braços ao lado de seu corpo.

– Exatamente meia-noite – disse ele. – Vou ter que levar a lamparina, meu amor. Não se consegue ver absolutamente nada sem ela. Vou procurar por outra, mas tenho a grave suspeita de que os Sordido levaram tudo que era portátil. Não há nem uma vela na cozinha.

Ele pegou a lamparina e a bengala e mancou de quarto em quarto. Não havia mais lamparinas e, para falar a verdade, apenas um quarto ainda tinha lençóis.

– Mas que droga! – disse ele em voz alta.

Piers voltou para Linnet.

– Você pesa menos que aqueles colchões.

Nem sequer um tremor na pálpebra.

Ele olhou para si mesmo. Suas roupas estavam sujas e cobertas de excremento de galinha. Ele não podia tocar nela do jeito que estava.

– Vou tirar minhas roupas – disse ele casualmente. – Sei que você sempre gostou de me observar. Acha que eu não reparava que você ficava me espiando?

Linnet não respondeu, mas, em sua cabeça, Piers ouviu a risada dela.

– A Sra. Sordido deixou escapar uma cama com lençóis limpos no quarto ao lado – explicou ele. – Vou ter que carregar você até lá e, infelizmente, você é mais desajeitada do que um balde de água.

Depois de se despir, ele apoiou a bengala na cama, respirou fundo e deslizou um braço por debaixo do pescoço de Linnet e outro por debaixo dos joelhos. Por um instante, enquanto recuperava sua força, ele simplesmente ficou segurando-a, a bochecha dela pressionada no peito dele enquanto aquele soluço lutava para escapar novamente.

– *Não* – disse ele em voz alta, erguendo-se.

Ele se apoiou na perna boa e jogou a ruim para a frente.

– Não vou desabar – garantiu ele a Linnet.

O braço dela caiu e ficou balançando à frente deles.

Um passo, um tranco, um passo, um tranco. Mais um passo e ele estava no corredor.

– Isso dá um novo significado à necessidade de lamparinas de parede – analisou ele.

Um passo, um tranco, um passo, um tranco.

– Droga, vou ter que me sentar.

A voz dele era um ofego irregular. Mas, se sentasse no chão, nunca conseguiria se levantar, não sem a bengala e com ela nos braços. Então se apoiou na parede do corredor, jogou a cabeça para trás, respirou fundo algumas vezes e tentou ignorar a dor que explodia por sua perna, subindo para o quadril.

– Mais alguns passos… Quem sabe três, apenas três, e, então, estaremos na porta. Vou entrar. Mais três para colocar você em uma cama seca.

Como que em resposta, a dor se espalhou por ele.

Ele se afastou da parede e deu um passo. Novamente, puxou a perna, mais um passo.

– A natação está valendo a pena agora – disse ele, soltando as palavras em meio a grunhidos de dor. – Você é como uma pluma nos meus braços.

Não era exatamente verdade, mas era quase isso. Finalmente, ele passou pela porta, o cômodo iluminado apenas pelo luar que penetrava pela janela. Mancando, ele atravessou o quarto, conseguiu colocá-la na cama e puxou o lençol.

– Se me der licença, milady – disse ele, as palavras saindo em pequenas explosões.

E, sem mais delongas, Piers desabou no chão.

Algum tempo depois, ele ergueu a cabeça.

– Preciso recuperar aquela minha bengala – disse ele.

Andar estava fora de cogitação. Então, ele engatinhou, totalmente nu, para fora do quarto, pelo corredor, no piso molhado do outro quarto. Encontrou a bengala e se levantou.

Blasfemar não ajudou. A dor na perna era excruciante, tanto que até a cama encharcada parecia convidativa.

– Preciso voltar para ela – lembrou Piers em voz alta.

A lua passeava pelo céu.

– Água. Linnet precisa beber água.

Ele tinha reservado um precioso balde, então, colocou a bolsa no ombro, enfiou a argola de ferro da lamparina no antebraço e pegou o balde. Eram coisas demais para carregar; ele soube imediatamente.

Mas precisava ser feito, mesmo que toda vez que sua perna fraca se movesse para a frente ele grunhisse. Isso quando não gritava.

Ela estava deitada sob o lençol, tão imóvel quanto a morte.

– Esse corredor – disse ele da porta, ofegando. – Nunca vou me esquecer dele, Linnet. É um suplício, o verdadeiro inferno. Receio não conseguir fazer mais viagens ao andar de baixo. Por hoje é só.

Como ela não demonstrou nenhum sinal de discordância, ele conseguiu colocar a lamparina na mesa e a bolsa em cima da cama. Apenas metade daquela água preciosa permanecia no balde.

– Arrastar a perna não é recomendado para quem carrega água – concluiu ele, abaixando o queixo dela de leve e derramando um pouco em sua boca. – É o bastante por ora. Na sequência, pomadas – disse ele, abrindo a bolsa. – Francamente, duvido que qualquer uma delas funcione. Mas, até onde sei, mal não fazem. Costas primeiro.

Ele a virou e aplicou a pomada com cuidado em suas lesões.

– Pobre bumbum – disse ele, tocando nela com delicadeza. – Ou você prefere "traseiro"? Não me lembro mais. Agora, a parte da frente.

Algum tempo depois, ele remexeu a bolsa e retirou um frasco.

– A água de rosas de Penders. Vou limpar sua garganta e sua língua – avisou ele.

Agora, sua voz estava rouca. Aquilo era uma tarefa complicada e o fato de sua paciente estar em coma não ajudava.

– Se não estivesse em coma, eu estaria machucando você – disse ele. – Eu não conseguiria suportar isso, Linnet. Não depois da maneira como eu já a machuquei.

Agora, ela estava limpa e cheirosa. Mas parecia um pintinho de galinha delicado. O que tinha sobrado de seu cabelo estava espetado e, por algum motivo, isso fazia a cabeça dela parecer maior e, seu pescoço, frágil e magro demais para suportar tanto peso. As pálpebras cerradas dela estavam azuis.

Seu instinto de médico disse a Piers o que ele não conseguia expressar em palavras. A paciente estava perto da morte.

Ele diminuiu o fogo da lamparina, olhou para Linnet de novo e, finalmente, a apagou. A luz do luar era suficiente... A luz do luar e a pulsação no pulso dela.

Com muito, muito cuidado, Piers e acomodou na cama, deitando-se em cima do lençol para não encostar em nenhuma ferida aberta. Mas ele precisava abraçá-la, então, enrolou o lençol em torno do pescoço dela e envolveu sua cintura com o braço.

E, se os soluços escaparam, se o lençol ficou molhado e salgado, não havia ninguém, além da lua, para ver.

Capítulo 33

Primeiro, Linnet ouviu a voz de Piers como um gotejamento distante, como água escorrendo por um córrego ao longe. Ela mesma estava distante, em um local seguro, na piscina perto do mar. Não estava tão fria quanto costumava ser naquelas manhãs, mas agradavelmente morna, às vezes até quente demais.

Mesmo assim, ela queria dizer adeus a ele, ela realmente queria dizer adeus a ele.

Afinal de contas, ele era sua magnetita. Seu coração pulsante. E, apesar de tê-la rejeitado, ele ficaria arrasado quando soubesse de sua morte. Ela sabia disso.

Nos últimos dias, enquanto estava deitada naquele lugar, com a febre subindo e baixando, ela tinha chegado à certeza, à conclusão definitiva de que ele a amava. Apesar de ter dito todas aquelas coisas cruéis, ele a amava.

E ela tinha permitido que ele a expulsasse de sua casa e de sua vida. Foi o mesmo que ela pensou na primeira vez em que o viu. Se eles fossem se casar, ela teria que impedi-lo de intimidá-la.

Se ela vivesse, voltaria até ele e o faria parar. Ela diria… alguma coisa a ele.

Novamente, ela apagou, mas, quando acordou, a voz dele estava mais próxima e menos melódica. Piers, melódico? Esse era um pensamento divertido. No que ela estava pensando? Ele nunca era melódico.

Como que ouvindo a deixa, ele explodiu em uma série de palavrões que a teriam feito sorrir, só que ela estava debilitada demais para contrair qualquer músculo.

Para falar a verdade, ela não parecia ter energia para abrir os olhos. Mas, de qualquer forma, tinha parado de abri-los nos últimos dias. Estava exausta demais para beber e seus olhos estavam grudentos de sujeira.

Ela voltou a afundar na água, na água azul e cristalina da piscina. Ela estava mergulhando para longe, seu cabelo flutuando na água, quando o ouviu xingar de novo.

Ela realmente devia falar com ele sobre esses palavrões. Isso...

Então ela se lembrou de que estava morrendo. Em um galinheiro. E Piers não estava em nenhum lugar por perto, visto que a tinha expulsado do castelo.

Morrendo...

Ele se importaria, imensamente.

Ela ouviu Piers falar claramente alguma coisa sobre suas nádegas. *Bumbum*, pensou ela. Mas ela ainda estava presa debaixo d'água. Mas será que *presa* era a palavra certa? Ali era agradável. De vez em quando, a piscina ficava terrivelmente quente, mas, agora, estava fria e a água tocava em seu rosto como a mão de alguém que a amava.

A mão de sua mãe. Veio à sua mente uma repentina lembrança de uma febre, uma febre que Linnet tivera quando criança. A voz de sua mãe, a voz da enfermeira... Sua mãe dizendo, irritada:

– É claro que esta noite não vou a lugar nenhum! Linnet está doente...

Mas não era uma mão que a tocava. Era um braço. Um braço em torno de sua cintura, pesado e masculino.

Só podia ser Piers. Ela nunca tinha estado na cama com qualquer outra pessoa.

Por um instante, sua mente rodopiou freneticamente entre a piscina, com seus lençóis de seda molhados e sua paz flutuante – e uma cama com Piers. O braço dele em torno dela, apertado. O cheiro dele, masculino e um pouco suado.

Suado? Piers nunca ficava suado.

De repente, o rosto dela emergiu da piscina como se ela tivesse sido arremessada da água por um par de braços que a jogou, a jogou...

Onde?

Ela abriu os olhos. Estava terrivelmente escuro, então, devia ser o galinheiro. Mas o galinheiro... Ela cheirou de novo, mas com cuidado, sem se mexer. Por causa de todas as lesões em sua pele, ela tinha aprendido a não mover nenhum músculo.

O cheiro não era o do galinheiro.

E, então, à medida que sua visão lentamente retornava, ela percebeu que a luz do luar estava entrando por uma janela. Ela estava em uma cama. E o braço... Havia um braço em torno dela.

Ela virou para o lado, encolhendo-se. Piers *estava* ali. Ele tinha vindo atrás dela. Por um instante, Linnet apenas se deliciou com a imagem dele: seu rosto magro e marcado, escurecido pela barba. Os olhos dele, agora, fechados durante o sono, mas tão imensamente inteligentes quando ele estava acordado. Os lábios dele eram cheios para um homem, o lábio inferior arredondado.

– Piers – sussurrou ela, antes de lembrar que não conseguia falar, que, por um bom tempo, não conseguiu sequer sussurrar.

Ele não se mexeu. Novamente, os olhos de Linnet começaram a fechar; a piscina acenou... Mas ele estava ali, ao lado dela. Ela não queria dar adeus? Não tinha algo para dizer a ele, algo importante?

Sim. Ela precisava ficar acordada, não cair na piscina até ele acordar, até ela conseguir dizer aquela coisa importante a ele.

Ela esqueceu o que era, admirando as maçãs do rosto dele, os cílios longos, a bagunça de cabelos sobre sua sobrancelha, a carranca que fazia até quando dormia. Ele nunca tinha dormido com ela antes, apesar de, secretamente, ela ansiar por isso.

E ali estava ele, nu sobre o lençol. Dormindo *com* ela, na mesma cama, à noite.

A luz do luar se esvaiu, substituída pelos primeiros raios da luz da manhã.

– Piers – sussurrou ela.

Os lábios dela se moviam, mas nenhum som saía.

Mesmo assim, ele devia tê-la ouvido, porque seus olhos se abriram.

Por um instante, ele apenas sorriu para ela, sonolento e possessivo.

– Linnet – disse ele e toda a alma dela se regozijou.

Então, de supetão, os olhos dele se abriram.

– Você está acordada!

Ele colocou a mão em sua testa.

– Como você está se sentindo?

– Dói – disse ela, sabendo que nenhuma palavra estava saindo de seus lábios.

– Deve estar doendo horrores – foi tudo que ele disse. Mas, para Piers, isso era compaixão. – Você precisa beber, Linnet. Isso é o mais importante. Você não está fora de perigo.

Era como se ele estivesse falando para si mesmo. Então, ela bebeu um pouco mais de água, apesar de a maior parte ter escorrido por seu pescoço. Mesmo assim, ela se sentia... diferente.

– Limpa – disse ela.

Ele leu seus lábios?

– Você se lembra que eu a lavei, Linnet? Lembra?

Ela quase balançou a cabeça, mas aí se lembrou de não fazê-lo.

– Não – suspirou ela.

Seus olhos estavam se fechando. A mão dele era enorme em sua testa, tocando-a com delicadeza, e ela conseguia ouvi-lo falando.

– A febre voltou – ele estava dizendo. – Mas isso era esperado, Linnet. Vou colocar um pano molhado na sua testa.

Aquilo a fez se encolher.

– Sei que as lesões doem. – A voz dele era sombria. – Mas preciso baixar a sua temperatura de novo.

De repente, Linnet se lembrou da coisa importante que tinha a dizer para Piers e abriu os olhos.

– Eu te amo – sussurrou ela, seus olhos encontrando os dele.

– Então, viva por mim – disse Piers, debruçando-se sobre ela, sua voz forte como o grito de um gavião. – Viva!

Ela adormeceu com um pequeno sorriso nos lábios. Agora, a piscina estava mais distante, turva e vazante. Ela se pegou sonhando com o galinheiro, em vez da piscina, e acordou com um ofego.

Piers ainda estava ali, agora vestido, com um lenço branco como a neve no pescoço. Ele estava parado na porta do quarto, conversando com alguém no corredor.

– Mais água, por favor. Fervida, é claro.

Ela voltou a dormir. O tempo parecia se estender, se alongar e, então, desaparecer subitamente. Ela dormia e acordava e percebia que estava no meio da noite. Dormia de novo, acordava e via que ainda era noite, mas Piers estava usando outro lenço.

Finalmente, depois de três dias, ela tentou dizer alguma coisa e um grasnido escapou.

– Você parece um galo com resfriado – disse Piers, aproximando-se dela. O rosto dele estava exausto, havia olheiras em seus olhos.

– Cansado – disse Linnet, retornando a um sussurro silencioso.

Ele a entendeu mal.

– A fadiga é um efeito colateral do resvalo na morte – disse ele, um sorriso triunfante se abrindo em seu rosto. – Caramba, Linnet, vou escrever um artigo sobre você. Sou o único médico em Gales que poderia ter salvado você.

– Seu pavão – fez ela com a boca.

O corpo dela estava exausto, mas, misericordiosamente, a dor queimante estava sumindo. Ao se lembrar disso, ela ergueu o braço e arfou. Estava todo vermelho e escamoso.

Piers se sentou na beirada da cama.

– Não é uma doença bonita, Linnet.

Ela tentou assimilar aquilo.

– Você não está nos seus melhores dias. Tive que cortar seu cabelo.

Ela piscou, horrorizada, sua boca se abrindo.

– Você está coberta de feridas, dos pés à cabeça. Bem, na verdade, por algum motivo, seus pés estão bem. Mas você tem feridas até atrás das orelhas.

Novamente, Linnet ergueu o braço e, incrédula, ficou olhando para ele.

– Você podia ter ficado cega – ponderou Piers com sua sinceridade habitual. – Ou morrido. Devia ter morrido, dadas as circunstâncias. É um milagre você não ter adquirido uma infecção, deitada no chão daquele galinheiro.

Linnet tremeu ao ouvir a palavra *galinheiro* e deixou o braço cair. Mas ela precisava perguntar.

– Cicatrizes? – perguntou ela, articulando a palavra com tanta força que foi fácil de compreender.

A empatia não fazia parte do repertório de Piers.

– Muito provavelmente – respondeu ele, olhando analiticamente para ela, como o médico que era. – Às vezes, sim; às vezes, não. Em uma ou duas semanas, você não se parecerá tanto com uma lagosta cozida.

Linnet fechou os olhos e tentou compreender o que ele estava dizendo. Ela parecia uma lagosta cozida, talvez permanentemente. *Não* mais uma beldade. Nem de longe. Mais como um monstro, pensou ela. Um monstro escamoso.

Ela pôde ouvir Piers se levantando, provavelmente pensando que ela tinha voltado a dormir. Seu corpo estava rígido, o braço debaixo do lençol apalpando, com cuidado, sua perna e a cintura. Em todos lugares que tocava, a pele parecia irregular, escamosa e dura sob as pontas de seus dedos.

Piers estava ali de novo.

– Canja – ofereceu ele.

Não havia sentido em recusar; ela tinha aprendido isso nos últimos três dias. Piers não aceitava "não". Então, abriu os olhos e aceitou a canja, colherada após colherada. Seus dedos da mão esquerda se contraíam ao lado do corpo, mas ela não se mexeu.

Quando a tigela estava vazia, Piers foi embora com ela. Por um momento, ela ficou imóvel, incapaz de se mover – e, então, se moveu. Colocou a mão direto no seio.

Não havia como não perceber a pele sob seus dedos. Seus seios estavam na mesma condição de seu braço e sua barriga e sua perna.

Ela ficou deitada ali, a mão no seio, e sentiu uma lágrima quente escorrer por sua bochecha, depois outra.

Piers ainda estava parado na porta, entregando a tigela vazia a alguém.

– Vou para o quarto ao lado tirar um cochilo – disse ele.

Ela sabia que ele ia voltar, se debruçar sobre ela, se despedir. Nos últimos três dias, ele nunca saía do quarto sem dizer a ela aonde estava indo e quanto tempo ficaria longe.

– Aia – sussurrou ela, assim que ele estava perto o suficiente. – Volte para o castelo. Ficarei bem com minha aia.

Por uma fração de segundo, a expressão dos olhos dele mudou, ficaram desolados. Mas, então, ele disse prontamente:

– É claro. Ela pode estar aqui na hora do jantar.

Eliza não era, à sua própria maneira, muito melhor no quesito "empatia" que Piers. Ela recuou quando passou pela porta, a mão no coração.

– Meu pai do céu! – arfou ela.

Linnet esperou.

– Seu cabelo, seu lindo cabelo – disse Eliza, suspirando, mas seus olhos se voltaram, com uma espécie de horror fascinado, para o rosto e o pescoço de Linnet. – Isso não é... A senhorita não tem isso no corpo todo, tem?

Outra lágrima escorreu pela bochecha de Linnet. Ela confirmou com a cabeça.

– Bem, era muito provável que a senhorita morresse – disse Eliza, aproximando-se, mas parecendo estar repensando se deveria tocar em Linnet. – Poderia facilmente ter morrido. Em todo caso, no começo, o lorde conde achava que a senhorita iria morrer.

Linnet preferia ter morrido a encarar a vida com aquela pele.

E Eliza adivinhou o que ela estava pensando.

– Vai melhorar – disse ela, falando apressadamente. – Tenho certeza. Vamos... Vamos preparar banhos com sais de Epsom, milady. Todos os dias. Duas vezes ao dia. Nunca vi ninguém que tenha ficado como a senhorita, o que significa que tem que melhorar. É claro...

Ela parou.

– O quê? – coaxou Linnet.

– Oh, sua garganta – choramingou Eliza. – Sua voz sumiu!

– O quê? – repetiu Linnet.

– O lorde conde disse que a senhorita é praticamente a única a ter ficado tão doente assim e sobrevivido – confessou Eliza. – Talvez seja por isso que eu nunca tenha visto a pele de alguém assim antes.

Linnet fechou os olhos, em total desespero. Ela tinha sobrevivido, mas tinha ficado com esse rosto. Essa pele.

– Doeria se eu lhe tocasse, milady? – perguntou Eliza.

Novamente, ela balançou a cabeça, cansada.

Os dedos de Eliza eram macios e frios.

– É como sarna – disse ela. – No corpo todinho. Bem, esta é uma situação deteriorante.

– Casa – coaxou Linnet, encarando-a.

– Quer ir para casa, milady? Isso vai partir o coração do seu pai, vai, sim.

Naquele momento, Linnet não se importava com o que seu pai pensava. Ela só queria voltar para seu próprio quarto, longe de qualquer pessoa que...

Longe de Piers.

Longe do homem que amava seu corpo e achava que seu cabelo parecia ouro queimado.

– Vou pedir – prometeu Eliza. – Mas o conde, não sei se ele vai deixar. Ele cuidou da senhorita sozinho, sabia? Manteve-a viva quando ninguém mais podia, dando água para a senhorita com uma colher a cada hora, cobrindo-a com panos molhados e depois aquecendo-a.

Linnet sentiu uma pontada. Piers sempre a esquentou com seu corpo quando eles nadavam juntos. Ela não tinha dúvidas de que ele tinha feito tudo que era possível para que ela sobrevivesse. Piers não suportava perder, especialmente para a morte.

– Pelo que ouvi dizer – continuou Eliza –, a senhorita foi uma visão e tanto quando eles a encontraram naquele galinheiro.

Linnet se recordava de uma ou outra coisa e lembrava que não era nada bonito. O cheiro... O cheiro era o mais marcante em sua memória. Ela tremeu.

– Vamos ter que retornar ao castelo primeiro – alertou Eliza. – A senhorita deveria ver o duque e a duquesa agora. Como dois pombinhos, aqueles lá. O duque queria conseguir uma licença especial, mas lady Bernaise o fez afixar os proclamas na igrejinha do vilarejo mesmo. Agora, já faz duas semanas, então, eles vão juntar os trapos de novo na semana que vem. Já viu algo tão romântico assim, milady?

Linnet balançou a cabeça.

– Mas não sei se a senhorita vai querer ir à cerimônia – disse Eliza.

Ela passou os dedos pela mão de Linnet de novo.

– Nunca – Linnet conseguiu falar, querendo dizer que ela nunca mais sairia de casa.

Não desse jeito. Nunca... *mais.*

– Bem, quanto a esse "nunca"... – disse Eliza. – Vai melhorar. Tem pomadas que podemos passar e banhos de sal e, em uma semana, quem sabe um mês, a senhorita estará ótima. Tem todos aqueles cremes que eles divulgam nos jornais – acrescentou ela. – Para clarear pele vermelha. Sei que eu já vi isso. Vamos comprar uns lá em Londres. Seu pai vai comprar todos eles. Por sinal, o conde enviou uma mensagem para ele, caso ele estivesse preocupado por não ter notícias suas por tanto tempo.

Linnet fechou os olhos e tentou imaginar seu pai se preocupando com seu longo silêncio.

– E, mesmo que sua pele não fique *como era* – continuou Eliza –, não importa porque a senhorita vai ser uma condessa e, um dia, uma duquesa.

De supetão, Linnet abriu os olhos.

– Todo mundo sabe que aquele homem a ama de paixão – disse a aia, sorrindo. – Além disso, ele disse ao pai *e* ao marquês que vai se casar com a senhorita. No segundo dia, eles vieram aqui para ver como a senhorita estava. Ele não permitiu que eles a vissem, mas disse que a senhorita viveria tempo suficiente para se casar com ele. Três lacaios ouviram, então, eu sei que era verdade.

– Não – afirmou Linnet.

Ela nunca se casaria com Piers. Na verdade, ela nunca se casaria com homem nenhum, mas principalmente com o conde de Marchant.

Eliza não a ouviu.

– Vou só dar um pulo lá fora para ver o que eu deveria estar fazendo pela senhorita. Deve haver algo que possamos passar na sua pele.

Linnet podia ouvi-la pela porta.

– Não me importa se ele está dormindo, deve haver alguma coisa que possamos passar na pele dela. – Mais murmúrios. – Está bem, então.

Ela voltou para o quarto trazendo um pote.

– Vou passar isso aqui no seu corpo todo. – Eliza cheirou o conteúdo. – Tem cheiro de cerveja. Bem, de cerveja e de caruma. Quem se importa, se funcionar?

Linnet deixou Eliza espalhar aquela coisa oleosa e fedida por todo o seu corpo.

– Meu Senhor, está pior aqui atrás – exclamou Eliza, esfregando delicadamente o traseiro de Linnet. – Apesar de eu não achar que fosse ser possível.

Mais lágrimas caíram no travesseiro.

Quando Piers entrou no quarto – sem bater, como se fosse o dono dali –, Linnet tinha se decidido. Obviamente ainda não podia voltar para Londres. Tinha que se recuperar. Ela tomou mais canja do que queria, porque quanto antes sua força retornasse, mais cedo ela poderia ir embora.

Ele se debruçou sobre ela, quase como se fosse beijá-la.

– Vá embora! – disse ela, virando o rosto para o lado.

As palavras saíram como um grasnido, mas foram perfeitamente compreensíveis.

Ele se endireitou e franziu a testa para ela.

– Você está com cheiro de cervejaria. O que passaram em você?

– Passei esta pomada – disse Eliza, apresentando-se imediatamente com o pote agora vazio.

– Eu disse para Neythen mandar isso para a copeira passar nas mãos rachadas – disse Piers. – Mas mal não faz.

– Eu precisava fazer *alguma coisa* – retrucou Eliza defensivamente. – A pobrezinha não pode ficar assim. Ora, ela não poderia ser vista na rua sem causar um rebuliço.

Ela nunca mais se olharia no espelho.

– Vá embora – resmungou Linnet.

– Era de se esperar que você fosse ser um daqueles pacientes rabugentos – disse ele.

Então, Linnet olhou para Eliza. E ela, bendita seja, deu um passo adiante para enfrentar a fera.

– Minha ama gostaria que o senhor saísse do quarto, lorde Marchant. Como ela não consegue se fazer entender, estou falando por ela.

– Está bem – grunhiu Piers. Ele foi até a porta e se virou. – Vou voltar mais tarde com seu jantar. Acho que está na hora de você experimentar algo de mais sustância do que canja.

Linnet deu uma olhada desesperada para Eliza. Novamente, a aia deu um passo adiante, como se estivesse guardando a cama.

– Se o senhor trouxer a janta, milorde, me certificarei de que minha ama comerá tudinho. Ela não está disposta para ter companhia no momento.

– Não sou uma mera companhia! – esbravejou Piers.

Eliza cruzou os braços.

– Ah, pelo amor de Deus – disse ele de repente, saindo do quarto.

Linnet pôde ouvir a bengala dele batendo nos degraus da escada e sumindo.

Eliza voltou.

– Não vou conseguir segurá-lo por muito tempo – disse ela, olhando para Linnet. – Ele é médico. Já viu o pior da doença. Na primeira noite, ficou sozinho com você aqui.

Uma lágrima escorreu pela bochecha de Linnet.

Eliza se sentou e colocou a mão no braço dela, sem nunca hesitar.

– Pronto, pronto – disse ela. – Se alguém um dia mereceu derramar umas boas lágrimas, esse alguém é a senhorita.

Continuou daquele jeito por uma semana. Piers entrava no quarto quando bem entendia e Eliza conseguia tirá-lo de lá. Às vezes, Linnet achava que eles dois, no fundo, estavam se divertindo com aquilo. Eliza gritava com o conde com gosto. E Piers nunca hesitou em gritar com ninguém. Eram uma dupla e tanto.

Mas uma ou duas vezes ela reparou no rosto de Piers quando ele a olhava e percebeu que o estava machucando. Ela entendia isso.

– Mas não importa, não pode importar – sussurrava ela para si mesma no meio da noite, pensando no assunto. – Não pode... Não posso ser uma duquesa. Nunca. É inconcebível.

Finalmente, Piers declarou que ela estava pronta para viajar, para, ao menos, voltar ao castelo. Eliza queria colocá-la em um vestido, mas Linnet recusou. Ela já conseguia falar, apesar de baixinho.

– O lençol – disse ela roucamente. – É maior.

Imediatamente, Eliza entendeu o que ela estava dizendo.

– Seu cabelo está ficando todinho enrolado – disse ela. – Então, isso é bom. Parece aquele corte curto que as ladies usam. É *à la mode*, o que significa que, provavelmente, as ladies francesas fizeram primeiro.

Seu cabelo não importava, ela sabia que voltaria a crescer. Só de pensar em sair daquele quarto e ter as pessoas olhando para ela fez Linnet querer vomitar. Ou desmaiar.

Mas, afinal, ela saiu do quarto, enrolada como uma múmia e carregada por Buller, o cocheiro de Piers.

Deixar a pensão não foi tão terrível... Mas, quando eles chegaram ao castelo, Prufrock e os lacaios estavam lá.

O duque desceu as escadas para cumprimentá-los e Linnet, efetivamente, chegou ao ponto de rezar por uma morte rápida depois de ver a compaixão nos olhos dele.

Mas, como a morte não parecia ser uma opção, ela fechou os olhos e fingiu, com todo o afinco que pôde, que nada daquilo estava acontecendo. Que ela estava em Londres, dançando com o príncipe Augustus. Que o príncipe estava sorrindo para ela com aquela expressão apaixonada que ele costumava ter quando ela estava por perto.

– É claro que ela está bem – disse a voz grave de Piers, interrompendo seu devaneio. – Parece uma lagosta e está duas vezes mais irritada.

A dança... Príncipe Augustus a girou em um círculo e ela, de relance, viu uma fila de rostos fitando-os, claramente com inveja. Suas saias estavam esvoaçando...

– Não, ela só está tendo uma crise de enxaqueca – gralhou Piers. E depois, improvisando: – Alguém mostre a Buller o caminho para o quarto dela.

Com os olhos fechados, Linnet podia ouvir Eliza subindo as escadas à frente deles e o ruído da respiração pesada de Buller.

– Lamento se sou pesada demais – disse ela.

Sua voz não estava mais rouca.

– Nem um pouco, milady – respondeu Buller.

Toda aquela compaixão era humilhante, pior do que aquele momento em que todo o salão de baile virou a cara para ela. Sinceramente, ela preferia a irritabilidade de Piers.

Um instante depois, Linnet estava na cama.

– O lorde conde disse que a senhorita deveria se levantar hoje – disse Eliza. – Quem sabe descer para jantar.

– Não! – respondeu Linnet com firmeza.

Quando anoiteceu, ela fechou os olhos, mas não conseguia dormir. Ficou deitada na dama, ouvindo os barulhos do castelo, tinidos distantes, pisos rangendo, o som da porta da frente abrindo e fechando.

Nos dias que se seguiram, ela comeu tudo que Eliza lhe trouxe e, obedientemente, caminhou em círculos em volta da cama para recuperar as forças, mas se recusou a sair do quarto. Piers tinha parado de tentar visitá-la; ela passara a se virar de lado com um travesseiro no rosto toda vez que ele entrava no quarto e não importava o quanto ele insistisse, ela não ouvia.

– Estou forte o suficiente para retornar a Londres – disse ela a Eliza uma noite. – Você pode, por favor, transmitir a informação ao duque?

– Vou dizer a ele – respondeu Eliza, inquieta. – Mas e quanto a…

– Sou grata pelos cuidados do conde comigo – disse Linnet sem titubear. – Mas estou decidida a não me casar com ele. O que é exatamente o que ele me disse antes de eu ficar doente. Não vou me casar com alguém que tem pena de mim, Eliza. Nunca!

Eliza suspirou e saiu do quarto.

Capítulo 34

– Ela quer ir embora – disse o duque a Piers.

– Tolice! – respondeu Piers com raiva. – Ela não pode ir embora.

– A aia dela disse que ela está forte o bastante e ficou sentada o dia todo ontem.

– A pele dela ainda está cheia de lesões, o que pode levar a infecções. Ela deveria estar sob tratamento médico.

– Essas infecções são comuns?

Piers odiava o fato de que os olhos do pai eram tão piedosos. Já era ruim assistir a ele e sua mãe se olhando como adolescentes entusiasmados. Ele se virou, passando a mão pelo cabelo e arrancando a fita.

– Não – admitiu ele. – Não são.

– Talvez se deixá-la ir, ela volte para você – disse o duque. – Quando estiver bem.

– Ela não vai voltar.

Piers saiu andando rápido pelo jardim da frente do castelo, sua bengala afundando ferozmente na grama.

O duque acompanhava seu ritmo.

– Ela ama você. Por que não voltaria? Eu voltei.

– Céus, essa é a deixa para uma proposta de reconciliação? – perguntou Piers, parando ao lado de um canteiro de flores.

– Não. A não ser que você queira.

Ele ficou parado imóvel, um "sim" implícito.

O duque respirou fundo.

– Sei que você odeia ouvir isso, mas eu sinto muito por ter machucado você, por ter arruinado sua vida, Piers. Se eu pudesse, cortaria minha própria perna fora. Eu iria…

– Matar-se não teria ajudado em muita coisa – disse Piers.

Ironicamente, os olhos do pai eram exatamente como os seus. Em sua imaginação, ele sempre os via com as pupilas contraídas e o brilho selvagem da intoxicação do ópio.

Mas aquelas eram lembranças de infância. Quem estava à sua frente era um homem entristecido, porém forte. Um homem amoroso.

– Eu perdoo você – disse Piers secamente.

Ele não era bom nesse tipo de coisa, então, por um momento, pensou se havia alguma outra coisa que Linnet achava que ele deveria dizer. Uma pena que ela estivesse trancafiada no quarto bancando a Bela Adormecida.

Lágrimas fizeram os olhos de seu pai brilharem.

– Eu nunca vou me perdoar. Nunca.

E, então, ele soube o que Linnet faria. Ele abriu os braços e seu pai veio até ele, do mesmo modo que Piers fazia quando era pequeno.

Toda aquela emoção o estava deixando ainda mais irritado; ele se afastou e gralhou:

– Por sinal, minha vida não está arruinada.

– Você sofre de uma dor insuportável – disse seu pai, abaixando os braços.

Piers arrancou a cabeça de uma margarida com a bengala.

– Isso não me arruinou. Sou um médico excelente. Eu jamais *seria* médico se você não tivesse adquirido gosto pelo ópio. – Ele franziu a testa para o pai. – Eu preferiria estar morto a não ser médico.

Um sorriso cutucou o canto da boca de seu pai.

– Você não tem família nem amigos.

– Besteira. Tenho Sébastien. Você me mandou Prufrock. E, se conseguir ficar com ela, tenho Linnet.

– É melhor ficar – disse seu pai. – Isto é, se sua vida não estiver arruinada.

– Ela quer ir embora. – Piers decapitou outra flor. – Não fala comigo. Escrevi uma carta e a aia dela me contou que ela a rasgou sem nem ler.

– Quando decidi que não conseguia mais suportar não ver você, peguei uma carruagem para Gales sabendo que você ficaria furioso. Linnet era apenas uma desculpa.

– Toda vez que eu entro no quarto dela, ela vira de lado e se esconde.

Duas outras flores perderam suas cabeças.

O duque deu de ombros de leve e essa lembrança também voltou à cabeça de Piers. Esse gesto de aceitação distraída. Ele sempre achou que as únicas lembranças que carregava do pai eram do vício. Mas, aparentemente, não.

– Suponho que eu poderia entrar no quarto dela à noite.

– Você poderia. Ao menos vai estar escuro. Ela não precisaria se preocupar que você estaria olhando para ela.

– Isso é absurdo. Fui eu quem a resgatou daquele galinheiro. Sei exatamente qual a aparência dela!

– Sua mãe acha que a pele dela é a raiz do problema.

– Por quê?

Novamente, Piers passou a mão pelo cabelo.

– Linnet está apavorada com a perda de sua beleza.

– Ela não perdeu a beleza! A pele dela não é mais a mesma, mas o restante está tão bem quanto sempre foi.

– Para Linnet, ela perdeu sua beleza e, para uma mulher tão deslumbrante, deve ser um choque tremendo.

– Sem dúvida. – Mal-humorado, ele arrancou mais três flores. – Ela é vaidosa o suficiente para me largar por esse motivo, isso deve ser importante. Ela me implorou naquele dia na sala de visitas, depois que você e a *maman* saíram pela janela. Implorou para que eu me casasse com ela. Disse que não se importava em se humilhar por mim.

O pai assentiu.

– Mas, aparentemente, esse amor dependia de ela ser bonita o suficiente para me controlar – disse Piers, voltando a fincar a bengala na grama. – Ou algo assim.

– Ou de ela achar que era boa o suficiente para você – ponderou seu pai. – Não vi nenhum sinal de que Linnet tinha esperanças de controlar você.

Piers soltou uma gargalhada.

– *Boa o suficiente* para mim? Para um aleijado com um temperamento cruel e uma língua afiada?

– É você quem ela quer. Tenho a nítida impressão de que você é o único homem que ela já quis, apesar de ter sido cortejada por príncipes, bem como por todos os homens elegíveis da sociedade. Provavelmente, bem poucos temperamentos vis nesse grupo.

– Imbecis, todos eles – murmurou Piers.

– Você vai se juntar a essa turma se deixar que ela vá embora.

– Nunca ousei imaginar alguém como ela. Ou uma vida com alguém assim.

– Não há motivo para não imaginar, agora que ela está bem à sua frente. Há algo em vocês dois juntos…

– Ela é como minha outra metade – disse Piers raivosamente, mantendo a cabeça abaixada. – Minha outra maldita metade, como uma espécie de piada que Platão inventou. Como algo que eu nunca quis e, então, lá estava ela.

O duque colocou a mão sobre o ombro do filho.

– Vá dizer isso a ela.

Piers engoliu em seco. A ideia era horrível. Desabafar com seu pai era uma coisa; dizer a uma mulher que nem olhava para ele era outra. Os pés dele estavam rodeados por pétalas de flores.

– Foi isso que você disse à *maman*?

– Não. Ela não me daria ouvidos.

Havia algo de divertido na voz dele. Piers ergueu a mão.

– Eu *não* quero saber.

Seu pai sorriu, dando de ombros.

– Faça o que você tem que fazer, o que quer que seja.

Capítulo 35

Demorou até a tarde do dia seguinte para Piers pensar em um plano. Seus instintos diziam que visitar Linnet à noite só pioraria as coisas. Ele não sabia dizer exatamente por quê, mas confiava em seus instintos como médico, então, quando se tratava de Linnet, podia muito bem confiar neles.

Era humilhante, mas ele teve que pedir ajuda. Cortejar Linnet era como cumprir os malditos trabalhos de Hércules. E Piers não era exatamente do tipo heroico. Lembrar-se da maneira como ele tinha engatinhado por aquele corredor, com a bunda à mostra (apesar de estar escuro) o fez tremer.

Mas ele engoliu o orgulho e pediu ajuda, sem se importar com o fato de que Hércules nunca precisou disso.

– Como assim, você quer que eu entre no quarto de Linnet? – perguntou Sébastien, parecendo horrorizado. – Claro que não farei isso!

– Vou estar com você, seu imbecil – disse Piers. – Você vai pegá-la no colo e carregá-la para fora do castelo até a piscina.

O queixo de Sébastien caiu.

– Claro que não farei isso! – gritou ele de novo. – Você ficou louco?

– Eu já estive errado quando se trata de um diagnóstico?

– É claro que já!

Piers balançou a mão.

– Noventa por cento do tempo não estou, certo?

– O que isso tem a ver?

– Eu a diagnostiquei e agora preciso curá-la.

O primo o encarou.

– Provavelmente, ela vai gritar sem parar.

– Não vai, não – garantiu Piers. – Eu já pedi a Prufrock para deixar o caminho limpo. E ela está com vergonha demais da própria aparência para querer chamar atenção para si mesma.

– Ainda está tão terrível assim? – perguntou Sébastien.

Piers deu de ombros.

– Quem se importa?

– *Ela*, seu estúpido – respondeu Sébastien. – Só venha comigo pegá-la e me poupe do sermão.

– E se ela nunca mais falar comigo? – choramingou Sébastien.

– Depois que ela se casar comigo, vocês vão morar no mesmo castelo. Ela vai ter que ceder e cumprimentar você no café da manhã.

Mas, enquanto eles subiam as escadas, Sébastien continuou protestando. Na porta do quarto de Linnet, ele segurou o braço de Piers.

– Ela vai me odiar por isso. Não quero que ela me odeie.

– Não seja ridículo – rosnou Piers.

Ele já estava com bastante dificuldade para suprimir suas próprias dúvidas sem ter que lidar com as de Sébastien. Ele girou a maçaneta.

No fim, foi bastante fácil. Assim que o viu, Linnet se escondeu debaixo do lençol. O que significava que bastou um instante para enrolá-la naquele mesmo lençol.

Ela emitiu uns ruídos abafados e tentou se debater, mas seus braços e pernas estavam presos.

– Tem certeza de que ela ainda está respirando? – perguntou Sébastien, enquanto descia a trilha, com certa dificuldade.

Piers cutucou a carga de Sébastien, provocando outro movimento brusco. Ruídos furiosos vinham de baixo do embrulho.

– Parece que está.

– E agora? – perguntou Sébastien quando eles chegaram à piscina.

– Coloque-a ali – disse Piers. – Naquela rocha plana. Eu não teria conseguido sem você, mas sinta-se livre para ir agora. Não precisa voltar, minha noiva vai caminhar de volta por conta própria.

As palavras que emergiam do embrulho tinham um tom que parecia de blasfêmias.

Sébastien foi embora. Piers esperou até o primo passar pela casa da guarda e, então, disse:

– Tudo bem, você pode tirar o lençol agora. Ele já foi.

De repente, o lençol explodiu em um movimento violento. Piers ficou parado, os braços cruzados, até Linnet aparecer. Ela não estava usando nada além de uma combinação fina e ele aproveitou o momento para admirar a visão.

– Não ouse olhar para mim desse jeito! – gritou ela.

Ela percebeu onde estava.

Era um dia lindo. O sol estava quente e azul, apenas com uns tufos de nuvens, como renda esfarrapada, bem acima dos pássaros que voavam em círculos.

– Oh! – suspirou ela. – Você me trouxe à piscina.

– Por que você não tira a combinação antes de nadarmos? – perguntou ele.

Ela pareceu não ouvi-lo, seus olhos estavam sonhadores enquanto ela fitava o azul da água.

– Sua combinação – repetiu ele, tirando as botas. – Tire.

Finalmente, ela se virou e franziu a testa para ele.

– Não vou fazer isso.

– A escolha é sua – disse ele.

Ele jogou a camisa para o lado.

Com indiferença, os olhos dela desviaram do peito dele. Ele abaixou a calça.

– Não precisa se dar ao trabalho de tirar a roupa – disse ela. – Não vou nadar e não estou interessada em nada mais íntimo.

Na verdade, ela parecia ter tremido um pouco só de pensar naquilo.

Isso era irritante. Em uma resposta silenciosa, Piers esticou o braço e a empurrou entre as escápulas.

Ela atingiu a água com um grito e emergiu engasgando.

– Tire-me daqui imediatamente! – gritou, agarrando-se à borda da piscina. – Minha pele pinica e está congelando.

– Melhor começar a nadar – disse ele, tirando as ceroulas.

Ele tinha uma ereção de novo. Não era a melhor situação do mundo, pular, naquele estado, em uma piscina de água do mar.

Ele viu Linnet olhar para aquela parte de seu corpo, então, saltou da rocha acima dela e nadou de volta para a borda onde ela estava se segurando. É claro que seus dentes já estavam batendo.

– A água não está tão fria assim hoje – disse ele. – Faz sol há três dias. Melhor você começar a se mexer.

Mas ele a puxou contra seu corpo, como sempre fazia. Ele não a abraçava havia dias – e era tão... tão... Seu coração ficou apertado, como o início de um ataque cardíaco.

– Precisamos nadar – disse ele, empurrando-a. – Vá!

– Estou doente.

Mas a voz dela não tinha convicção.

– Você está bem agora. Só está fingindo.

Ele sorriu para a expressão furiosa dela e logo em seguida beliscou seu bumbum.

Ela estreitou os olhos.

– Não ouse tocar em mim. Nunca mais.

– Vou fazer o que eu quiser – disse ele. – Você é *minha*. Melhor começar a nadar agora, ou você vai congelar.

Sem dizer mais nada, ele se virou e começou a nadar na piscina. Levou um segundo, mas ela começou a nadar atrás dele.

Quando ele estava em seus piores dias, nos quais a dor de sua perna era tudo em que ele conseguia pensar, vir à piscina o libertava. Limpava sua mente, impedia-o de pensar em láudano e conhaque. Impedia-o de contemplar o suicídio.

Ele se mantinha um pouco à frente de Linnet, caso ela precisasse de ajuda, ao mesmo tempo que esperava que a água tivesse o mesmo efeito calmante nela.

Na outra ponta da piscina, ela se segurou em uma rocha e, por um instante, ofegou. Ele tentou puxá-la para si.

– Estou bem – disse ela.

Pegou impulso e começou a nadar.

Dessa vez, Piers nadou atrás dela. Ela estava se saindo bem sem a ajuda dele e, além disso, aquilo proporcionava a ele um vislumbre das pernas dela batendo.

Quando chegou à rocha plana, ela estava exausta, bufando e sibilando; ele a sentou na borda e saiu logo em seguida.

– Vai nadar só isso? – perguntou ela, correndo como um coelho até as toalhas.

– Preciso me certificar de que você não vai fugir.

Ela se manteve de costas para ele.

– Para onde eu iria? Não tenho roupas.

– É verdade, tinha me esquecido – disse ele. – Você é covarde demais para ser vista assim.

Ele mergulhou de novo e recomeçou a nadar, volta e meia conferindo se ela ainda estava lá. Ela deitara na rocha, tão enrolada no lençol e nas toalhas que ele não conseguia ver nada a não ser a pontinha de seu nariz avermelhado.

Uma volta depois, parecia que a paz e a luz do sol tinham diminuído a resistência dela. Ela havia desenrolado as toalhas e o lençol e até tirado a combinação. Estava deitada como uma sereia na rocha, esbaldando-se no sol.

Mais cinco voltas e ele decidiu que a pele dela já tinha ficado exposta tempo suficiente.

Saiu da piscina e foi até ela, balançando a cabeça para que gotas geladas caíssem sobre ela e a fizessem gritar de irritação.

De uma hora para outra, a ereção dele voltou. Uma olhada para ela, esparramada na rocha, e seu corpo esquecia que estava frio e um tanto cansado.

– Pegue uma toalha – disse ela, de um jeito irritado.

Seu olhar, contudo, não estava tão desdenhoso quanto antes.

– Como você consegue? – explodiu ela.

– Como eu consigo o quê? Você acha que pode secar minhas pernas? Você sabe que não consigo, com essa bengala.

Ele tentou parecer patético, mas os olhos dela se estreitaram.

– O sol vai secar você.

Ele acariciou a si mesmo, seus olhos fixos nela.

– Você me esquenta mais rápido que o sol.

– Como você pode me desejar com essa aparência?

Ela engoliu em seco, mas Piers já tinha decidido que a última coisa de que ela precisava era pena. Além disso, qualquer vestígio de pena sumiu quando ela acrescentou:

– E esse é um dos piores elogios que eu já ouvi.

– Ao contrário de você, eu a amo para além de sua aparência. Sua língua afiada, por exemplo. Eu adoro.

– Eu não amo você pela sua aparência – retrucou ela tempestuosamente. – Se minha inclinação fosse essa, eu escolheria Sébastien.

– Bem, se minha inclinação fosse essa, eu escolheria a enfermeira Matilda.

Ela bufou.

– Hoje em dia, a aparência dela é melhor que a sua.

Como era de se esperar, ela se sentou, os olhos fumegando.

– Você é um porco imundo por dizer algo assim para mim!

– Aquela pele clarinha... – disse ele sonhadoramente. – Como pétalas de orquídea.

Uma baforada escapou dos lábios dela de um jeito que jamais poderia ser descrito como o comportamento de uma lady.

– Isso foi outra bufada? – perguntou ele. – Minha nossa, que hábito irritante. Espero que a adorável Matilda não adquira esse hábito antes de eu pedir sua mão. Ah, espere. Acho que já tenho uma noiva.

Novamente, ela puxou o lençol e voltou a se deitar, os olhos fechados.

– Você é ridículo.

Ele também se deitou, ao lado dela. Por um tempo, eles simplesmente ficaram deitados ali, em silêncio. Como se fossem as únicas pessoas no mundo e não houvesse nenhuma outra criatura nele a não ser um maçarico, que cantava de modo um tanto desafinado em uma pedra próxima.

Antes que ela pudesse intuir o que ele tinha em mente, Piers agarrou o lençol e o jogou para o lado.

Ele esperava que ela fosse berrar e tentar se cobrir, mas ela continuou deitada, o rosto virado para o lado oposto dele, mas não antes de ele ver as lágrimas.

– Estou olhando para você inteirinha.

– Faça como bem entender – disse ela. – Você vai fazer mesmo, não importa o que eu fale.

– Você ainda está vermelha, mas agora está descamando também. Céus, você está um caos.

De supetão, ela se sentou como uma boneca de madeira articulada e deu um grito tão alto que o maçarico voou para longe.

– A água do mar é cicatrizante – explicou ele, pegando o lençol e esfregando a pele dela com muita, muita delicadeza. – Olhe só. Você não está tão vermelha por baixo. E nenhuma cicatriz, ao menos não na sua barriga.

Ela ficou observando, uma expressão perplexa em seu rosto.

– Está saindo?

É claro que está saindo – respondeu ele. – Estas são cascas que cobriram as bolhas da escarlatina, protegendo-as enquanto elas saravam.

Eu acho – ele esfregou um pouquinho mais – que todo o seu corpo está pronto para descascar, menos, talvez, as suas costas. O sal ajudou e o sol, também.

– Achei que nunca mais fosse sair – disse ela, tão baixinho que ele mal conseguiu ouvi-la, com as ondas batendo nas pedras atrás deles.

– Se você tivesse me perguntado, eu teria lhe contado. Mas como você não falava comigo, eu não sabia que você estava com medo de algo tão bobo.

Ela tinha o lábio inferior mais inquieto que ele já tinha visto.

– Mas o que é pior – insistiu Piers, sem olhar para ela –, você perdeu a fé em mim. Disse que me amava o suficiente para se humilhar. Mas aí quando a hora chegou, você não teve coragem para nem um pouquinho de humilhação. Não queria me ver sozinha, caso eu zombasse de você, e não queria me ver em público, porque se sentia humilhada por ser vista por Prufrock.

Dessa vez, foi ele quem se deitou e colocou um braço em cima dos olhos.

– Eu amo você de verdade – disse Linnet.

Ela se sentia como se Piers tivesse roubado sua capacidade de pensar por estar tão magoado.

– Mas não posso ser uma duquesa com essa aparência. Não quero que ninguém se case comigo por pena. E não posso me casar com você se sou pavorosa como uma…

– Fera? – complementou Piers. – Era essa a palavra que você estava procurando?

– Não – respondeu ela.

Ele voltou a se sentar e seus olhos queimaram nos dela.

– Você só me amava quando era bonita. Para poder me controlar, do mesmo jeito que você controla outros homens com seu sorriso.

– Não! – gritou ela. – Não é nada disso.

– O que é, então? – quis saber ele. – Em um minuto, você está me implorando para me casar com você, dizendo que iria me esperar e, no outro, não consegue nem olhar para mim.

A raiva e a mágoa vibravam em sua voz.

Ela olhou para baixo e analisou o próprio corpo. Ainda estava vermelho, ainda estava descamando, mas, de alguma forma, sentada sob o sol ao lado de Piers não parecia monstruosa.

– Eu pensei que você fosse ficar horrorizado – confessou ela, engasgando de leve. – Não queria que se casasse comigo por pena. Não podia fazer isso, dar a você uma esposa feia.

– A pena não é exatamente uma emoção pela qual eu sou conhecido. Fora isso, eu não hesito nem um pouco em lhe dar uma fera como marido.

– Isso não é verdade – disse ela devagar. – Você disse que me queria, mas que nunca se casaria comigo. Disse que eu era linda e desejável mas que procuraria outras mulheres, disse que eu devia esquecê-lo.

Aquelas palavras pairaram no ar entre eles.

– Você tem razão – admitiu Piers. – Isso foi uma coisa desprezível de se dizer.

Toda a fúria desapareceu da voz dele; aquilo era tão desolador que Linnet não conseguia pensar no que dizer.

– Afastei você porque tenho medo de que um dia possa me tornar um viciado. Eu tinha, e ainda tenho, medo de perder a cabeça e fazer de sua vida um inferno.

De repente, todo o coração dela estava explodindo com o medo de que ele iria deixá-la, apesar de há apenas uma hora ela não querer nada além de nunca mais vê-lo de novo.

– Quando me mandou embora, você partiu meu coração – disse ela, abraçando os joelhos. – *Aquilo* foi um inferno para mim. Mas, quando eu adoeci, percebi que você me amava.

Houve uma pausa. O maçarico estava cantando de novo, um pouco mais adiante.

– Que você me ama – repetiu ela.

– Eu amo – respondeu ele, quase irritado.

– Eu decidi que, se vivesse, nunca mais deixaria você me intimidar do jeito que fez quando se recusou a casar comigo.

Ela esticou o braço para tocá-lo, apenas tocá-lo, deslizando os dedos por sua coxa.

– Mas depois – continuou ela –, eu estava feia demais. Não consigo ver como eu poderia ser uma duquesa.

– Suponho que todas as duquesas sejam lindas – zombou ele. – Provavelmente é um requisito para a posição.

– No mínimo, elas não deveriam assustar as pessoas nas ruas.

– E, por isso, você achou que, como era uma aberração circense, me dispensaria. O que deveria acontecer depois? Jantar dentro do quarto pelos próximos cinquenta anos?

– Pensei em me esconder – disse ela, sua voz tremendo um pouco. – Simplesmente me esconder, só isso.

Silêncio.

– Você não deveria querer se esconder de *mim*, Linnet.

– Desculpe – sussurrou ela.

– Você partiu o meu maldito coração quando quase morreu. E, depois, quando me botou para fora do seu quarto, partiu de novo.

Ela não conseguia suportar a dor na voz dele, o fato de que o tinha machucado, por isso o empurrou de volta para a rocha. O corpo dele era quente e grande sob a perna dela. Familiar e querido.

– Você vai me beijar para tornar tudo melhor? – perguntou ele, ao mesmo tempo sarcástico e carinhoso.

– Cale a boca! – respondeu Linnet.

A língua dela se projetou e saboreou os lábios dele.

– Suponho que você esteja tentando me seduzir do jeito antigo, já que perdeu sua beleza.

Mas ela sabia quando ele estava bravo e tentando magoá-la e quando não estava. Dessa vez, ele não estava. O coração de Linnet se alegrou e ela emitiu um ruído de profunda satisfação.

– Algo assim.

Ela mordiscou o lábio inferior de Piers, como ele a tinha ensinado.

Piers abriu os lábios para a súplica dela e, por um instante, uma paixão ardente assolou os dois. Mas então, ele se afastou.

– Não posso.

Linnet se inclinou para ele. Havia algo na voz dele que fez sua excitação aumentar.

– Por quê?

Aquilo saiu como um murmúrio rouco, talvez porque ela estava beijando o contorno do maxilar dele.

– Você é feia demais. Eu nunca faço amor com mulheres feias. Nunca conseguiria amar uma mulher feia.

Por uma fração de segundo, o coração de Linnet palpitou e, então, ela entendeu o que ele estava realmente dizendo.

– E eu, milorde, só posso amar um homem que consiga me carregar pela porta. Que possa me prometer que nunca, nunca vai encostar em láudano e que, com certeza, nunca vai erguer a voz. Você pode fazer isso?

Os olhos dele encontraram os dela: intensos, reluzentes, inteligentes – amorosos.

– Eu carreguei você pelo corredor da pensão, até o quarto – disse ele, sua voz tão rouca quanto a dela. – Isso conta?

– Pode ser que um dia eu volte a ficar bonita – arriscou ela. – Ou não.

Ele se virou para ficar de frente para ela e seus olhos se encontraram de um jeito que tinha tudo a ver com amor, do tipo forte o bastante para trazer alguém de volta da cova, do tipo que nunca desvanece e nunca falha.

Do tipo que não tem nada a ver com beleza, temperamento ou pernas lesionadas.

– Não posso prometer que não vou perder a cabeça – alertou ele. – Apesar de ter a sensação de que, talvez, você tenha me transformado de vez. Talvez eu não seja mais a fera de antes.

– Não posso prometer que não vou morrer e deixar você sozinho. Acho que esqueci de agradecer por você ter salvado a minha vida.

– Eu te amo – disse ele, a voz embargada. – Quando achei que você fosse morrer, eu queria morrer. E, assim que saiu por aquela janela, eu a quis de volta.

Delicadamente, ela passou a mão pelo rosto dele.

– Estou de volta.

– Eu teria ido buscá-la, mesmo que não tivesse percebido que você podia estar doente. Eu só não podia deixar meus pacientes ainda. Bem, na verdade, eu pensei em deixar meus pacientes mais que algumas vezes, a maioria delas no meio da noite.

– Isso não teria sido certo – disse ela com firmeza. – Teria uma péssima influência na nossa cerimônia de casamento.

– Vai haver uma cerimônia de casamento? – Os olhos dele estudaram os dela. – Não seria fácil dizer nossos votos no seu quarto, mas acho que poderíamos dar um jeito.

Ela respirou fundo.

– Você se importa em se casar com uma lagosta descamando?

Os olhos dele mostravam que ele não se importava nem um pouco.

– Você não é uma lagosta – disse ele, roçando os lábios nos dela. – Onde aparece a pele nova, você é mais como um morango. Um morango suculento e delicioso.

– "Morango" é meu nome do meio – disse ela, uma risadinha escapando.

– *Meu* moranguinho.

Mas ele não queria mais falar, então, virou-se para ficar em cima dela, grande e forte e – sim – dominador.

– Se eu não me importar em fazer amor com você enquanto você descama, você se importaria em fazer amor com um homem cujo temperamento às vezes fica fora de controle?

– Não – arfou ela, porque a mão dele...

Bem, havia partes do corpo dela que pareciam estar tão macias quanto antes.

Ele teve que esfregar os seios dela com o lençol até eles ficarem lindamente rosados como morangos, mas ambos gostaram daquela atividade. E ficaram felizes quando perceberam que, por algum motivo misterioso, a escarlatina não tinha atingido a parte interna das coxas de Linnet.

Havia outros motivos de alegria também.

Depois, eles ficaram deitados na rocha enquanto Piers se concentrava em esfregar sua amada até ela ficar uniformemente cor-de-rosa.

– Tem cicatrizes no meu rosto? – perguntou Linnet ansiosamente, após um tempo. – Me diga a verdade.

– Nadinha. Você não é nenhuma rainha Elizabeth. Na verdade – apesar de eu odiar dizer isso –, um pouquinho de pó de arroz e os patinhos vão ficar babando em cima de você de novo.

Aparentemente, ele tinha decidido que os seios dela precisavam de ainda mais atenção.

Linnet apalpou hesitante o próprio rosto, seus dedos deslizando pelas maçãs, pelo queixo, pelos lábios. Tudo macio de novo.

– Não sei se um dia eu vou conseguir esquecer – disse ela, estremecendo. – O galinheiro, as lesões, e eu estava tão quente e com tanta sede.

Piers segurou o rosto dela com as mãos.

– Nunca vou me perdoar por não estar lá com você.

– Quer dizer, do mesmo jeito que seu pai também não se perdoa?

– Nós conversamos – disse ele asperamente. – Eu tentei pensar no que você ia querer que eu dissesse.

Ela se animou.

– Então, você disse que ele era um dedicado...

– Não.

– Você nem sabe o que eu ia dizer!

– Nada nesse sentido.

– O que você disse, então? – perguntou ela, meio decepcionada.

– Que eu o amava. Não com tantas palavras, mas ele entendeu.

– Quando eu estava muito doente, sonhei que minha mãe estava comigo na piscina.

– Na água?

– Sob a água. Eu ficava flutuando e me afastando, porque não havia dor ali e era frio e molhado. Mas ela me puxava de volta.

Piers apertou Linnet contra seu peito.

– Que bom para ela.

– Eu também a perdoei – disse Linnet baixinho. – Ela me amava.

– Bem – disse Piers –, você é bem amável. E não porque é linda. E nem mesmo porque é deliciosamente cor-de-rosa, de um jeito que eu nunca vi em mulher nenhuma.

Lágrimas transbordaram dos olhos de Linnet.

– Nunca achei que qualquer pessoa um dia iria...

– Shhh! – disse ele, roçando os lábios nos dela. – Nunca achei que eu fosse me importar com alguém.

– Nós dois estávamos errados – concluiu Linnet, sua mão dando a volta na cabeça de Piers para puxar os lábios dele até os seus.

– Moranguinho – sussurrou ele, algum tempo depois.

– Sim?

Ela emergiu do beijo dele algum tempo depois, tonta, os lábios inchados, o coração palpitando.

– Não posso fazer amor nesta rocha de novo. Odeio parecer tão convencional, mas meus joelhos estão ralados. Podemos ir para casa? Tenho uma cama maravilhosamente macia. Fica na suíte máster, que você ainda não viu, mas que já pode muito bem reivindicar como sua.

– Para casa – repetiu ela, recompondo-se.

– Para a nossa casa.

Então, eles se levantaram e, com o lençol, criaram um vestido grego e, de mãos dadas, voltaram para casa.

Quando chegaram, Linnet sorriu para todos, de Prufrock ao duque. Ninguém realmente reparou que a pele dela estava rosa como um morango.

Porque a alegria em seu rosto e em seus olhos era ofuscante.

Epílogo

Alguns anos depois

— Não entendo por que o senhor chama a mamãe de "Moranguinho" – disse o menino para seu pai, em um dia de verão.

Ele estava encostado em uma rocha, observando a irmã remar pela piscina de água do mar com a mãe.

– É um apelido particular – respondeu o pai.

O pai olhava para a mamãe com um sorriso peculiar que o menino não conseguia interpretar.

– Não faz sentido – ponderou John Yelverton, futuro conde de Marchant e duque de Windebank. – Mamãe não parece um morango. Evie parece, porque ela é redonda e gorda e tem aquele cabelo vermelho.

Com certo desdém, ele olhou para a irmã mais nova. Mesmo com apenas 7 anos, ele sabia que sua irmã tinha um charme poderoso sobre outras pessoas. Se ela sorrisse, elas simplesmente derretiam. Davam a ela tudo que ela queria.

Não que seu pai e sua mãe fizessem isso. Eles costumavam cutucá-la até ela rir. Ele, particularmente, preferia beliscar.

– Uma vez, a pele de sua mãe ficou bastante rosada – contou o pai. – Ela ficou parecida com uma fruta vermelha particularmente deliciosa, um morango.

John já tinha visto aquela expressão nos rostos dos pais antes e não gostava muito. Não era racional. Ele gostava de categorizar o mundo: ou as coisas eram racionais ou eram irracionais. Aquela expressão desalinhada? Irracional.

– Podemos voltar para o castelo agora e dissecar outro sapo? – perguntou ele.

– Não. Um sapo por semana. Sapos não existem apenas para o seu divertimento, sabia?

– Mas o senhor lembra que eu tive dificuldade em encontrar a vesícula, não lembra? Preciso tentar de novo.

– Semana que vem – respondeu o pai. – Tenho certeza de que haverá muitas vesículas no seu futuro.

Esse era exatamente o tipo de coisa sem sentido que seus pais diziam o tempo todo e que John não apreciava.

– Quero dissecar um sapo *agora*!

O pai desviou os olhos da piscina e o encarou. Ele ergueu um dedo.

– Lembra do que discutimos hoje de manhã?

– Preciso aprender a controlar meu temperamento – disse John com obediência. – E, se eu sentir que está subindo pelo meu estômago, preciso contar até dez.

– Você precisa contar agora?

– Não – respondeu ele, um tanto sombriamente.

Evie estava na beirada da piscina e seu pai se levantou para tirá-la de lá. Ele estava com a bengala em uma das mãos, mas se abaixou. Evie agarrou o braço dele com as duas mãos e ele a puxou para fora da piscina, girando-a em um grande círculo enquanto ela gritava sem parar.

Ele largou a bengala e estendeu as duas mãos para ajudar a mamãe a sair da piscina. Lá estavam eles, sorrindo um para o outro daquele jeito de novo.

Papai tinha uma toalha pendurada no ombro, que ele usou para secá-la.

John revirou os olhos e foi dar uma olhada nas piscininhas que a maré formava. Se ele encontrasse seu próprio sapo, talvez papai o deixasse dissecá-lo.

Não parecia ter nenhum sapo.

– Eles não gostam de água salgada – disse Evie, falhando um pouquinho na pronúncia da letra s.

Ela inclinou a cabeça para o lado e deu aquele sorriso que ele tanto odiava.

– Você não sabe de *nada*? – provocou ela.

Ele puxou o cabelo dela.

Ela chorou e ele contou até dez.

– Eu não *arranquei* o cabelo dela – explicou John para o pai um segundo depois. – Nem *torci*. Isso teria sido cruel. Foi só um puxãozinho.

– Você é mesmo meu filho – disse o pai, pegando-o pela mão enquanto eles subiam a trilha de volta para o castelo. – Da próxima vez, antes de puxar, conte até dez.

John sorriu. O que ele mais queria era ser igualzinho ao pai, em todos os sentidos. Bem, e um pouquinho como seu avô, o duque, porque ele adorava a maneira como Sua Graça contava histórias.

Mas, no geral, ele queria ser como seu papai.

– Talvez eu opere o próximo sapo antes de dissecar – sugeriu ele. – Vou colocar um gesso na perna dele. Podemos fingir que ele pulava alto demais.

– Hum... – respondeu o pai e John percebeu que ele estava olhando para a mamãe de novo.

Ela estava de mãos dadas com Evie, que ainda tremia de soluçar, apesar de John saber bem que não tinha machucado a irmã.

– O senhor ama a mamãe, não ama? – perguntou John, puxando a mão do pai para ganhar sua atenção.

– Amo, sim – respondeu ele. – Com toda a certeza.

– E ela ama o senhor – concluiu John.

Ele gostava de ter as coisas organizadas e claras em sua mente.

Sua mãe riu.

– Eu amo seu pai, sim, Johnakins.

Ele franziu a testa.

– Esse é meu nome de bebê. Não sou mais um bebê.

– Peço desculpas – disse ela, tocando no nariz dele com o dedo.

– Então, se a senhora ama o papai e o papai ama a senhora e vocês dois *nos* amam, por que precisam de mais um?

Tinham contado para ele que havia outro bebê na barriga da mamãe, mas não parecia lógico, apesar de a barriga dela estar mais redonda do que de costume.

Sua mãe sorriu e pegou a outra mão dele.

– Amar uns aos outros é o que esta família faz de melhor.

Aquilo era ilógico para John. Dissecar pessoas era o que o papai fazia de melhor. Mas não havia sentido em se preocupar com isso, além do mais...

Ele deduziu que os quatro podiam guardar um pouquinho de amor para um bebê.

Desde que não fosse outra menina.

Nota histórica

A bela e a fera é uma fábula muito antiga; madame Gabrielle de Villeneuve, em 1740, escreveu *La Belle et la Bête.* Não citarei nenhuma adaptação em particular porque descartei a maioria dos detalhes, incluindo o herói transfigurado magicamente. Piers foi transformado por um evento bem menos impressionante, mas não menos marcante: necrose – morte do tecido – do músculo de seu quadríceps direito.

Meu maior compromisso, como você pode ter percebido, é com uma história bem mais moderna: a série televisiva *House, M.D.*, da Fox. Tiro meu chapéu para os roteiristas brilhantes, excêntricos e totalmente divertidos de *House.* Mas Piers, minha versão do Dr. Gregory House, difere de seu protótipo tanto quanto Linnet se difere de Bela. A personalidade dele, sem contar a perna lesionada e sua profissão, foi inspirada no médico irascível do Princeton-Plainsboro Teaching Hospital.

Se o talentoso Dr. House merece ser citado, também merecem os médicos do século XVIII e os cirurgiões que batalhavam para combater doenças sem a vantagem dos exames, das tecnologias ou dos tratamentos nos quais o Dr. House tanto se apoia. Muitos dos detalhes relacionados à escarlatina que você leu aqui vieram de um livro publicado em 1799: *A Treatise on Febrile Diseases* [*Um estudo sobre doenças febris*], escrito pelo Dr. A. Philips Wilson, que fornece informações detalhadas sobre o progresso da escarlatina, bem como sobre os tratamentos mais comuns. Nas mãos dele – ou, ao menos, era o que ele dizia –, um surto de escarlatina nunca se tornava fatal. O estudo de Wilson lutou contra as práticas ineficientes e, frequentemente, nocivas de médicos, como um tal Dr. Sims, que, em 1796, recomendou o tratamento da doença com laxantes e eméticos. À sua própria maneira, Wilson era uma versão tão arrogante e heroica de House.

Também presto uma homenagem à série de livros de Enid Blyton sobre um internato feminino em Cornwall, chamado *Malory Towers*, que ostentava uma piscina cavada no morro e que era enchida pela maré. Ler os romances dela em voz alta para minha filha acendeu minha imaginação e, quando terminei este livro, a piscina de água marinha de Piers já tinha se tornado um personagem da história.

E, finalmente, "A canção de amor de J. Alfred Prufrock", de T.S. Eliot, ficou tocando na minha cabeça enquanto eu escrevia, apesar de que, certamente, Eliot teria palpitações ao saber disso (você encontra o texto no meu site: www.eloisajames.com). O poema dele levanta questões sobre tempo e coragem – se há "tempo para ti e tempo para mim", se há tempo para moldar "um rosto com que enfrentar os rostos que encontrares", e tempo para se perguntar "Ousarei?". Então, deixo você com a canção de amor de Eliot, na qual as sereias cantam e os humanos arriscam se demorar demais nas alcovas do mar.

Agradecimentos

Meus livros são como crianças pequenas: precisam da população de uma cidade inteira para levá-los ao estágio da alfabetização. Eu gostaria de oferecer meus mais sinceros agradecimentos aos habitantes da minha cidade particular: minha agente, Kim Witherspoon; à equipe responsável pelo design do meu site, Wax Creative; e por último, mas não menos importante, minha equipe pessoal: Kim Castillo, Franzeca Drouin e Anne Connel. Sou muito grata a cada um de vocês!

CONHEÇA O BOXE DO QUARTETO SMYTHE-SMITH, DE JULIA QUINN

Os Bridgertons conhecem as Smythe-Smiths. E você?

Há quase vinte anos o sobrenome Smythe-Smith é sinônimo de música desafinada. Ainda assim – talvez por pena, talvez por surdez – a sociedade londrina continua a se reunir anualmente para assistir ao catastrófico concerto das jovens solteiras da família.

Pelo seu palco passam as histórias mais cativantes e os casais mais apaixonantes. Honoria e Marcus se reencontram e reavivam sua amizade, que pode ter um quê a mais (além de muitos bolos e tortas). Anne e Daniel sentem uma atração irresistível e precisam lidar com um perigo mortal – e com uma garotinha que ama unicórnios. Sarah e Hugh são assombrados por um evento do passado, mas não a ponto de não poderem trocar (muitos) beijos. Já Iris e sir Richard... bom, Iris não tem a mais pálida ideia do que o levou a pedi-la em casamento – ele só pode estar escondendo um segredo.

Nas páginas a seguir, conheça cada um dos volumes.

Não perca este magistral quarteto, digno de muitos aplausos!

SIMPLESMENTE O PARAÍSO

Honoria Smythe-Smith sabe que, para ser uma violinista ruim, ainda precisa melhorar muito...

Mesmo assim, nunca deixaria de se apresentar no concerto anual das Smythe-Smiths. Ela adora ensaiar com as três primas para manter essa tradição que já dura quase duas décadas entre as jovens solteiras da família. Além disso, de nada adiantaria se lamentar, então Honoria coloca um sorriso no rosto e se exibe no recital mais desafinado da Inglaterra, na esperança de que algum belo cavalheiro na plateia esteja em busca de uma esposa, não de uma musicista.

Marcus Holroyd foi encarregado de uma missão...

Porém não se sente tão confortável com a tarefa. Ao deixar o país, seu melhor amigo, Daniel, o fez prometer que vigiaria sua irmã Honoria, impedindo que a moça se casasse com pretendentes inadequados. O problema é que ninguém lhe parece bom o bastante para ela. Aos olhos de Marcus, um marido para Honoria precisaria conhecê-la bem (de preferência, desde a infância, como ele), saber do que ela gosta (doces de todo tipo) e o que a aflige (como a tristeza pelo exílio de Daniel, que ele também sente). Será que o homem ideal para Honoria é justamente o que sempre esteve ao seu lado afastando todo e qualquer pretendente?

Com seu estilo inteligente e divertido, Julia Quinn enfim apresenta ao público o Quarteto Smythe-Smith, o terrivelmente famoso e adoravelmente desafinado grupo musical que conquistou os leitores antes mesmo que as cortinas se abrissem para ele.

UMA NOITE COMO ESTA

Anne Wynter pode não ser quem diz que é...

Mas está se saindo muito bem como governanta de três jovenzinhas bem-nascidas. Seu trabalho é bastante desafiador: em uma única semana ela precisa se esconder em um depósito de instrumentos musicais, interpretar uma rainha má em uma peça que pode ser uma tragédia ou, talvez, uma comédia – ninguém sabe ao certo – e cuidar dos ferimentos do irresistível conde de Winstead. Após anos se esquivando de avanços masculinos indesejados, ele é o primeiro homem que a deixa verdadeiramente tentada, e está cada vez mais difícil para ela lembrar que uma governanta não tem o direito de flertar com um nobre.

Daniel Smythe-Smith pode estar em perigo...

Mas isso não impede o jovem conde de se apaixonar. Quando ele vê uma misteriosa mulher no concerto anual na casa de sua família, promete fazer de tudo para conhecê-la melhor, mesmo que isso signifique passar os dias na companhia de uma menina de 10 anos que pensa que é um unicórnio.

O problema é que Daniel tem um inimigo que prometeu matá-lo. Mesmo assim, no momento em que vê Anne ser ameaçada, ele não mede esforços para salvá-la e garantir seu final feliz com ela.

A SOMA DE TODOS OS BEIJOS

Um brilhante matemático pode controlar tudo...

A não ser que um dia exagere na bebida a ponto de desafiar o amigo para um duelo. Desde que quebrou essa regra de ouro, Hugh Prentice vive com as consequências daquela noite: uma perna aleijada e os olhares de reprovação de toda a sociedade. Não que ele se importe com o que pensam dele. Ou pelo menos com o que a maioria pensa, porque a bela Sarah Pleinsworth está começando a incomodá-lo.

Lady Sarah nunca foi descrita como uma pessoa contida...

Na verdade, a palavra que mais usam em relação a ela é "dramática" – seguida de perto por "teimosa". Mas Sarah faz tudo guiada pelo bom coração. Até mesmo deixar bem claro para Hugh Prentice que ele quase destruiu sua família naquele bendito duelo e que ela jamais poderá perdoá-lo.

Mas, ao serem forçados a passar uma semana na companhia um do outro, eles percebem que nem sempre convém confiar em primeiras impressões. E, quando um beijo leva a outro, e mais outro, e ainda outro, o matemático pode perder a conta e a donzela pode, pela primeira vez, ficar sem palavras.

OS MISTÉRIOS DE SIR RICHARD

Sir Richard Kenworthy tem menos de um mês para encontrar uma esposa...

Por isso sabe que não pode ser muito exigente. Mas, quando vê Iris Smythe-Smith ao violoncelo no tradicionalmente desafinado recital de sua família, pensa que o destino trabalhou a seu favor. Ela é o tipo de garota que não atrai muitos olhares, porém algo o faz ter certeza de que é a escolha perfeita.

Iris Smythe-Smith já se acostumou a ser subestimada...

Com seu cabelo muito claro, a pele alva e o jeito discreto, ela quase sempre passa despercebida, ainda que seja a única do Quarteto Smythe-Smith que realmente sabe tocar um instrumento – não que alguém consiga escutá-la em meio à cacofonia dos concertos. Por isso, quando o charmoso Richard Kenworthy pede para ser apresentado a ela, Iris fica envaidecida, mas também desconfiada.

E quando o pedido de casamento dele se transforma numa situação comprometedora, Iris tem a sensação de que ele está escondendo algo... ainda que Richard pareça mesmo apaixonado e que o coração dela esteja implorando para que diga sim.

CONHEÇA OUTROS TÍTULOS DA EDITORA ARQUEIRO

Queda de gigantes, Inverno do mundo e *Eternidade por um fio*, de Ken Follett

Não conte a ninguém, Desaparecido para sempre, Confie em mim, Cilada, Jogada mortal, Fique comigo, Seis anos depois e *Que falta você me faz*, de Harlan Coben

A cabana e *A travessia*, de William P. Young

A farsa, A vingança e *A traição*, de Christopher Reich

Água para elefantes, de Sara Gruen

Inferno, O símbolo perdido, O código Da Vinci, Anjos e demônios, Ponto de impacto e *Fortaleza digital*, de Dan Brown

O milagre, Uma carta de amor, Uma longa jornada, O melhor de mim, O guardião, Uma curva na estrada, O casamento, À primeira vista e *O resgate*, de Nicholas Sparks

Julieta, de Anne Fortier

O guardião de memórias, de Kim Edwards

O guia do mochileiro das galáxias; O restaurante no fim do universo; A vida, o universo e tudo mais; Até mais, e obrigado pelos peixes!, Praticamente inofensiva, O salmão da dúvida e *Agência de Investigações Holísticas Dirk Gently*, de Douglas Adams

O nome do vento, O temor do sábio e *A música do silêncio*, de Patrick Rothfuss

A passagem e *Os Doze*, de Justin Cronin

A revolta de Atlas e *A nascente*, de Ayn Rand

A conspiração franciscana, de John Sack

INFORMAÇÕES SOBRE A ARQUEIRO

Para saber mais sobre os títulos e autores
da EDITORA ARQUEIRO,
visite o site www.editoraarqueiro.com.br
e curta as nossas redes sociais.
Além de informações sobre os próximos lançamentos,
você terá acesso a conteúdos exclusivos e poderá participar
de promoções e sorteios.

www.editoraarqueiro.com.br

facebook.com/editora.arqueiro

twitter.com/editoraarqueiro

instagram.com/editoraarqueiro

skoob.com.br/editoraarqueiro

Se quiser receber informações por e-mail,
basta se cadastrar diretamente no nosso site
ou enviar uma mensagem para
atendimento@editoraarqueiro.com.br

Editora Arqueiro
Rua Funchal, 538 – conjuntos 52 e 54 – Vila Olímpia
04551-060 – São Paulo – SP
Tel.: (11) 3868-4492 – Fax: (11) 3862-5818
E-mail: atendimento@editoraarqueiro.com.br